Brigitte Reimann

Die Denunziantin

Herausgegeben
und mit einem Anhang
zur Editionsgeschichte
von
Kristina Stella

Illustrationen von Jens Lay

Aisthesis Verlag
————————
Bielefeld 2022

Bibliografische Information
der Deutschen Nationalbibliothek

Die Deutsche Nationalbibliothek verzeichnet diese
Publikation in der Deutschen Nationalbibliografie;
detaillierte bibliografische Daten sind im Internet
über http://dnb.d-nb.de abrufbar.

© Aisthesis Verlag Bielefeld 2022
Postfach 10 04 27, D-33504 Bielefeld
Satz: Klaus Lepsky
Umschlaggestaltung unter Verwendung einer Original-
unterschrift von Brigitte Reimann
Druck: docupoint GmbH, Magdeburg
Alle Rechte vorbehalten

ISBN 978-3-8498-1770-1
www.aisthesis.de

Die Denunziantin

1. Kapitel

Immerhin war dieser 19. Februar 1951[1] ein Fest- und Feiertag für die beiden, den Jungen und das Mädchen, die da im S-Bahnzug durch Berlin gondelten und Sahnebonbons lutschten, die einem immer so eklig in den Zähnen kleben blieben, daß man sie kaum wieder rauskriegte, ohne daß man auf allen Anstand pfiff und die Finger als Zahnstocher benutzte.

Vor einem Fahrplan standen sie, studierend, denn beide kannten sich nicht gerade allzu gut aus in den Verkehrslinien der Weltstadt, die in diesen Jahren wieder das wurde, was sie früher gewesen war. Besonders das Mädchen starrte hilflos auf die verschlungenen Linien des Planes – sie war sowieso ziemlich kurzsichtig, man sah es an den angestrengt zusammengekniffenen Lidern –, während der blonde Hüne neben ihr bedeutend weltmännischer suchte und fand.

Sie mußte zu ihm aufschauen, als sie den schwarzhaarigen Kopf hob: „Ich finde mich einfach nicht durch, Klaus." „Laß man, Mäuschen", brummte Klaus, „ich hab's schon", wobei er wütend versuchte, mit der Zungenspitze das verfluchte Sahnebonbon aus den Zähnen rauszupulen. „Friedrichstraße umsteigen, bis Warschauer Brücke – das ist, glaube ich, die dritte – warte mal, die erste, zweite –, dritte Haltestelle nach dem Alex. Na, und von da weiß ich dann schon weiter." Etwas gönnerhaft: „Ich bringe dich schon sicher zu deiner Tante, Eva." Klaus griff Eva unters Kinn, sah in die eigenartig schräggeschnittenen schwarzen Augen. In Berlin durfte man das so einfach in aller Öffentlichkeit. In Berlin durfte man noch ganz was anderes, was in der kleinen Heimatstadt verpönt war: man durfte sich am hellen Tage einhaken und so durch die Straßen bummeln, während zuhause dieses Recht eigentlich nur die Verlobten oder wenigstens die So-gut-wie-Verlobten hatten.

Jedenfalls fanden das alle Muttis, und „wenn ihr auch noch so fortschrittlich seid, ein bißchen könnt ihr euch doch noch nach der guten alten Sitte richten, nicht wahr?"

Man sah das ein, benahm sich daheim sehr brav und tugendhaft und holte alles Versäumte nach, sobald man einmal in eine andere Stadt entflohen war und wußte, daß einem hier keiner zuguckte. Am schönsten war es in dieser Beziehung in Berlin, fanden Klaus und Eva. Man hätte sich hier in der S-Bahn direkt beinahe einen Kuß geben können, denn die Lampen an der Decke wurden manchmal ganz trübe, und die wenigen Leute, die auf den hellen Bänken saßen, pennten auch halb, weil es schon so spät in der Nacht war. Natürlich trauten die beiden sich trotzdem nicht, aber sie standen eng aneinandergeschmiegt und hielten heimlich ihre Hände gefaßt.

Das Mädchen sah noch immer zu seinem Freund auf, lächelnd aus den schrägen Augen. „Kleiner Mongole", sagte der große Junge zärtlich. „Weißt du noch – heute vor einem Jahr?" Klar wußte sie. Erstens hatten sie sich heute schon oft genug an ihr Jubiläum erinnert, und zweitens – den Tag würde sie nicht vergessen, bestimmt nie. Heute vor einem Jahr hatte Klaus ihr den ersten Kuß gegeben. Wenn das nicht ein Grund zum Feiern wäre –

„Weißt du noch", fing Eva an, „du konntest und konntest dich einfach nicht dazu aufraffen – ich hab's doch gemerkt." Klaus nickte. Ja, ganz genau wußte er noch, was für eine schreckliche Angst er ausgestanden hatte, als er mit ihr damals durch die Kastanienallee gebummelt war und er sich unter jedem Baum vorgenommen hatte, daß er sie unter dem nächsten aber ganz todsicher küssen würde. Aber er brachte und brachte es nicht fertig. Und dann waren sie aus der Kastanienallee raus und nun würde bald Evas Haus auftauchen und sie würde sich von ihm verabschieden wie seit drei Wochen jeden Abend – und wieder würde er in seinem Zimmer rumwüten und sich einen Feigling und Dummkopf schimpfen. Denn er war schrecklich verliebt. Na, und dann kamen sie zu der historischen Ecke von Evas Gartenzaun, wo man noch nicht im Licht der schmiedeeisernen Ampel über der Haustür stand, und da hatte Klaus nur gesagt: „Du, Eva." Ganz heiser war er vor Aufregung und Angst gewesen, er könnte es nicht richtig machen, denn er hatte vor ihr noch kein Mädchen angeguckt. Als Eva ihn dann ansah, da hatte Klaus sie eben mitten auf den Mund geküßt – hart, knabenhaft und schrecklich ungeschickt. Eva war nur ziemlich verblüfft und wußte trotz ihrer sonstigen Gewandtheit nicht, was sie im Augenblick Passendes sagen sollte, denn Klaus war ihr bis dahin nicht viel mehr gewesen als jeder andere Klassenkamerad. Eva hatte auch gar nicht recht gewußt, ob sie ihn nun auslachen oder still gerührt sein sollte, wie sich das eigentlich gehörte. Zum Glück waren sie schnell weitergegangen und hatten sich vor der Tür nur schweigend die Hand gegeben.

Von da an aber waren sie beide unzertrennlich und wurden bald in der ganzen Penne mit verständnisvollem Grienen als „Ehepaar Hoffmann" registriert. Wo der eine auftauchte, konnte man getrost darauf wetten, daß der andere auch nicht weit sei. Und das Küssen hatte der Klaus auch schnell richtig gelernt. Feine Tricks hatten sie sich ausgedacht, um der Aufsicht von Mutti Hoffmann zu entfliehen, wenn sie nachmittags bei Hoffmanns im Wohnzimmer saßen und Schularbeiten machten. Gerade wenn Eva dem Klaus „amare" und die schwache Konjugation abhörte, fiel Klaus plötzlich ein, daß er ausgerechnet jetzt unbedingt wissen müßte, was „coniuratio" oder „mandare" oder sonstwas heiße. Eva war's im Augenblick auch entfallen, Mutti Hoffmann wußte es erst recht nicht – ja, da mußten sie eben im Wörterbuch nachgucken. Das lag aber leider in Klaus' Zimmer, so daß sie erstmal da hingehen und das Wort suchen mußten. Na, und so schnell findet man das ja auch nicht immer, nicht wahr? In sinnvollem Wechsel waren es auch manchmal das Radioprogramm oder irgendein ungeheuer wichtiges Buch, das sie zusammen unbedingt sofort suchen mußten.

Die beiden lachten sich vergnügt an, als sie jetzt an ihre Heimtücke dachten, und sie freuten sich in sehr unartiger Weise noch nachträglich darüber, daß die Mutti Hoffmann trotz ihrer moralischen Argusaugen immer wieder prompt auf ihren frechen Schwindel reingefallen war.

Ein Jahr lang schon zusammen! Das will viel heißen bei jungen Leuten, und die beiden bewunderten sich auch schrankenlos wegen ihrer Ausdauer und Treue – wobei sie freilich im Augenblick vergaßen, daß Klaus seine Freundin erst vor wenigen Wochen abends mit einem anderen – noch dazu aus einer unteren Klasse! – im Vorgarten erwischt und ihn ohne Warnung mit der Faust ins Gesicht geschlagen hatte, daß der arme Bengel wochenlang mit einem dekorativen Pflaster über der Stirn durch den Schulflur lief und damit demonstrativ Evas Mitempfinden anrief, die aber inzwischen schon längst wieder reumütig zu ihrem Klaus zurückgekehrt war, dessen schlagkräftige Argumente gegen den andern ihr mächtig imponiert hatten. Der kleine Zwischenfall war schnell vergessen – wie sie sich überhaupt schnell mal zankten und dann sofort wieder vertrugen –, weil eben das Vertragen doch der angenehmste Teil war.

Klaus griff in die Tasche und bot Eva noch einen „Plombenzieher" an (so hatten sie die Sahnebonbons getauft), während er ihr eröffnete, daß er sie – unter Garantie! – später mal heiraten würde, aber nur unter einer Bedingung. „Und die wäre?" Eva nahm die Angelegenheit entschieden nicht ernst genug. „Ja, weißt du, wenn wir mal Kinder haben –" „Haben wir nicht! Ich mache mir nichts aus Kindern." „Aber ich meine doch, wenn –" Klaus hatte eine böse Falte zwischen den Brauen. Eva kannte das, lenkte ein: „Na, meinetwegen. Also, wenn wir nun Kinder haben, was ist denn dann?"

Jetzt wurde Klaus doch verlegen. Etwas unsicher: „Du mußt mir versprechen, daß wir das Mädchen Nelli taufen und –" Eva hielt noch den Mund. „– und den Jungen Ödipus." Da verlor Eva doch die Fassung. „Ödipus – ich bitte dich!" Mit aufreizend sanfter Besorgnis legte Eva Klaus die Hand auf die Stirn: „Und sonst fühlst du dich ganz wohl, oder –"

Ärgerlich schüttelte Klaus die Hand ab, packte sie zwischen seinen Fäusten, um Eva zur Strafe die Finger zu verrenken. Braunhäutig war sie, breit, fast eine Jungenhand, wären nicht die länglichen, gepflegten Fingernägel gewesen. „Au", schrie Eva übertrieben laut unter dem derben Griff, daß auf der Nachbarbank ein dösender älterer Herr mißbilligend zu ihnen hinüberblickte, worauf Eva ihn mit strahlendem Lächeln so bezaubernd nett anschaute, daß er, verlegen, nicht wußte, wohin sehen.

„Olles kokettes Biest", knurrte Klaus. Um alles in der Welt hätte er doch nicht gezeigt, was für Spaß es ihm immer machte, wenn er sah, wie die Freundin mit solchen alten Brummbären fertig wurde. Eva hatte das wirklich raus, wußte, daß sie mit ihren schönen Asiatenaugen mehr erreichte als mit langen Reden und Bitten.

„Ödipus und Nelli …" Genießerisch sprach Eva die Worte vor sich hin, so, daß man förmlich mitschmeckte, wie sie ihr auf der Zunge zergingen wie Mondaminpudding oder so. „Diese Klangfülle, diese Harmonie – und so modern …" Klaus sah Eva mißtrauisch an (weil er seine Kinder tatsächlich einmal so nennen wollte). Eva machte ein todernstes Gesicht. Plötzlich platzten beide raus und lachten trotz ihrer verpflichtenden 17 Jahre wie die Kinder – unbekümmert laut und albern. Eine verschlafene Frau fuhr aus ihrem Nickerchen auf. Der mißbilligende ältere Herr wagte gar nicht einmal mehr hinzusehen. Vielleicht dachte er, während die S-Bahn mit kreischenden Bremsen in die Halle des Bahnhofs Friedrichstraße einfuhr, daß zu seiner Zeit die Jugend sich nicht so benommen hätte, vielleicht dachte er aber auch, daß solche unverschämt schwarzen Augen eigentlich polizeilich verboten werden müßten – jedenfalls sah er den beiden nicht ohne Neid nach, die, noch immer kichernd und sich gegenseitig schubsend, aus dem Wagen sprangen und im Dunkel der Halle untertauchten.

Am nächsten Abend, sonntags, fuhren sie nachhause, zurück in die kleine Stadt, von der Eva jedesmal, wenn sie fortfuhr, drastisch behauptete, es sei ein Glück, endlich mal wegzukommen, weil dieses vertrottelte Spießernest sie samt seinen 30.000 Einwohnern ankotze; nach dem sie aber jedesmal nach drei Tagen Abwesenheit schlimmes Heimweh hatte, bis sie endlich wieder in den kleinen, verrußten Bahnhof eintrudelte und durch die engen Straßen und – zugegeben! – schönen Parkanlagen bummelte.

Den Zug hatten sie man auch bloß knapp geschafft, weil Klaus im Auftrage seines Vaters noch Besorgungen im Westsektor gemacht und dann auch noch erst den falschen Bahnsteig erwischt hatte. Als sie – Glück muß der Mensch haben! – gleich hinter der ersten Tür, auf die sie zugestürzt waren, ein leeres Abteil gefunden hatten, fuhr der Zug auch schon an. Sie machten es sich bequem und merkten erst jetzt, daß sie von dem vielen Umherrennen und den weiten Wegen in Berlin hundemüde waren.

Der Zug kroch, eine glühende Schlange, durch das Zentrum und die Vorstädte Berlins. Grau in grau lag die Nacht über den Winterfeldern. Aus schwarzen Furchen blinzelten hellere, zerrissene Flecke. Schmutziger Schnee. „Trostlos – wie ein Bettlermantel", träumte Eva und summte sacht zwischen den Zähnen jenes kleine sentimentale Lied, das gestern der Leierkastenmann am Alex gespielt hatte, das ihr nun unaufhörlich im Kopf herumging, ohne daß sie sich auf Text und Titel besinnen konnte. Wie einen manchmal solch eine dumme Melodie quälen kann! Sie klingt dir unaufhörlich im Ohr, schlägt Purzelbäume mitten in deine ernsten Gedanken und neckt dich wie ein Kobold, der dir nie sein Schelmengesicht zeigt. So ein Liedchen, von dem man ganz bestimmt weiß, daß man seinen Text einmal genau gekannt hat, kann einen wahrhaftig bis zur schlechten Laune peinigen, weil man sich nicht mehr auf seinen Titel besinnen kann.

Eva pfiff lauter, fing immer wieder von vorne an, bis Klaus ganz ruhig aus seiner Ecke sagte: „Du und ich und eine kleine Melodie …" Natürlich, das war's! Beruhigt lehnte sich Eva zurück und schickte mit einer kurzen Kopfwendung ein Lächeln zu Klaus hinüber, dessen kantiges Jungsgesicht im Halbdunkel des schwachbeleuchteten Abteils verdämmerte. Na klar, er verstand sie! Überhaupt, sie waren sich immer einig, oder doch wenigstens fast immer. Nein, immer – das wäre ja langweilig! Worüber hätte man sich denn dann streiten und stundenlange Debatten führen sollen? Im Grunde genommen gab es, wenn Eva es sich recht überlegte, sogar eine ganze Menge, worin sie sich nicht einig waren. Sie brauchte bloß an gestern abend zurückzudenken:

Sie hatten sich am Bahnhof Zoo getroffen – unter der Bahnhofsuhr, die wohl schon fast allen Berliner Liebespärchen Treffpunkt gewesen ist –, um einen kleinen Bummel über den Kurfürstendamm, diese glänzendste Geschäftsstraße des Berliner Westens, zu machen. An der Ecke, wo die Joachimsthaler Straße auf den Kurfürstendamm mündet, war Klaus auf einer der kleinen Inseln mitten im Straßenverkehr stehengeblieben und hatte den Arm ausgestreckt: „Guck mal hier runter! Wenn du das gesehen hast, kannst du sagen, daß du den Kudamm gesehen hast." Das klang eindrucksvoll. Und er hatte recht damit.

Eva hatte einen Moment die Augen schließen müssen vor der rauschenden Farbensinfonie in Rot und Grün und Blau und Gold und Blendendweiß – diesem faszinierenden Wirbel der Lichtreklamen, die das Mädchen „aus der Provinz" ansprangen wie gierige Fabeltiere.

Dann wanderten sie die Straße hinab, fest eingehakt. Man mußte diese Freiheit ja ausnützen, denn hier gab es nicht hinter jeder zurückgeschobenen Gardine engherzige Matronen, die jedes „Verhältnis" mit kritischen Augen gründlich zerpflückten und oft genug in ihrer moralischen Entrüstung beschmutzten. Hier fühlte sich Klaus endlich einmal sicher vor seiner gestrengen Mutter und spielte den Fremdenführer, erklärte, zeigte, betonte dieses, lobte oder tadelte jenes und forderte Bewunderung für die prächtigen Schaufenster, als wäre es ganz allein sein Kudamm, den er hier mit großartigen Gesten und weltmännischer Überlegenheit vorführte.

Eva war beeindruckt. Gewiß, was sie hier sah, wirkte auf sie – daran war gar nicht zu tippen. Sie wäre kein Mädchen gewesen, hätte sie nicht begehrliche Augen nach den eleganten Kleidern, Mänteln und Handtaschen gemacht, die da in den lichtüberfluteten Schaufenstern schmeichelten. Nein, das gab es „drüben" nicht … Aber da gab es auch nicht an jeder Ecke frierende Zeitungsverkäufer, Studenten unter ihnen, die ihr Studium sich damit verdienten, daß sie hier, heiser vom Wind und Frost, die neuesten Mordtaten ausschrien (heute schien gerade ein Kindermord die Zeitungen mit Schlagzeilen zu versorgen), es gab auch nicht jene Damen, die die extravagantesten Moden spazieren tragen konnten, weil ihnen ihr Gewerbe in die schlaffen, bemalten Gesichter geschrieben war. Oh, es gab sehr vieles nicht von dem, was sich hier abspielte hinter der strahlenden Kulisse reichster Auswahl an allem, was den verwöhnten Ansprüchen jener genügen kann, die ausreichend Geld haben und – den Krieg vergessen haben.

Aber, wie gesagt, es war beeindruckend. Trotzdem hatte sich Klaus über die Freundin ärgern müssen, die ihn immer wieder so seltsam angeschaut hatte, wenn sie an etwas vorbeigingen, worüber er gern hinweggesehen hätte – den Mann neben der

„Filmbühne Wien" zum Beispiel, der reglos auf einem Wägelchen in seiner Ecke gekauert hatte, seltsam klein, weil ihm nämlich die Beine bis zu den Oberschenkeln amputiert waren. Seinen schäbigen Hut hatte er vorgestreckt – ein bißchen nur, um keinen zu belästigen –, wortlos, und hatte mit stumpfen Augen dem schicken Premierenpublikum nachgeschaut, das im Kinopalast verschwand. Wahrscheinlich nützten die Ostgroschen ihm nicht viel, die Eva mit erstarrtem Gesicht in den Hut gelegt hatte. Nebenan in der Filmbühne lief übrigens ein Film, in dem – nach den Bildern draußen zu urteilen – viel und in gefälligen Posen geschossen wurde.

Als Eva still an seiner Seite weitergegangen war, hatte Klaus rauh gesagt: „Tja, das war sicher 'n Kriegskrüppel." Es klang gepreßt. Eva hatte nur stumm genickt, weil ihr die Augen randvoll Tränen standen, die ihr bestimmt doch noch über die Backen gekullert wären, wenn sie jetzt ein Wort gesagt hätte. Und dann hätte sich Klaus ihretwegen geniert, das wußte sie.

Ja, er hatte sich noch mehrmals geärgert. Jetzt tat es ihr leid. Er hatte sich so nett gefreut, ihr einmal etwas Wunderschönes zeigen zu können! Mit einem beinahe abbittenden Blick streifte sie den zurückgelegten Kopf neben sich, über dessen müder Stirn eine hellblonde Locke im Rhythmus der Räder wippte. Eva machte sich oft Gedanken darüber, ob Klaus seine Ansichten über den Westen wirklich für „objektiv" hielt oder ob er einfach nur zu bequem war, weiter zu schauen als bis in die glänzenden Schaufenster –

Sie drückte sich tiefer in ihre Fensterecke. Wieviel Schwindel und Oberflächlichkeit gab es da! Eva erinnerte sich mit Ekel fast an jene Filmreklame zum „Bitteren Reis", in dem der Regisseur einmal versucht hatte, soziale Probleme zu lösen: Eine schöne Frau lockte den Vorübergehenden, oh, eine sehr schöne Frau, aber – Eva zog die Brauen zusammen – diese ganze anreißerische Haltung gar zu dick aufgetragener Erotik mißfiel ihr. Halb scherzhaft die Eifersüchtige spielend, halb aber auch ernstlich empört hatte sie Klaus weitergezerrt, der ihre Empfindlichkeit gegenüber dem schönen Busen einer so tollen Frau mit der ganzen Verständnislosigkeit halbwüchsiger Burschen belächelt hatte.

„Rassiger Atombusen", hatte Klaus gegrinst, sie damit erinnernd an das Bild einer Dame, die man neulich in den USA zur „Miß Atombusen" ernannt hatte. So ein Quatsch! Eva mußte lachen, daß es Klaus, aus seinen müden Halbträumen erwachend, den Kopf in den Nacken riß. Sie lächelte zu ihm hinüber – und in ihren dunklen Augen flackerte noch der letzte Widerschein der Lichter der Großstadt.

Klaus stand auf, reckte sich im leeren Abteil, daß es wie ein Riß durch seinen kräftigen Körper ging und starrte von seiner achtunggebietenden Höhe herab auf die Freundin, die immer kleiner wurde unter diesem Blick, weil sie Angst hatte, der Bengel würde sie jetzt gleich packen, an die Decke stemmen und – als Ausgleichssport nur, wie er immer betonte – sie ins Gepäcknetz setzen. Man zeigt schließlich gerne seine Muskeln, besonders dem Mädchen, in das man bis über beide Ohren verliebt ist. Aber heute plante er kein Attentat, wie's schien. Geheimnisvoll tat er: „Du, ich habe eine Überraschung für dich … Guck mal!"

Langsam, aufreizend langsam geradezu zog er den Mantel aus und präsentierte darunter eine funkelnagelneue Lederjacke und ein wildkariertes buntes Hemd, zu dem sein blonder Lockenschopf so prima paßte, daß Eva ihm ganz schnell einen Kuß geben mußte: „Süß siehst du aus, Mensch!" Kindlich stolz war er, drehte sich willig nach allen Seiten, damit sie ihn auch ausgiebig bewundern konnte. Eva tat ihm gerne den Gefallen, strich bewundernd über das feine dunkelblaue Leder: „Sag mal, was hat denn das gekostet?" „70 – West natürlich."

Des Mädchens Augen wurden ganz eng: „Du bist ja verrückt, Klaus! Der Kurs steht, glaube ich, 5,80 – stimmts? Wenn man das umrechnet! Warum mußt du denn ausgerechnet im Westen kaufen?"

Klaus' Stimme[2] war etwas zu betont gleichgültig, als daß nicht Eva, die ihn genau kannte, eine leise Verlegenheit herausgehört hätte, als er antwortete: „Was willst du denn? Vati hat wieder genug verdient, daß er mich im Westen einkleiden kann." Fast schmeichelnd: „Und sie gefällt dir doch auch, nicht wahr?" Als Eva schwieg, schlug er auf seine dicke Aktenmappe: „Heute habe ich wieder schwere Mengen Schokolade und Margarine mit. Was meinst du, wie wir die bei unseren Bekannten loswerden!"

Eva schwieg noch immer, weil sie fühlte, daß heftiger Ärger in ihr aufstieg. „Mach dich nicht lächerlich, Klaus", dachte sie, „bildest du dir vielleicht ein, ich glaubte daran, daß dein Vater bloß mit Schokolade und Margarine solche Summen verdient, wie ich sie manchmal bei euch nennen höre? Es ist ja doch öffentliches Geheimnis an der Schule, daß dein Vater offiziell zwar von seiner Rente, inoffiziell aber von Schiebereien größten Stils lebt."

Klaus beobachtete Eva. Manchmal benahm sie sich wirklich scheußlich gänsig. Als er sah, wie sie auf ihrer Unterlippe rumkaute, hätte er ihr am liebsten eine runtergehauen, weil er sich bis zur roten Wut ärgern konnte über ihr Getue, als ginge die DDR gleich ein, weil er ein paar Pfund Schokolade und Margarine in der Aktentasche hatte. Es wurde ihm schon übel, wenn er bloß an ihre heftigen Debatten zurückdachte, in denen sie ihn davon überzeugen wollte, daß er oder wenigstens doch sein Vater ein Volksschädling wäre. „Volksschädling – daß ich nicht kichere!", dachte er erbittert. Er wußte ganz genau: in diesem Punkte würden sie beide, die doch sonst heillos[3] ineinander verliebt waren, niemals klar kommen. Darum wich er, der sich sowieso nicht gerade oft und gern allzu tiefe Gedanken machte, am liebsten diesen lästigen politischen Gesprächen aus, indem er bloß von vornherein abwinkte: „Ja, ja, ich weiß, du bist 'ne ganz Überzeugte", oder indem er sich seelenruhig mit ihren leidenschaftlichen Argumenten überschütten ließ und dann, wenn Eva mal Luft holte, gemütlich beistimmend nickte: „Natürlich, Püppchen, du hast vollkommen recht. Red' man ruhig weiter – ich hör' schon solange zu, bis ich's singen kann …" In beiden Fällen ging sie, sozusagen, an die Decke und hätte ihm am liebsten immer die Augen ausgekratzt, weil seine Denkfaulheit sie wild machte, seine Gleichgültigkeit gegen politische und soziale Probleme, die sie bis zu Tränen erregen konnten. Man sollte Eva bloß mal hören, wenn sie über ihr Lieblingsthema, die Gleichberechtigung aller Rassen, sprach! Ein einziges Feuerwerk war sie dann, sprühend vor Begeisterung, alles mitreißend in einem leidenschaftlichen Redestrom, den sie mit heftigen Gesten und temperamentvollem Mienenspiel begleitete. Kein Wunder übrigens, daß gerade Eva die Rassenfrage immer tief erregte und zu stürmischen Appellen an ihre Kameraden hinriß, hatte sie doch selbst einen guten Schuß Mongolenblut in den Adern, auf den sie sich – im Vertrauen gesagt – ein bißchen was einbildete, wenn sie auch nach außen hin über alle erstaunten Anfragen nach der Herkunft ihrer interessanten Züge mit einem Scherz hinwegging – von einem chinesischen Seitensprung, den die Familienchronik taktvoll verschwieg.[4]

Klaus ahnte freilich nicht, daß die Eva ihre arme Unterlippe deshalb so mißhandelte, weil sie mit quälendem Unbehagen sich an die heimlichen bösen Zänkereien unter den Schülern erinnerte, die sich empörten über die Ungerechtigkeit der Stipendienverordnung, die dem Sohne eines solchen Mannes den höchsten Stipendiensatz zuteilte, während andere, wirklich bedürftige Schüler, weit weniger bekamen. Aber freilich, Klaus war FDJler, Chefredakteur der Wandzeitung sogar, und wer konnte seinem Vater ein Vergehen an der Volkswirtschaft auf den Kopf zusagen? Beweise, Herrschaften, Beweise, bitte sehr! Den Paukern schien es nicht aufzufallen, daß Klaus einer der Elegantesten unter den Schülern war, und als Eva einmal mit der Sekretärin des „Chefs" – so nannten sie den Schulleiter – vorsichtig darüber gesprochen hatte, weil die Klasse sie beauftragt hatte, die unfreundliche Dame über die Stipendienverteilung im allgemeinen und besonderen auszuholen, da hatte die nur die Achseln gezuckt: „Ach, weißt du, eigentlich können einem die Leute leid tun. Wenn es eines Tages mit diesen Geschäften zuende ist, stehen sie auch mittellos da." Das war allerdings auch ein Standpunkt! Aber wer, frage ich euch, wäre wohl so unkameradschaftlich gewesen, die Schulleitung oder auch die FDJ-Gruppenleitung über die Machenschaften des „Rentners" aufzuklären? Dazu hätte sich doch keiner hergegeben! Und wenn Klaus morgen in seiner neuen schicken Montur durch den Schulflur ginge, würden die Mädchen ihm nur noch bewundernder nachgucken als sonst, und die Jungs würden schmale Augen machen – nichts weiter. Wie das auch richtig und in schönster Ordnung war.

Eva preßte die Stirn gegen die schmutzige Fensterscheibe des Abteils und starrte hinaus in die vorübergleitende kahle Landschaft. Und sie selbst, die sich einbildete, „bewußte FDJlerin" zu sein? Sie lächelte verächtlich: Und ich pfeife auf alles Bewußtsein, wenn es um meinen Freund, meinen besten Freund geht …

Eva wandte sich mit einem Ruck um, sah Klaus voll in die grauen Augen: „So, und wenn wir nun kontrolliert werden? Wenn sie dir alles abnehmen und du – vielleicht verhaftet wirst?" „Ach, Quatsch", Klaus lachte aufgebracht. „Sieh bloß nicht so schwarz. Ich bin schon mehr als einmal gefahren – mir passiert nichts."

Seine heimliche Unsicherheit, die sich hinter der Prahlerei versteckte, tat ihr beinahe leid. Zugleich aber wünschte sie, er sollte geschnappt und ihm alles abgenommen werden, trotzdem sie sich sehr gemein wegen dieses Wunsches vorkam. Eva wurde nervös. Kurz vor Göschen[5], wo gewöhnlich Kontrollen stattfanden, spürte Klaus, wie ihre Hand, die auf seinem Knie lag, zitterte. Er tat forsch: Ob sie etwa Angst habe?

Nein, natürlich nicht – gar nicht.

Etwas verstimmt: Wenn er geschnappt würde, wäre das ja schließlich seine Sache, und sie hätte nicht darunter zu leiden.

Klar, das wüßte sie, aber trotzdem –

Es kränkte Eva, daß Klaus sie für feige hielt, sich einbildete, sie hätte nur Angst, mit in die Sache hineingezogen zu werden. Er mußte sie doch besser kennen!

Schweigen, Schweigen, bis im Abteil eine Taschenlampe lange Schatten über die Holzwände warf und ein junger Volkspolizist mißtrauische Blicke über die Gepäcknetze gleiten ließ: „Personalausweise, bitte!"

Eva erhob sich – betont vertraulich auf Klaus' Schulter gestützt –, wühlte, blinzelnd gegen die grelle Taschenlampe, in der Manteltasche und reichte dem Polizisten die Ausweise, mit einem bestechenden Lächeln, das alle ihre schneeweißen Zähne aufleuchten ließ. Der junge Mann blickte kurz auf die Ausweise und ein bißchen länger auf die blinkenden Zähne des Mädchens, bevor er mit einem freundlichen „Guten Abend" das Abteil verließ. Eine Gepäckkontrolle bei diesem netten jungen Pärchen hielt er wohl für überflüssig.

Evas Herz klopfte noch, als der Lampenschein im Gang untergetaucht war. Unsicher sah sie Klaus an. Der lachte – ein befreites Lachen: „Hast nicht übel kokettiert, Mäuschen …"

Da schämte Eva sich plötzlich, wenn sie auch stark geneigt war, die Schuld ebenso bei dem jungen Volkspolizisten zu suchen. Was hatte der denn seine Pflichten zu vernachlässigen, bloß weil ihn ein Mädchen angelacht hatte? Also, bitte, solange solche jungen Burschen bei der Volkspolizei waren, die im Dienst ein oder sogar zwei Augen zudrückten, hatten sie selbst die Schuld daran, wenn ihnen Schieber oder sowas durch die Lappen gingen. Und schließlich mußte man ja seine Freunde schützen. – „‚Schützen' – gegen wen?", fragte Eva sich gleich darauf. Sie hätte sich backpfeifen mögen, weil sie keine Antwort darauf wagte.

Klaus verwirrte ihr kühler Abschied am Bahnhof in B.[6] Ob er sie denn nicht nachhause bringen dürfte?

Danke, es sei nicht nötig. Spitz: er habe ja schon so genug zu schleppen an seiner schweren Aktenmappe …

Eva sah Klaus versonnen nach, als er ging. Er pfiff. Nicht schön, aber sehr laut und lustig. Betont laut und lustig. Wahrscheinlich dachte er jetzt: Alberne Gans … Oder so etwas Ähnliches. Jedenfalls bestimmt nichts Schmeichelhaftes.

2. Kapitel

War sie noch müde von ihrer Berlinfahrt, war es der Ärger über den Vorfall mit Klaus – Eva stand am nächsten Morgen verstimmt auf, ging schlechtgelaunt zur Schule, übersah in der ersten Stunde geflissentlich den Gruß ihres Banknachbarn Klaus, hatte zur zweiten Stunde ihr Mathebuch vergessen und blamierte sich in der dritten Stunde in russischer Grammatik bis auf die Knochen. Wütend malte Eva auf ihrem Heft herum, das auf dem Deckel ein Bild von Gorki trug, den sie auf ihre Art mit bunten Stiften schmückte – mit riesigen Wimpern, graziös geschwungenen Augenbrauen, knallroten Kußlippen, zwischen denen lässig eine überdimensionale Zigarettenspitze wippte, mit Ponyfrisur und kessen Löckchen. Sie war gerade dabei, ihm noch gewaltige Ohrringe und ein Medaillon anzuhängen, als der Russischlehrer Übermut, der schon ein Weilchen interessiert hinter ihr gestanden hatte, nach dem Heft griff und es triumphierend schwenkte – als einen Beweis für die Aufmerksamkeit seiner Schüler – und es in der Klasse herumreichte, die schallend lachte über den so à la Vamp verschandelten Gorki. (Unnötig zu sagen, daß in den nächsten Stunden alle Gorkis auf sämtlichen Heften der Klasse ähnlich verziert wurden.) Eva war puterrot und beschämt über ihre kindische Kulturbarbarei, die Übermut mit seinen bissigen Bemerkungen kommentierte, bis alle vor Lachen stöhnten.

In der großen Pause war Evas Laune dementsprechend. Die Hände in den Hosentaschen – weil der Übermut das absolut nicht leiden konnte – schlenderte sie über den Schulflur, die Mundwinkel bis fast zu den Ellenbogen herabgezogen.

Vor der Schulwandzeitung blieb sie stehen. Erst als ein Bengelchen aus einer der untersten Klassen sie unsanft anrannte, weil er mal wieder nicht Verkehrsdisziplin gehalten, sondern hingerissen die Fleischstücke in seiner Schulspeisung gezählt hatte, wachte Eva auf und merkte, daß sie schon eine ganze Weile auf einen Artikel über „Marspflanzen" gestarrt hatte.

Ach ja, da hatte mal wieder irgend so ein fauler Schmierfink, der mit einem Beitrag für die Wandzeitung dran war, einfach einen Artikel aus „Natur und Technik" abgeschrieben. Wie oft hatte Eva schon in den Funktionärssitzungen der Oberschulgruppe über die Aufgaben einer Wandzeitung gesprochen! Wozu eigentlich? Erfolg: „Marspflanzen"! Man sprach hier ja doch bloß wie gegen die Wand … Sie fühlte sich auf einmal so müde und mutlos, daß sie nicht einmal mehr böse wurde bei dem plötzlich aufflackernden Gedanken, daß der Herr Chefredakteur Klaus Hoffmann ja auch mit die Schuld daran trug, wenn solche idiotischen Artikel überhaupt an der Wandzeitung erschienen.

„Na, wieder aus Berlin zurück?" Eva zuckte leicht zusammen unter der Hand, die sich auf ihre Schulter gelegt hatte und drehte sich auf dem Absatz herum. Dicht hinter ihr stand der Org.-Leiter Petja und lachte, daß seine Oberlippe hochzuckte wie bei einem Schaf und eine unangenehme Reihe gelber, schadhafter Zähne entblößte.

„Wie du siehst", erwiderte Eva möglichst kühl. Sie konnte den schleimigen Burschen nicht ausstehen, der in schmutzigster Weise jedem Mädchen nachstellte und dann, wenn er, was gewöhnlich der Fall war, abgeblitzt wurde, von diesem Mädchen eine entsprechend verbrämte gemeine Geschichte erzählte, die er irgendwie herausgeschnüffelt hatte – wandelnde chronique scandaleuse der Schule.

Petja kniff genießerisch die grauen Augen zusammen („wie ein alter, fetter Kater", dachte Eva böse): „Heißes Pflaster da in Berlin, was?" Großspurig: „Kenne das. Könnte dir um den Alex rum jedes Nachtlokal zeigen."

Eva zuckte lässig die Achseln. So? Das wäre ja sehr interessant. Aber erstens gäbe es „um den Alex rum" gar nicht so viele Nachtlokale und zweitens halte sie es für einer FDJlerin unwürdig, da hinzugehen.

Ein breites Grinsen kroch um Petjas blasse Lippen, als er mit seiner weibisch weichen Hand Eva unters Kinn griff: „Na, na, tu man nicht so –"

„Wahrscheinlich weiß er jetzt auch von mir eine Geschichte", dachte Eva und trat angeekelt einen Schritt zurück: „Nimm die Pfoten weg! Was willst du eigentlich?"

Sofort war er ganz Sachlichkeit – eisig. Ja, in dieser plötzlichen Umstellung war er Meister, das mußte man ihm lassen. Es klang sehr dienstlich und eindrucksvoll geschäftig, als er jetzt den Auftrag des Gruppenleiters Lutz an seine Kulturleiterin ausrichtete: Sie solle, bitte, sofort ein Kulturprogramm auf die Beine bringen, das in kurzem vor den Kindern von im KZ ermordeten Antifaschisten aufgeführt werden sollte. Er stockte. Evas Augen waren noch um einen Schein dunkler geworden, und einen winzigen Moment lang zuckte es wie ein schmerzliches Erschrecken um ihre Mundwinkel. Petja kannte ihr Schicksal – er schwieg, bis sie ein bißchen, aber wirklich nur ein ganz klein bißchen heiser um genauere Vorschläge für das Programm bat.

Ja, also – im Mittelpunkt sollte ein Laienspiel stehen, das den illegalen Kampf der Antifaschisten während der Nazizeit schilderte. Ihre Sache sei es nun, das passende Stück auszusuchen.

Eva dankte kurz und ging in ihre Klasse zurück. Dort stand sie dann lange am offenen Fenster und starrte hinab in den Hof, in dessen mächtigen Linden schon das Ahnen kommenden Frühlings hing und wie ein zarter Schleier die starren schwarzen Äste feucht überhauchte.

Hatte sie wirklich einmal schlechte Laune gehabt? Wie albern! Wegen solcher Lappalien …

Es gab Größeres – Pflichten.

Es gab Schöneres – eine Zukunft.

Oder war es eine Pflicht, für diese Zukunft jene „Lappalien" aus dem Wege zu räumen? Die Antwort war eindeutig, mußte es sein.

Aber jetzt kam erst das Kulturprogramm – für die Kinder ermordeter Antifaschisten.

„Vati", dachte Eva zärtlich.

Sie lächelte dünn, als Klaus mit bettelndem Blick vorüberschlich.

Eva rieb fröstelnd die starren Hände über dem kleinen Kanonenöfchen in ihrem Zimmer. Der olle Braunkohlenmurks wollte und wollte mal wieder nicht brennen! Sie griff zum Feuerhaken, kniete nieder und stocherte in dem Rost herum, daß die rote Glut nur so sprühte. Eva hockte gerne so vor dem Ofen und sah in die spielenden Flammen. Am schönsten war es immer, wenn sie das Licht ausknipste und der rote Feuerschein auf der Wand tanzte – dann konnte man so herrlich vor sich hinträumen und sich allerlei wunderbare Sachen ausmalen, die meistens mit dem Wörtchen „später" anfingen, oder man konnte auch mal gar nichts denken und nur immerzu starren. Eva taten die Leute leid, die nicht träumen konnten – mit offenen Augen in den warmen, roten Schein da.

Sie legte noch einmal tüchtig auf: klobige Scheite und dazwischen ein paar Schippen voll Braunkohlengrus (das würde gut vorhalten), sprang dann auf und griff seufzend nach den Laienspielheften, die in bunter Reihe im obersten Fach ihres Bücherschrankes standen. Eva blätterte sie hastig durch und wählte nach kurzem Zögern ein düsterrot gebundenes Büchlein: Peter Nell. „Die Eysenhardts – der Weg einer Frau".

Eva kannte das Stück, kannte den Weg jener Frau und Mutter, die, früher ängstlich und „unpolitisch", in der furchtbaren Stunde der Verhaftung von Mann und Sohn über sich selbst hinauswächst zur Heldin im antifaschistischen Kampf. Natürlich, das würde sie ihre Laienspielgruppe spielen lassen – Dank an ihre Mutter, die, heute Funktionärin im DFD, einst wie jene Frau Eysenhardt das Werk aus den blutigen Fäusten des gemordeten Gatten genommen und heldenhaft fortgeführt hatte.

Vati, armer Vati …

Breit lag der Schein der sinkenden Vorfrühlingssonne über Evas Schreibtisch, auf dem wie immer ein wildes Durcheinander herrschte (sie behauptete, gerade in dieser Wüstenei immer am schnellsten das rauszufinden, was sie gerade suchte). Zwischen aufgeschlagenen Büchern, verstreuten Papieren und Heften, neben dem kleinen schwarzen Porzellanelefanten, den Eva nach dem Kipling'schen Vorbild „Kala nag" – „schwarze Schlange" – getauft hatte, wuchsen steil aufstrebend aus rot und blau fließenden Gewändern zartes Gesicht und betende Hände einer alten holzgeschnitzten Madonna, lächelten neben einer bemalten Glasschale schwarze Augen in einem noch jungen Männergesicht, in dem unter der ebenmäßigen Adlernase (Eva hatte ihn früher immer Winnetou genannt) der schmale Mund wie ein Schlußstrich stand.

Mit verschwimmenden Augen hob Eva das Bild ihres Vaters auf. Oft genug schon hatte sie aus seinen energischen Zügen sich Mut und Entschlossenheit geholt, wenn es einmal gar nimmer weitergehen wollte.

Aber heute versagte die Kraft des Bildes – weil sich daneben im schlichten Rahmen das kühne Profil eines blonden Jungen reckte – Klaus. Womit hat sich der das Recht erkämpft, so trotzig herausfordernd die grauen Augen aufzuheben?

Eva grübelte.

Weil er jung ist?

Weil er – gesteh's nur! – ein hübscher Bengel ist?

Oder einfach nur, weil er – lebt?

Ob dieser volle Mund auch einmal zum schmalen Schlußstrich unter einem Kämpferleben werden könnte?

Eva lächelte. „Nein", schüttelte sie den Kopf. „Der Klaus ist nicht der Typ, der für seine Idee sterben würde. Vielleicht hätte er nicht einmal die Kraft, für sie zu leben …"

Mit einem Ruck stellte Eva die beiden Bilder hin. Wie konnte sie den Jungen und den reifen Mann miteinander vergleichen wollen! Es war ihr gar nicht recht, daß sie immer wieder sich solche Gedanken über ihren Freund machte. Irgendwie setzten sie Klaus in ihren Augen herab – und das tut einer Freundschaft nie gut. Und vielleicht, vielleicht könnte sie aus ihm doch noch mehr machen als das, was das Elternhaus an ihm verschuldet hatte, indem es ihn, den Einzigen, Verwöhnten, zu einem oberflächlichen, selbstbewußten Weltmann erzogen hatte, zu einem Menschen, der später wahrscheinlich einmal skrupelloser Geschäftsmann werden könnte, wenn er nicht noch in richtige Hände kam; zu einem – Eva lächelte spöttisch – „Bel ami" nach dem berühmten Maupassant'schen Vorbilde. Vorläufig aber hoffte sie noch, er werde bei ihr schon in den bewußten „richtigen Händen" sein …

Eva riß sich zusammen, wendete sich ihrem Laienspiel zu. Als sie das Heft aufschlug und das Personenverzeichnis überflog, war sie wieder ganz Energie und Arbeitseifer. Sie murmelte die Namen vor sich hin, ließ sich jede einzelne Gestalt durch den Kopf gehen, ließ die Mitglieder ihrer Laienspielgruppe in Gedanken Revue passieren, schrieb dann mit Bleistift die Namen der eventuell auf die Gestalt passenden Schüler hin.

Eva zündete eine Zigarette an, rauchte in tiefen, hastigen Zügen und sah dem Rauch nach. Ja, den Vater Eysenhardt, den aufrechten, ewig polternden, doch bis zum letzten Augenblick standhaften Kämpfer, mußte Peter Zimmerfeld spielen – doch, ja, der würde wohl passen. Und für den Sohn würde sie am besten Gerhard Gräb wählen, den stillen, bedächtig scheinenden Jungen, der doch immer wie von einem innerlichen Feuer verzehrt war, das beim Spielen manchmal aus ihm glühte – so erschütternd, so mitreißend, daß sie stets wieder alle begeistert waren von seinen schauspielerischen Leistungen. Und die Frau Eysenhardt – ja, da fiel die Wahl schwer, trotzdem Eva eigentlich genug Mädchen auf Lager hatte. Erika Kiefners breites, ruhiges Gesicht tauchte vor ihr auf. Wahrscheinlich wäre sie[7] die Richtige, die eine ganze Skala von Gefühlen verkörpern konnte, die als Lady Milton in einer Szene aus Schillers „Kabale und Liebe" mitriß und doch auch als einfache Arbeiterfrau überzeugen würde – so angeberisch das klingen mochte.

Eigentlich war Eva sehr stolz auf ihre Laienspielgruppe, wenn sie auch auf den Proben selten zufriedenzustellen war. Sie sagte oft, sie hätte prima Kräfte in ihrer Gruppe – aber das sagte sie nur, wenn die nicht dabei waren, um ihnen „keinen Floh ins Ohr zu setzen". Die Erika wollte auch Schauspielerin werden – gut also, sie kriegte die Mutter Eysenhardt. Die Rolle war bei ihr bestimmt in guten Händen.

Eva drückte ihre Zigarette aus. Sie hatte sich das Rauchen entschieden zu sehr angewöhnt, bildete sich ein, es beruhige sie. Schade, daß man in der Schule nicht bei den Klassenarbeiten rauchen durfte! Aber die Schulvorschrift verbot es sogar in der Pause, was vor allem die Jungs aus der 11. und 12. Klasse sehr engherzig fanden. Wo doch die Pauker selbst qualmten! Aber „quod licet iovi, non licet bovi" meinte ihre Lateinlehrerin – „Küßchen" nannten die Schüler sie, weil sie eigentlich Habekus hieß und ein wunderbarer Kerl war, für den alle bedingungslos schwärmten. Sie wurde von den Schülern sogar geduzt, denn sie war noch jung, war FDJ-Mitglied und ihr untersetzter kräftiger Körper steckte oft in FDJ-Kleidung. Dabei herrschte bei ihr eine tadellose Disziplin – trotz des vertraulichen Du –, weil sie es eben verstand, ihre Bande in Zucht zu halten und weil die sie, wie schon gesagt, hemmungslos anschwärmten. Küßchen war – trotz des beleidigenden Sprichwortes mit dem Ochsen – die einzige, die das „Raucherkollegium" kannte, das sich in jeder großen Pause im Klohäuschen auf dem Hof zusammenfand. Wenn man ihre schnellen starken Schritte hörte, brauchte man die Zigarette nicht schnell wegzuschmeißen, sondern durfte ihr sogar Feuer anbieten, weil sie gerne mal im Klo mitpaffte.

Ja, die Küßchen – das war eine Lehrerin! Eva griente, wenn sie daran dachte, was sie schon alles zusammen ausgefressen hatten – wie mit einer guten Kameradin, die man mehr respektiert als die anderen. Dafür machte das Kollegium auch manchmal ein bißchen scheele Augen, weil sie alle nicht verstanden, warum die ganze Schülerschaft für diese unschöne Frau mit dem straffgeknoteten Haar „barfuß durch die Hölle" gehen würde, wie Eva einmal leidenschaftlich versichert hatte.

Küßchen war so ähnlich wie ihre Mutter, fand Eva. Und – „wenn Mutti doch bald käme", sehnte sich das Mädchen. Und Mutti kam. Kam mit den festen, ein bißchen männlichen Schritten, die sie sich angewöhnt hatte in den schweren Jahren, als sie, nach außen hin die trauernde Witwe des hingerichteten Lehrers, aktiv in der illegalen Arbeit gestanden hatte.

Nach dem Abendbrot – Mutti hatte nur schnell Bratkartoffeln mit Rührei gemacht, weil sie so spät gekommen war – saßen die beiden bei dem warmen goldenen Schein der Stehlampe am Rauchtischchen und hielten ihr allabendliches Plauderstündchen. Das war so Usus: eine halbe Stunde – manchmal wurde es auch länger – nach dem Abendbrot unterhielten sie sich, erzählten einander von den Ereignissen des Tages, die, so klein und scheinbar unbedeutend sie auch meistens waren, oft zu lebhaften Debatten führten, bei denen die Mutter ihre große Tochter nicht anders als eine gleichberechtigte Freundin behandelte. Wenn die Arbeit am Tage auch noch so anstrengend gewesen war – von ihrer kleinen abendlichen „Auswertung" wurde auf keinen Fall was abgeknapst.

Eva erzählte der Mutter von der Wahl des Stückes für ihr Kulturprogramm und reichte ihr das Büchlein über den Tisch. Die Frau lehnte sich zurück und blätterte aufmerksam in dem Laienspielheft.

Heimlich sah Eva ihre Mutter an. Sie freute sich, als sie in dem vertrauten Gesicht da, in dem sich die braune Haut fest über den breiten Backenknochen spannte, einen Zug von Spannung sah, der ihr bewies, daß sie und ihre Arbeit ernst genommen wurden. Ihre Blicke streichelten sacht das volle, schwarze Haar, in dem mitten über dem Scheitel[8] eine weiße Strähne glänzte – Mahnung an jenen schrecklichen Tag der Ermordung ihres Gatten.

Gefesselt beugte sich die Frau tiefer über das Buch. Leise sank die weiße Strähne über die Stirn. „Dabei ist sie noch so jung", dachte Eva.

„Und kurz und gut – ich will nicht, daß gerade dem unser Laienspiel vorgelegt wird." Mit einer abschließenden Handbewegung wischte Eva jeden zu erwartenden Protest von vornherein weg. „Dem nicht, gerade dem nicht!"

Die rotblonde Hilde zuckte ein bißchen ratlos die Achseln: „Was hast du nur gegen Sehning? Er ist doch ein prima Lehrer –" Natürlich sei er ein prima Lehrer. Eva lachte gereizt. Großartig sei er, selbstverständlich großartig …

Hilde überhörte geflissentlich den ironischen Ton. Leicht pikiert (sie konnte das fabelhaft): „Na also, was hast du dann gegen ihn?"

Eva sah Hilde mit bösen Augen an. Sie hatte schon eine scharfe Antwort auf der Zunge, aber sie beherrschte sich noch einmal. Wozu wieder eine erfolglose Diskussion über das alte Thema, über das sie doch nie zu einem Ergebnis kamen?

Auch die anderen hielten lieber den Mund. Immerhin begegnete man Eva in ihrem Kreise mit einer Achtung, die nicht zuletzt ihrem Vater galt, von dem sie glühend begeistert war und von dessen Leben sie den Kameraden oft erzählte. Sie wären keine jungen Menschen gewesen, hätte das tapfere Sterben dieses Mannes sie nicht mit Verehrung gegen ihn erfüllt. Außerdem aber hing ihnen der alte fruchtlose Streit längst zum

Halse raus (das war sogar der Hauptgrund), weil er immer wieder ihre Klasse innerlich spaltete, die sich doch sonst so gut verstand. Eigentlich war es ja auch immer wieder nur die schwarze Eva, die es nicht lassen konnte, bei jeder Gelegenheit den Studienrat Sehning in schärfster Form anzugreifen und ihm reaktionäre Haltung vorzuwerfen und dergleichen Unsinn mehr. Dabei war er doch ein ausgezeichneter Lehrer – seine Deutsch- und Englischstunden waren in der ganzen Penne in gleicher Weise beliebt und gefürchtet, weil man bei ihm etwas lernen konnte und – was leider weniger angenehm war – etwas lernen mußte. Und das war doch schließlich die Hauptsache, nicht wahr?

Es war wirklich großartig albern von Eva, sich ewig über ihn aufzuregen. Überfortschrittlich war sie – „150%ig" – wie das im Slang der Penne hieß.

Eva saß auf dem Tisch und baumelte mit den Beinen. Nachdenklich starrte sie auf ihre Schuhspitzen herab. Nein, dem Sehning durfte die Laienspielgruppe ihre „Eysenhardts" nicht zur Besprechung vorlegen. Oh, sie kannte ihn – „Er wird euch das Stück wieder auf seine Art ‚nahebringen', daß ihr auf einmal alle merkt, was das für ein schlechtes Stück ist, wie wenig fein die Gestalten gezeichnet sind – und daß die Handlung plump ist – na, und daß überhaupt die ganze Laienspielbewegung Quatsch ist –"

„Das hat er noch nie behauptet", meldete sich Hilde bescheiden. Eva verstummte erbittert. Nein, in diesen Worten hatte er das tatsächlich noch nicht gesagt. Der würde sich hüten! Ja, wirklich, sie kannte ihn, kannte genau seine kleinen, feinen, versteckten Worte und Gedanken, mit denen er die Schüler garantiert stets genau dahin kriegte, wohin er sie haben wollte. Und die merkten es nicht …

Der Hansi (Wanjuschka nannten sie ihn, weil er in Russisch einfach eine Kanone war), der Hansi merkte es auch, weil er, der stille, aufmerksame Beobachter, tiefer sah als die oberflächlicheren Mitschüler. Oft genug hatte er sich schon mit Eva und ein paar Gleichgesinnten darüber unterhalten – ein bißchen stotternd, wie immer, wenn er erregt war. Aber diese wenigen Aufmerksamen und der Wanjuschka und Eva, die es spürten, wie das fein dosierte Gift langsam, aber mit tödlicher Sicherheit in die Gehirne der Mitschüler eindrang, diese wenigen rannten sich und ihrem ungeschulten Marxismus den Kopf ein an des Älteren klug abwägender Überlegenheit, der man nie offensichtlich reaktionäre Tendenzen nachweisen konnte. Das war es eben, was Eva an dem klugen Manne so haßte: jene stille, nie zu fassende, nie nachzuweisende Hintergründigkeit, mit der er seinen Schülern seine Lehren einimpfte.

Geschickt war er, verdammt geschickt, das mußte man ihm lassen. Mit ein, zwei Worten kriegte er die meisten Schüler zu einer Auffassung, die die Aufmerksamen mit ein, zwei ganzen Predigten nicht wieder aus den Köpfen rausredeten. Wanjuschka behauptete, er sähe voraus, daß dieser Mann dem jungen Staat die wertvollsten Kräfte an fortschrittlicher Intelligenz auf diese Weise entziehen würde. Na, Wanja liebte große Worte, und er konnte schöne, lange Bandwurmsätze ohne Anstoßen sagen, als läse er sie aus einem Aufsatz vor, aber er hatte irgendwie recht, merkte Eva.

Aber wie gesagt, man hatte die Stänkereien in dieser Beziehung satt und klappte lieber Ohren und Mund fest zu, wenn einer wieder davon anfing. Heute aber gab es Widerspruch von unerwarteter Seite. „Und er kriegt das Laienspiel doch!" Und Klaus trat heftig gegen das Tischbein, um sich selbst Mut zu machen. „Und er kriegt es nicht!", trumpfte Eva auf, leicht erstaunt darüber, daß er es gewagt hatte, ihr zu widersprechen.

„Mensch, bilde dir bloß nicht ein, du kannst uns hier wegen deiner unbegründeten Antipathien tyrannisieren", blitzten Klaus' graue Augen – weil er merkte, daß sich allerseits großes Verwundern erhob wegen seiner Haltung (sonst stand er nämlich schwer unter dem Pantoffel, wie böse Zungen behaupteten).

„Unbegründet", rief Eva unbeherrscht laut, „unbegründet?! Reiß doch gefälligst mal deine blöden Augen auf, Klaus, und guck dir deinen Sehning richtig an. Wenn du nur ein bißchen Grips im Kopf hättest, würdest du nicht so dumm quatschen – von wegen: unbegründete Antipathien. Ach –" Eva winkte resigniert ab, mit einer geringschätzigen Handbewegung, die so viel sagen sollte wie: Hoffnungsloser Fall – dieser Klaus!

Wenn die anderen dachten, der würde nun endlich still sein, so hatten sie sich geschnitten. Im Gegenteil – Klaus erbitterte diese Mißachtung bis zur roten Wut. „Du bist ja völlig verrückt!" Er tippte Eva so energisch an die Stirn, daß sie fast hintenüber gekippt wäre. „Gib bloß nicht so an wie 'ne Lore Affen! Dem kannst du nicht das Wasser reichen, mein Stern, verstehst du – nicht das Wasser kannst du ihm reichen! Zehnmal klüger ist er als du, hörst du, ein erstklassiger Lehrer ist der Sehning, sage ich dir!" Eva wollte unterbrechen, aber Klaus war gerade gut im Zug und ließ sie nicht zu Worte kommen (auch das war unerhört und noch nie dagewesen), sondern grölte fast: „Reaktionär? Daß ich nicht kichere! Reaktionär! Sieh mal an! Hast du ihm vielleicht schon mal was nachweisen können, he?"

Klaus triumphierte. Das hatte gesessen! Trotzdem tat Eva plötzlich ganz kühl, sah ihn mit überlegener Ruhe an – und kochte doch innerlich. „Bis jetzt konnte ich ihm allerdings noch nichts nachweisen, wie du es nennst. Aber wenn ich erst einmal konkrete Beweise habe," – ihre tiefe Stimme klang plötzlich eiskalt – „dann fliegt er von der Schule, darauf kannst du dich verlassen!"

Eva brach jäh ab, erschreckt von dem Wort, das da so aus ihr herausgekommen war, ohne ihren Willen beinah, das sicher lange schon in ihr geschlafen hatte und jetzt, als es aufwachte, so sehr viel ernster aussah als je vorher, wenn ihre Gedanken nur leise drumherum geschlichen waren und es vorsichtig beäugt hatten.

Klaus verzerrte das Gesicht, ballte die Faust, als wollte er zuschlagen. Dann lachte er auf, sah Eva mit einem langen Blick von oben bis unten an, lachte noch einmal: „Du weißt ja nicht mehr, was du redest, du hysterisches Frauenzimmer," – das war ihm noch nicht stark genug – „du –", er suchte im letzten Gehirnwinkelchen nach einem Wort, das mit tödlicher Sicherheit treffen mußte, „du – Denunziantin!"

Das Wort war gut gewählt.

Eva zuckte zusammen wie unter einem Schlag, wurde seltsam blaß unter der braunen Haut, bis ihr langsam brennende Röte über das erstarrte Gesicht kroch. „Du, Klaus –" Eva atmete schwer, hob die Hand zu einer Ohrfeige – da schob sich schnell die Hilde dazwischen, mit jener entwaffnenden Sanftheit, die sie immer wieder zur Herrin der Situation machte. So dicht stand sie vor der Freundin, daß die das drollige schwarze Pünktchen in der Iris von Hildes Auge⁹ sehen konnte und unwillkürlich lächelnd die Hand sinken ließ.

„Nicht so jähzornig sein", schmeichelte die hohe Stimme des hellhäutigen Mädchens, „du hast mal wieder übertrieben, Eva, wirklich …"

„Aber Sehning ist doch –"

„Ja, ja, natürlich, schon gut." Hilde lächelte beschwichtigend. „Du mußt nicht gleich so aufbrausen – auch du nicht, Klaus. Wir wollten doch noch über unser Laienspiel und die Rollenbesetzung sprechen."

Eva nickte. Ja, richtig.

Sie schaute sich um. Die zehn Augenpaare brannten auf Eva, als wären es zehntausend – erschreckt, empört, ängstlich fast. Sie kannten ihre Gruppenleiterin, alle.

Klaus hatte sich abgewendet.

Aus zwei braunen Augen nur schlug Eva die kalte Flamme unverhüllten Hasses entgegen. „Der Ulli ist sein besonderer

Liebling", dachte Eva flüchtig und lächelte ihn an. Aber es war kein gutes Lächeln …

Der breitschultrige Bursche biß die Zähne zusammen, daß die Kinnladen hart hervortraten – das sicherste Zeichen, daß er stinkwütend war, wenn es auch ein bißchen theatralisch wirkte.[10] Eva wußte, was Ulrich jetzt dachte: „Denunziantin" und „Sobald sie ihm etwas nachweisen kann, fliegt er." Sie lächelte stärker, weil sie fühlte, wie sie unter seinen unendlich verächtlichen Blicken unsicher wurde.

Evas Worte waren mehr der Erregung des Augenblicks entsprungen, nicht kühler Überlegung. Wie oft hatte Mutti sie schon gewarnt, sie werde noch einmal, wenn sie sich immer gleich so gehen ließe, eine große Dummheit machen. War das eben so eine Dummheit gewesen? Was fiel ihr ein, so etwas rauszuhauen, daß die ganze Gruppe wie vor den Kopf geschlagen war?

Eva überlegte sehr ernsthaft. „Hatte sie das Recht, einem Menschen die Existenz zu rauben, wenn er am Ende vielleicht doch gar nicht einmal so gefährlich war?" Wie sie alle angestarrt hatten! Als wäre sie ein Raubmörder oder irgend sowas … Eva merkte plötzlich, daß sie im Ernstfalle ja doch nicht den Mut haben würde, gegen Sehning vorzugehen, weil sie eben nur ein Mädchen war, das zwar behauptete, auf die Meinung anderer Leute zu pfeifen, im Grunde genommen aber doch eine furchtbare Angst davor hatte, Tag für Tag diese Blicke auf sich brennen zu fühlen, diese empörten, erschreckten, verängstigten Blicke.

Aber sie hatte doch sonst den Mut, den Kopf in den Nacken zu werfen, wenn andere über sie sprachen! Sie konnte sonst so grenzenlos verachtungsvoll auf alle Klatschbasen der Welt runtersehen und hatte ständig boshafte Bemerkungen bei der Hand über Leute, die sich über andere die Mäuler verrenkten. Aber jetzt –

Am liebsten hätte Eva ihre Gedanken abgeschüttelt wie ein Hund das Wasser, aber irgendwie machten sie sie unsicher und angstvoll.

Als Eva das Laienspielheft auf den Tisch warf, fuhren ihre Blicke zu Ulrich hinüber, kehrten schnell wieder zurück, als sie seinen begegneten. Zu unbequem – die Augen von diesem dummen Jungen …

Schweigsam trotteten die beiden Freunde nebeneinander her. Eigentlich war es nur die Macht alter Gewohnheit, daß der Klaus sein Mädchen überhaupt nachhause brachte, denn wenn er an den Auftritt vorhin dachte, wurde ihm ganz kalt vor Wut.

Heimlich sah Klaus Eva von der Seite an. Sie hatte den Kopf in den Nacken geworfen und bohrte angestrengt die Augen in den höchst uninteressanten Nachthimmel – ein Zeichen, daß sie jetzt keine Unterhaltung wünschte. Diese hochmütige Haltung, die ihre sowieso schon etwas herausfordernd geschwungene Nasenlinie noch unterstrich, ärgerte Klaus noch mehr, und er holte aus, zu einem Rippenstoß, der – beinahe gegen seinen Willen – reichlich derb ausfiel. „Nun spiel gefälligst nicht die beleidigte Leberwurst", murrte er gegen Evas Versuch, über seine Brutalität empört zu sein. Gehorsam gab sie's auf und rieb sich bloß heimlich die Gegend, wo der kräftige Ellenbogen von Klaus getroffen hatte: „Bengel, hast du spitze Knochen!"

„Tut dir ganz gut, oller Stänker!"

„Ich höre wohl nicht richtig? Wieso Stänker?"

Evas betont unschuldiges Lächeln reizte Klaus maßlos. „Nun frag bloß nicht noch so dumm", fuhr er sie giftig an, daß sie schnell einen Schritt zur Seite trat, „wer hat denn die Schuld daran, daß aus unserer Laienspielbesprechung nichts geworden ist –" Sie hätte ihm ja nun eigentlich sagen können, daß er doch man bloß nicht so tun solle, als läge ihm so viel an der Laienspielgruppe, denn schließlich war er ja auch bloß ihretwegen drin, aber seine Hände fuchtelten gefährlich nahe vor ihrem Gesicht herum, daß sie lieber darauf verzichtete. Trotzdem schrie Klaus Eva an, sie solle gefälligst nicht dazwischenquatschen, sie wäre eben doch diejenige, die immer wieder den alten Streit vom Zaune bräche, „weil du es nicht vertragen kannst, daß Sehning immer recht behält, stimmts?"

„Aber er hat doch gar nicht –"

Klaus hob die Stimme noch mehr und zerquetschte jeden bescheidenen Widerspruch: „Mach mir doch nichts vor, Eva! Ich kenne dich doch lange genug. Wenn du dir etwas in den Kopf gesetzt hast, dann beißt du es auch durch und wenn du schon längst eingesehen hast, daß es eigentlich Quatsch ist. Aber nein, rein aus Dickköpfigkeit machst du es –"

Jetzt endlich rang Eva sich gegen seinen unfertigen Baß durch: „Herrgott verdammt," – sie schluckte heftig – „halt doch, bitte, endlich mal den Mund! Gut, kann alles sein, gebe ich zu. Aber Sehning – ich bitte dich, Klaus, in der Beziehung bist du verbohrt! Sag mal, willst du denn wirklich nicht sehen, was der in unserer Klasse versaut?" Eva war stehengeblieben, hatte ihn bei den Schultern gepackt. Ärgerlich schüttelte Klaus sie ab: „Ich verstehe dich nicht, Eva. Es gibt doch kaum einen besseren Lehrer an der Penne als ihn."

Eva kannte diesen Einwand und schob ihn mit erbostem Achselzucken beiseite. „Als wenn es die einzige Aufgabe des Lehrers wäre, uns Mathe und Sprachen und sowas einzupauken! Sieh mal –", ihre Stimme bekam eine Färbung gereizt sanfter Überredung, weil sie dasselbe nun schon zum mindestens hundertsten Male sagte, „– der Lehrer soll doch auch seine Schüler gesellschaftspolitisch fördern und im Sinne unserer neuen Gesellschaft erziehen –" Eva holte tief Luft und hatte das Gefühl, mal wieder „in Ideologie gemacht" zu haben und etwas, wovon sie selbst fest überzeugt war, ziemlich phrasenhaft und für andere wenig überzeugend gesagt zu haben.

Schnell schloß sie: „Sehning aber erstrebt und erreicht das gerade Gegenteil. Daß er es erreicht, ist eure eigene Dummheit, aber daß er es erstrebt, das nehme ich ihm persönlich übel."

Klaus schwieg – nach seinem Grundsatz: Du hast recht und ich habe meine Ruhe. Er tat das nicht etwa, weil er Eva nun tatsächlich recht gab, sondern einfach nur, weil er für solche „Stänkereien" zu bequem war. Er interessierte sich sehr stark für Fußball (er war passioniertes Mitglied der Fußballelf der BSG Stahl), interessierte sich erheblich weniger für seinen Schulkram, und im übrigen wich er unangenehm berührt jeder ernsthaften Unterhaltung über Politik – oder was entfernt danach roch – aus. Hätte er nicht gerade den Sehning so gerne gehabt, er hätte niemals eine Lanze für ihn gebrochen, sondern der Freundin wie in fast allem bedingungslos zugestimmt (er hieß nicht umsonst in der Schule „das Pantoffeltierchen", wobei die Betonung sehr stark auf Pantoffel lag).

Eva hätte sich jetzt zufrieden geben können. Aber sei es nun, daß Klaus' Widerstand von vorhin sie noch ärgerte, sei es, weil sein Schweigen jetzt sie noch mehr erbitterte, weil ihr seine Denkfaulheit auf die Nerven fiel – jedenfalls trotzte sie, um ihn noch einmal ordentlich „auf die Palme" zu bringen, in das Schweigen noch einmal ihren Trumpf hinein: „Und eines Tages fliegt er doch – aber hundertprozentig, sage ich dir!"

„Jetzt reicht es mir aber!" Klaus verzerrte den Mund bis zur Grimasse. „Du – wenn du das tust, dann bist du die längste Zeit meine Freundin gewesen –"

„Meine gesellschaftlichen Pflichten stehen mir höher als meine Privatinteressen", sagte Eva überheblich und versuchte, sehr märtyrerhaft und großartig auszusehen, während sich doch in ihrem Innern ein sehr kleines, sehr klägliches Mädchenherz zusammenzog bei der Drohung ihres besten Freundes.

Der zog die Stirn kraus und grübelte ihren Worten nach. Dieses verflixte Frauenzimmer brachte es, weiß der Teufel!, fertig, ihn sausen zu lassen, wenn sie nur ihr Ziel erreichte. Das kränkte seinen Mannesstolz ganz erheblich. Für ihn selbst unerwartet schroff reichte Klaus Eva vor deren Haustür die Hand.

Mit einer kleinen zärtlichen Bewegung nahm Eva seinen kantigen Jungenkopf in die Hände und zog ihn sacht zu sich herab, um ihm einen Kuß zu geben. Aber mit heftigem Ruck entzog sich Klaus ihren Händen und rannte davon, mit langen, gut durchtrainierten Läuferschritten.

Unbeweglich stand Eva vor der Haustür, und langsam kroch in ihr ein Gefühl tiefer Beschämung und zugleich Erbitterung hoch. Klaus hatte sie abgeblitzt zum ersten Male in den zwölf Monaten ihrer Freundschaft – wie schändlich! Einfach den Kopf weggezogen hatte er, wo er doch sonst sich nicht von ihr trennen konnte, ohne mindestens einen Kuß gekriegt zu haben. Und alles wegen Sehning, diesem Schuft, diesem – Sie suchte empört nach Schimpfworten und war sich nicht ganz klar darüber, ob die Tränen, die ihr auf einmal würgend im Hals saßen, aus Zorn oder Kummer kamen.

Als Eva langsam, Schritt für Schritt, die Treppe hinaufstieg, fiel ihr der große Märtyrersatz ein, den sie vorhin Klaus gesagt hatte: „Meine gesellschaftlichen Pflichten stehen mir höher als meine Privatinteressen!"

„Denkste, Puppe!", summte sie tiefgeknickt ein Zitat aus ihrem feschen Wortschatz und war auf einmal beinahe entschlossen, sich nun endgültig nie wieder um den dummen Sehning zu kümmern.

Und morgen würde sie sich wieder mit Klaus vertragen. Ganz bestimmt, das würde sie tun! Aber so ganz wohl war ihr nicht bei dem Gedanken …

Zur selben Zeit bummelte eine andere Gruppe von Jungs und Mädchen nachhause, Klassenkameraden von Eva, die auch in der Laienspielgruppe waren: die trotz ihrer Üppigkeit zarte Hilde, die bei aller Herzlichkeit so eine gewisse Atmosphäre von Distanzierung um sich verbreitete, und ihr stiller Verehrer Gerhard, lang und entsetzlich unbeholfen, der ganz besonders in Hildes Gegenwart nie wußte, wohin mit seinen schlaksigen Armen und Beinen. Die blondzöpfige Margrit war auch dabei – „süß und leicht beschränkt" fand Eva sie –, mit ihrem Galan Georg, einem eminent klugen und ewig ironischen Burschen, in dessen mädchenhaft schönem Gesicht schwarze Augenbrauen seltsam zu dem blonden Haar kontrastierten. Denselben Weg hatte auch die lange Dörte, hinter deren schmalem, sommersprossigem Gesicht und züchtigem Madonnenscheitel kein Fremder den spitzzüngigen Schelm vermutet hätte, und der rundliche Wolf, den Eva „Bello" getauft hatte, weil er trotz seines geradezu aufreizenden Phlegmas manchmal überraschend schnell wütend wurde und seine ganze Umgebung (besonders die Eva, mit der er sich ständig in den Haaren lag) anfuhr, an„bellte", wie Eva ihm lachend versicherte.

Sie alle waren heute abend von einer bei jungen Menschen erstaunlichen Ruhe – verstimmt durch die unverständliche Haltung ihrer Gruppenleiterin, deren geistige Führerschaft in der Klasse sie allgemein anerkannten – mit einer Art widerwilliger Bewunderung, die dem Mädchen ebenso viele heimliche Feinde wie aufrichtige Freunde verschafft hatte. So willig sie sich sonst der Führung Evas beugten – sei es aus Bequemlichkeit oder aus wirklichem Vertrauen zu ihr –, heute standen sie alle im Gegensatz zu ihr. Noch empfanden sie nicht jene Regung offenen Hasses, die Eva aus den Augen Ulrichs entgegengeschlagen war, aber jeder von ihnen war, entsprechend Temperament und Intellekt, aufgebracht oder einfach nur beunruhigt durch die eisige Drohung. Die feinfühlige Hilde spürte sehr wohl, was in den Kameraden vorging, und sie brach als Erste das drückende Schweigen, vor allem auch in der Absicht, ihre Freundin von dem Verdacht einer unlauteren

Handlung zu reinigen. Sie wandte sich an Gerhard, der natürlich prompt knallrot wurde und den mißglückten Versuch machte, seine langen Arme auf dem Rücken oder sonstwo zu verstauen.

„Ihr dürft das Eva nicht so übelnehmen", sagte Hilde sanft. „Sie ist eben ein bißchen zu temperamentvoll und meint es gar nicht so."

Georgs schwarze Brauen zuckten. „Pah", lachte er, „du willst sie nur in Schutz nehmen, trotzdem du genau so gut weißt wie ich: die ist zu allem fähig." Die niedliche Margrit nickte eifrig bestätigend – wie bei allem, was „er" sagte und dachte. Sie hätte vielleicht weniger triumphierend genickt, wenn sie geahnt hätte, daß ihr Heißgeliebter im Stillen dieses Mädchen glühend verehrte – eben, weil es zu allem fähig war.

Bello fuhr sich mit allen zehn Fingern durch die dicke blonde Lockenmähne und knurrte abgehackt: „Ganz gefährliches Frauenzimmer die –" Die anderen platzten raus, und schmollend warf er die vollen Lippen auf, von denen das gefährliche Frauenzimmer einmal behauptet hatte, wenn man sie sähe, komme man jedesmal in Versuchung, ihnen einen herzhaften Kuß aufzudrücken.

Dörte fand Eva fanatisch, einfach fanatisch. „Aber von mir kriegt sie keinen Blick wieder, wenn sie Sehning –", sie stockte, „– denunziert."

Hilde wagte eine letzte Verteidigung ihrer Freundin: „Zu einer derartigen Gemeinheit ist Eva gar nicht fähig, ganz bestimmt nicht! Ich halte sie einfach für zu klug dazu. Denn schließlich muß sie doch damit rechnen, daß sie von diesem Moment an in der Schule verfemt ist. Ja, verfemt – Luft für uns alle."

Das leuchtete allerdings ein. Natürlich, wer würde es wagen, den Haß und die Verachtung einer ganzen Klasse, mehr noch: einer ganzen Schule auf sich zu nehmen? Und etwas beruhigt bummelten die sechs Kameraden heimzu.

42

Wobei sie freilich übersahen, daß ein Mädchen mit der Erziehung und Einstellung einer Eva Hennig nicht mit demselben Maßstab zu messen war wie sie selbst …

Zur selben Zeit schritten auch die zwei „Eigenbrötler" der Klasse durch die schon stillen Straßen der kleinen Stadt, deren dunkle Häuserwände dumpf den Schall ihrer Schritte zurückwarfen.

Ulrich und Albrecht waren Freunde – soweit Menschen ihrer Art einem anderen Freund sein können, denn wenigstens nach außen hin repräsentierten beide den Typ des Einzelgängers[11], nur mit dem winzigen Unterschied, daß Albrecht wirklich einer war, während Ulrich es „interessant" fand, den Einsiedler zu spielen. Eva schätzte Ulrich wegen dieser Angeberei wenig, und er erwiderte sehr deutlich ihre Antipathien, indem er ständig offen oder versteckt gegen sie opponierte und ihre Autoritätsstellung zu untergraben suchte.

Natürlich versäumte er erst recht heute nicht die gute Gelegenheit, bei dem schweigsamen Albrecht gegen die Gruppenleiterin Stimmung zu machen. Der mißbilligte sowieso Evas politische Haltung, denn er war der einzige Nicht-FDJler der Klasse.

Ulli war fest überzeugt davon, daß sich Eva über kurz oder lang dazu hinreißen lassen würde, seinen Lieblingslehrer zu beseitigen, denn er hatte so gut wie sie die ganze Gefährlichkeit des Studienrats erkannt, die ihm freilich nicht unangenehm war. Obgleich FDJ-Mitglied, war er doch glühender Gegner des „Vermassungs-Systems", das seine eingebildete Einzelgängernatur in dem Jugendverband suchte und – das versteht sich für ihn – auch fand. Trotzdem nahm er, besorgt um sein Studium, niemals offen Stellung dagegen, während Albrecht, gläubiger Christ und weltfremder Gelehrter, bei jeder Gelegenheit seine Abneigung aussprach. So wenig objektiv er dann auch war, so hatte Eva doch Hochachtung vor diesem aufrechten und klugen Jungen, in dessen klassischem Profil sich alle guten Eigenschaften eines wahrhaft edlen Menschen spiegelten, den nur der Irrweg einer tiefen Religiosität vom Erkennen der wahren Lebensaufgaben unserer Zeit ablenkte.

Albrecht sah Ulrich still an und neigte mit dem nachsichtigen Lächeln des Frühreifen den Hermeskopf. „Du kannst Eva nur nicht leiden, weil sie klüger ist als du", sagte Albrecht mit der ihm eigenen Offenheit. Ulrich zog die Mundwinkel herab. Er fühlte sich getroffen. „Klüger?" Er lachte verächtlich. „Nee, mein Lieber, bloß ihre Anmaßung ärgert mich. Es ist einfach –", er suchte nach einem passenden Wort, „– einfach gegen die Weltordnung, daß so ein junges dummes Ding einen alten erfahrenen Lehrer verdrängen will, bloß weil er anderer Meinung ist als sie."

Albrecht zuckte die Achseln. „Gewisse Umstände …", zögerte er zerstreut. „Ach, von wegen gewisse Umstände –" Ulrich war verärgert, weil er nicht sofort Zustimmung bei dem Freunde fand. „Wagen soll sie's –" Ulrich knirschte theatralisch mit den Zähnen, aber als er dabei Albrecht von der Seite ansah, merkte er, daß dessen Träumeraugen schon wieder ganz woanders waren – bei großen Welträtseln und philosophischen Problemen, nur nicht hier unten auf dieser unvollkommenen Erde, wo kleine dumme Mädchen versuchten, ihre alten weisen Lehrer vom Throne zu stoßen.

Trotzdem es – gegen die Weltordnung war …

3. Kapitel

Am nächsten Morgen hatte Eva die Zeit verschlafen und mußte sich so beeilen mit Waschen, Anziehen und Kämmen, daß sie kaum noch im Stehen ihr Frühstück herunterschlingen konnte, ehe sie, noch kauend, davonstürzte.

Sie bog gerade an der Geschwister-Scholl-Straße um die Ecke, wo sich der massive rote Bau der Schule erhob, als sie einen schlanken Krauskopf die Treppe hinaufhasten sah. „Hallo, Wanjuschka", rief Eva über die Straße. Der blieb stehen und winkte.

Als sie ihn, noch schnell atmend vom Endspurt, begrüßte, merkte sie, daß er ebenfalls völlig atemlos war. „Na, auch Sturmlauf gemacht?", lachte Eva.

Wanjuschka nickte so flüchtig, daß es ihr auffiel. Prüfend sah Eva ihn von der Seite an, als sie, mit einem ängstlichen Blick auf die Schuluhr, die Treppe hinaufstiegen. „Du kommst jetzt immer so spät zur Schule – gerade so auf die letzte Minute, Hansi. Dabei wohnst du doch gar nicht so weit; verschläfst du denn immer die Zeit?"

Hans wurde rot und murmelte etwas, was zur Not als eine Zustimmung ausgelegt werden konnte. Eva aber ließ nicht locker. „Da ist was faul im Staate Dänemark! Hast du süße Geheimnisse vor deiner alten Freundin?"

Ganz erschrocken blieb Wanjuschka stehen, stotterte: „Wieso – wie meinst du das?" Eva kniff spitzbübisch blinzelnd ein Auge zu: „Du hast doch nicht etwa eine kleine Freundin, die du[12] morgens noch unbedingt abholen und zur Arbeit bringen mußt, he?"

Entrüstet wehrte er ab. „Um Himmelswillen, Eva, wie kannst du bloß sowas denken! Ich lebe unbeweibt glücklich –"

„Ja, aber warum kommst du dann bloß immer so spät zur Schule? Du bist doch sonst so pflichtbewußt –" Eva war zäh, ließ sich nicht abschütteln, wenn sie etwas witterte, was nicht so ganz geheuer schien.

Sie waren schon im Mittelflur. Vor der Wandzeitung blieb Hans stehen. „Ach, weißt du," – er war sehr verlegen – „eigentlich ist es ja nichts Schlimmes, ich kann es dir ruhig sagen. Weißt du, bei uns nebenan wohnt doch die alte Frau Wagner – 75 ist sie, glaube ich –, und die hat keinen, der ihr mal ein bißchen hilft. Na, und da gehe ich eben vor der Schule immer noch mal zu ihr rüber und hole ihr Holz rauf und Kohlen und was sie sonst noch so braucht. Sie kann das wirklich nicht mehr so allein in ihrem Alter", fügte er beinahe entschuldigend hinzu.

„Ach so, und deshalb kommst du immer so spät …" Eva war sehr nachdenklich geworden. Diese wortlose Hilfsbereitschaft sah dem Wanjuschka ähnlich, und ihr fiel plötzlich so manche kleine Begebenheit ein, bei der dieser stille Junge genau so ruhig und selbstverständlich zugegriffen und geholfen hatte wie bei der alten Frau Wagner, um derentwillen er jeden Morgen früher aufstehen und dann im Eiltempo zur Schule hetzen mußte. Warum war ihr dieser Zug an ihm eigentlich noch nie so recht aufgefallen? Eva mußte auf einmal an das Buch „Timur und sein Trupp" denken, und vor der Klassentür drückte sie heimlich seine Hand und sagte herzlich: „Du bist doch ein guter Kerl, Wanjuschka …"

„Na, na", wehrte er ab und riß dabei seine mädchenhaft schönen Augen in gespielt komischem Schrecken so weit auf, daß sie beide lachen mußten.

Ganz leicht und froh war Eva, als sie mit Wanjuschka zusammen die Klasse betrat. Es tat gut, zu wissen, daß man unter seinen Freunden solche Menschen hat …

Sie war schnell ernüchtert, als sie die anderen begrüßte, denn Eva spürte sofort die kalte Welle von Mißtrauen, die ihr entgegenschlug. Die Kameraden hatten verlegene Gesichter und waren merkwürdig still – so, als hätten sie eben über sie gesprochen und wären bei ihrem Eintreten schnell verstummt.

Klaus hatte ein ganz gequältes Gesicht, als er mit vielem Gescharre seinen Stuhl ein bißchen von ihrem abrückte und sich umständlich setzte. Eva wollte ihm die Hand geben, aber er hatte gerade schrecklich viel zu wühlen in seiner Mappe und suchte, schien's, angestrengt nach einem Heft. Gleich tat's in ihr einen Sprung, daß sie sich steil aufsetzte und eine finstere Falte auf der Stirn kriegte. Klaus wußte doch, wie schwer ihr das Vertragen fiel – warum machte er es ihr noch schwerer?

Die ganze Physikstunde hindurch guckte Eva Klaus nicht an, sondern hatte die Beine übereinandergeschlagen und starrte unverwandt den Physiklehrer an, der hinter soviel augenfällig angestrengter Aufmerksamkeit eine neue Infamie dieses beunruhigenden Mädchens witterte. Er wurde sichtlich nervös. Vielleicht dachte der Arme mit Schaudern an die beißende Karikatur, die neulich im Physikraum herumgegangen war, nachdem Eva lange erstaunlich eifrig Notizen in ihrem Physikheft gemacht hatte (jedenfalls glaubte das Dr. Lange, der sich manchmal noch – nach fast 15 Jahren Schulpraxis – den unwahrscheinlichsten Illusionen hingab). Nachdem belustigte Mädchenblicke mit kaum unterdrücktem Kichern über seine Figur geglitten waren, hatte er endlich bei einem Ungeschickten das rausgerissenc Heftblatt erwischt, das in flotter Linienführung sein wohlgetroffenes Spottbild trug – mit süßlich gespitztem Karpfenmaul, rundlichem Hintern (er trug entschieden zu straff sitzende Jacketts, fand er dann selbst) und überdimensionalen Waden. Von da ab zog er seltener Knickerbocker an.

Dr. Lange hatte, das Blatt in der Hand, die mutmaßliche Sünderin nur kurz angeschaut und Eva nicht, wie sie schon gefürchtet hatte, aus Rache ordentlich mit Formeln gezwiebelt, die sie nie behalten konnte. Eva hatte diese Großmut stillschweigend anerkannt und bisher noch nicht wieder ihr Zeichentalent so erfreulich ausgelassen.

Heute aber wurden ihre Augen plötzlich ganz starr und ihre Mundwinkel zogen sich ein bißchen herab. Dr. Lange wurde es heiß. Unruhig rückte er an seinem Schlips und ließ unauffällig seine Blicke über seinen Anzug gleiten, ob denn irgendetwas nicht in Ordnung sei bei ihm. Er konnte ja nicht wissen, daß gerade eben der Klaus abbittend nach der Hand seiner Freundin gegriffen und die sie ihm schroff entzogen hatte. Fehlte bloß noch, daß sie ihm wie einem dummen, zudringlichen Jungen einen Klaps auf die Hand gegeben hätte, giftete Klaus[13] heimlich.

In der kleinen Pause vor der Lateinstunde flutete direkt spürbar die Kältewelle von Mißtrauen zurück. Gerhard schlich schon um Evas Tisch, Hilde guckte ihr einen Augenblick über die Schulter, während Eva ganz ruhig über ihrem Sallust saß und, die Arme aufgestützt, „De coniuratione Catilinae" brütete. Der Kreis der Schleicher wurde enger, je mehr die Pause zuende ging, und als der erste Ton des Klingelns durch die Flure schrillte, gab's kein Halten mehr.

Als Erster stürzte Wolfgang an Evas Tisch: „Schnell, übersetzen!" Dann war auch schon die ganze Bande da – mit flehend erhobenen Sallusten. Eva genoß schweigend das ängstliche Übersetzungsgezeter und die gezückten Lateinbücher, bevor sie sich erweichen ließ und – wie jeden Morgen – noch schnell in den wenigen Minuten vor Küßchens Erscheinen den Text übersetzte. Glatt und in tadellosem Deutsch floß ihr das bloß so von den Lippen; man bewunderte und profitierte. In der Lateinstunde hatte man sich dann soweit von dem Schock erholt, Eva könne heute nicht übersetzen, daß man mitleidig lächeln und überlegen den Finger heben konnte, als ihr Küßchen schärfer auf den Zahn fühlte und sie gänzlich schwamm, weil sie mal wieder die Ablativi absoluti gar nicht erkannt, sondern einfach nur „mit Phantasie und Spucke" in einer sprachlich

48

schönen Wendung übersetzt hatte. Dabei waren Abl. abs. doch bloß ganz kleine Fische, fanden die anderen.

In der nächsten Stunde war der Lehrer verhindert, und die Schüler sollten sich selbst beschäftigen. Für die Jungs gab es – natürlich! – nur eins: Fußballspielen! Unter Führung von Klaus und „Froschie", der in der BSG Fortschritt Matador war, stürmten sie auf den Hof, eroberten beim Hausmeister einen Ball. Eva hatte einen Fensterflügel geöffnet, saß auf dem Fensterbrett und sah ihnen zu. Klaus und Froschie spielten alle anderen in die Ecke und verstiegen sich schließlich zu fast artistischen Leistungen, die mit Fußball nicht mehr allzuviel zu tun hatten. Klaus' Bälle stiegen kerzengerade in die Höhe, während Froschies Schüsse quer über den Hof donnerten, flach und gefährlich.

Wieder war Froschie am Ball. Knapp an der Linde vorbei sauste der Ball, stieg überraschend und knallte mit Vehemenz in den Fensterflügel neben Eva. Die konnte nur schnell den Kopf wegziehen, als schon die Scherben splitternd auf den Fußboden fielen und der Ball an die gegenüberliegende Wand prallte und mit letzter Kraft über die Tische der erschrocken aufkreischenden Mädchen hopste. Traurig blickte von der hell getünchten Wand ein runder dunkler Schmutzfleck.

Schon kamen die Jungs in die Klasse marschiert – mit hängenden Ohren, voran der Sünder Froschie. Der untersetzte Bursche hatte ein verlegenes Grinsen auf dem unschönen farblosen Gesicht, als er tiefsinnig die Scherben auf dem Boden betrachtete. Auch die anderen fühlten sich nicht gerade beneidenswert wohl in ihrer Haut, denn erstens war in einer Freistunde das Fußballspielen im allgemeinen, zweitens das Fensterscheibeneinschießen im besonderen verboten. Wenn ihnen der Direktor auf den Kopf kam, konnten sie sich gratulieren! Die Klasse war bedrückt, schaute abwechselnd auf Froschie und sein betrübliches Werk.

„Da kannst du aber ganz schön berappen", platzte Wolfgang auf einmal raus, weil dem das Kaufmännische bei einer Sache immer zuerst einfiel. Richtig! Daran hatten die anderen noch nicht gedacht. Mitgefühl regte sich, denn die meisten von ihnen waren ständig pleite oder doch zumindest immer knapp bei Kasse.

Aber da funkte Inge dazwischen: „Warum soll denn Froschie das bezahlen? Ich finde, dazu müßten wir das Geld aus der Klassenkasse nehmen." Man atmete auf. Wenn die Inge das sagte, war ja alles in Ordnung, denn schließlich hatte sie die Klassenkasse und hockte sonst auf dem Geld drauf wie ein richtiger alter Märchendrache.

Froschie schüttelte bedenklich den weißblonden Kopf. In seinem grob geschnittenen Gesicht arbeitete es merklich, aber ehe er was sagen konnte, fuhr Eva dazwischen, leise und mit gesenkten Augen, als fürchte sie sich fast: „Ich finde aber, daß die Klassenkasse mit derartig sinnlosen Ausgaben nicht belastet werden darf. Was Froschie ausgefressen hat, darunter darf er die Klasse nicht leiden lassen."

Fassungslosigkeit. Natürlich, von der Seite mußte ja Widerspruch kommen! Ulrich, scharf: „Wozu ist denn die Klassenkasse da, meine Dame?" Eva, noch schärfer: „Jedenfalls nicht, um damit die Folgen von Dummenjungenstreichen zu bezahlen!"

Jetzt ging's los – Geschnatter und Durcheinanderschreien, daß keiner sein eigenes Wort verstand. Bis der Fußballer den kantigen Scheitel hob und in das Geschrei hinein ganz ruhig sagte: „Eva hat recht. Die Fensterscheibe habe ich kaputt gemacht – die Fensterscheibe wird von mir bezahlt." Das war typisch! Manchmal konnte man denken, bei dem Bengel wäre eine Schraube locker, weil der Groschen bei ihm so langsam fiel; – „pfennigweise" – spöttelten die anderen. Aber dann brachte er wieder Sachen raus, daß alle bloß staunten. Auch sein jetziges Verhalten verstanden sie nicht. Der Froschie,

Halbwaise, wurde zuhause nicht gerade verwöhnt, und sein Taschengeld war meist schon am Anfang des Monats alle – und jetzt, wo ihm Hilfe geboten wurde, wies er sie zurück.

„Na, gut, wer nicht will, der hat schon", wollte sich ein Teil aus der Debatte ziehen, aber „Nein, halt, hier geht es um das Prinzip", hielt Ulrich sie zurück. Der Fußballer nickte nachdrücklich: „Eben darum." Sie verstanden ihn erst nicht, bis er ihnen umständlich und langsam, nach Worten suchend, auseinandersetzte: Gerade deshalb, weil es „um das Prinzip" ginge, müsse er selbst die ruinierte Scheibe bezahlen, denn nach seiner Meinung dürfe die Klassengemeinschaft nicht unter den Dummheiten eines Einzelnen leiden.

Eva warf ihm einen erstaunten und dankbaren Blick zu. Donnerwetter, der Froschie! Mit dem erlebte man wahrhaftig täglich neue Überraschungen – solch eine aufrechte Meinung hätte sie ihm nicht mal zugetraut, eine so klare Stellungnahme bei dem schwerfälligen Jungen nicht erwartet.

Vielleicht hätten sich die anderen mit seinem Anerbieten einverstanden erklärt, wenn es eben nicht gerade „um das Prinzip" gegangen wäre! Und sein Prinzip war falsch! Alle Auffassungen von Kameradschaftlichkeit schlug es ins Gesicht, alle Begriffe vom Zueinanderstehen und Zusammenhalten in jeder Gefahr. Mit Leidenschaft wurde gegen seine falsche Auffassung gestritten, bis Inge mit ihrer schönen hohen Stimme (es war erstaunlich, daß eine so bemerkenswert schöne Stimme aus einem ebenso bemerkenswert häßlichen Gesicht kommen konnte) abschließend feststellte: „Wenn Froschie alleine Fußball gespielt hätte, wollte ich ja nichts sagen. Aber wo alle unsere Jungs dabei waren und mitgespielt haben, und der Froschie hat eben nur zufällig Pech gehabt, da müssen wir uns eben doch alle dafür einsetzen."

Eva zuckte die Achseln: „Na gut, in der Darstellung erkenne ich das an. Aber vielleicht –", sie hob die Stimme, „werdet ihr nochmal an Froschies Worte denken. Es ist keine Kameradschaft, wenn man einen Schädling schützt." Die anderen stießen sich an dem Wort „Schädling". Eva wollte keine Haarspaltereien, zog das Wort also zurück, fügte aber hinzu: „Heute war es nur eine Fensterscheibe – wer weiß, was es morgen ist." Das klang ein bißchen orakelhaft, schien dem Klaus nicht zu gefallen, denn er warf Eva einen Blick zu, aus dem sie nicht ganz klug wurde und fragte überlaut, was sie denn damit sagen wolle?

Nichts Bestimmtes, wehrte Eva ab, sie meine eben bloß.

Ach so, beruhigte er sich.

Über die kaputte Fensterscheibe wurde dann nicht mehr gesprochen. Inge zückte die Klassenkasse und versprach, die Sache schnell in Ordnung bringen zu lassen. So wäre ja denn alles in schönster Butter gewesen, aber eine Stunde später stellte sich heraus, daß die Klasse tief in eine Pechsträhne getappt zu sein schien und vorläufig nicht zu beschaulicher Ruhe kommen sollte.

Eva hatte sich widerwillig dazu entschlossen, in Dreiteufelsnamen eben doch dem Sehning ihr Laienspiel vorzulegen – „bloß damit ihr nicht denkt, ich wollte euch tyrannisieren".

In der zweiten großen Pause ging sie zum Lehrerzimmer, klopfte brav und bat, Herrn Studienrat Sehning sprechen zu dürfen. Schon war er an der Tür – „ah, welche Ehre: Fräulein Hennig sucht mich auf". Das konnte Spott sein, vielleicht meinte er es aber auch ernst. Das wußte man bei ihm nicht so genau. Vielleicht freute er sich wirklich, bestimmt aber war er erstaunt, daß ausgerechnet die kleine Hennig ihn aufsuchte. Höflich trat Sehning einen Schritt zurück, wies sie mit einladend ausgestrecktem Arm in den „Olymp" („Drachenhöhle" nannten Respektlose den geheiligten Raum) und ließ Eva eintreten. Es wirkte sehr chevaleresk und nur ein ganz klein bißchen komisch, weil er dabei in der Hand eine große angebissene Stulle hatte.

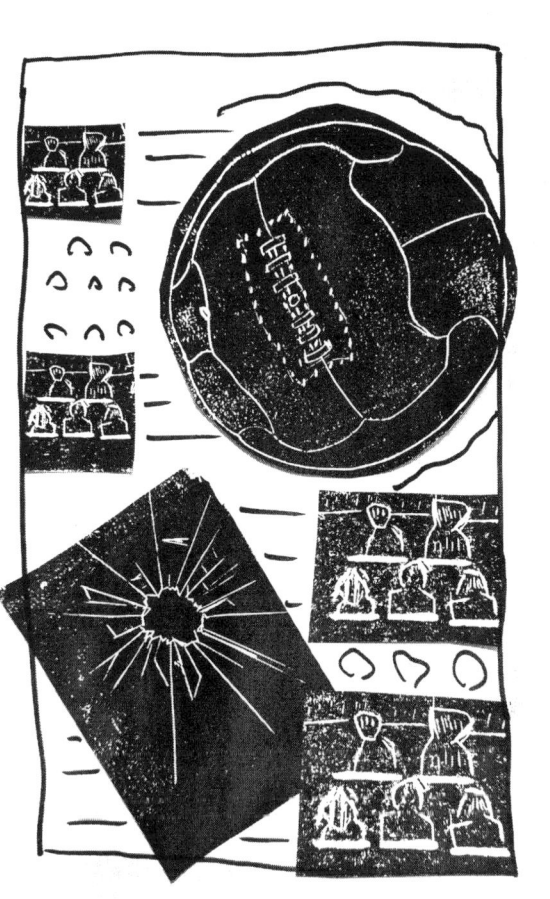

Eva zögerte erst ein bißchen – es war immer ein eigenes Gefühl, ins Lehrerzimmer zu gehen, wenn sämtliche Pauker kauend um den großen Konferenztisch herumsaßen und den frechen Eindringling mehr oder weniger wohlwollend musterten.

Freundlich bat Sehning sie zum Fenster, wo er ihr einen Stuhl anbot. Als Eva ihm gegenüber saß, hatte sie auf einmal das Gefühl, ihm allerhand abbitten zu müssen. Seine Freundlichkeit war gerade von der rechten Art, daß man merkte: er behandelte einen im Ernst wie einen erwachsenen Menschen, und seine Freude war echt. Womit hatte sie das verdient? Wie ein richtiges Ekel hatte sie sich immer gegen ihn benommen, und ihre Opposition in seinen Stunden hielt sich manchmal schon nicht mehr in den Grenzen, die eigentlich die Autorität des Lehrers zog.

Unter seinen forschenden grauen Augen hinter[14] der funkelnden Brille wurde Eva verlegen und unsicher. „Bloß nicht das!", dachte sie und reichte Sehning schnell ihr Laienspielheft. Ob er die Güte haben und das da mal durchlesen würde? Sie wollten es eventuell in der Laienspielgruppe spielen und brauchten doch einen Berater – wegen Hinweisen und vielleicht Änderungen und so. Eva brach ab. Er sollte sich bloß nicht einbilden, daß er nun etwa die wichtigste Person bei der ganzen Sache wäre! Schließlich war sie nicht auf ihn angewiesen, sondern hatte ihm das Spiel nur unter dem Druck der anderen gegeben. Aber das sagte sie ihm natürlich nicht.

Sehning tat aber – Gott sei Dank! – auch gar nicht so, als ob er sich was darauf einbilde, daß die Laienspielgruppe ihn um Rat fragte. Mit ruhiger Selbstverständlichkeit nahm er das Heft entgegen, las aufmerksam den Titel und den Namen des Autors und auch („Typisch!", dachte Eva) den Namen des Verlages, in dem das Büchlein erschienen war.

Es klingelte zur Stunde. Eva wollte schnell aufstehen, aber Sehning hielt sie zurück mit seiner Frage: „Was wollen Sie eigentlich mal werden, Eva?" Natürlich wußte er das ganz genau, und so knurrte sie nur kurz: „Regisseur". „Aha", nickte er. „Sie haben zweifellos gute Anlagen dafür – ich muß Ihnen meine Anerkennung aussprechen für die Inszenierung der Ausschnitte aus Schillerschen Dramen, die Sie neulich auf dem Schulelternabend mit Ihrer Gruppe brachten."

Sehning hatte sich nicht verrechnet. Sichtbar direkt schwand die Widerborstigkeit Evas. Ach ja, das war eine Aufführung gewesen! Sie hatte einige kleine Szenen aus „Kabale und Liebe", „Don Carlos" und den „Räubern" ausgewählt – alles Stellen, die durch ihre brennende gesellschaftspolitische Aktualität selbst in dieser Losgelöstheit geschlossen und eindrucksvoll wirkten. Herrgott, wie ihre Leutchen gespielt hatten! Und die Kostüme waren echt – und – na, überhaupt: es war sooo gewesen.

Eva starrte auf die breite Glatze Sehnings und ärgerte sich über seine Fragen, weil sie so verständnisvoll und fesselnd waren – und weil sie ihr gefielen. Zu dumm, daß er auch davon so viel verstand, gerade auf ihrem Spezialgebiet. Die anderen hatten schon recht, wenn sie sagten, daß man dem Sehning nirgends was vormachen könnte. Irgendwie aber freute sich Eva doch, daß er so auf sie einging, denn wenn man von Theater und Film und Regiearbeit anfing, ließ Eva alles andere sausen und hatte keinen anderen Gedanken mehr.

So auch jetzt. Egal, daß die anderen Lehrer schon den Raum verließen, auch Dr. Lange, bei dem sie jetzt Mathe hatte; egal auch, daß ausgerechnet der olle Sehning es war, mit dem sie über das alles sprach – Eva lauschte nur. Und allmählich stieg in ihr eine große Verwunderung auf, daß gerade Sehning es war, der diese klugen und – das merkte sie – sachverständigen Worte sprach, daß gerade er so freundlich nach ihren Zielen fragte und wissen wollte, warum sie denn lieber zur DEFA als an ein Theater gehen wollte; daß auch gerade er nachdenklich nickte, als sie Lenins Worte von der großen Zukunft des Films zitierte, der eines der gewaltigsten Propagandamittel wäre – „wegen seiner tollen technischen Möglichkeiten", erläuterte Eva.

Aber auch in dem Lehrer war ein großes Erstaunen darüber, daß er jetzt ausgerechnet mit diesem Mädchen im Lehrerzimmer saß und plauderte, als wären sie alte Freunde, als hätte er nicht hundertmal schon in seinen Stunden ihre schwarzen bösen Augen auf sich brennen fühlen, nicht hundertmal schon ihre heftigen Angriffe abgewehrt – nach außen lächelnd und ein bißchen überlegen oder mit einer Miene, als ginge er verständnisvoll auf sie ein, innerlich aber beunruhigt, wütend, unsicher fast. Er, der seinen Einfluß auf die Jugend kannte und ausnutzte, erschrak oft vor der Feindseligkeit, mit der das Mädchen immer und immer wieder versuchte, ihn bei[15] Fehlern zu ertappen, ihn irgendwie zu Fall zu bringen.

Heute aber hatte er Eva endlich bei ihrer schwächsten Stelle erwischt. Der feine Beobachter hatte wohl das Aufleuchten ihrer Augen gesehen, als er auf ihre letzte Inszenierung anspielte, hatte sofort gespürt, wie bei seiner Frage nach dem künftigen Beruf des Mädchens ihr Widerstand gewichen war, schnell, zu schnell Platz gemacht hatte der Freude und dem Verlangen, darüber sprechen zu dürfen.

Sehning kam noch einmal auf die Szenen aus Schillers Dramen. Er machte nicht etwa nichtssagende Komplimente, sondern kritisierte einzelne Schwächen der Aufführung mit dem feinen Kunstverständnis, das diesen Mann auszeichnete. Eva wußte gerade diese Kritik zu schätzen. Hätte er sie gelobt – sie wäre mißtrauisch geworden, abweisend, aber die Art, wie er ihr ihre Fehler zeigte und Verbesserungen vorschlug, fesselten sie. Ja, an dem Abend damals, als der alte Direktor nach der letzten Szene zu ihr hinter die Bühne gekommen war und ihr mit bewegten Worten die Hand geschüttelt hatte, da hätte sie vor Glückseligkeit heulen mögen. Aber heute, bei den Worten Sehnings, begriff Eva plötzlich erst so richtig, was ihr selbst an der Inszenierung nicht so ganz gefallen hatte, was sie aber nie so richtig auszudrücken oder sich klarzumachen vermocht hatte. Sehnings ruhige Hinweise erst gaben ihr diese Klarheit. Dankbarkeit erfüllte sie.

Als der Studienrat endlich aufstand und das Heft an sich nahm: „Ich werde Ihnen gerne bei Ihrer schönen und verantwortungsvollen Arbeit zur Seite stehen", ging Eva wie betäubt. Sie schämte sich. Hatte sie ihm nicht Unrecht getan? Eigentlich war er der Erste, mit dem sie sich wunderbar über ihre Arbeit und ihren künftigen Beruf unterhalten hatte – außer natürlich dem alten Direktor, für den Eva maßlos schwärmte. „Im Grunde genommen ist Sehning doch ein prima Kerl", dachte Eva. „Und sogar von Filmarbeit versteht er eine ganze Menge, von den technischen Sachen dabei, von der Arbeit des Kameramannes und des Beleuchters und so." Das hätte sie nicht gedacht!

Eva beeilte sich nicht allzu sehr, als sie über den Flur in ihre Klasse zurückging, trotzdem es schon seit über zehn Minuten geklingelt hatte. Sie dachte nach, sehr angestrengt. „Vielleicht war Sehning gar nicht so, wie sie immer gedacht hatte? Vielleicht fehlte es nur an ein bißchen Entgegenkommen von ihrer Seite, um bestens mit ihm harmonieren zu können?"

Eva atmete tief auf. Ja, sie würde es versuchen, ganz bestimmt. Sie würde doch mit ihm auskommen, davon war sie auf einmal fest überzeugt. Und die Stänkereien in der Klasse würden aufhören – und der Streit mit Klaus –

Sie war sehr glücklich.

Als Eva in ihr Klassenzimmer trat, stutzte sie. Irgendetwas war da ganz anders. Nicht, daß sich äußerlich etwas verändert hatte – die fünf Tische[16] standen noch genau so wie vorhin im offenen Halbkreis vor dem Lehrertisch, die Wandtafel in der Ecke rechts und alle Bilder an den Wänden waren noch genau wie vorhin –, aber etwas warnte sie: „dicke Luft!"

Die dreizehn Kameraden saßen mit so eigentümlichen Gesichtern da und starrten sie an. Dr. Lange vorne auf seinem Stuhl starrte auch, und auch er machte so ein komisches Gesicht. „Nanu", dachte Eva, „warum diese Beerdigungsstimmung?" Denn so war es, genau so. „Sind sie so empört, daß ich zu spät in die Stunde komme?"

Sie war an der Tür stehengeblieben. Die anderen guckten immer noch. Und Dr. Lange guckte. Scheußlich. Dann hatte sie's satt. Die sollten sich bloß nicht so anstellen! Schnell machte Eva einen Schritt auf Dr. Lange zu: „Entschuldigen Sie, bitte, meine Verspätung! Ich –" „Schon gut, ich weiß ja Bescheid", winkte er ab. Na also, er hatte sie doch vorhin mit dem Kollegen Sehning im Olymp sitzen sehen!

Eva setzte sich, ohne ihren Nebenmann Klaus zu beachten. Die anderen guckten immer noch. Dr. Lange räusperte sich. „Was denn nun noch?", dachte sie gereizt. Und auf einmal rutschte es aus ihr raus: „Na, Mensch, was ist denn bloß mit euch los?" Gleich darauf kriegte sie einen kleinen Schreck, weil es sich ja nun wirklich nicht gehörte, so einfach in die Stunde reinzureden. Aber Dr. Lange nahm es nicht übel, Dr. Lange nahm überhaupt niemals übel (siehe Karikatur!). Dr. Lange lächelte bloß ein bißchen verlegen: „Ja, wissen Sie, Eva, es tut mir schrecklich leid –, aber ich mußte der Klasse eine sehr bedauerliche Mitteilung –" Eva riß mit gespielt komischem Entsetzen die Augen auf. Aber die anderen lachten gar nicht, wie sie es sonst getan hätten, sondern nickten nur schwer und bedeutungsvoll mit den Köpfen.

Es kostete Dr. Lange sichtlich Überwindung, fortzufahren: „Es handelt sich um folgendes: Aus dem Physikraum ist ein Meßinstrument verschwunden –", sehr sachlich: „– und als Täter kommt nur ein Mitglied Ihrer Klasse in Betracht."

„Och", machte Eva nur. „Quatsch" war ihr erster Gedanke, „völlig unmöglich" der zweite. Dann hatte sie sich so weit gefaßt, daß sie sich freundlich erkundigen konnte, wie er denn auf eine so ausgefallene Idee kommen könnte?

Sie sei leider gar nicht ausgefallen, erklärte Dr. Lange. Er habe selbstverständlich alle Möglichkeiten genau geprüft, bevor er einen so schweren Verdacht ausgesprochen habe. Wieder das greisenhafte Kopfnicken der Klasse.

Der Tatbestand war allerdings entmutigend. Die Klasse 12a war die letzte im Physikraum gewesen, die das Meßinstrument benutzt hatte. Dr. Lange hatte den Fehler begangen, schon hinauszugehen, als sich noch Schüler im Raum befanden – welche, das wußte keiner mehr so recht. Als Dr. Lange dann in der nächsten Stunde mit der Parallelklasse das Instrument, das er gleich auf dem Tisch liegen gelassen hatte, benutzen wollte, war es verschwunden. Natürlich hatte er den Physikraum gründlichst durchsucht, bevor er vor der Klasse die belastende Vermutung ausgesprochen hatte.

Eva war leicht erschüttert. Natürlich glaubte sie noch nicht im geringsten daran, daß in ihrer Gruppe ein Dieb sei – schon das Wort „Dieb" regte sie auf –, aber allein den beleidigenden Verdacht empfand sie als eine Schande für die ganze Klassengemeinschaft. „Angenommen", überlegte sie laut, „es hätte wirklich einer aus der Klasse das Instrument genommen, könnten da nicht andere Motive vorliegen?"

„Ich bitte Sie", rief Dr. Lange, „in einem solchen Falle – wenn also derjenige das Instrument meinetwegen zu Versuchszwecken hätte borgen wollen – in einem solchen Falle hätte er mir das doch ruhig sagen können und bestimmt auch gesagt. Schließlich bin ich doch kein Menschenfresser und habe Verständnis für außerschulische Arbeit mit physikalischen Versuchen. Und daß ich auf meinen Instrumenten draufhocke, kann mir auch keiner nachsagen."

Na ja, das mußte man zugeben. Wer würde sich wohl ein Gerät borgen, ohne Dr. Lange ruhig zu fragen? Das schaltete also aus. Es blieb – Diebstahl. Also doch! Unsinn, gar nicht möglich bei uns! Oder doch möglich? Kannten sie sich so genau? So ein Meßinstrument hatte immerhin einen beträchtlichen Wert, und in verzweifelter Lage hat schon mancher ehrliche Kerl lange Finger gemacht, weil es sonst nicht weiterging.

Dr. Lange war die ganze Geschichte entsetzlich peinlich. Er wollte sachlich bleiben, aber er wand sich förmlich. Am liebsten hätte er ja auch gar nichts gesagt, wenn er bloß nicht das Dings gerade für den jetzigen Stoff so nötig gebraucht hätte. Und außerdem mußte er bei eventuellen Kontrollen und bei einer Neuanschaffung dafür gradestehen. Er tat Eva leid. Sie fand es hochanständig von ihm, als er sagte: „Ich verzichte selbstverständlich auf eine Mappenkontrolle. Ich appelliere an die Ehrlichkeit erwachsener Menschen. Den Betreffenden bitte ich herzlich, mir das Instrument wiederzubringen, nichts weiter. Ich erwarte keine langen Erklärungen und Entschuldigungen, und es ist klar, daß von mir kein Mensch ein Wort über die ganze Angelegenheit erfährt.“

Alles schwieg bedrückt. Bello schnitzte gedankenvoll in seine helle Tischplatte einen lateinischen Spruch: „Qui bene bibit … etc.“, Ulrich malte Männchen auf sein Heft, Hilde rückte und zog tiefsinnig an ihrer Strumpfnaht, die anderen taten gar nichts.

Es wurde dann eine sehr miese Mathestunde, weil alle ihre Gedanken ganz woanders hatten, bloß nicht bei der sphärischen Trigonometrie[1]. Als Eva leise Klaus um sein Logarithmenbuch bat und er es ihr herüberschob, sah sie, daß seine Hand zitterte. Sie wunderte sich. Sollte ihm die ganze Sache so zu Herzen gehen? Bis jetzt hatte sie noch nicht gemerkt, daß er sich allzu viele Gedanken über das Wohl oder Wehe seiner Klasse machte. Schätzungsweise war es ihm ziemlich wurscht, ob nun die Klasse 12a durch diesen Ärger in schlechten Ruf kam oder nicht. Oder – sie griente frech vergnüglich – hatte dieses leise Zittern noch einen anderen Grund? Am liebsten hätte sie gleich mal probeweise über die Jungenhand da neben ihr gestreichelt, aber dann fand sie, daß sie doch nicht recht in Stimmung war für solche Faxen.

Eva dachte viel zu kollektiv, als daß ihr, die doch selbst ein reines Gewissen hatte, der vermeintliche Diebstahl gleichgültig gewesen wäre. Klar sah sie die Folgen voraus: es würde nicht lange dauern, bis die Geschichte in der Schule herum und damit die Klasse 12a grenzenlos blamiert und diffamiert und kompromittiert und sonstwas wäre. Eva war stolz darauf gewesen, daß ihre Klasse eine der besten FDJ-Gruppen der Schule war: angefangen bei der pünktlichen Kassierung bis zu freiwilligen Arbeitsstunden und reger Beteiligung an Kulturgruppen und Interessengemeinschaften. Was hatte sie kämpfen müssen, um der 12b einen kleinen Vorsprung abzugewinnen! Wenn jetzt auf ihr Konto ein Diebstahl kam, konnten sie getrost einpacken und Kratzfüßchen vor der 12b machen. Oh, verflucht! Oh, verdammt! Es war zum Kinderkriegen. Eva sah schon jetzt das teilnahmsvolle Lächeln, hörte die freundlichen Fragen der 12b: „Na, habt ihr ihn schon erwischt?" oder „Können wir denn nun bald unser Meßinstrument wieder benutzen?" oder so. Und wenn sie sich die Blicke der Pauker, die ja auch bald Lunte riechen würden, vorstellte, wurde ihr schon ganz und gar schwach. Immer das Gefühl haben zu müssen: Der Dr. Lange, oder der Sehning, oder die Küßchen, oder der alte Direktor, oder sonstwer steht da vorne und muß immerzu denken – ob er will oder nicht – wer wohl unter diesen hoffnungsvollen Schülern der Dieb sei, der im Physikraum damals –? Bloß das nicht! Eva sah richtig Küßchens forschende Augen vor sich, wie sie langsam von einem Gesicht zum anderen glitten und in jedem die Schamröte anbrannten!

Ähnlich ging es den anderen durch den Kopf. Kein angenehmes Gefühl, auf dem Schulhof beobachtet zu werden und in einem so schlimmen Verdacht zu stehen, jeder von ihnen, bloß weil vielleicht einer unter ihnen – Aber das war doch gar nicht möglich! Sie kannten sich doch seit Jahren, kannten die

Fehler und Vorzüge jedes einzelnen – aber so schlecht war keiner! … Aber wer weiß? Man konnte nie wissen, man konnte, wie man so sagt, keinem Menschen ins Herz sehen, und es gab so viele Gründe, warum jemand plötzlich zum Dieb werden konnte.

Heimlich guckten sie sich um, musterten die Gesichter der Kameraden. Wer konnte es sein? Wem war so etwas zuzutrauen? Wenn ihre Augen dann den ebenso forschenden eines anderen begegneten, sahen sie schnell weg, wie auf einer bösen Tat ertappt. Ob der andere eben dasselbe gedacht hatte?

Und langsam kroch in ihnen allen, die da über ihren Logarithmentafeln hockten und scheinbar eifrig rechneten, eine Stinkwut hoch – auf sich selbst, weil sie auf einmal mißtrauisch selbst gegen den besten Freund waren, und auf den mysteriösen Täter, der die Schuld daran trug.

Sie hatten alle böse Augen, als sie nach der Stunde zusammenstanden und über den Fall sprachen. Es gab noch Stimmen, die „unmöglich!" sagten, aber sie wurden leiser und verstummten schließlich ganz. In allen hockte jetzt das Mißtrauen, die Sucht zu beobachten und aus jedem Zusammenzucken, jedem flüchtigen Erröten, jeder krampfhaften Handbewegung, jedem Lidersenken und jeder Unsicherheit der Stimme, so winzig diese Zeichen sein mochten, zu schließen auf das Eine, was sie alle bewegte.

Auch Eva beobachtete, und auch sie ärgerte sich heftig, als sie merkte, wie ihre Blicke manchmal auf einem Gesicht hängenblieben und krampfhaft forschten: Bist du der – Dieb? Auch den Klaus sah sie so an – und sie erschrak über sein Gesicht. Nicht, daß er besonders rot oder blaß gewesen wäre, nicht, daß er fahrige Bewegungen gemacht oder daß seine Hand noch gezittert hätte, oh nein, sein Gesicht war ganz ruhig, kein Mensch hätte ihm eine innere Erregung angesehen – außer ihr eben, die in einem langen Jahr täglichen Beisammenseins wahrhaftig Gelegenheit genug gehabt hatte, ihn zu studieren. Straff war die Haut über den Backenknochen gespannt, ein Zeichen, daß er fest die Zähne aufeinanderbiß, und in den grauen Augen lag eine wilde Starre, die nicht zu ihm paßte und ihr unheimlich fremd erschien. Irgendetwas hatte ihn aufgewühlt, das würde sie sich nicht ausreden lassen. Immerhin brauchte es ja nicht mit dem Diebstahl zusammenzuhängen. Auf keinen Fall! Dazu kannte sie Klaus zu gut. Außerdem war sie wirklich verliebt – und das verliebte Mädchen möchte ich mal kennenlernen, daß nach einem heftigen Streit mit dem Herzallerliebsten ihn unruhig sieht und sich nicht einbildet, es wäre ihretwegen! Genau so dachte auch Eva. Klar. Trotzdem sie sich an so manchen Streit erinnerte, bei dem er nicht ein so schreckliches Gesicht gemacht hatte …

In lautem Selbstgespräch grübelte Albrecht philosophisch vor sich hin und beleuchtete kritisch die Unmoral eines Diebstahls. „Ach, was, Unmoral!", bellte der Bello ihn an und fuhr sich mit beiden Händen verzweifelt durch die blonde krause Mähne. „Halt hier keine Moralpauken, sondern sag uns lieber, wie wir das Dings da, das verdammte Gerät, wieder zur Stelle schaffen." Ja, das wußte der Philosoph freilich auch nicht, und vergebens suchte er in den weisen Sprüchen Senecas Erleuchtung und Fingerzeig.

„Ein schönes Gefühl muß es für den Schuldigen sein (sofern es wirklich einen gibt), hier zu stehen und über seine Schandtaten verhandeln zu hören", bohrte Ulrich. Und wieder gingen mißtrauische Blicke von einem zum anderen, bis Hilde unwillig rief: „Aber das ist ja ekelhaft! Wir gucken uns untereinander an, als wenn einer dem anderen nicht mehr über den Weg traut. Und dabei haben wir uns vor kurzem noch so gut verstanden …"

„Und das wird von Tag zu Tag schlimmer werden, wenn sich der Täter nicht bald meldet", Dörte machte eine krause Stirn vor so viel trüben Aussichten. Ähnliches dachten die anderen auch. Das würde ja in Zukunft ein nettes Zusammenleben werden!

„Kurz und gut, wir müssen eben einen Ausweg finden", brummte Froschie.

„Einen Ausweg, ein Königreich für einen Ausweg!", schrie der lange Gerhard, der manchmal Sinn fürs Klassische hatte.

„Wenn nun", überlegte Ulrich, „wenn nun dem Täter das Ganze schon verdammt leid täte, und wenn er nun bloß keinen Mut hätte, es uns zu sagen, weil er sich schämt – klarer Fall! –, dann könnte er doch das Dings einfach an seinen Platz stellen. Wir würden den Mund halten, kein Mensch würde was von der Suche erfahren – und damit basta!"

Man stimmte zu, natürlich für den Fall, daß der Verbrecher sich schämte. Man würde schweigen, der große Unbekannte würde niemals entdeckt werden, und bald würde alles beim Alten sein. „Denkt ihr!", sagte Eva.

Sie sahen die Kameradin an. Die lehnte sich zurück, stützte sich leicht auf den Tisch hinter ihr, weil sie fühlte, daß es jetzt gleich einen Kampf geben würde, wieder einmal einen harten Kampf. Überredend fast fing sie an: „Habt ihr eigentlich Lust, selbst in einem solchen Falle, daß nämlich der Täter stillschweigend das Instrument an seinen alten Platz legt, weiter von allen Lehrern und der ganzen Schule schief angeguckt zu werden; habt ihr Lust, jeder einzelne von euch, weiter in dem entwürdigenden Verdacht des Diebstahls zu stehen?"

Nein, dazu hatten sie natürlich keine Lust. „Aber weiter, laß uns hören, was du sonst noch dazu zu sagen hast, Eva, ewiger Stänker du." „Ich meine jedenfalls", und das klang nicht mehr überredend, sondern fordernd, befehlend geradezu, „der Täter muß sich melden und sich vor der ganzen Klasse, meinetwegen sogar vor der gesamten Schülerschaft rechtfertigen. Sonst ist er ein jämmerlicher, nichtsnutziger Feigling. Und wenn er es nicht tut, dann werde eben ich, ich ganz allein, falls ihr nicht mitmacht, ich werde ihn suchen – soll es Wochen oder Monate dauern! –, und dann werde ich ihn vor allen bloßstellen, und ihr alle werdet ihn aus eurer Gemeinschaft ausstoßen!"

Eva atmete rascher. Die letzten Worte hatte sie mit einer Wildheit gesprochen, die die anderen erbitterte, sie scharf machte, zum Widerspruch reizte. Proteststurm, Haß und Wut und Geschrei von Kameradschaftlichkeit und ähnlichen schönen Dingen.

Eva stützte sich noch fester auf den Tisch. Sie hatte das erwartet, aber es ist nicht ganz leicht, vor dreizehn bösen Gesichtern zu stehen und ruhig zu bleiben gegen ihr Geschrei.

„Wißt ihr", sie war wirklich wieder ruhig, verhältnismäßig, „irgendein Deutscher hat mal das Wort ‚Zivilcourage' erfunden. Mag man darüber denken, wie man will – mir gefällt's. Zivilcourage, meine Herrschaften, meinetwegen könnt ihr auch sagen ‚persönlicher Mut', wenn ihr das besser versteht. Ich meine immer, daß ohne die Zivilcourage kein Mensch jemals etwas Großes geleistet hat, und wenn ihr es euch recht überlegt, werdet ihr mir wohl zustimmen müssen. Seht mal –", Evas Ton wurde lehrerhaft (das war manchmal so eine unausstehliche Angewohnheit von ihr), „ob ihr nun anfangt bei Kolumbus, der auf eigene Faust losgegondelt ist, oder bei den Nordpolfahrern oder überhaupt bei allen möglichen großen Männern aus der Geschichte oder der Literatur, jawohl, auch aus der Literatur, denn es gehört viel Mut dazu, ein revolutionäres Gedicht oder sowas zu schreiben, jedenfalls" – sie holte tief Luft nach diesem anstrengenden Satz –, „jedenfalls stand bei allen diesen Leuten der persönliche Mut dahinter, meist geboren aus irgendeiner großen Idee, für die zu kämpfen es sich lohnte. Und hier? Nicht mal eine gute Idee, für die man sogar auch einmal eine Schlechtigkeit begehen könnte, nichts von persönlichem Mut, nichts, gar nichts!" Evas Stimme wurde immer lauter, zorniger. „Im Gegenteil! Das letzte bißchen Rest von Zivilcourage, das überhaupt mal in dieser jämmerlichen Klasse gesteckt hat, das zerstört ihr auch noch mit euren dummen falschen Ansichten von –", höhnisch: „Zusammenstehen, Gemeinschaftsgeist etc. pp."

Erst waren sie starr. Plötzlich fiel Ullis Faust krachend auf den Tisch hinter Eva: „Jetzt habe ich es aber satt mit dir! Und du willst noch länger unsere Gruppenleiterin sein?"

Jetzt krachte auch Evas Faust daneben. Sie hatte alle Beherrschung verloren. „Danke, ich verzichte auch gerne darauf, weiterhin Gruppenleiterin zu sein in einer Klasse von feigen, jämmerlichen Hohlköpfen, wie ihr es alle miteinander seid! Jawoll, ich pfeife darauf – ich finde auch woanders noch genug Aufgaben, darauf könnt ihr Gift nehmen! Warum bin ich denn seit Jahren eure Gruppenleiterin, he? Weil jeder von euch froh ist, daß er keine Verantwortung zu tragen braucht, weil jeder von euch sich gerne hinter meinem Rücken versteckt und mir alle Verantwortung überläßt! Weil ihr alle Angst habt, die Schnauze aufzumachen, wenn es mal was Unangenehmes gibt. Weil ihr euch bloß dann wohlfühlt, wenn ihr einen Leithammel habt, hinter dem ihr beruhigt hertrotteln könnt. Darum bin ich eure Gruppenleiterin!" Befriedigt: „So, das wollte ich euch schon lange mal sagen – es wurde Zeit."

Und raus war sie. Hinter ihr knallte die Tür ins Schloß, daß neben dem Türpfosten ein Stückchen Kalk aus der Wand fiel. Tiefsinnig sahen sie auf den feinen Kalkstaub, der da niederrieselte …

„Donnerwetter", sagte Albrecht bloß.

Die anderen sagten gar nichts. Und als eine etwas zischte von „großartige Gemeinheit, das –", kriegte sie nur einen Blick, das sie schnell verstummte.

Ihre Mappen packten sie und trotteten nacheinander aus der Tür, die eben ein Mädchen zugeknallt hatte, das momentan im Oberflur am Treppengeländer lehnte und sich die Tränen abwischte, die ihm vor Wut immer wieder über die Backen kullerten …

Am nächsten Tage war keine Rede von Absetzen und Amtabgeben, aber auch über den Diebstahl fiel kein Wort. Weder meldete sich jemand, noch schien einer Lust zur Diskussion über dieses Thema zu haben. Nichts, gar nichts. Kein Wort, keine Silbe, keine noch so geringe Andeutung. Schweigen der Klasse, Schweigen der Lehrer. Von Dr. Lange kein Scherz mehr, kein freundliches Lächeln.

Und so am übernächsten Tage – nichts. Und genau so am dritten Tage – nichts.

Aber in den drei Tagen Worte und Blicke genug aus allen anderen Klassen (die es nicht von Dr. Lange hatten!), Spießrutenlaufen unten auf dem Hof, halblaute Bemerkungen, sittlich entrüsteter Hohn von der Klasse 12b, die ihrer großen Gegnerin, der 12a, alle Felle wegschwimmen sah. Schnell, zu schnell war das Gerücht von dem Diebstahl durchgesickert, bis in die untersten Klassen, war vom Gerücht zur Gewißheit geworden, dick aufgebauscht und randvoll Straffälligkeit und empörender Schlechtigkeit an den anderen lernbegierigen Schülern.

Am vierten Tage war die Klasse mürbe, marode, seelisch pleite, erledigt, völlig erledigt. So kam's, daß keiner widersprach, als Eva nach der großen Pause wütend auf ihrer Mappe rumtrommelte und schrie, sie mache jetzt endgültig den ganzen Mist nicht mehr mit, und es hinge ihr endlich – mit verzweiflungsvoller Geste – sooo weit zum Halse raus, sich ewig als pechschwarzes Schaf angucken zu lassen. Und überhaupt – wehe, wenn sie den Schuft erwischte, der ihnen das alles eingebrockt hatte: an die Kehle würde sie ihm gehen!

Aber Klaus hatte sie erschreckt von der Seite angesehen. Eva fühlte seinen Blick direkt, aber als sie ihm den Kopf zuwandte, guckte er schnell weg. Trotzdem war ihr der Schrecken nicht entgangen. Na ja, kein Wunder, daß er zusammengezuckt war bei ihrem Ausbruch: sie war in den letzten Tagen erstaunlich still geworden, zurückhaltend und – was das Tollste war – verwunderlich freundlich zu Studienrat Sehning.

Ja, allen war es aufgefallen, daß die beiden jetzt endlich Frieden geschlossen hatten. Man sah's an dem halben Lächeln, mit dem sich ihre Blicke manchmal begegneten, man sah's auch an der eifrigen und kritiklosen Mitarbeit von Eva. Was sie nicht sahen, das war, daß Eva sich manchmal doch noch mächtig auf die Lippen beißen mußte, um nicht rauszuplatzen, weil er mal wieder etwas gesagt hatte, was ihr absolut nicht gefallen wollte – obwohl, das mußte sie zugeben, diese fein verteilten Giftspritzen (wie sie das nannte) nur noch äußerst selten kamen, beinahe so, als hätte er ihnen[18] abgeschworen und wolle sie mit der Zeit ganz weglassen.

Was sie auch nicht sahen, das war das, daß Eva sich oft noch abends im Bett stundenlang mit ihren Gedanken über den Studienrat Sehning rumquälte. Hatte sie ihm bisher Unrecht getan – oder tat sie jetzt sich selbst und ihrer Weltanschauung Unrecht? Die Frage war nicht ganz einfach zu beantworten. Entweder war Sehning wirklich nicht gefährlich (wie es momentan den Eindruck machte) – dann hatte sie sich gegen ihn ausgesprochen gemein benommen und umsonst tausend Streitigkeiten in der Klasse entfacht, umsonst auch mit Klaus sich entzweit, mit dem noch immer nicht alles in Ordnung war. Oder aber Sehning täuschte sie und war damit doppelt gefährlich – dann war es unverantwortlich von ihr, sich getrost von seiner Freundlichkeit einwickeln zu lassen und um ihrer Ruhe und ihrer Verliebtheit Willen die Kameraden ohne Wachsamkeit, ohne Kritik, ohne Warnung den falschen Weg, seinen Weg, gehen zu lassen.

Ja, so stand es mit Eva und ihrem Verhältnis zu Sehning. Irgendetwas da tief in ihr drin ließ ihr keine Ruhe. Da stritt sich die Bequemlichkeit mit der Leidenschaft ihres Glaubens an die Idee, für die ihr Vater gelebt und gekämpft hatte bis an sein bitteres Ende in einer Todeszelle in Moabit.

„Du sollst nicht einschlafen!", sagte die Leidenschaft.

„Aber wenn er doch gar nicht so schlimm ist", murrte die Bequemlichkeit dagegen.

„Sei wachsam", mahnte die Leidenschaft. „Dieser Mann ist klug – laß dich nicht täuschen."

„Wozu wieder das alte Mißtrauen?", fragte die Bequemlichkeit. „Gerade jetzt, wo es wenigstens in dieser Beziehung still geworden ist in unserer Klasse –"

„Aber gerade um der Klasse willen sollst du aufpassen", rüttelte die Leidenschaft.

„Ich denke nicht daran, meine Freundschaft mit Klaus noch einmal auf's Spiel zu setzen", meuterte die Bequemlichkeit. „Wo nun der ganze alte Ärger einschläft und einem wirklich netten, ruhigen und vernünftigen Verhältnis Platz macht …"

„Vernünftig?", lachte die Leidenschaft. „Nett und ruhig – gewiß. Bequem, wunderbar bequem – stimmt. Kein Ärger mehr, keine ungemütlichen Zänkereien, kein Widerspruch, der ja immerhin geistige Anstrengung erfordert – richtig, völlig richtig. Aber es gefällt mir nicht, siehst du. Weil es zu dir nicht paßt; weil du einmal einen Vater gehabt hast, von dem du zu viel gelernt hast, als daß es jemals zu dir passen könnte …"

Und so ging das da drinnen weiter, bei Tag und auch bei Nacht. Mal wurde die eine Stimme lauter und hatte für ein Weilchen die Oberhand, mal die andere. Und wohl fühlte sich Eva überhaupt nicht mehr in ihrer Haut. Soviel war ihr jedenfalls klar: Bald mußte etwas geschehen, sonst – also sonst würde sie einfach verrückt. Garantiert!

Das Laienspiel hatte ihr der Studienrat noch nicht zurückgegeben und sie hatte auch nicht danach gefragt. Sie war jetzt, weiß der Teufel, nicht in der Stimmung, ein Laienspiel einzuüben. Und ihren Laienspielern ging's genau so, das sah man ihnen schon von weitem an. Litten sie doch alle unter dem Verdacht, der auf der Klasse lastete wie ein häßlicher Alpdruck, unter dem gegenseitigen Beobachten und Mißtrauen, bei dem sie sich wie Spitzel vorkamen.

Dazu kam bei Eva auch noch der Extrakummer mit Klaus. Als sie ihn in diesem Augenblick, noch immer erregt an ihrer Mappe herumzerrend, unverwandt von der Seite ansah, fragte sie sich verwundert, warum sie sich denn eigentlich noch immer nicht richtig mit ihm vertragen habe? Sie machten noch Schularbeiten zusammen, gewiß, sie waren auch vorgestern zusammen im Kino gewesen; er brachte sie wie gewöhnlich von der Schule nachhause, aber etwas war anders geworden, seit er ihr das gemeine Wort an den Kopf geworfen hatte: „Denunziantin!" Sie konnte und konnte es nicht vergessen …

Sie sprachen wenig miteinander (Klaus war in den letzten Tagen sowieso schweigsam und mürrisch geworden), und vor der Haustür reichten sie sich bloß flüchtig die Hand. Manchmal ein kurzes Zögern, aber dann ging jeder schnell seiner Wege. Dabei wußte Eva: wenn sie ihm einmal übers Haar gestreichelt, ihm einmal in die Augen gesehen hätte – er hätte sie wieder in die Arme genommen und geküßt wie früher. Und dann wäre alles wieder gut gewesen. Vielleicht. Ganz sicher war sie ihrer Sache nicht, denn sie fühlte, daß da noch irgendetwas anderes zwischen ihnen stand, das mit dem Abend im Berliner Westen nichts zu tun hatte und nichts mit dem Sehning, aber sie wußte nicht, was es war. Und dieses andere Fremde hatte eine Mauer zwischen ihnen errichtet, über die keins von beiden hinwegkam – trotz aller Liebe nicht und trotz aller Verbundenheit.

Ganz plötzlich und mit einer großen Überraschung für alle Beteiligten löste sich das Rätsel um die Diebstahlsaffäre.

In der Pause vor der 6. Stunde war Eva allein oben in der Klasse geblieben, trotzdem das eigentlich verboten war. Aber sie mußte unbedingt noch Mathe abschreiben – trotzdem das eigentlich auch nicht gestattet war. In dem Punkt konnte selbst bei ihr alles Bewußtsein nichts helfen, sie war nun mal stockdoof in Mathe und kam mit ihren Aufgaben einfach nicht zurande (sie gab sich, ehrlich gestanden, auch schon längst keine übermäßige Mühe mehr mit Mathe, weil ihr, wie sie sagte, eben eine „Gehirnwindung für Mathe" fehlte).

Auf einmal stand Klaus vor ihrem Tisch. „Du, Eva –" Wie bittend das klang! „Ach, was, bitte du nur", dachte sie böse und schrieb weiter, ohne aufzusehen.

Und noch einmal: „Eva, hör doch …" Ganz leise, kläglich. So ungewohnt bei dem großen herrischen Jungen … Nun mußte sie doch aufblicken, und sie sah ihm voll ins Gesicht. Seine Lippen zuckten, ängstliche Augen. „Klaus!" Eva sprang auf. „Was ist mit dir?" Zärtlich: „Mein Junge, mein lieber, alter, dummer Junge …" Sie fuhr ihm übers Haar, schaute in seine Augen, die feucht glänzten wie bei einem Backfisch. Mit einem Male war alles wieder da, alle Liebe und Besorgnis um ihn. Er war wieder zu ihr gekommen! Endlich! Lächelnd atmete sie auf. Nahm seinen Kopf in beide Hände. Aber er lächelte nicht. „Bist du krank, Klaus?" Warum freute er sich nicht? Es war doch alles wieder gut!

Klaus gab sich einen Ruck. „Eva, ich weiß –", er stockte, suchte gequält nach Worten. „Eva, ich weiß, wer das Ding genommen hat – das Meßinstrument, weißt du?" Eva blickte verständnislos. Was sollte das? Wie kam er jetzt auf diese leidige Geschichte? War er denn nicht gekommen, sich mit ihr zu vertragen? Langsam gaben ihre Hände seinen Kopf frei. Ernüchtert, freudlos. Dann mit einem Male der Gedanke: er kennt den Dieb? Was – soll – das – heißen? Langsam schob Eva Klaus von sich. „Wer ist es?"

Klaus' Gesicht verfiel – erschreckend. „Eva, ich – ich muß dir alles erklären –"

Und noch immer Verständnislosigkeit. Dann plötzlich dämmerte es. Groß wurden ihre Augen, glühend vor Wut. „Du!", schrie sie. Mit beiden Fäusten stieß Eva Klaus vor die Brust, daß er rückwärtstaumelte. „Oh, du – Schuft!" Sie stöhnte fast vor Haß.

„Eva, hör mich an, es ist doch alles gar nicht so schlimm –" Seine unsichere Stimme zerflatterte hilflos. Wie der Blitz war Eva über ihm, schlug ihn ins Gesicht – einmal und noch einmal. „Da – und da! Etwas anderes verdienst du nicht, du Lump! Deinetwegen geht das letzte bißchen Gemeinschaftsgeist in der Klasse flöten, deinetwegen lassen wir uns alle als Diebe ansehen, deinetwegen sind wir blamiert bis auf die Knochen – du Feigling!" Und hinaus rannte sie, schluchzend.

Klaus hatte sich nicht geduckt, war keinen Schritt zurückgewichen, als die Ohrfeigen auf seine Wangen klatschten. Und Eva konnte zuschlagen! Ganz still hatte er dagestanden, mit brennendrotem Gesicht, und diese Röte stammte nicht nur von den Schlägen. So stand er jetzt noch, nachdem die Tür hinter ihr zugefallen war. Oh, Eva!

Klaus war plötzlich sehr müde, sehr mutlos. Das heißt, hatte er überhaupt schon mal Mut gehabt? „Feigling" hatte sie ihn genannt, „Lump". Eva, du hast ja recht, mich zu backpfeifen und zu beschimpfen – ich bin feige, oh, so entsetzlich feige … Beim Sport freilich mache ich allen was vor – habe ich da schon mal Angst gehabt? Aber der moralische Mut, der Mut, für meine Taten einzustehen, der fehlt mir … Hätte sie ihn doch nur angehört! Aber so war sie: wild werden, besinnungslos auffahren und etwas sagen oder tun, was ihr nachher leid tat –

Klaus fiel auf einen Stuhl, legte die Arme auf den Tisch. Wenn er ein Mädchen gewesen wäre, hätte er geweint. Plötzlich riß es ihm den Kopf hoch: Was würde sie da draußen tun? Ob sie zu Dr. Lange ginge und ihn anzeigte? Nein, das nicht! Klaus beruhigte sich etwas. Bei jedem anderen hätte sie es vielleicht getan, aber bei ihm –

Etwas von seiner alten Gleichgültigkeit war wieder da. Wenn Eva sich beruhigt hatte, würde sie schon wiederkommen und ihn ruhig anhören. Und dann, das wußte er bestimmt, würde sie alles wieder ins Gleichgewicht bringen. Er kannte doch sein „Frauchen" …

Klaus lauschte nach draußen, auf ihren Schritt. Nichts, noch nichts.

Eva stand derweil draußen auf dem Flur und heulte – vorsichtshalber ins Taschentuch hinein, damit keiner sie hörte und nach dem Grund fragte. Dazu hämmerte es in ihrem Schädel: „Was tun? Was tun?"

Sie war kreuzunglücklich, wußte dabei selbst nicht einmal so genau, warum sie weinte: vor Wut und Traurigkeit über Klaus' Tat oder vor Scham über ihr unbeherrschtes Verhalten? Und nun wieder die unerbittliche Frage: „Was tun? Noch einmal zu Klaus hineingehen und mit ihm sprechen?"

Auf keinen Fall – die Ohrfeigen würde er ihr nie verzeihen.

Schweigen? So tun, als wüßte sie nichts?

Das durfte sie nicht! Die Klasse litt lange genug unter dem Verdacht, unter sich einen Dieb zu haben.

Klaus anzeigen? Ihn, den Freund, anzeigen?

Das konnte sie nicht. Nein, nein, das konnte keiner von ihr verlangen, daß sie ihre Liebe so aufs Spiel setze!

Aber war sie denn überhaupt noch verliebt in ihn? Er hatte gestohlen, er hatte sich wie ein Feigling benommen, er war, zum Donnerwetter, ein Jammerlappen! Und trotzdem – sie lächelte beinahe wieder – und trotzdem war es ihr Klaus, dem sie aus der Tinte helfen mußte. Er war nicht schlecht, er war auch kein Dieb (das hatte er wirklich nicht nötig!) – irgendeine Dummheit steckte dahinter.

Und auf einmal war ein Gedanke da, ein großartiger Gedanke, also wirklich: der Gedanke!

Leise schlich Eva an der Klassentür vorbei (sie kannte genau die Dielenbretter, die bei einem unvorsichtigen Auftreten so unverschämt laut knarrten), sprang, noch Tränen in den Augen, die Treppe hinab – immer gleich drei Stufen auf einmal –, wirbelte unten um den Geländerpfosten und schlidderte quer durch den Unterflur zum Physikraum rüber. Drinnen hörte sie Dr. Lange rumwirtschaften. Er schien allein zu sein. Da

74

wurde es ihr doch noch einmal sehr, sehr mulmig zumute, und sie mußte ihr Herz fest in beide Hände nehmen, bevor sie bescheiden anklopfen und eintreten konnte.

Dr. Lange blickte erstaunt auf, sah ihr verweintes Gesicht. „Was ist Ihnen, Eva?" Sie hörte die Besorgnis in seiner Stimme. Wie freundlich seine guten, ein bißchen kurzsichtigen Augen sie anblinzelten! Es war doch schwerer, als Eva gedacht hatte. Sie hätte lieber nochmal mit Klaus sprechen sollen, trotz der Ohrfeigen. Aber nun gab es kein Zurück mehr. Das heißt, sie hätte ja eine Entschuldigung murmeln, irgendeine belanglose Frage stellen können.

Nein! Hier ging es um mehr als um ein paar schrecklich peinliche Minuten. Tapfer hob sie den Kopf. „Dr. Lange, ich muß Ihnen etwas sagen –" Wie ahnungslos er war! Schnell: „Herr Doktor, ich habe das Meßinstrument genommen, ich –" (erstaunlich, wie schwer einem manchmal das Lügen fiel!) „– sehen Sie, ich hätte es schon längst sagen müssen, aber ich habe mich doch nicht getraut –"

Dr. Lange begriff nichts. Machte seine verwunderte Karpfenschnute, über die Eva sonst fröhlich gegrinst hätte. Momentan war ihr aber gar nicht zum Grinsen zumute. Plötzlich hatte sie großes Mitleid mit sich selbst, hatte sich so in ihre Rolle hineingespielt, daß ihr, ohne daß sie es wollte, echte Tränen übers Gesicht liefen.

„Sie, Eva?", stammelte der Lehrer. „Sie sind ja verrückt!" Die Reaktion war klar. Gleich darauf: „Entschuldigen Sie, aber ich verstehe gar nichts … Sie behaupten, Sie hätten das Gerät gestohlen?"

„Nicht direkt gestohlen, bloß genommen –" Sie verhedderte und widersprach sich. „Nun, da ist der Unterschied wohl nicht allzu groß", sagte Dr. Lange nicht ohne Schärfe, milderte das aber gleich wieder durch ein Lächeln. „Übrigens, wie gesagt, ich verstehe das noch nicht. Sie haben –"

„Bestimmt", rief sie, fast ärgerlich über seine Ungläubigkeit. Und dann stotterte sie da eine Geschichte hervor, ein bißchen wirr durcheinander (weil sie ihr eben erst eingefallen war), von einem Cousin, der das Meßinstrument so nötig für seine Versuche brauche und sie darum gebeten hätte. Und weil sie gedacht hätte, es fiele nicht weiter auf und weil er doch so begeistert für Physik wäre und so weiter – na, jedenfalls hatte sie es genommen und ihm hingeschickt –, „er wohnt nämlich nicht hier", fügte sie vorsichtshalber hinzu.

Das Ganze klang so unglaubhaft, so zusammengestoppelt, daß Eva sich heimlich wunderte, daß dieser kluge Mann so einfach darauf reinfiel. Aber der war viel zu erschrocken, als daß ihm das aufgefallen wäre. Er hörte kaum noch ihr Gestammel, daß sie es sofort wieder herbeischaffen würde, und daß es ihr ja so schrecklich leid tue …

Hätte Eva geahnt, was sie in diesem Augenblick in Dr. Lange zerstört hatte, dann hätte sie sich wohl ihr Geständnis noch einmal gründlich überlegt.

Irgendwie hatte er, der schüchterne, innerlich unsichere Mann, dieses Mädchen bewundert – seine Selbstsicherheit, seine Gradheit, mit dem es jedes Ziel erkämpfte, seine ironische Überlegenheit, die manchmal schon an jene Art von Frechheit grenzte, die jeden entwaffnet und unwillkürlich schmunzeln macht, weil diese Frechheit so unbekümmert ist, und ihre Ellbogen gebraucht und gradeausgeht. Aber auch ihr Ernst, ihre kämpferische Leidenschaftlichkeit und der Stolz, mit dem sie offen für ihre Fehler eintrat, hatten ihn bezaubert. Sie war gewiß nicht besser als andere Menschen, im Gegenteil: sie hatte vielleicht sogar noch mehr Fehler und Schwächen, aber sie war anders, nicht Durchschnitt wie das, was da sonst noch an netten, mehr oder weniger hübschen und intelligenten Mädchen auf den Bänken saß. Und ihn, Dr. Lange, selbst der unauffälligste Mensch, den man sich denken konnte, hatte gerade das Auffällige angezogen, das sich nicht nur in ihrer äußeren Erscheinung ausdrückte.

Und darum war er in diesem Augenblick, wie man so sagt, wie vor den Kopf geschlagen. Dieses Mädchen sollte eine Diebin sein? Alles in ihm, der stets nur an das Gute im Menschen geglaubt hatte, sträubte sich dagegen. Aber sie sagte es ja selbst! Freilich, es war typisch, daß sie ausgerechnet aus Hilfsbereitschaft zur Diebin geworden war –

Dr. Lange sagte Eva das auch, so verlegen und unsicher als jemals. Es freute Eva beinahe, daß er ihr noch immer nicht recht glauben wollte, ihre Tat einfach nicht fassen konnte. Aber sie war jetzt so großartig in ihrer Rolle drin, daß sie mit einem wunderbar echt todtraurigen Augenaufschlag fragen konnte: „Nicht wahr, jetzt sind Sie schrecklich enttäuscht von mir?", und als der Lehrer verwirrt wegsah, mit tränenerstickter Stimme hinzusetzte: „Aber, bitte, versprechen Sie mir, daß Sie es gleich der Klasse sagen, ja?"

Dr. Lange nickte nur stumm. Still schlich Eva hinter ihm die Treppe hinauf in die Klasse. Unterwegs rang sie innerlich die Hände, daß doch um Gotteswillen ihr Mittel helfen sollte. Was, wenn es nicht half?

Schon waren sie in der Klasse. Trotzig blieb Eva vorne stehen, bohrte die Augen in den Spruch an der Wand: „Das Kostbarste, was der Mensch besitzt …" Der eine Buchstabe hing schief, stellte sie bedauernd fest.

Dr. Lange versicherte gerade der erstarrten Klasse, wie unangenehm es ihm sei (man sah ihm auch ohne diese Versicherung an, wie entsetzlich peinlich ihm die ganze Affäre war), wie bedauerlich, ihnen gerade in ihrer Gruppenleiterin die Schuldige vorstellen zu müssen, die das Instrument an sich genommen habe – „vorübergehend an sich genommen", fügte er abschwächend hinzu, „um einem anderen zu helfen" –, daß er ihr aber dankbar wäre, daß sie den Mut gefunden und sich bei ihm gemeldet habe –

Stille, in die eine fassungslose Jungsstimme hineinplatzte: „Aber das ist doch Unsinn!" Dr. Langes kurzsichtige Augen blinzelten verstört in die Richtung von Klaus Hoffmanns Platz.

Aber[19] Klaus war schon aufgesprungen, war mit zwei Sätzen vorne beim Lehrertisch und rüttelte Eva an der Schulter: „Bist du denn verrückt geworden, Mäuschen?" (Die anderen lachten nicht mal, als ihm dieser Kosename rausrutschte. Es ließ sich auch schlecht lachen, wenn einem der Mund[20] vor Staunen offenstand.) „Was hast du denn da bloß wieder angerichtet?"

„Nichts Schlechtes, wie es scheint", meinte das „Mäuschen" ganz ruhig und hatte auf einmal ein Lächeln auf dem verheulten Gesicht.

„Was soll das bedeuten?", fuhr der Lehrer dazwischen.

„Aber es ist doch gar nicht wahr", schrie Klaus. „Sie hat doch bloß gelogen, um mich zu schützen." „Irrtum, mein Lieber", dachte Eva, schwieg aber lieber.[21]

„Ja, ich verstehe nicht –" Der arme Dr. Lange wurde immer hilfloser. „Wer von Ihnen schwindelt denn nun eigentlich?" Aber im Grunde genommen war ihm das schon gar nicht mehr so fraglich, langsam dämmerte die Wahrheit bei ihm, daß er der Eva Unrecht getan hatte, als er an ihr zweifelte.

Und dann kam ja auch die ganze Geschichte raus – eine sehr, sehr klägliche Geschichte. Wer den breitschultrigen Hünen da vorne stehen sah, dem wollte es auch nicht recht in den Kopf, daß der sich mal so dumm benommen haben könnte, so blöd wie ein ganz kleiner Rotzbengel.

Geschehen aber war folgendes: Klaus hatte, nachdem Dr. Lange an dem bewußten Tage den Physikraum verlassen hatte, sich noch einmal mit dem Meßinstrument beschäftigt, an dem ihn irgendeine Kleinigkeit interessiert hatte. Na, und da war es ihm hingefallen – so etwas kann ja passieren –, und weil bei der Gelegenheit das Glas zersplittert und ein Zeiger abgebrochen war, hatte er es mit der Angst gekriegt. Statt nun Dr. Lange den Schaden zu zeigen, hatte Klaus das Gerät eingesteckt und sofort zur Reparatur gebracht, um es dann später wieder heimlich an seinen alten Platz zu legen. „Daß daraus so 'ne tolle Geschichte werden würde, habe ich ja auch nicht gedacht", fügte Klaus beinahe treuherzig hinzu. „Ich habe nachher natürlich nicht den Mut gehabt, alles zu gestehen."

„Und ohne Fräulein Hennig hätten Sie wohl überhaupt niemals etwas gesagt", vermutete Dr. Lange mit leisem Tadel. Ach, er war gar nicht aufgebracht, der Gute, er freute sich ja viel zu sehr darüber, daß sich alles so verhältnismäßig harmlos aufgeklärt hatte.

Machen wir's kurz: Aus der Mathestunde wurde, nachdem Dr. Lange Eva wortlos die Hand gegeben hatte, nicht mehr allzu viel.

Aber hinterher! Dem Klaus blieb nichts erspart an Vorwürfen und Spötteleien, aber er trug's mit Geduld. Schließlich hatte er es verdient, fand er selbst. Nur sein „Mäuschen" verstanden sie nicht, trotzdem sie es heimlich bewunderten.

„Was hättest du denn gemacht, wenn er sich nicht freiwillig gemeldet hätte?", erkundigte sich Bello. Eva zuckte die Achseln: „Er hätte es ja auf jeden Fall getan!" Um ihn nicht noch mehr zu beschämen, tat sie, als habe es niemals diese bangen Minuten vor dem Lehrertisch gegeben, als sie innerlich gezittert hatte, ob er den Mut finden und sie erlösen würde?

„Ich verstehe nur eins noch nicht", grübelte Albrecht. „Du hast doch immer so – eigenartige Ansichten über Kameradschaft gehabt, nicht wahr?" („,Eigenartig' ist gut", dachte Eva und nickte.) „Siehst du", fuhr Albrecht fort, „und doch hast du, die du es für ein Vergehen an der Gemeinschaft hältst, einen Verbrecher zu schützen, selbst einen Verbrecher geschützt. Ich will –", hastiger, „– natürlich nicht verkennen, daß dabei noch gewisse seelische, um nicht zu sagen erotische Momente eine Rolle spielen, aber –"

„Spar dir deine erotischen Ausführungen, Professor", lachte Eva. „Ich habe doch Klaus nicht geschützt, sondern nur sozusagen moralisch zum Geständnis gezwungen. Ich habe an seine innere Anständigkeit appelliert, und er ist aus dieser Anständigkeit heraus mir beigesprungen, obwohl –", sie lächelte verschmitzt, „ich natürlich nicht verkennen will, daß dabei gewisse seelische, um nicht zu sagen erotische Momente eine Rolle –" Aber da lag ihr auch schon eine für einen Philosophen erstaunlich kräftige Hand auf dem vorlauten Mund. Eva prustete los, während sich Albrecht erschüttert abwandte, wobei man ihn noch etwas murmeln hörte wie: „… und treiben mit Entsetzen Spott …"

Hilde reichte Eva die Hand. „Weißt du, wir müssen dir allerhand abbitten. Du bist nicht fähig, einen anderen Menschen skrupellos anzuzeigen, wie wir dachten. Es tut uns leid, daß wir dich jemals, wenn auch vielleicht nur in Gedanken, Denunziantin genannt haben." Dazu nickten die anderen sehr nachdrücklich.

Eva ergriff zwar gerne die impulsiv ausgestreckte Hand, aber innerlich war sie mächtig verblüfft. „Donnerwetter", dachte sie, „das habe ich mit meiner Handlungsweise ja nun auch nicht gerade erreichen wollen …"

„Ihr mißversteht mich, glaube ich", fing sie vorsichtig an.

Aber die Klasse wollte keine Auseinandersetzungen mehr haben, wo doch nun alles so eingerenkt war.

Eva biß sich auf die Lippen. Sie war sehr unzufrieden mit sich. Sie hatte falsch gehandelt, das merkte sie plötzlich mit erschreckender Klarheit. Ihr Kunstgriff, Klaus zum Geständnis zu zwingen, war ja recht gefällig und letzten Endes von ihrer Liebe zu ihm diktiert gewesen, aber falsch war er doch. Sie hätte ihn, ganz gleich, was daraus geworden wäre, vor der ganzen Klasse bloßstellen müssen, so, wie sie es noch vor wenigen Tagen bei dem Streit mit den anderen gedroht hatte. Wenn er bloß nicht vorher so kläglich hilfesuchend zu ihr gekommen wäre! Da war ihr natürlich das dumme Herz durchgegangen, und sie hatte einen Weg beschritten, der zwar auch zum Ziel

geführt und recht mutig ausgesehen hatte, den Klassenkameraden aber wahrhaftig kein nachahmenswertes Beispiel lieferte.
Zu dumm! Jetzt war's zu spät. Wie sehr es zu spät war, ahnte
sie freilich nicht.

Mit Klaus gab's ein kleines privates Nachspiel. Eva schonte
ihn nicht. Ohrfeigen kriegte er zwar nicht nochmal, aber das
Wort „Feigling" mußte er noch ein paarmal einstecken. Und
er tat es schweigend, weil er sich schämte, so abgrundtief seiner Dummheit schämte, wie es diesem selbstsicheren Jüngling
noch nicht passiert war. Gehen wir darüber hinweg, wie Klaus
seiner Freundin alle möglichen Versprechungen für die Zukunft machte – es sieht nicht besonders schön aus, wenn ein
so großer Bengel so klein und reumütig seinem „Frauchen"
Besserung schwört (noch dazu, wenn beide genau wissen, daß
sie wahrscheinlich doch nicht lange vorhalten wird).

Eva gab sich da auch keinen Illusionen hin: Freilich war
dieser Tag für den ein bißchen eingebildeten, oberflächlichen
Jungen eine schmerzhafte Lehre gewesen, aber die würde vor-
aussichtlich noch nicht reichen, seiner Gleichgültigkeit und
Nonchalance einen entscheidenden Stoß zu versetzen.

Hernach saßen sie beide in Evas Zimmer. Klaus hatte sich
in ihren Schreibtischsessel geworfen und sie auf seinen Schoß
gezogen. „Du bist mir doch wieder gut, Eva, nicht wahr?"
Wie ein richtiges Schmeichelkätzchen rieb Klaus seinen Kopf
an ihrer Schulter, pfiff leise an ihrem Ohr den Schlager vom
„großen Bären mit seinen sieben Sternen": „Ich hab' nur einen Stern, und der bist du ..." Lachend entzog sie sich ihm.
Daß er nie ernsthaft bleiben konnte! „Eigentlich bin ich dir ja
schrecklich böse –"

Eva wollte von seinem Schoß springen, aber Klaus hielt sie
eisern fest. Mit beiden Armen zog er sie immer näher an sich
heran. Sie schaute in seine hellen Seeräuberaugen, und ihr
wurde so schwach – nichts mehr war in ihr[22] von Bösesein
und Trotz –

„Also doch noch happy end – bis auf weiteres …", versuchte Eva noch zu scherzen. Aber da war Klaus' Mund schon ganz nahe. Eva schloß die Augen …

4. Kapitel

Eva hatte ein schlechtes Gewissen. Der Kulturabend für die Kinder von Antifaschisten rückte immer näher – Mitte März sollte er stattfinden, jetzt standen sie bereits in den letzten Februartagen, und noch hatte sie nichts vorbereitet. Sie machte sich heftige Vorwürfe, daß sie sich durch diese dumme Diebstahlsgeschichte so stark hatte beeinflussen lassen, daß sie alle anderen Pflichten vernachlässigte.

Der 1. Sekretär der FDJ-Oberschulgruppe, der Lutz, fragte am Mittwoch in der Funktionärssitzung der engeren Gruppenleitung ganz bescheiden an, wie weit Eva mit ihrem Kulturprogramm sei, und verlegen stotterte sie etwas von „Überlastung" und „zu viel Arbeit". Aber Lutz ließ natürlich nicht locker. Er wurde nicht etwa ungeduldig gegen sie – sowas lag ihm nicht –, aber er forderte mit der ihm eigenen energischen Ruhe, sie solle ihm doch bitte morgen in der ersten großen Pause das fertig ausgearbeitete Kulturprogramm vorlegen. „Geht in Ordnung!", versicherte Eva erleichtert.

Am Abend saß Eva mit ihrer Mutter im Wohnzimmer und erzählte von der Funktionärssitzung. Mutti sah sie sehr ernst an: „Wie oft habe ich dir schon gesagt, Eva, du sollst deine Arbeit nicht immer so stark von deinen Privatgefühlen beeinflussen lassen. Was du innerlich fühlst, geht niemanden etwas an, Mädchen! Und vor allem darf niemand und nichts darunter leiden." Eva nickte ein bißchen, weil die Mutter recht hatte. Trotzdem verteidigte sie sich: „Aber diesmal waren es doch nicht direkt Privatgefühle, Mutti! Nur wegen der ganzen Klasse war ich so verstimmt und unlustig –"

Da hatte die Mutter schon ihre große Tochter bei dem schwarzen Haarschopf gepackt und schüttelte sie kräftig: „Alter Sophist, du! Verstehst dich immer herauszureden."

„Nein, nein", wehrte sich Eva, „es war doch wirklich wegen der Klasse."

Aber Mutti konnte man nichts vormachen. „Ich glaube dir gern, daß du dir ernsthafte Sorgen wegen des Diebstahls in deiner Klasse gemacht hast, aber – ehrlich, Eva! – am meisten hat dich doch der Krach mit Klaus deprimiert, stimmts?" Sie ließ nicht locker, bis Eva, unwillig und zögernd, zugab, daß auch das die Schuld an ihrer Pflichtvergessenheit getragen hätte.

„Eva, Eva." Ihre Mutter schüttelte sorgenvoll den Kopf. „Wie soll diese Liebesgeschichte bloß noch enden? Der Klaus paßt herzlich wenig zu dir –", als Eva entrüstet widersprechen wollte, eine Spur schärfer: „Bitte, kein Widerspruch! Ich bin bestimmt die Letzte, die auf ihre Erfahrungen als Ältere pocht und ihre Ansichten, besonders über andere Menschen, unbedingt als richtig hinstellen will, aber soweit ich deinen Freund kennengelernt habe, ist er wirklich nicht der Richtige. Denk doch mal an diese Diebstahlsgeschichte! Nun gut, man könnte darüber lächeln, man könnte Verständnis aufbringen für sein Verhalten, denn die meisten hätten an seiner Stelle ähnlich gehandelt – aber du nicht, Eva! So weit kenne ich mein Töchting. Siehst du, und so ist vieles an ihm, was deinem Denken und Handeln widerspricht. Ich will dir nun natürlich nicht etwa die Freundschaft mit Klaus verbieten –"

Eva hatte den Kopf gesenkt. Jedes Wort der Mutter traf sie tief im Innersten, wo schon so manches Mal die gleichen Gedanken aufgetaucht waren. Als die Mutter ihr Mädchen so dasitzen sah, erriet sie wohl deren Gedanken und setzte schnell hinzu: „Nun werde nicht wieder traurig, Kind! Er ist ja nicht etwa ein schlechter Mensch, nur gleichgültig und verwöhnt. Vielleicht gelingt es dir, das wiedergutzumachen, was das Elternhaus an ihm verschuldet hat. Weißt du, für Klaus müßte einmal ein ziemlich schwerer Schlag kommen, ehe er sich innerlich wandelt. So, und jetzt werden wir zwei mal schnell dein Kulturprogramm aufstellen, damit du nicht wieder so spät ins Bett kommst."

Eva riß sich zusammen. Mutti hatte so eine Art, anderen Menschen Kraft und Zuversicht einzuflößen, schon durch ihre bloße Gegenwart, daß man alle überflüssigen Nebengedanken schnell abschalten und sich nur auf seine Arbeit konzentrieren konnte. „Ich möchte mal so werden wie Mutti", dachte Eva. „Sie muß Vati ein fabelhafter Kamerad gewesen sein …"

Schon steckten die beiden in einer lebhaften Unterhaltung über das Kulturprogramm. Es war nicht leicht, passende Lieder und Gedichte zu finden – „du mußt bedenken, daß ihr sie Kindern vortragt", mahnte die Mutter. „Und dann bloß nicht solche sture Reihenfolge: Lied, Gedicht – Lied, Gedicht und so", eiferte sich Eva. „Um Himmelswillen, das natürlich nicht", stimmte die Mutter bei. „Der Abend muß zu einem Erlebnis für die Kinder werden und ihnen die Heldentaten ihrer Väter und Mütter im rechten Lichte zeigen, weißt du, damit sie es lernen, zu ihnen aufzuschauen und nach ihrem Vorbilde zu leben."

„Erinnerst du dich an die ‚Illegalen' von Weisenborn?", fragte Eva nachdenklich. „Weißt du, da spricht am Anfang hinter geschlossenem Vorhang eine tiefe Stimme so etwas von den Mühlen Gottes. Das wirkt! Unheimlich, sage ich dir, es schaudert einen direkt …"

Die Mutter sah ihre Tochter prüfend an: „Ich habe schon öfter in deinen Kulturprogrammen das Bestreben gefunden: es soll den Leuten schaudern. Du bist mächtig für ‚Wirkung' oder was du so nennst. Schlag auf Schlag willst du hinsetzen. Du willst blenden, Eva. Hüte dich davor – das könnte mit der Zeit in eine leere Effekthascherei ausarten."

Eva nickte nur schweigend. Es tat gut, so mit Mutti zusammenzusitzen und sich ruhig mal seine Fehler zeigen zu lassen, ohne daß man das Gefühl hatte, sie wolle jetzt bloß wieder an einem herumerziehen. Mutti konnte einem das so klarmachen,

daß man es auch wirklich einsah, aber die meisten Pauker –
Puh, da machte man sich am besten den Grundsatz zu eigen,
daß man ja schließlich zwei Ohren habe: Zum einen kommt's
rein, zum anderen geht's raus … Vor allem handelte sie auch
so, wie sie sprach, nicht wie z. B. der Pfarrer, bei dem Eva Kon-
firmationsstunde gehabt hatte. Er predigte ihnen Keuschheit
und ritt auf dem 6. Gebot herum und in Wirklichkeit wußte
die ganze Stadt, daß er seine eigene Frau sitzen ließ und mit
seiner Sekretärin ein Verhältnis hatte. Aber so waren eben die
Erwachsenen …

Als Eva ihrer Mutter den Gutenachtkuß gab: „Schlaf gut,
träum süß!", gab die ihr einen Klaps: „Bring öfter mal abends,
wenn ich zuhause bin, deinen Freund Klaus mit, hörst du?"

„Gerne", nickte Eva fröhlich.

Am nächsten Tage ging es in der Schule etwas Hals über
Kopf. In jeder Pause mußte Klaus herumsausen und den
Laienspielern Bescheid sagen, sie sollten sich in der zweiten
großen Pause in der Aula versammeln, um das nächste Spiel
kurz zu besprechen.

Eva stand wie auf Kohlen. „Schnell, Klaus, geh noch in
die 11a und sag Erika Kiefner Bescheid. Und dann – ach, ja,
richtig: 10a, Gerhard Klepsch." „Was, der auch?" Klaus zog
ein Gesicht. Das war doch der kleine freche Bursche, mit dem
er Eva vor ein paar Wochen im Garten erwischt hatte!

Eva tat unschuldig: „Na ja, viel kann er ja nicht, aber er
macht doch so gerne mit! Den SA-Mann kann er ruhig spielen,
das ist nur eine stumme Rolle." „Klar macht der gerne mit",
knurrte Klaus, „ – weiß auch, warum."

„Othello", lachte Eva und gab Klaus einen kleinen Nasen-
stüber. „Und dann noch zu Peter Zimmerfeld – oder nein, das
ist nicht nötig, da gehe ich selbst hin."

Schon wieder witterte Klaus Unrat. Der Peter lag ihm sowieso schwer im Magen, weil er so oft mit Eva zusammensteckte

und zu ihrem literarischen Zirkel gehörte, der sich jede Woche bei ihr versammelte und stundenlange hitzige Debatten führte, für die Klaus beim besten Willen kein Verständnis aufbringen konnte.

„Du mit deinem Peter", brummte Klaus unzufrieden. „Ohne den kannst du wohl auch nicht mehr leben, was?" „Kann ich auch nicht", bestätigte Eva munter. „Was du mit dem bloß immer zu erzählen hast …?" „Alles das, was ich mit dir nicht besprechen kann." „Ach was, wer weiß, was ihr beide miteinander habt –" Klaus war sehr mißtrauisch.

„Das ist eben eine platonische Liebe", antwortete Eva überlegen.

„Platonisch?" Klaus wurde noch mißtrauischer. „Was ist denn das schon wieder?"

„Nichts zum Essen", lachte Eva ihn aus. Dozierend: „Platonische Liebe nennt man eine solche, die sich zu der geliebten Person nicht durch Sinnenreiz hingezogen fühlt, sondern durch die Schönheit der Seele und des Charakters; so genannt, weil Plato im ‚Gastmahl' sie so von Pausanias erklären läßt – laut Meyers Lexikon. Zufrieden?"

„Na, na, ihr mit eurer Seelenschönheit …" Klaus war noch nicht ganz überzeugt. „Wer weiß, was für ein toller Hecht dein Plato war – und dann hat er seine vielen Seitensprünge eben so erklärt. Hör mir bloß auf mit den ollen Römern – die kennt man doch!"

„Aber Klaus!" Eva war starr. „Plato war doch Grieche!"

„Grieche oder Römer – das ist alles dasselbe!", behauptete Klaus kühn.

Nun wurde es Eva doch zu bunt. „Hau ab, du Kulturbarbar!" Da entschwand Klaus endlich, während Eva, noch immer leicht erschüttert, zur 12b ging, um mit Peter zu sprechen.

In der 12b sah Eva sich suchend um, ein bißchen die kurzsichtigen Augen zusammenkneifend. Aber der Peter kam schon auf sie zu: „Tag, Schwarze! – Komm, gib Küßchen!"

Worauf sie sich ohne Ziererei gravitätisch umarmten und Küßchen gaben. Die anderen lachten, sie kannten dieses Zeremoniell und fanden nichts dabei. Die beiden Freunde grienten sich an wie die Honigkuchenpferde, bis Eva entrüstet dem Peter sein albernes Benehmen untersagte – sie hätte wirklich Wichtigeres im Kopf als seine Begrüßungsfaxen.

„Hast du schon wieder Arbeit für mich, du fürchterliches Wesen?" „Freilich", nickte sie ihm wohlwollend zu. „Du mußt in unserem Laienspiel den Vater Eysenhardt spielen."

Peter tat entsetzt: „Nun komm man nicht so gehoppt! Drei Monate vor dem Abitur –"

„Dreieinhalb", verbesserte Eva ernsthaft.

„Na, meinetwegen dreieinhalb. Jetzt noch die lange Rolle lernen! Ist nicht, mein Schwan!"

„Aber Peterchen", quälte sie, „du kannst mich doch nicht sitzen lassen! Die Rolle paßt genau zu dir, wirklich, du kennst sie doch: so ein alter, ewig polternder Grobian, dabei herzensgut und aufrecht –" „Danke!" „Oh, bitte, bitte, gern geschehn! Und dann –", Eva lockte, „deine Partnerin ist Erika Kiefner, die spielt die Mutter Eysenhardt, weißt du?"

„Mensch, mach keine Witze! Wirklich?" Peter strahlte übers ganze Gesicht. Dann mißtrauisch: „Du willst mich doch bloß rauslocken, Schwarze. Hat sie denn schon zugesagt?"

„Aber klar", versicherte Eva mit treuherzig biederem Gesicht.

„Hm." Peter tat, als überlege er noch, aber in Wirklichkeit war er natürlich schon fest entschlossen. Erika als Partnerin – also dann …

Quietschfidel sauste Eva davon – zu Erika Kiefner, um ihr zu eröffnen, daß sie unbedingt die Mutter Eysenhardt spielen müßte, weil sie so gut zu ihr paßte und (so ganz beiläufig lockend eingestreut) – Peter Zimmerfeld ihr Partner sei. Worauf auch Erika freudig die lange Rolle annahm – „trotzdem es bloß noch vier Monate bis zu den Zeugnissen sind". „Viereinhalb", verbesserte Eva mit erstaunlichem Sinn für Genauigkeit.

Eva war in gehobener Stimmung, als sie in der zweiten großen Pause in den Kreis ihrer Getreuen trat, der sich schon in der Aula versammelt hatte. Glücklich fühlte sie sich, wunderbar beschwingt. Endlich wieder ihre Lieblingsarbeit tun dürfen! Mag Gerhard eingeschnappt sein, weil er bloß eine stumme Rolle gekriegt hat – macht nichts! Mag Ilse laut und leise meckern, weil sie die Mutter Eysenhardt nicht spielen darf – macht auch nichts! Mögen sich Herbert und Heinz um die Rolle des dicken SS-Mannes streiten – macht überhaupt nichts! Das biegt sie alles wieder hin.

Eva verstand es wirklich, jedem das rechte Wort zu sagen. „Stell dich doch nicht an wie eine gekränkte Filmdiva, Gerhard! Mach dir lieber jetzt schon Gedanken, wo du eine richtige SA-Uniform[23] herkriegst, denn echt mußt du unbedingt aussehen. Und außerdem ist deine Rolle nicht ganz stumm: einmal mußt du ‚rote Sau' grölen und mußt Peter, ich meine: Vater Eysenhardt umlegen."

Gerhard war sehr erbaut von der Aussicht, Peter „umlegen" zu dürfen und machte sich, wie befohlen, schon Gedanken über seine Uniform. Natürlich mußte sie tadellos sitzen, denn wenn er schon bloß „rote Sau" brüllen durfte, mußte er doch wenigstens äußerlich sehr imponierend wirken, nicht wahr?

„Aber Ilse, zu dir paßt die jugendliche Erscheinung der Käte doch viel besser als die alte Mutter Eysenhardt! Ich sag' ja: keine Ahnung von Ensemblespiel, und das bei einem Theaterhasen wie bei dir! Ich erinnere dich bloß an Eduard von Winterstein (oder war es Josef Kainz?). Weißt du, was der gemacht hat, als ein junger Anfänger über seine kleine Rolle meckerte? Der hat die Rolle genommen und sie selbst gespielt – aber wie! Dem Anfänger sind die Augen übergegangen, sage ich dir. Siehst du – das ist Ensemblegeist! Außerdem kannst du auch bei der Käte viel rausholen, bestimmt!"

89

Bei Ilse mußte man schon länger reden, aber auch die wurde schließlich weich und fing schon an, in ihrer Rolle zu lesen, wo sich da „was rausholen" ließe. Na, und mit solchen Beispielen wie Eduard von Winterstein (oder war es Josef Kainz?) vor Augen …

„Den SS-Mann kriegt natürlich Herbert. Schon äußerlich paßt er besser dazu als Heinz. Erstens ist er dicker, und zweitens hat er ein brutaleres Gesicht. – Lach nicht, Heinz, wir haben hier eine ernsthafte Besprechung! – Ich will damit nicht sagen, daß alle SS-Leute brutal ausgesehen haben, aber der Kerl hier ist nun mal so ein Exemplar. Und Herbert hat auch eine gröbere Stimme als du, Heinz; er kann besser brüllen, wenn er sich an den spannendsten Stellen so steigern muß. In Ordnung, Jungs?"

In Ordnung! Herbert war gar nicht etwa gekränkt über ihre freundliche Charakterisierung seiner äußerlichen Eigenschaften – im Gegenteil! Er fing schon mal probeweise an zu brüllen: „Willst du mich zum Narren halten, alte Vettel?!" (Aber das bezog sich nicht auf Eva, sondern stand so ähnlich in der Rolle drin!) Und Heinz mußte anerkennen, daß Herbert doch das richtige Organ und tatsächlich eine ziemlich brutale Kinnpartie hatte.

Eva atmete auf. Na also, das hätten wir geschafft! Das Rollenverteilen war immer das Schwerste, und manchmal mußte man sich, sozusagen, den Mund fusselig reden, hier beschwichtigen, dort rettend in einen Streit eingreifen, dem einen sogar mal ein bißchen schmeicheln, den anderen hart runterputzen, sonst kam man nie zurande. Vor allem mußte man, dahinter war sie auch allmählich gekommen, jeden bei seiner schwächsten Seite packen, dann konnte man die meisten um den Finger wickeln. Freilich war sich Eva, als sie diese Überlegung ein klein bißchen spöttisch bei sich anstellte, im Augenblick nicht klar darüber, daß vor gar nicht langer Zeit ein gewisser Herr

Sehning das Gleiche mit ihr getan hatte – ohne daß sie es gemerkt hätte!

„Erste Leseprobe und Regiebesprechung mit Herrn Studienrat Sehning ist morgen abend im FDJ-Raum, meine Herrschaften!", rief Eva noch schnell, ehe alle in ihre Klassen abschwirrten.

„Nanu, nanu", wunderte man sich, „ – mit Sehning? Das ist doch fünf Minuten vor deinem Ende, Eva! Seit wann ist denn zwischen euch so dicke Liebe, daß du ihn sogar zur Regiebesprechung holst?"

„Von ‚dicker Liebe' kann ja nun noch keine Rede sein, aber wir haben uns doch so ziemlich vertragen." „Na, also!"

Während die anderen Laienspieler schon aus der Aula drängelten, kam Peter dicht an Eva vorbei. „Das glaubst du selbst nicht, Schwarze, daß du dich mit Sehning vertragen hast." „Aber bestimmt doch, Peter."

Er, kalt: „Schade, daß ich mich in dir getäuscht habe …"

Eva erwischte ihn gerade noch am Ärmel: „Aber, Peter, wieso denn?" (trotzdem sie es selbst ganz genau wußte).

„Ich hätte dir etwas mehr Konsequenz zugetraut!" Und raus war er. Weg war ihre schöne vergnügliche Laune. Mehr Konsequenz! „Peter!" Evas Stimme verhallte schwach nachklingend in der weiten Aula. Mehr Konsequenz! Sie mußte unbedingt noch einmal mit Peter darüber sprechen. Peter war doch sonst nicht der Mensch, der unversöhnlich in einer Gegnerschaft verharrte, wenn dieser Gegner ihm freundlich entgegenkam. Aber er sollte sich nicht in ihr getäuscht haben! Eva wollte auch weiterhin die Augen aufhalten – „und ganz hat mich der Sehning doch noch nicht eingewickelt; ich bin noch durchaus objektiv".

Nun stimmte das mit der unbedingten Objektivität allerdings nicht mehr ganz, und wenn Evas Verhältnis zu Sehning, so wie es seit ein paar Tagen war, sich in der eingeschlagenen Richtung weiterentwickelt hätte, so wäre sie[24], vor allem bei

91

einer gemeinsamen Arbeit in der Laienspielgruppe (die nun mal Evas schwächste Stelle war, mit der man sie um den Finger wickeln konnte), in ein paar Wochen oder Monaten doch eine Anhängerin Sehnings wie die meisten geworden. Vielleicht nicht eine blinde, immerhin aber doch eine nicht mehr klarsehende Anhängerin. Gerade das Laienspiel aber trug die Schuld daran, daß eine Stunde später schon, nachdem Peter ihr mangelnde Konsequenz vorgeworfen hatte, sich vieles im Schulleben der Eva Hennig änderte.

Deutsch bei Studienrat Sehning. „König Lear"[25] stand auf der Tagesordnung. Großartig behandelte das der Sehning. Ein Genuß. Kein ungetrübter allerdings, fand Eva, dazu brachte er für ihren Geschmack zu oft das Moment des „unabwendbaren Schicksals" hinein, dem keiner entrinnen könne. Und das war nicht richtig. Unabwendbares Schicksal! „Ich glaube nicht daran", trotzte Eva im Stillen. „Hat denn nicht jeder Mensch sein Schicksal selbst in der Hand? Ist nicht jeder Mensch selbst Gestalter seines Lebens?"[26]

Der Teufel mußte sie reiten, daß sie schon wieder Lust verspürte, Sehning zu widersprechen – nicht etwa aus bloßer Freude an der Opposition, sondern, weil ihr das, was der Lehrer da sagte, so lebensfern und irgendwie entmutigend klang. Aber was würden die anderen dazu sagen, die mit lauschend erhobenen Köpfen dasaßen, gefesselt, hingerissen von seinen Worten; was würde vor allem Klaus dazu sagen? Eva sah ihn prüfend von der Seite an. Klaus spürte den Blick, lächelte Eva zu. Da ließ sie den schon halb erhobenen Finger wieder sinken. Erst später wurde Eva klar, daß Klaus' Lächeln zum wenigsten ihr gegolten hatte, daß es flüchtig, gleichsam verloren gewesen war. Klaus war Eva in diesem Augenblick entrückt, weil er, wie alle anderen, im Banne des Lehrers stand, der da vorne ruhig an seinem Tische saß und mit seiner leidenschaftslosen Stimme zu ihnen sprach, mit sparsam verteilten Gesten, dessen Rede doch eine unheimliche Suggestivkraft auf sie alle ausübte, ohne daß sie zu bestimmen gewußt hätten, worin dieser ihm eigene Zauber lag. Studienrat Sehning schauspielerte nicht, baute keine prunkhaften Sätze, machte keine großen Worte – und doch erstand in dieser Stunde die Gestalt des alten Königs Lear vor ihnen, der, vom Wahnsinn gepeitscht, in das Toben der Elemente sein abgrundtiefes Leid schreit – und etwas wehte sie an vom großen Weltgeist, vom unentrinnbaren Schicksal –

Eva mußte schwer mit sich kämpfen, um Sehning nicht zu verfallen wie die anderen Kameraden. Auch sie war ja ein junger Mensch, den diese ruhige Stimme verzauberte, sie war doch auch nicht unempfindlich gegen die großen Mysterien des Himmels und der Erde. Sie träumte selbst gern, sie grübelte viel – es gab doch so viel Geheimnisvolles für einen jungen Menschen! Jetzt aber wehrte sie sich – sie wollte nicht – nein – „Schicksal"; was sollen diese Reden? Mich zwingst du nicht! Wie ein stummer Kampf war das zwischen ihr und diesem Manne. Eva versuchte, an anderes zu denken, sie beschimpfte Sehning innerlich, unflätig nahezu.

„Hör doch auf mit deinem Quatsch! Wozu erzählst du uns diesen ganzen schicksalhaften Blödsinn, he? Schicksal! Hahaha, daß ich nicht kichere! Und ihr anderen – laßt euch nur schön einwickeln, daß ihr nachher, wenn ihr wieder aufwacht, in den Wolken schwebt und vor eurem ‚Schicksal' zittert! Ja, zittert ihr nur! Ihr könnt ihm doch nicht entgehen – ihr habt es doch eben gehört, nicht wahr? ‚Er' hat es doch gesagt, nicht wahr? Ihm glaubt ihr doch alles, nicht wahr? Schwächlinge! Ihr steht ja schon nicht mehr mit den Füßen auf der Erde! Himmel, was sollt ihr bloß für Menschen werden?! Aber ich pfeife auf dein Schicksal, Sehning! Wäre doch gelacht, was?"

Eva wollte ihre Gefühle unbedingt auch nach außen hin zeigen. Sie machte ein betont gleichgültiges Gesicht, wollte scheinbar gelangweilt mit der Fußspitze gegen das Tischbein klopfen, so schön im Rhythmus: bum, bum, bum – nerventötend. Aber sie erschrak, als das hölzerne Tacken so aufdringlich laut in die Stille des Klassenzimmers hämmerte, und hörte auf.

Sie beobachtete der Reihe nach die Gesichter der Mitschüler, bis hinüber zu Wanjuschka, der ihr genau gegenübersaß, am anderen Ende des Halbkreises. Er tauschte einen Blick mit ihr, etwas zerstreut zuerst (sollte es ihn auch schon gepackt haben?), aber dann verständnisinnig, wie erwachend (na also, Wanja paßte das Gerede auch nicht!). Seine guten blauen Augen beruhigten Eva.

Sie machte eine vorsichtige Kopfbewegung zu Sehning hin, mit[27] fragend hochgezogenen Brauen. Das hieß: „Mensch, was sagst du denn dazu?"

Wanjuschka kapierte sofort, verdrehte die Augen und sandte einen anklagenden Blick in den Himmel.

Eva verstand: Es gefiel ihm absolut nicht, mehr noch: himmelschreiend fand er es.

„Ach, laß Sehning nur reden! Uns soll es nicht stören …", funkte Eva mit geringschätzig herabgezogenen Mundwinkeln.

Eva und Wanja grienten sich beide verstohlen an. Sie verstanden sich großartig – trotz gehemmtester Zeichensprache –, und für beide war es ein beglückendes Gefühl, vom anderen zu wissen, daß er genau so dachte wie man selbst.

Studienrat Sehning schloß das Thema ab. Ein Aufatmen ging durch die Reihen der Lauschenden, als erwachten sie aus einem Traum und fänden noch nicht in die Wirklichkeit zurück. Fliegende Hände machten noch schnell ein paar Notizen für die Ausarbeitung zuhause.

Ein Blick auf die Uhr: „Wir haben noch ungefähr fünf Minuten bis zum Klingeln. Ich möchte die Gelegenheit benutzen und Ihnen Ihr Laienspiel zurückgeben, Fräulein Hennig."

Gespannt richtete Eva sich auf. Sehning hatte das rote Heftchen aus seiner Aktenmappe genommen, wog es in der Hand, nachdenklich.

„Wissen Sie, Eva, ich habe die ,Eysenhardts‘ mit großem Interesse gelesen. Ich will damit nicht sagen, daß es ein großes literarisches Machwerk wäre – ich habe über dieses Thema schon weit bessere Arbeiten gelesen, selbstverständlich. Aber das ist dabei nicht so wichtig. Es handelt sich hier eben um ein Laienspiel, bestimmt, von Laienkünstlern gespielt zu werden. Da kann man nicht mehr verlangen –“

Schon hatte Eva eine Falte auf der Stirn. „Herr Studienrat –“

„Einen Moment, bitte“, wehrte er freundlich ab. „Ich weiß, was Sie jetzt sagen wollen – nämlich, daß für die Laienspielbewegung das Beste geschrieben werden müßte, nicht wahr?“

Eva war überrascht, nickte.

„Na ja, Sie müssen bedenken, daß die Laienspielbewegung noch im Aufbau begriffen ist, daß viele unserer Schriftsteller es noch gewissermaßen für unter ihrer Würde halten, für Laienspieler zu schreiben.“

Eva nickte wieder. „Gewiß, aber Friedrich Wolf –“

„Wir wollen von solchen Ausnahmen absehen, Eva. Es war ja auch nicht einmal dieses Problem, das mich beim Durchlesen des Stückes so nachdenklich machte.“ Langsam: „Halten Sie es eigentlich für richtig, Eva, noch heute, Jahre nach dem Zusammenbruch des Nazireiches, die vergangenen Zeiten immer und immer wieder aufzuwühlen? Sollten wir das alles nicht endlich einmal ruhen lassen? Sehen Sie, das erinnert mich so an die Trümmerfilme nach 1945. Schön, den Menschen mußte das noch einmal gezeigt werden, aber jetzt sind andere Aufgaben da, denen man sich widmen muß.“

Eva begriff noch nicht ganz, worauf Sehning hinauswollte, unterbrach ihn beinahe unhöflich: „Aber Herr Studienrat! Ich sehe nicht ein, was der Kampf der Antifaschisten mit unseren Trümmerfilmen zu tun hat. Ja, diese Zeiten sind vergangen, aber doch nicht vergessen. Man darf sie einfach nicht vergessen …“

„Gewiß, gewiß", winkte Sehning eilig ab. „Ich wollte damit auch nicht sagen, daß wir alles, was hinter uns liegt, vergessen sollen, Eva. Ihr redet in der FDJ immer so schön davon, daß ihr vor großen Aufgaben steht. Wie wollt ihr diese Aufgaben aber erfüllen, wenn euch ständig die Erinnerung an die vergangenen Schrecken hemmt?"

Eva sah sich um, sah lebhafte Zustimmung in der Klasse. „Sie hemmt uns doch nicht, sondern spornt uns im Gegenteil zu noch größeren Leistungen an."

„Das sind Phrasen! Machen wir uns doch nichts vor! Was kann euch schon die Erinnerung an den antifaschistischen Kampf während der Nazizeit geben? Sie muß euch doch mehr entmutigen als beflügeln. Sagen Sie selbst: Was für einen Zweck hat denn dieser ganze Kampf gehabt? Was sollte diese Auflehnung einiger weniger gegen ein ganzes System? Wenn Sie sich das mal in Ruhe überlegen, müssen Sie mir zugeben: Die illegale Tätigkeit der wenigen, die sich gegen das faschistische Reich wehrten, hatte doch weder Sinn noch Zweck."

Sehning unterbrach sich, vielleicht einen Augenblick befremdet bei einem Blick in das erblaßte Gesicht Evas. Vielleicht erwartete er auch einen Widerspruch. Nichts. Eva saß stumm, mit krampfhaft zusammengepreßten Lippen.

„Sie geben mir also recht", fuhr Sehning ruhig fort. „Nein!", wollte Eva schreien, und wieder „Nein!". Aber etwas saß ihr in der Kehle, daß sie schlucken mußte, mit halboffenem Munde atmen, um nicht zu ersticken. Kein armseliges Wörtlein konnte sie sprechen, mußte Sehning nur anstarren … Und die anderen nickten: „Ja, es hatte wirklich weder Sinn noch Zweck gehabt …"

„Dieser Kampf einiger Fanatiker war sinnloses Blutvergießen. Die Taten der von Ihnen so verehrten Menschen grenzen an den Wahnsinn Verzweifelter. Glauben Sie mir: nicht die unnützen Opfer der Antifaschisten, sondern nur die Heere der Alliierten haben Hitler den Todesstoß gegeben. Oder bilden

Sie sich im Ernst ein, mit ein paar Flugschriften und bemalten Wänden könnte man einen festgegründeten Staat umreißen?"

Zustimmendes Lächeln der Jungen und Mädchen. Welch eine hirnverbrannte Idee, mit „ein paar Flugschriften und bemalten Wänden" einfach ein Reich aus den Angeln heben zu wollen!

Eva erhob sich halb, fragte, die Arme auf den Tisch gestützt, mit unnatürlicher Ruhe: „Sie meinen also, diese Menschen, die an ihre Idee glaubten, hätten sich einfach ducken und ihr Joch als gegeben hinnehmen müssen?"

„Mein Gott, Eva, gebrauchen Sie doch nicht gleich so starke Worte. Ducken! Sie hätten eben abwarten müssen, um so mehr, als sie –", mit kaum spürbarem Hohn, „– in ihrer dialektischen Vorausschau das baldige Ende eines so totalitären Systems zweifellos kommen sahen."

Wanjuschka machte eine Bewegung, als wolle er auffahren. Eva kam ihm zuvor: „Abwarten, abwarten und ihre Mitmenschen sich immer tiefer in eine falsche Ideologie hineinrennen lassen! Das sollten sie also –"

Sehning wollte einlenken, aber Eva stand da, eisige Abwehr. In ihrem Schädel dröhnte es. Keinen Zweck! Keinen Sinn! Wie konnte dieser Lehrer so Ungeheuerliches sagen, ihr sagen, deren Vater gestorben war, damit solche Menschen wie ihre Kameraden hier einmal frei leben durften! Oh, Vati, Vati! Und auch für diesen Mann dort bist du gefallen –

Rasender Haß schoß in Eva auf wie eine Flamme, zuckte grell durch ihr Hirn, verbrannte in wenigen Sekunden alles, was sie noch an Sympathie für den Lehrer empfunden hatte. Die Augen aller waren auf Eva gerichtet. Klaus sah zu ihr auf, und ihm wurde angst. Diese verzweifelten Augen, die nichts mehr von starrer Ruhe hatten, diese heftig atmende Brust, diese zitternden, schweißnassen Hände, die sich wie haltsuchend auf der Tischplatte krallten –

Der Lehrer wurde ärgerlich. Was stand dieses Mädchen da und starrte ihn an, als wolle sie sich auf ihn stürzen und ihn schlagen? „Setzen Sie sich doch, Fräulein Hennig!" Seine Stimme klang schärfer als beabsichtigt. „Oder haben Sie noch etwas dazu zu sagen?"

„Ja." Eva keuchte fast. Und als wäre mit diesem „Ja" ein Damm durchbrochen, so schrie es jetzt aus ihr heraus – Haß und Wut und abgrundtiefe Verzweiflung: „Sie wagen mir das zu sagen? Sie?" Eva lachte wie eine Verrückte. „Was haben Sie denn während der Nazizeit getan? Natürlich, Sie haben ‚abgewartet', Sie haben schön warm zuhause gesessen, während Hunderte, ach, Tausende von tapferen Männern und Frauen sich die Nächte um die Ohren geschlagen haben, um für Sie und euch alle da eine bessere Zukunft zu erkämpfen. In Dreck und Blut sind sie verreckt, ermordet worden – viehisch – hingeschlachtet für Sie und für euch. Und ihr wollt es wagen, über ihre ‚bemalten Wände' und ihre Flugschriften zu lächeln? Ihr wagt zu sagen, alles das hätte keinen Sinn und keinen Zweck gehabt? Ihr habt doch sonst nicht gelächelt, wenn ich euch von Vati erzählt habe, dem sie den Kopf vor die Füße gelegt haben, weil er an seine Idee geglaubt und nicht abgewartet hat, bis Hilfe von außen kam –" Evas ausgestreckte Hand wies auf den Lehrer. „Aber von dem da laßt ihr euch erzählen, daß diese Opfer sinnlos waren, unnützes Blutvergießen. Mein Vater ist nicht umsonst gestorben! Und Sie da –", Evas flammende Augen bohrten sich in Sehnings Gesicht, und vor diesen Augen gab es kein Entrinnen, „– Sie da sind nicht wert, diesen Märtyrern die Füße zu küssen, verstehen Sie? Nein, nicht einmal das sind Sie wert! Ihre Aufgabe wäre es, in Ihre Schüler die Liebe und Verehrung für diese Menschen zu pflanzen, aber was tun Sie? Sie beschmutzen ihr Andenken, Sie – ach." Eva brach ab, atemlos und erschöpft. Totenstill war es in der Klasse. Tief atmete Eva, und etwas wie ein Lächeln zog über ihr Gesicht.

Mit einem letzten Aufschrei: „Sie sind ja nicht wert, Lehrer zu sein!"

Plötzlich verstummte Eva. Mit einem fast befriedigten Lächeln: „So, und jetzt können Sie mich rausschmeißen. Oder noch besser: Ich gehe selbst."

„Fräulein Hennig!", rief Studienrat Sehning scharf. Aber Eva sah ihn nur groß an, wandte sich um und ging zur Tür. Aller Augen folgten ihr. Klaus wollte aufspringen und sie zurückhalten, aber schon hatte sie die Tür geöffnet und war gegangen.

Als Eva auf dem Flur stand, stellte sie mit einer gewissen Genugtuung fest, daß sie, deren Tränen sonst ziemlich locker saßen, nicht geweint hatte. Sie horchte in sich hinein: Keine Reue über ihr Benehmen, ihre heftigen Worte. Kein Triumph, daß nun endlich die Stunde gekommen war, Studienrat Sehning zu beseitigen.

Noch klang die Erregung der letzten Minuten in Eva nach, aber ihre übersteigerte Leidenschaft hatte ruhiger Überlegung Platz gemacht. Die Haltung der Kameraden hatte ihr bewiesen, daß es höchste Zeit gewesen war, zu handeln. Ihre letzten Worte: „Sie sind nicht wert, Lehrer zu sein", waren nicht mehr von wütendem Haß diktiert gewesen, sondern von ehrlicher Empörung über Sehnings Worte, die sie als Tochter eines durch faschistische Henker ermordeten Vaters zutiefst verletzt hatten.

Eva sah zur Uhr: in einer halben Minute müßte es klingeln. Bis dahin mußte eine Entscheidung gefallen sein. Für sie gab es kein Zögern und kein Schwanken mehr. Sie kannte ihre Pflicht.

Ohne Herzklopfen schritt Eva dem Direktorzimmer zu. Als sie vor der gepolsterten Tür stand und auf den Klingelknopf drückte, fuhr sie zusammen. Ihr war, als hätte jemand hinter ihr „Denunziantin" gerufen. Ganz laut. Das schreckliche Wort schien noch in dem weiten Flur zu hängen, langsam verhallend.

Eva wandte sich hastig um. Nichts. Wie albern! Es war ja gar niemand weiter im Flur als sie.

Das rote Lämpchen neben dem Klingelknopf flammte auf. „Herein." Da öffnete Eva die Tür. Lautlos fiel sie hinter ihr ins Schloß.

Der alte Mann am Schreibtisch erhob sich, als er Eva erkannte. „Das ist nett von dir, daß du mich mal wieder besuchst, Eva. Ich dachte wahrhaftig schon, du hättest deine alten Freunde ganz vergessen."

„Aber nein – Sie nie, Herr Doktor", ging Eva scherzend auf seinen Ton ein.

Noch nie hatte sie beim Betreten seines Raumes jenes beklemmende Angstgefühl verspürt, das oft selbst den Mutigsten überfällt und unsicher macht, wenn er ins „Allerheiligste" gerufen wird. Die meisten Schüler fürchteten Dr. Lorenz wegen seiner beißenden Ironie, aber sie verehrten ihn gleichzeitig wegen seines durchdringenden Geistes und seiner glänzenden Rednergabe. Er konnte sich – das bewunderten sie schrankenlos – völlig unvorbereitet in der Aula vor die Schülerschaft stellen und über irgendein Thema zu ihnen sprechen – leise, mit ruhigen Gesten der schmalen Hände, mit fein verteilten geistreichen Pointen, wie ein Künstler, der seinem Werke hier und dort mit leichter Hand ein Schlaglicht aufsetzt, so, daß alle aus diesen Stunden etwas[28] mitnahmen, daß sie das Gefühl hatten, beschenkt worden zu sein. Noch nie hatte man einen Schüler lächeln sehen, wenn sich der alte Direktor ab und zu unterbrach, nachdenklich mit der Hand übers Kinn streichend, als wären seine Gedanken in weiter Ferne, und dann unvermittelt weitersprach. Bei einem anderen hätten sie getuschelt, sich lustig gemacht darüber, daß er „steckengeblieben" wäre – bei ihm saßen sie lauschend vorgebeugt, warteten gespannt auf die nächsten Worte. Solange Dr. Lorenz mit seinen leisen Schritten da vorne langsam auf und ab ging – er stellte sich niemals hinter ein Rednerpult –, hätte man in der weiten Aula eine Stecknadel zu Boden fallen hören können, denn keiner wollte sich ein Wort seiner Rede entgehen lassen. Nur manchmal aufflackerndes Gelächter über ein Witzwort; wie ein Funke hineingeworfen in das Lauschen.

Hätte man Eva gefragt, was sie für Dr. Lorenz empfinde, so hätte sie ohne Besinnen geantwortet: „Ich liebe ihn!". Im Ernst: Es war mehr als eine Schülerschwärmerei, die das Mädchen an den alten Direktor fesselte, der ihr als das Ideal eines Mannes erschien.

„Bitte, nimm Platz!" Dr. Lorenz schob Eva einen Sessel hin. Sie war ganz ruhig unter den Blicken der hellen, scharfen, jungen Augen, die nichts wußten von dem Alter an Jahren, die der Mann gesehen hatte. „Was verschafft mir die Ehre?", lächelte Dr. Lorenz Eva zu.

Da begann Eva zu berichten, ohne Stocken. Dr. Lorenz neigte ihr seinen breiten, kahlen Schädel entgegen, im angespannten Zuhören, denn er war ziemlich schwerhörig. Eva bemühte sich, laut und deutlich zu sprechen, weil sie wußte, daß er für diese kleine Rücksichtnahme immer dankbar war. Klar berichtete Eva alles – wie sie schon seit langer Zeit gegen den Studienrat Sehning Stellung genommen habe, wie er durch seinen starken Einfluß auf die Schüler[29] sie bewußt in eine falsche Richtung gelenkt habe, wie Eva bei der heutigen Auseinandersetzung sich offen gegen Sehning empört habe und daß sie der Ansicht sei, ein Mann mit solchen Tendenzen sei nicht würdig, länger an einer Oberschule als Lehrer zu wirken.

Als Eva geendet hatte, blieb es lange still zwischen ihnen. Dr. Lorenz sah sie an. Aus dem leicht asiatischen Gesicht[30] da vor ihm leuchteten ihm die schrägen schwarzen Augen seines jungen Freundes Hennig an, mit dem zusammen er jahrelang durch die Zuchthäuser und Konzentrationslager[31] des Nazireiches geschleppt worden war. Und diese Augen forderten eine

Entscheidung von ihm. Sie wurde ihm nicht leicht. Er fühlte einen Augenblick lang, daß er wankend wurde, daß er fast gewünscht hätte, Eva wäre damit nicht zu ihm gekommen.

Dr. Lorenz erhob sich, wanderte mit seinen kleinen unhörbaren Schritten im Raum auf und ab. Evas Blicke folgten ihm, jeder seiner Bewegungen. Antworte! verlangten sie. Endlich sprach er. „Eva, du stellst mich vor eine schwere Entscheidung. Auf der einen Seite steht ein bewährter Kollege, ein Mensch, der fachlich außerordentliche Qualitäten besitzt. Nun, das brauche ich dir wohl nicht auseinanderzusetzen; ich nehme an, du hast dich oft genug mit ihm unterhalten, um diese Eigenschaften bei ihm schätzen gelernt zu haben. Sein Verlust wäre für unsere Schule sehr schmerzlich, darüber wollen wir uns keinen Illusionen hingeben. Auf der anderen Seite aber stehst du, steht die ganze Schülerschaft, die dieser Lehrer, wie du sagst, mit so außerordentlicher Geschicklichkeit beeinflußt, in einem Sinne, der unserem demokratischen Staat widerspricht und ihm für die Zukunft wertvolle Kräfte entziehen wird, daran zweifele ich nicht."

Dr. Lorenz schwieg einen Augenblick, streichelte sacht das Kinn mit der Hand. Dann fuhr er eindringlich fort: „Du mußt mich verstehen, Eva. Als Mensch habe ich gewisse Bedenken, gegen den Kollegen Sehning vorzugehen, während ich als Schulleiter unbedingt deiner Forderung nach seiner Entfernung von der Schule zustimmen muß."

Wieder schwieg er, sah Eva an. Noch immer brannten ihre Augen unverwandt auf seinem Gesicht. „Ich werde alt", dachte er plötzlich. „Wie kann ich einen Moment nur zögern und vor einer Maßnahme zurückschrecken, die menschlich hart erscheinen mag, gesellschaftlich aber unbedingt notwendig ist?!" Er strich sich verwirrt über die Stirn. Auf einmal waren wieder die Bilder in ihm aufgetaucht, die noch jahrelang nach seiner Befreiung aus einem Konzentrationslager[32] in Sachsen seine Träume vergiftet, ihn aufschreckend aus dem Schlaf hatten fahren lassen: Bilder vom Grauen seiner Zuchthauszeit, von endlosen Zügen kahlgeschorener Häftlinge in blau-weiß gestreifter Kleidung, von rauchenden Schloten über Massenvernichtungslagern, von eingebrannten Kenn-Nummern auf mageren Kinderärmchen, von Verhören, Verhören, immer wieder Verhören unter unerträglich grellen Lampen, Bilder von grauen Zellen; Bilder von jenem Hans Hennig endlich, der als blutjunger Student schon zu ihnen gehört hatte, und von seiner letzten Begegnung mit ihm. In einem der trostlosen Steinflure in Moabit war es gewesen, wo der Gefesselte an ihm vorübergeführt wurde. Von seinem Gesicht war damals nicht mehr viel übriggeblieben, aber das fast unmerkliche Lächeln um den schmalen Mund, mit dem er ihn gegrüßt hatte, war dasselbe geblieben. Und die feurigen Augen, aus denen der ganze Stolz eines ungebrochenen Kämpfers leuchtete, der als Kommunist gelebt hatte und auch als Kommunist sterben zu wissen würde. Selbst wenn er wußte, daß zuhause eine junge Frau und ein kleines Töchterchen auf ihn warteten …

Und nun saß diese Tochter vor ihm und wartete auf sein Urteil. „Du sollst dich nicht in mir getäuscht haben – um deines Vaters willen …", dachte der alte Mann.

Erst jetzt begriff Dr. Lorenz den Schritt, den dieses Mädchen getan hatte. Wie hatte ein Mann, der niemals den gefolterten Körper, niemals das unkenntlich geschlagene Gesicht eines Hans Hennig gesehen hatte, es wagen können, diese übermenschlichen Opfer als sinnlos und ohne Zweck hinzustellen!

Der Direktor tat einen Schritt auf Eva zu. „Ich allein kann selbstverständlich nichts gegen den Herrn Studienrat unternehmen, aber ich werde vom Amt für Unterricht und Erziehung eine Kommission anfordern, die seinen Unterricht überprüfen und über die Angelegenheit entscheiden soll." Dr. Lorenz wollte nach dem Telefonhörer greifen, ließ aber die Hand wieder sinken." „Nein, es wird besser sein, wenn ich mit dem Schulrat persönlich spreche." Er überlegte wieder eine Weile.

Eva erhob sich. Dicht vor sie hin trat Dr. Lorenz, ergriff plötzlich ihre beiden Hände. „Ich danke dir, Eva." Prüfend lagen seine hellen Augen auf Evas Gesicht. Blaß war es, straff gespannt die Haut über den leicht vorspringenden Backenknochen. „Weißt du auch, was du getan hast und was du auf dich genommen hast? Weißt du, daß die meisten deiner Kameraden dich nicht begreifen, mehr noch: daß sie deine Handlungsweise verurteilen werden?" Eva nickte. „Es werden wenige nur zu dir stehen. Ich kenne das. Vielleicht wird man dich sogar verachten. Mach dir nichts daraus, Eva, geh deinen Weg weiter, hörst du? Und vergiß nicht: Zu mir kannst du immer kommen, wenn es einmal zu schwer wird." Fest drückte er ihre Hände: „Dein Vater war ein sehr tapferer Mann, Eva …"

Eva ging. Später dachte sie oft an seine letzten Worte, wenn sie einmal glaubte, es ginge wirklich und wahrhaftig endgültig nicht mehr weiter …

Auf dem Schulflur stand wartend Klaus, Evas Mantel über dem Arm, seine und ihre Mappe in der Hand. Schweigend half Klaus Eva in den Mantel. Schweigend stiegen sie die Treppe hinab. Schweigend legten sie den Weg bis zu Evas Wohnung zurück. Erst kurz vor der Tür sagte Klaus: „Du hast dich mal wieder unmöglich benommen, Eva. Vielleicht war es nicht richtig von Sehning, ausgerechnet in deiner Gegenwart so von den Antifaschisten zu sprechen. Aber letzten Endes meinte er ja nichts Schlimmes damit, er hat sie ja nicht etwa schlecht gemacht, sondern eben nur seine persönliche Meinung vertreten, daß die ganze Sache wenig Zweck gehabt hat." Klaus hielt inne, wartete auf eine Antwort. Nichts. Ungeduldig fuhr er fort: „Du hättest dich also wirklich nicht so maßlos aufzuregen brauchen und dann noch dazu einfach so aus der Stunde wegzurennen! Ich habe mich direkt für dich geschämt –"

„So." Nichts weiter. Mit erwachtem Mißtrauen fragte Klaus: „Was wolltest du eigentlich bei deinem heißgeliebten Dr. Lorenz? Ich kann mir draußen die Beine in den Bauch stehen und auf dich warten, und du machst da irgendwelche dunklen Geschäfte mit ihm."

„Aber, Klaus." Nun mußte Eva doch lachen. „Was stellst du dir eigentlich unter unseren ‚dunklen Geschäften' vor?"

„Das frage ich dich!", gab Klaus bissig zurück. Als Eva schwieg: „Na ja, wenn du es nicht sagen willst, läßt du[33] es eben bleiben. Mir kann es schließlich egal sein, was du mit ihm zu besprechen hast."

Wenn du wüßtest! Wahrscheinlich wäre es dir nicht so egal, du … Müde: „Ach, laß mich, Klaus! Es war nichts Besonderes …"

Er zuckte die Achseln. Na, dann nicht!

Vor der Tür stellte Klaus Evas Mappe nieder. „Du, was machen wir heute, Mäuschen? Wie wär's mit Kino?"

„Ich bin feige", dachte Eva verzweifelt. „Warum sage ich Klaus nicht die Wahrheit? Er ist so ahnungslos …"

„Es wird ein guter Film gespielt, du", drängte er.

Ich kann es ihm noch nicht sagen. Er wird toben, er wird mir böse sein für immer, er wird – oh, er wird mich bestimmt verlassen –

„Was träumst du eigentlich immerzu?" Klaus wurde ärgerlich.

Ich möchte noch einmal sehr fröhlich sein, so richtig ausgelassen –

„Du, Klaus, wollen wir nicht wieder einmal zum Tanzen gehen? Ich hätte so große Lust dazu."

Klaus war überrascht. „Aber gern, Mäuschen! Ich hole dich um acht Uhr ab, einverstanden?" Und schon im Gehen: „Zieh dich nett an, ja? Dein Gelbes, weißt du, mit dem hohen Kragen. Das steht dir fabelhaft."

Um halb acht schon stand Eva vor dem Spiegel, fertig angezogen, und beschaute sich prüfend. Klaus sollte zufrieden mit ihr sein. Natürlich hatte sie das gelbe Taftkleid an, aus dessen hoch am Halse anliegenden Kragen ihr schwarzhaariger Kopf wuchs wie eine exotische Blüte (jedenfalls hatte das ein junger Dichter, der auch zu ihrem literarischen Kreis gehörte, so schwärmerisch ausgedrückt, als er sie zum ersten Male in diesem Kleid gesehen hatte).

Sorgfältig zog Eva die Lippen nach, etwas zu dunkelrot für eine Kleinstadt. Aber es paßte zu ihr. Das fand auch Klaus, als er sie abzuholen kam und einen streng kritischen Blick über sie gleiten ließ. „Toll siehst du aus – wirklich prima!" Klaus' Bewunderung machte Eva stolz und glücklich.

In der HO-Gaststätte am Marktplatz war Tanz. Schon, als sie in dem überfüllten Raum sich zwischen den Tischen durchzwängten, folgten viele Blicke dem so gegensätzlichen Paar.

Als Klaus Eva in der Garderobe den Mantel abnahm, küßte er sie schnell auf den Nacken. „Du fällst auf, kleiner Mongole."

Sie fanden noch zwei Plätze an einem Tisch, an dem mehrere junge Männer saßen. „Wie sie dich alle anstarren!", flüsterte Klaus Eva zu. „Du, mir wird es bald zu gefährlich, mit dir auszugehen – eines Tages schnappt dich noch ein anderer mir weg." Klaus war geradezu rührend stolz auf sein apartes Frauchen, wenn auch ihre Bewachung ziemlich anstrengend war. Schon bei den ersten Takten der Musik mußte er aufspringen und sie auffordern, damit nur ja kein anderer ihm zuvorkam.

Sie kamen prächtig in Stimmung. Immer heller klangen in den Tanzpausen ihre Likörgläser zusammen, immer heller sprang Evas Lachen in den rauchverhangenen Raum. Gegen Mitternacht hatten sie schon längst mit den jungen Männern am Tisch angestoßen; Klaus unterhielt sich mit einigen über Fußball, während Eva mit den anderen tanzte, bis Klaus wieder Ansprüche auf sie erhob. Jetzt, wo die kleine Glasfläche schon fast leer war, machte das Tanzen erst richtig Spaß! Sie wirbelten über die Fläche, daß ihnen die wenigen Paare erschrocken auswichen; lachend, mit leuchtenden Augen sahen sie sich an, bis ihnen fast schwindlig wurde vor Lebenslust und Übermut.

Der letzte Tanz um Mitternacht war ein Tango. „Olé Guapa …“ Eng aneinandergeschmiegt, ganz dem weichen Rhythmus der Musik hingegeben, glitten sie mit langen, geschmeidigen Schritten über das erleuchtete Glas. Nach den letzten Takten blieben sie hochaufatmend stehen, und Klaus preßte Eva einen Augenblick fest an sich, daß einer des anderen Herz klopfen hörte. „Nein, er wird mich nicht verlassen – selbst dann nicht –“ All das Schwere, was Eva in den letzten Stunden vergessen hatte, vergessen wollte, war in diesen Sekunden wieder da. „Aber – nein, er wird mir verzeihen –“ Diese Gewißheit, die Eva an diesem Abend in jedem seiner Blicke, jedem Wort, jeder Geste gesucht hatte, erfüllte sie mit einem Gefühl stürmischen Glücks. „Dann wird alles leichter sein“, dachte Eva. „Mögen die anderen von mir denken, was sie wollen …“

Die kalte Nachtluft kühlte ihre erhitzten Gesichter. Hand in Hand schlenderten sie nachhause, ein bißchen unsicher auf den Füßen. Manchmal machte einer von ihnen eine unverhoffte Schwenkung, dann lachten sie beide wie die Kinder. „Du hast ja schon Schlagseite!“

Eva konnte nicht mehr so ganz klar denken. „Ich bin beschwipst“, merkte sie. Wie leicht und fröhlich das ganze Leben war! „… und die Welt ein Paradies …“, summte Eva. Auf einmal war sie auch gar nicht mehr feige, auf einmal war es gar nicht so schwer, Klaus alles zu erzählen.

Vor der Haustür bei Eva nahm Klaus sie in die Arme. Küßte sie. Da erzählte Eva alles. Ängstlich: „Klaus?“ Sie konnte sein Gesicht im Dunkeln nicht recht erkennen. Plötzlich: „Du bist ja betrunken, Eva.“ „Nein, nein, ich weiß noch, was ich sage.“ „Desto schlimmer.“

Was sollte das? „Klaus, bist du mir böse?“

Nichts. Dann eine seltsam rauhe Stimme: „Du hast also Sehning denunziert? So.“ Heftig: „Von dem Tage an, wo Sehning fliegt, kenne ich dich nicht mehr." Unvermittelt reichte Klaus Eva die Hand: „Leb wohl." Wollte gehen.

„Klaus!" Das klang wie ein Hilferuf. Er wandte sich um: „Was willst du noch?"

„Klaus", stammelte Eva hilflos. „Du kannst doch nicht so von mir fortgehen. Du – hast mich doch lieb …"

„Ja, Eva." Verzweifelt: „Aber ich könnte den Gedanken nicht ertragen, daß meine Freundin einen Menschen unglücklich gemacht hat, weil er ihr politisch nicht paßte. Das kannst du nicht verlangen! Bald wird die ganze Schule davon wissen. Ja, ich habe dich lieb, Eva, aber – nein, wenn ich an die Blicke denke, an die gemeinen Worte und Redereien, denen wir dann ausgesetzt sind – ich könnte es nicht aushalten. Verzeih –"

Ich bin also wirklich betrunken. Ich habe ihn falsch verstanden, natürlich. „Du könntest also nicht bei mir bleiben, weil du vor der – Schande Angst hast?" Ich frage natürlich nur so, mehr aus Unsinn. Ich meine die Frage nicht ernst; Klaus macht ja auch nur Spaß …

„Nein, Eva, es ist noch mehr als das. Ich selbst könnte dir diesen Schritt nicht verzeihen, ich –" Klaus brach ab, weil er wußte, daß er log. Er hätte ihr verzeihen können, denn sie war ihm lieber als alle Lehrer der Welt, aber er hatte Angst vor „den anderen" – nackte, jämmerliche Angst.

Mit solchen Dingen sollte man keinen Scherz treiben! Klaus, wie gut du schauspielern kannst! Das klang eben so ernst, richtig echt …

„Also, mach's gut, Eva, du hast es nicht anders gewollt." Eva hörte seine Stimme wie aus weiter Ferne. Sie fühlte ihre Hände ergriffen, kurz und heftig gedrückt. Sie hörte seine Schritte, die sich, zögernd zuerst, immer schneller entfernten, als liefe Klaus vor sich selbst und seinem Herzen weg.

„Klaus! Klaus!", rief Eva. Lauschte. Er mußte doch zurückkommen. Es war doch alles nur ein Scherz gewesen! Er konnte doch nicht im Ernst sie verlassen, weil sie etwas getan hatte, was mit ihrer Liebe nichts, aber auch gar nichts zu tun hatte …

Klaus kam nicht zurück. Da stieg Eva die Treppe hinauf, ging in ihr Zimmer, zog sich aus, mechanisch, wie eine Puppe. Gleichgültig warf sie das gelbe Kleid über den Sessel. Sie schlüpfte in den Schlafanzug, schaltete gedankenlos das Radio ein. Musik klang auf. Ein Tango. „Olé Guapa". Wo hatte sie den gehört? Das mußte doch eben erst gewesen sein, vor ganz kurzer Zeit … Ihr war so wirr im Kopf … Ach ja, der letzte Tango –

Als Eva mit beiden Händen über ihr Gesicht fuhr, merkte sie, daß ihre Finger feucht waren von Tränen.

Das Mädchen Eva Hennig wußte ja nicht, daß es erst am Anfang stand, ganz am Anfang einer unerfreulichen Zeit.

5. Kapitel

Eva war es zumute, als müsse ihr der Kopf auseinanderspringen vor Schmerzen. Sie preßte die Hand gegen die Stirn, hinter der ein tolles Höllenorchester zu toben schien. Als sie sich langsam aus dem Schreibtischsessel erhob, stöhnte sie auf und duckte unwillkürlich den Kopf, so heftig durchzuckte sie der Schmerz. „Ich muß noch eine Tablette nehmen", dachte Eva und ging zur Kommode hinüber, wo sie aus einer Schublade ein Röhrchen nahm. Sie schraubte den Deckel ab, schüttelte eine Spalttablette heraus. In der Küche griff sie nach einem Glas, drehte langsam den Wasserhahn auf und ließ das Wasser ins Glas laufen. All das tat sie mit mechanisch genau abgemessenen Bewegungen, sehr sorgfältig und sehr achtsam, wie ein Mensch, der mit seinen Gedanken völlig abwesend ist.

Eva starrte an die Wand, an der zwei Handbreit über dem Wasserhahn ein winziger dunkler Schmutzfleck wie eine Raupe über die Kacheln kroch. Sie schrak erst auf, als ihr eiskalte Tropfen über die Hand rannen – das Glas lief schon über. Hastig drehte Eva den Wasserhahn ab, schluckte die Tablette und trank in langen Zügen das Glas aus.

Dann saß sie wieder im Sessel und sah hinab auf ihre Hände, die über ein Stück Papier glitten, immer und immer wieder mit den gleichen sinnlosen Bewegungen. Irgendein gleichgültiger Zettel war es, den ihre Finger zu glätten versuchten. Ganz still saß sie da, den Kopf gesenkt. So saß sie nun schon seit Stunden, regungslos, ohne etwas zu denken.

Plötzlich zucke Eva heftig zusammen, und ihr Herz tat einen Sprung, schmerzhaft fast. Draußen pfiff jemand, leise zuerst; er mußte noch ein ganzes Stück vom Hause entfernt sein. Atemlos lauschend hatte sie den Kopf erhoben, zum ersten Male wieder erwacht aus ihrer Erstarrung. Das Pfeifen näherte sich, wurde lauter – und war vorüber, allmählich verklingend. Jetzt erst merkte Eva, daß ihr das Herz bis zum Halse schlug[34]. Wieder sank sie in sich zusammen, mutloser noch als zuvor. Nein, es war nicht Klaus. Der kam nicht mehr. Es war nicht leicht, sich an diesen Gedanken zu gewöhnen.

Ihre zitternden Finger zerknitterten den Zettel. „Wie oft werde ich noch zusammenschrecken, wenn unten vorm Fenster ein pfeifender Junge vorbeigeht?"

Gewaltsam riß Eva sich zusammen. „Dummheiten! Nicht mehr daran denken!" Wütend schleuderte sie den zerknüllten Zettel in die Zimmerecke. „Nicht weich werden, zum Donnerwetter!" Ihre Kopfschmerzen ließen nach, die Tablette half schon. Gleich sah die Welt ein bißchen anders aus ohne den bohrenden Schmerz im Schädel. „Zähne zusammenbeißen!", kommandierte sie sich selbst. Und mit dem schnell wieder erwachenden Optimismus leidenschaftlicher Menschen keimte da irgendwo – versteckt und bescheiden zwar, aber doch immerhin recht angenehm – im letzten Gehirnwinkelchen ein tröstlicher Gedanke: „Er wird schon wiederkommen! Hat er mich denn nicht lieb, trotzdem? Er hat nur einen – einen Nervenschock gekriegt, sozusagen. Er wird sich beruhigen. Er kann ja nicht mehr ohne mich leben, wie oft hat er mir das nicht schon versichert! Wetten, daß er morgen wieder da ist? Ach, was, wetten, daß er schon heute Abend unten pfeift?"

Eva glaubte zwar selbst nicht ganz daran, aber es war doch ein sehr beruhigendes Gefühl, überhaupt noch eine Hoffnung entdeckt zu haben. Sie hatte sich entschieden, sie hatte gehandelt, wie sie handeln mußte – nun kam es darauf an, fest zu bleiben und ein paar Tage oder vielleicht auch ein paar Wochen tapfer alle Anfeindungen zu ertragen. Eines Tages würde man ihr recht geben – und dann würde alles wieder gut sein. Bestimmt!

Eva holte ihr Tagebuch aus der Aktenmappe. Sie mußte doch unbedingt noch von den Ereignissen des heutigen Tages erzählen. Dieses Tagebuch war bei ihr mehr als nur eine Backfischallüre, es war vielmehr eine Art Rechenschaftsbericht über ihre Gedanken und Handlungen, in dem sie sich ernsthaft mit sich selbst auseinandersetzte über das, was sie bewegte.

Flüchtig blätterte Eva in den dicken Heften. Sie lächelte über ihre unverfrorene Plauderei mit Herrn G. B. Shaw, der mal behauptet hatte, die Liebe sei eine Art Selbsthypnose. Dieser Ausspruch war natürlich noch länger und enthielt noch mehr ähnliche Behauptungen, und Eva hatte sich mit einem imaginären Shaw sehr ausführlich über die Richtigkeit seiner Thesen gestritten und ihm schließlich zugestimmt, weil sie gerade damals einen Krach mit Klaus gehabt und demzufolge festgestellt hatte, daß die Liebe eine ganz unnütze und nur Kummer machende Einrichtung wäre. Ein paar Seiten weiter empörte sie sich über eine versteckt antisemitische Bemerkung Sehnings, machte sich lustig über ein total mißglücktes Gedicht von Walter, das er neulich in ihrem literarischen Zirkel sehr gefühlvoll vorgetragen hatte, und berichtete bekümmert von ihrer eigenen Nachlässigkeit in der Laienspielarbeit, denn sie hatte seit ewigen Zeiten schon keine Stegreifübungen mehr mit ihrer Gruppe gemacht. Hastig blätterte Eva hinweg über eine Eintragung, die mit den Worten begann: „Heute abend hat Klaus –"

Sie schlug die letzte Seite auf, griff zu ihrem Füllhalter und begann nach einigem Nachdenken zu schreiben: „Das Amt für Unterricht und Erziehung hat erstaunlich prompt reagiert. Heute morgen schon kam eine Kommission in die Schule –"

Eva hielt inne und ließ in Gedanken noch einmal die Mitglieder dieser Kommission Revue passieren: Da war der noch junge Schulrat Hahn, schwarzhaarig und breitschultrig, dem die älteren Schülerinnen heimlich nachsahen und von dem die Jungs schwärmten, er wäre ein fabelhafter Fußballspieler; der dicke Stadtrat Gentz; ein Vertreter der FDJ, Fritz Feldmann, lang und mager, mit dem sie auf der Kreisleitung öfter zu tun hatte, und die zwei Schulinspekteure, Weiler und Kordell.

Für den einarmigen Weiler mit dem hageren Fanatikergesicht hatte sie eine kleine Schwäche, seit sie zufällig ein paar seiner unveröffentlichten Gedichte hatte lesen dürfen – Gedichte so voll Geist und wunderbar zarter Innigkeit, wie man sie diesem strengen Mann nicht zugetraut hätte, um dessen unschönen Mund immer der Schimmer eines – vielleicht – ironischen Lächelns lag, das die meisten Schüler fürchteten in seiner Unergründlichkeit. Weilers tadellose Beherrschung in jeder Situation, sein immer gleichbleibend freundliches Verständnis, für alle, die sich mit einem Anliegen an ihn wandten – alle diese Eigenschaften, die ihr fehlten, bewunderte Eva an ihm.

Desto weniger konnte sie dafür den anderen Inspekteur, den 25jährigen Kordell, ausstehen, trotzdem sie von ihm wußte, daß er ein unermüdlicher Arbeiter und ein begabter Pädagoge war. Ganz abgesehen davon, daß schon seine Gestalt ihre Spottlust reizte – er war riesengroß und latschte auf seinen unendlich langen Füßen (Schuhgröße: Kindersarg) mit hängenden Armen und leicht vorgebeugt wie ein gutgekleideter Orang-Utan durch die Gegend –, war ihr dieser recht hübsche Mann geradezu widerlich wegen der frechen Blicke, mit denen er jedes gutgewachsene Mädchen verfolgte.

Eva verzog böse das Gesicht, als sie daran dachte, wie Kordells unverschämte Blicke heute morgen mit kaum verhülltem Wohlwollen so über ihren enganliegenden grünen Pullover geglitten waren, daß sie am liebsten ein derbes „Flegel!" in sein vertrauliches Lächeln hinein geknurrt hätte.

Diese fünf Leute also waren es, von denen das Schicksal des Studienrats Sehning abhing. Oder nein, nicht nur von ihnen allein: auch sie, Eva Hennig, würde ein Wörtchen mitzureden haben, und überhaupt alle Schüler. Letztere freilich waren zum größten Teil keine Verbündeten, das hatte Eva schon lange gewußt und heute wieder einmal bestätigt gefunden. Sehr bald hatte sich gezeigt, wie allein Eva und die wenigen ihr Gleichgesinnten standen.

In der ersten kleinen Pause waren die fünf gewichtigen Herren gekommen – und mit einem Schlage hatte sich das Gesicht der Klasse verändert. In der ersten Stunde hatte keiner das Wort an die verkaterte Eva gerichtet, die mit blassem Gesicht, tiefe Schatten unter den Augen, auch wirklich nicht so aussah, als hätte sie Lust, auf neugierige Fragen oder Anspielungen zu antworten. Die leichte Erschütterung, die ihre heftige Auseinandersetzung mit Sehning gestern in den meisten ihrer Mitschüler hervorgerufen hatte, war schnell verflogen, und man[35] nahm ihren Ausbruch nicht allzu tragisch. Gewiß, es war ja verständlich, daß gerade sie sich über Sehnings Meinung aufregte – die alle teilten, außer Wanjuschka –, aber die Art, wie Eva den Lehrer angeschrien hatte und dann aus der Stunde weggerannt war, war doch ziemlich unhöflich gewesen. Sehning selbst hatte sich ja fabelhaft benommen, fanden sie, denn er hatte durchaus nicht etwa auf sie geschimpft, sondern war ganz ruhig geblieben und hatte sogar noch den anderen in der Klasse zugeredet, sie sollten der Eva ihr Benehmen nicht nachtragen, sondern Rücksicht auf ihre Mentalität nehmen. Der Studienrat hatte auch noch etwas über die Antifaschisten hinzugefügt, aber was das noch gewesen war, das wußte eigentlich keiner mehr so genau, jedenfalls aber war danach allen klar, daß Eva den Lehrer mißverstanden und in ihrer Erregung mal wieder maßlos übertrieben hatte. So kamen sie sich jetzt alle sehr taktvoll vor, als sie die sichtlich angegriffene Eva mit keinem Wort über den gestrigen Vorfall belästigten.

Klaus hatte in einer Art über seine ehemalige Freundin hinweggesehen, daß Eva gar nicht erst den Versuch gemacht hatte, einen Blick von ihm zu erhaschen.

Ja, und dann tauchten die Fünf im Schulflur auf. Revision vom Amt für Unterricht und Erziehung! Warum? Diese Frage beschäftigte alle Schüler, denn eine so feierliche Kommission hatte immer eine besondere Bedeutung – und meist keine angenehme, glaubten sie zu wissen. Und dann hatte auf einmal der alte Direktor in der Klassentür gestanden und hatte Eva herausgerufen. Mit einem Schlag waren alle Gespräche verstummt, und aller Blicke hatten sich zu Eva gewandt. Sie war noch um einen Schein blasser geworden, aber ganz ruhig war sie aufgestanden und hinausgegangen, nachdem sie ein paar leise Worte mit Dr. Lorenz gewechselt hatte. Man war erstaunt, hatte Vermutungen angestellt, kombiniert. Die Verbindung zwischen dem Erscheinen der Schulkommission und Eva war nicht allzu schwer zu finden gewesen. Anfangs hatten sie kaum gewagt, weiterzudenken, aber mehr und mehr wurde allen das Geahnte zur Gewißheit: Eva hatte ihre Drohung wahr gemacht und Studienrat Sehning denunziert.

Haushoch schlugen die Wellen der Empörung. Klaus hatte sich schweigend abgewandt, während die Kameraden hitzig debattierten. Kein Wort der Verteidigung fand Klaus für sein „Mäuschen", als Ulrich mit reichlich starken Ausdrücken Evas Verhalten verurteilte. Zwar stimmte Klaus nicht mit in den Chorus der allgemeinen Entrüstung ein, aber gerade er, der Eva doch am besten kennen mußte, hätte allerlei sagen können, sie zu entlasten und ihre Handlungsweise verständlich zu machen. Klaus tat nichts dergleichen, denn größer als seine Liebe zu dem geschmähten Mädchen war die Angst, die nackte, dumme Angst vor dem Boykott der Klassenkameraden, die bei jedem Wort der Verteidigung einen Mitschuldigen in ihm gesehen und ihn dementsprechend behandelt hätten.

Eva war indessen mit dem Direktor in dessen Arbeitszimmer gegangen. Sie sah sich wieder dort sitzen im Kreise der Fünf, die gespannt auf sie blickten, war ihnen doch ein solcher Fall in ihrer ganzen Schulpraxis noch nicht vorgekommen. Eva hatte die Fingernägel fest in die Handflächen pressen müssen, um ihre Aufregung zu unterdrücken – fast zu schnell, zu überraschend war das Erscheinen der Kommission für sie gekommen. Schließlich war es auch nicht ganz einfach, unter den forschenden Augen von fünf Männern berichten zu müssen und dabei genau zu wissen, daß es nun endgültig kein Zurück mehr gab. Sie bemühte sich, sehr sachlich auf die Fragen der Kommissionsmitglieder zu antworten.

Schulrat Hahn lehnte sich in seinem Sessel zurück. „Ich brauche Sie wohl nicht darauf aufmerksam zu machen, Fräulein Hennig, welche große Bedeutung ihre Aussagen für den Kollegen Sehning haben." Nachdenklich strich Hahn sich über das dunkle Haar. „Was Sie da vorbringen, ist sehr schwerwiegend –"

„Fräulein Hennig ist sich völlig klar über die Tragweite ihrer Aussagen", unterbrach Schulinspektor Weiler mit seinem immer gleichbleibenden, fast unmerklichen Lächeln. Nachdrücklich: „Fräulein Hennig wird unter allen Umständen zu dem stehen, was sie gesagt hat – ist es nicht so?" Überraschend schnell wandte Weiler sich dem Mädchen zu, das hastig nickte, mit einem erstaunten Blick in sein hageres Gesicht. „Ich habe Ihren Vater gekannt", fügte Weiler leiser, nur für Eva, hinzu.

Ihre müden Augen bekamen Glanz, zum ersten Male heute zog eine schwache Röte über Evas Gesicht. Es machte ihr gar nichts mehr aus, daß der dicke Stadtrat Gentz sich hörbar schnaufend vorbeugte und fragte: „Möglich, möglich, Genosse Weiler, aber bleibt da nicht immerhin noch die Frage, ob uns Fräulein Hennig auch ganz objektiv berichtet hat? Sie scheinen nicht gerade sehr viele Sympathien für den Herrn Studienrat zu haben, was?"

Überflüssige Frage, ärgerte sich Eva im stillen und schüttelte nachdrücklich den Kopf.

Überflüssige Frage, mochten auch die anderen denken, und Schulrat Hahn zog die Augenbrauen hoch: „Das dürfte unter den gegebenen Umständen ja kein Wunder sein, Genosse Gentz. Immerhin besteht natürlich die Möglichkeit, daß Fräulein Hennig in ihrer begreiflichen Erregung die Worte des Kollegen Sehning falsch aufgefaßt hat."

Inspekteur Kordell umfaßte Evas dunkelhäutiges Gesicht mit einem langen Blick. „Soweit ich Sie kenne, sind Sie ein recht temperamentvolles Mädchen, das sich leicht mal die Zügel schießen läßt." Kordell lächelte ihr zu.

„Blöder Kerl", dachte Eva erbittert. „Sie nehmen mich nicht ernst", sagte sie. Die Herren mußten unwillkürlich lächeln über den gekränkten Ausdruck ihres Gesichtes und ihren gereizten Ton.

„Aber liebes Kind", mischte sich Dr. Lorenz ein, „so war es doch nicht gemeint. Du weißt genau, daß ich dich[36] sehr ernst nehme. Und meinst du, daß eine solche Revisionskommission wie die hier anwesende zu uns gekommen wäre, wenn wir nicht sehr genau wüßten, wie viel hinter deinen Anklagen gegen den Herrn Studienrat steckt?"

„Doch, doch", hatte Eva genickt. „Ich habe aber den Eindruck, als ob Sie alle glauben, ich hätte nur ganz impulsiv gehandelt, bloß so in einer augenblicklichen Aufregung über die Worte von Herrn Sehning. Nein, nein, es ist mehr als das! Gewiß hat gerade das, was gestern bei uns in der Klasse los war, den Anstoß gegeben, in Wirklichkeit aber war mir schon lange klar, daß der Herr Studienrat nicht der richtige Lehrer für uns ist." Eva blickte nachdenklich zur Erde. Weiler hatte sich leicht vorgeneigt und sah sie an. Langsam hob Eva den Kopf. „Es ist sehr schwer zu sagen, was diesen Lehrer eigentlich so gefährlich macht, wissen Sie. Niemals kann man ihn bei einer offensichtlich reaktionären Äußerung ertappen, aber trotzdem sind alle seine Tendenzen unserem – wie soll ich sagen – eben unserem neuen Geiste so zuwiderlaufend. Ich weiß nicht, ob sie mich verstehen können – bei uns merken es ja auch nur die wenigsten, daß er ihnen Giftspritzen gibt, ja Gift –", Eva wurde erregt, „das langsam aber sicher in ihre Köpfe eindringt – und sie spüren es nicht. Das ist ja eben das

Furchtbare: sie spüren es nicht, jedenfalls die meisten. Und dann muß man daneben sitzen und kann einfach nichts dagegen tun, weil man entweder das Falsche und Verderbliche in seinen Worten nur gefühlsmäßig erfaßt, oder weil man nicht geschult genug ist, gegen seine Tendenzen anzukommen. Er behält immer recht, immer." Eva ließ ihre Blicke von einem zum anderen laufen; auf jedem Gesicht verweilten ihre Augen einen winzigen Moment lang, beschwörend fast: „Versteht mich doch!" Sie holte tief Luft: „Weiß der Teufel, ich kann und kann es Ihnen nicht richtig erklären." Nervös öffnete und schloß Eva die ausgestreckte Hand: „Er ist so – ich weiß selbst nicht –, aber er ist eben nie zu fassen."

Drückendes Schweigen lag über dem Raum. Jeder der Männer war mit seinen eigenen Gedanken beschäftigt, die doch bei ihnen allen um zwei Gestalten kreisten: den Kollegen Sehning, den hochgeschätzten Studienrat, wegen seines Geistes, seines feinen Kunstverständnisses, seiner ausgezeichneten Literaturkenntnisse geachtet in den literarisch und musikalisch interessierten Kreisen des Städtchens – und dagegen das 17jährige Mädchen. Eine der besten Schülerinnen – gewiß; eine Begabung auf dem Gebiet der Theaterarbeit – auch wahr; eine sehr interessante Erscheinung außerdem („tolle Augen" machten Kordells Gedanken einen Seitensprung) – all das war nicht zu leugnen, aber schließlich: genügte das, auf ihr Zeugnis hin einen Sehning zu entlassen? Natürlich nicht, sagte sich jeder der Männer, aber zugleich waren sie sich sehr wohl darüber klar, daß es sich hier nicht um einen einfachen Angeber handelte, eine vielleicht aus eigennützigen Motiven oder Rachsucht vorgehende Denunziantin, daß vielmehr – dies spürte sogar der dicke Stadtrat Gentz – in diesem Mädchen die verkörperte Jugend, der Geist des Fortschritts vor ihnen stand und Ausweg aus seinen Zweifeln suchte, mehr noch: Hilfe von ihnen forderte gegen das Alte, Reaktionäre, das sich dem Neuen in den Weg zu stellen versuchte.

Eva wußte selbst, daß eine so bedeutende Entscheidung erst gefällt werden konnte, wenn die Umstände sehr lange und gründlich geprüft worden waren. Zweifellos würden zu dieser Prüfung auch die Aussagen anderer Schüler herangezogen werden – und davor hatte Eva Angst. Sie kannte nur zu gut die Stimmung in der Schülerschaft, denn ihre Klasse war im Punkte Sehning ein getreues Spiegelbild der gesamten Schule. Auf einmal packte sie ein Gefühl der Furcht, daß ihr eiskalt bis in die Fingerspitzen wurde: was nun, wenn Sehning bliebe und sie das Zerwürfnis mit Klaus und – vermutlich – so ziemlich allen Kameraden umsonst auf sich genommen hätte? Dann würden nicht nur die, sondern sicherlich auch Sehning selbst ihr das Schulleben zur Hölle machen und, was ihr noch weit schlimmer erschien, der Lehrer würde weiterhin seinen Einfluß – der wahrscheinlich noch stieg durch das Vorgefallene – dazu benutzen, die Schüler in seinem Sinne zu erziehen. Als ungerecht Angeklagter, als Märtyrer nahezu würde er sich seinen Schülern präsentieren, als Mann mit der blütenweißen Weste, den man das so offensichtlich an ihm begangene Unrecht durch doppelte Zuneigung vergessen machen mußte. Sie aber – ihr wurde ganz elend bei dem Gedanken – würde damit endgültig jede Stellung in der Klasse und überhaupt in der Schule verlieren und der allgemeinen Verachtung ausgesetzt sein, zu der noch eine gute Portion Schadenfreude über den so glänzend mißlungenen Anschlag kommen würde.

Die Gedanken überstürzten sich in Evas Kopfe. Beklommen sah sie auf die Herren. Warum schwiegen sie noch immer? Eva gab sich einen Ruck und fragte in die Stille hinein: „Darf ich wissen, welche Maßnahmen Sie ergreifen werden? Wahrscheinlich werden Sie sich doch nicht mit einer bloßen Überprüfung seiner Unterrichtsstunden begnügen, nicht wahr?"

„Nein, natürlich nicht", antwortete der Schulrat Hahn, ohne Erstaunen über ihre unvermittelte Frage zu zeigen. Irgendwie war Eva ja berechtigt, einer Beratung über die zu unternehmenden Schritte beizuwohnen. „Was meinen Sie, Kollege Lorenz? Und Sie, Kollegen?" Hahn wandte sich an die Inspekteure.

Dr. Lorenz schwieg. Weiler zuckte die Achseln: „Eine persönliche Prüfung auf Herz und Nieren dürfte zwecklos sein. Kollege Sehning ist viel zu klug, um bei einer solchen – Unterhaltung Fehler zu begehen."

„Na, glauben Sie denn, er wird sich verraten, wenn Sie seinen Unterricht überprüfen?", rief Eva vorlaut dazwischen.

„Sie sind außerordentlich scharfsinnig, mein Fräulein", blitzte der Kollege Kordell sie ab, machte seine spitze Bemerkung aber gleich wieder durch sein freundliches Lächeln gut. Eva wurde rot vor Ärger, aber schon fuhr Kordell fort: „Ich zweifle nicht daran, daß der Unterricht des Kollegen Sehning tadellos sein wird, denn als Fachkraft ist er bekanntlich ausgezeichnet."

Stadtrat Gentz zog geräuschvoll die Luft durch die Nase ein: „Wir müssen uns also wesentlich auf das Urteil der Schüler stützen."

„Sehr richtig", stimmte der Schulrat Hahn zu. „Ausführliche Diskussionen mit den Schülern müssen uns Klarheit verschaffen. – Zufrieden Fräulein Hennig?"

Eva nickte und stand auf. Hahn reichte ihr die Hand: „Wir werden heute noch Revisionen seines Unterrichts durchführen, die aber, wie Kollege Kordell schon andeutete, wahrscheinlich kein negatives Ergebnis für den Kollegen Sehning zeigen werden. Morgen werden wir uns dann ausführlich mit Ihren Kameraden unterhalten, um danach unsere Entscheidung zu treffen. Auf jeden Fall danken wir Ihnen für Ihre Wachsamkeit und den Mut, mit dem Sie die zu erwartende Verständnislosigkeit Ihrer Kameraden auf sich genommen haben."

„Verständnislosigkeit ist gut", dachte Eva, während sie über ihrem Tagebuch saß und schrieb. „Sozusagen eine gelinde Untertreibung des hohen Herren … Wenn Hahn die Blicke gesehen hätte, mit denen sie in der Klasse empfangen wurde, dann hätte er sich vermutlich die zarte Bezeichnung ‚Verständnislosigkeit' verkniffen." Von dem Augenblick an, da zu Beginn der Deutschstunde die Kommission die Klasse betrat und im Hintergrund auf eilig herbeigetragenen Stühlen Platz nahm, von diesem Augenblick an war Eva völlig isoliert von den anderen. Immer wieder flogen heimliche Blicke von ihr zu den eifrig Notizen machenden Herren, die ab und zu leise Worte wechselten und mehrmals gespannt zu Eva hinübersahen, die mit zusammengepreßten Lippen dasaß und sich bemühte, trotz ihres schmerzenden Kopfes dem Unterricht zu folgen und besonders gute Beiträge zu liefern. Wie zu erwarten, verlief die Stunde reibungslos und gab ein glänzendes Bild von Sehnings Unterrichtsarbeit. Keine Erregung über den unerwarteten Besuch und dessen Ursachen war ihm anzumerken, keine noch so geringe Zurücksetzung der Schülerin, der er die Revision verdankte. Im Gegenteil, Sehning zog Eva immer wieder zur Mitarbeit heran, und mehr als einmal nickten sich die Kommissionsmitglieder anerkennend zu bei Evas guten Antworten. Oft hob Eva allein die Hand bei schwierigen Gedankenentwicklungen und schien überhaupt im Gegensatz zu den anderen als Einzige ruhig und mit den Gedanken voll bei dem Unterricht zu sein.

Innerlich aber zitterte sie und wünschte, die Stunde möchte überhaupt niemals zuende gehen. Lähmende Furcht hatte Eva vor der nächsten Pause und dem Alleinsein mit den Kameraden, denn sie wußte sehr wohl, was dann kommen würde. Viel zu bald für Evas Geschmack klingelte es zur Pause. Im Gespräch mit Sehning verließ die Kommission die Klasse.

Eva stand auf, sah sich um. Scheu wandten sich einige Augenpaare von ihr ab, die meisten aber brannten auf ihr – so wie damals bei der Laienspielbesprechung: empört, erschreckt, verängstigt fast. Die Wut überwog. „Wenn sie doch jetzt reden würden!", wünschte Eva. Nichts. Unheimlich lastete das Schweigen im Raum.

Eva sah Hilde an. Die wurde unruhig. Das sonst so selbstsichere Mädchen räusperte sich plötzlich wie ein schlechter Redner, der eine Verlegenheitspause überbrücken will. „Ja, na ja", Hilde fühlte sich wohl verpflichtet, das Schweigen zu brechen. „Nun ist es also doch so weit gekommen –" Aber Hilde verstummte gleich wieder, weil sie merkte, daß sie Unsinn redete.

„Ich hätte nicht gedacht, daß du's wirklich tust", murmelte Froschie. Seine blaßblauen Augen sahen Eva so hilflos an, daß sie beinahe gelächelt hätte.

Eva hätte sich jetzt verteidigen können, sie hätte – vielleicht – sogar lügen können, die Revision als zufällig hinstellen und alle Schuld von ihrer Seite abstreiten. Vielleicht hätten sie ihr geglaubt – alle bis auf einen, den sein Haß hellsichtiger machte als die anderen. Ulrich stand mit einem großen Schritt vor ihr. Eva fuhr zusammen. „Willst du nicht lieber rausgehen, Eva? Oder muß ich dich erst darauf aufmerksam machen, daß deine Anwesenheit hier nicht erwünscht ist?" Oh, das konnte Ulrich wirklich: verletzen bis ins Innerste mit seinem unerträglichen Hohn, seiner kalten Überlegenheit …

Eva überlegte einen Augenblick ernsthaft, ob sie Ulrich eine Ohrfeige geben sollte, trotzdem ihr völlig klar war, daß er in diesem Falle wiedergeschlagen hätte, rücksichtslos. Die anderen beobachteten gespannt die beiden Gegner.

Ulrich trat einen Schritt zurück, musterte langsam das Mädchen vom Kopf bis zu den Füßen und sagte laut und deutlich: „Du – Denunziantin".

Eva duckte sich jäh. Da war es, das schreckliche Wort, vor dem sie sich gefürchtet hatte – mehr als vor allen Kämpfen, auf die sie wohl gefaßt gewesen war. Im Nu zerbrachen ihr letzter Stolz, ihre ganze aufrechte Haltung und geheuchelte Ruhe vor dem einen Schimpfwort.

Mit gesenktem Kopf ging Eva aus der Klasse. Stumm sahen ihr die anderen nach.

Ulrich fühlte, wie sehr er an Boden gewonnen hatte. Er kannte jetzt seine stärkste Waffe, denn er hatte sehr wohl bemerkt, daß nicht seine höhnische Aufforderung, die Klasse zu verlassen, Eva zum Hinausgehen bewogen hatte, sondern allein das Schimpfwort, unter dem sie damals schon zusammengezuckt war, als Klaus es ihr an den Kopf geworfen hatte.

Als die Tür hinter Eva zugefallen war, hatte sich Klaus umgedreht und Ulrich angesehen. Klaus war verlegen, mißmutig, weil er nicht wußte, wie er sich in dieser peinlichen Situation benehmen sollte. Er hatte zuerst das beleidigende Schimpfwort gegen seine Freundin gebraucht, er hatte Eva verlassen, aber dennoch fühlte er deutlich, daß er sie jetzt hätte in Schutz nehmen müssen – schon um des Jahres willen, das er zusammen mit ihr verlebt hatte. Klaus zögerte noch. Da stieß Ulrich unbeherrscht hervor: „Ich könnte das Weibsbild anspucken –"

„Jetzt reicht's mir!", rief Klaus. „Ich verbitte mir diese Beleidigungen für meine –", meine Freundin, hätte er beinahe gesagt, aber er schluckte und verbesserte sich leiser: „– für Eva, verstanden?" Sofort sahen ihn alle an. Klaus wurde unsicher, murmelte hastig: „Ihr wißt ja, daß ich selbst – daß ich selbst nicht einverstanden bin mit dem, was sie getan hat. Aber trotzdem braucht Ulli nicht so gemein zu ihr zu sein, nicht wahr?" Klaus kam ins Stottern und verstummte ratlos. In diesem Augenblick hatte er Eva endgültig verraten.

Eva, die jetzt über ihrem Tagebuch saß und schrieb, wußte noch nichts von dem, was nach ihrem schmählichen Abgang in der Klasse geschehen war. Wenn sie es gewußt hätte, so hätte es sie wahrscheinlich auch nicht allzu sehr überrascht …

Mit betont festen Schritten stieg Eva am nächsten Tage die Schultreppe hinauf und bemühte sich, die Schüler der anderen Klassen zu übersehen, die natürlich alle schon längst wußten, wem die Überprüfung des Studienrats Sehning zu verdanken war. Nur vor ihrer Klassentür zögerte Eva ein bißchen, ehe sie entschlossen die Klinke niederdrückte und eintrat. Sechs oder sieben der Kameraden waren schon da. Eva grüßte kurz. Keiner antwortete. „Dann nicht", dachte Eva trotzig, zog mit aufreizender Ruhe den Mantel aus und hängte ihn umständlich an den Haken, um Zeit zu gewinnen. Dann setzte sie sich auf ihren Platz. Sonst hatten sie immer zusammengestanden und erzählt oder Schularbeiten verglichen, heute kam nicht einmal einer heran, um sich Latein übersetzen zu lassen, trotzdem gerade der Abschnitt aus dem Sallust, den sie zu heute aufgehabt hatten, furchtbar schwer gewesen war.

Eva wartete noch. Wenn wenigstens bloß Wolfgang zu ihr gekommen wäre und sie nach dem dritten Satz gefragt hätte! Den konnte er unmöglich alleine rausgekriegt haben! Eigentlich konnte Eva Wolfgang sonst gar nicht so besonders gut leiden und ärgerte sich vor allem über seine Naschhaftigkeit (er hatte sogar in den Stunden immer etwas Süßes im Mund!) und seine schreckliche Angewohnheit, ständig uneingewickelte Bonbons mit sich rumzuschleppen und dann diese klebrigen und meist ein bißchen schmutzigen Dinger – „frisch aus der Hosentasche!" – reihum anzubieten. Heute dagegen wäre Eva für das süße Zeugs dankbar gewesen und hätte die daran klebenden Sandkörnchen und Fusseln gerne mit in Kauf genommen. Heute aber dachte Wolfgang natürlich gar nicht daran, sondern quälte sich lieber alleine mit Latein ab, um bloß nicht die – Denunziantin – fragen zu müssen.

Nervös kramte Eva in ihrer Mappe. Sie konnte doch nicht einfach hier so tatenlos rumsitzen und auf ein Wort der anderen warten! Schließlich zog sie ein Leseheft für Bio hervor, das sie eigentlich überhaupt kein bißchen interessierte, und begann widerwillig etwas über Blutkreislauf und Herztätigkeit zu lesen, was sie schon längst wußte. „Zum Teufel mit dem langweiligen Zeug", dachte Eva erbost, wagte aber das Heft nicht wegzulegen, um die anderen nicht sehen zu müssen.

Es war sehr still in der Klasse, selbst dann, als kurz vor 8 Uhr schon alle versammelt waren. Zwei standen am Fenster und sahen in den Hof hinab, der im Frühnebel verschwamm; ein paar unterhielten sich flüsternd an Hildes Tisch, und Gerhard ließ sich von Froschie etwas an der Tafel vorrechnen. Auch diese beiden sprachen leise. Vielleicht sprachen die anderen nicht einmal über Eva, aber ihr war, als würde überall nur über sie geflüstert. „Wenn sie doch um Gotteswillen nur endlich laut sprechen würden!", wünschte Eva verzweifelt. „Als ob ein Toter hier im Zimmer läge … Das ist ja unerträglich!" Die Stille, das Flüstern ringsum zermürbten sie. Am liebsten wäre Eva aufgesprungen und hätte irgendetwas Verrücktes getan: dem Ulli ihr Buch an den Kopf geschmissen oder mit der Faust in die Fensterscheibe geschlagen oder sonstwas – bloß damit die anderen[37] zu schreien und zu schimpfen anfingen[38].

Zuletzt kam Klaus, gerade mit dem Klingeln. Ohne aufzublicken wußte Eva, daß er es war, kannte sie doch seine langen, lässigen Schritte am Klang. Jetzt warf Klaus die Mappe auf ihren Tisch, scharrte sehr lange und laut mit dem Stuhl und setzte sich schwerfällig. Als er dabei zufällig mit dem Knie Evas Kleid berührte, rückte er heftig den Stuhl ein Stück ab. Das entging ihr nicht. Ohne von ihrem Heft aufzusehen, schielte Eva zu Klaus hinüber, aber sie konnte sein Gesicht nicht sehen. Klaus hatte ihr den Rücken zugewandt und gönnte Eva nur den Anblick seiner braunen Manchesterjacke und des blonden Lockenschopfes darüber.

„Guten Morgen, Klaus", sagte Eva leise. Klaus fuhr herum. „Guten Morgen, Eva", antwortete er verlegen, drehte sich gleich wieder zum Fenster hin und starrte angestrengt hinaus in den wogenden Nebel, durch den in schwachen Umrissen die kahlen Kronen der Linden schimmerten. Eva biß sich auf die Lippen. „Auch gut! Wenigstens hat er als einziger meinen Gruß erwidert …"

In der ersten Stunde hatten sie Biologie bei dem ältlichen Fräulein Häutling. Eva wußte, daß Fräulein Häutling sie gerne hatte, trotzdem sie nicht gerade eine Kanone in Bio war, und sie fürchtete heimlich, sich auch bei dieser gütigen Frau alle Sympathien verscherzt zu haben. Aber Fräulein Häutling behandelte sie mit der gleichen Herzlichkeit wie früher, so daß Eva aufatmend feststellte, daß sie sich wenigstens im Lehrerkollegium nicht alle zu Feinden gemacht hatte. Mit leiser Freude dachte sie daran, wie nett Dr. Lange sie heute früh im Schulflur gegrüßt hatte …

Und daß „Küßchen" und Übermut, die beiden fortschrittlichsten Vertreter[39] im Kollegium, auf ihrer Seite standen, davon war Eva fest überzeugt. Hatte sie sich doch gerade mit Küßchen schon oft genug über den Kollegen Sehning unterhalten und dabei wohl gemerkt, daß auch diese die Einstellung des Studienrats, wenn auch nicht klar erkannt hatte, so aber doch ahnte und mißbilligte und in Konferenzen manche kleine Kontroverse mit ihm hatte, aus denen sich der Lehrer sehr geschickt zu ziehen wußte. Es schien im Kollegenkreise mit Sehning dieselbe Geschichte zu sein wie im Unterricht: Er war nicht zu fassen, nichts offensichtlich Reaktionäres war ihm nachzuweisen …

Zu Beginn der großen Pause traten drei Mitglieder der Kommission in den Klassenraum der 12a ein. Die Schüler erhoben sich von ihren Plätzen. Während Weiler und Kordell sich aufmerksam umsahen, winkte Schulrat Hahn freundlich ab: „Setzen Sie sich bitte, wieder hin!" In die eintretende erwartungsvolle Stille hinein sagte der Schulrat: „Sie werden wohl inzwischen erfahren haben, aus welchem Grunde die plötzliche Revision in Ihrer Schule stattfindet." Hahn unterbrach sich, strich nachdenklich über sein dunkles Haar, wie immer, wenn er nach einer Formulierung suchte für das, was er zu sagen hatte. Endlich schien er die richtigen Worte gefunden zu haben. „Es handelt sich also um folgendes –"

Kurz und sachlich erklärte Hahn die Lage, sprach von den Aufgaben der Lehrer in unserer neuen demokratischen Schule und fuhr dann fort: „Aus Ihren Reihen nun wurde uns berichtet, daß einer Ihrer Lehrer, der Herr Studienrat Sehning, seine Pflichten, die ich Ihnen eben kurz erläuterte, sehr mangelhaft erfüllt, mehr noch: daß er die Aufgaben, die den Erziehern unserer neuen Jugend zufallen, in unverantwortlicher Weise sabotiert." Bewegung unter den Schülern, unterdrücktes Murren. Hahn überhörte es. „Eine schwere Beschuldigung wird damit gegen den Kollegen Sehning erhoben –"

Nein, Hahn nannte keinen Namen. „Überflüssige Rücksichtnahme", dachte Eva, „es weiß sowieso jeder. Gerade durch Hahns Diskretion stinkt die ganze Sache verdammt nach etwas Heimlichem, Unmoralischem, eben nach – Denunziation."

Der Schulrat war etwas verblüfft, als Eva auf einmal aufstand und über die Köpfe der anderen hinweg sehr deutlich sagte: „Ich habe diese Beschuldigung erhoben[40] –" und, fast spöttisch: „–, damit auch die letzten Zweifel in dieser Hinsicht behoben sind …"

Das beinahe unmerkliche Lächeln um Weilers Mund vertiefte sich, als er Eva zunickte. Da begriff der Schulrat. „Ganz recht, Fräulein Hennig machte dem Herrn Direktor Lorenz Mitteilung von dem Vorfall, über den ich mit Ihnen jetzt sprechen will. Sie werden mir zustimmen, wenn ich Ihnen sage, daß eine Lehrkraft, die solche Tendenzen äußert, wie es hier vorgekommen sein soll, an einer Oberschule der DDR nichts mehr zu suchen hat." Der Schulrat ließ seine Blicke über die Gesichter der Jugendlichen da vor ihm laufen. „Vielleicht habe ich eben zu scharf gesprochen", dachte Hahn, als er bei keinem von ihnen ein Zeichen der Zustimmung entdeckte. Eher Abwehr glaubte er auf diesen Gesichtern zu lesen, verlegene Unsicherheit bestenfalls. Einer nur nickte sehr nachdrücklich:

ein kraushaariger Junge mit tiefblauen Augen, der Eva genau gegenübersaß, am anderen Ende des Halbkreises.

Die abwehrende, beinahe feindselige Haltung der Jugendlichen befremdete die Kommissionsmitglieder. Irgendetwas stimmte nicht in dieser Klasse. Sollte diese Siebzehnjährige, die Eva, scharfsichtiger gewesen sein als sie alle? Gleichzeitig fielen den Kommissionsmitgliedern Evas Worte ein, die sie gestern bei der Konferenz im Direktorzimmer gesprochen hatte: „Sie merken es doch schon längst nicht mehr, wie er sie immer mehr in seinem Sinne beeinflußt! Wenn er länger in unserer Klasse bleibt, dann ist bald unsere ganze politische Arbeit an ihnen umsonst gewesen …"

Und als der FDJ-Vertreter Fritz Feldmann Eva darauf aufmerksam gemacht hatte, daß sich gerade die Klasse 12a in der FDJ-Arbeit so aufgeschlossen zeige und bekannt sei für ihre rege Mitarbeit an kulturellen Interessengemeinschaften, da hatte Eva, aufgebracht über so viel Kurzsichtigkeit, ausgerufen: „Mensch, Fritz, begreifst du denn nicht, daß bei ihnen die Kulturarbeit absolut nichts mit Politik zu tun hat? Das ist ja gerade das Schlimme! Natürlich sind sie eifrig im Chor und bei der Laienspielgruppe, – weil sie gerne singen und schauspielern, weil es ihnen Spaß macht, verstehst du? Sie handeln sozusagen nach dem Grundsatz ‚l'art pour l'art‘, ich meine, sie treiben die Kunst um der Kunst willen, nicht wegen des gesellschaftspolitischen Zieles, das dahinter steht." Die Kommissionsmitglieder hatten sich heimlich zugelächelt, belustigt fast über Evas eifernde Worte, ungläubig vor allem, weil sie ihnen irgendwie überheblich vorkamen und sie sie[41] sicherlich für[42] übertrieben hielten[43].

Es galt jetzt, die eingetretene Spannung zu überbrücken. Geschickt lenkte der[44] Schulrat ein: „Es hängt nun weitestgehend von Ihnen ab, welche Maßnahmen gegen Herrn Studienrat ergriffen werden. Es dürfte wohl selbstverständlich sein, daß wir nicht auf das Zeugnis eines Einzelnen hin eine bewährte Fachkraft von unserer Oberschule entfernen." Mit einer leichten Kopfneigung gegen Eva hin: „Das soll natürlich keine Mißtrauensäußerung gegen Sie sein –"

Trotzdem konnte sich Ulrich einen spöttischen Seitenblick nicht versagen: „Da hast du es, mein Kind!"

„Da die Überprüfung des Unterrichts nichts ergeben hat –" „Na also!", sagte jemand laut, aber es war nicht festzustellen, woher der Ausruf kam. „Wie gesagt", fuhr Hahn ruhig fort, „da sich aus dem Unterricht keine Schlüsse auf politische Unzuverlässigkeit ziehen ließen, möchten wir uns einmal mit Ihnen über dieses Problem unterhalten. Seien Sie, bitte, ganz offen und nehmen Sie kein Blatt vor den Mund, wenn Sie etwas Belastendes zu sagen haben. Verschweigen Sie uns nichts aus dem falschen Gefühl der sogenannten Anständigkeit. Wir alle wollen uns bemühen, das Recht zu finden und die Wahrheit festzustellen, die zu einer Entscheidung über unsere weiteren Schritte führen wird." Nach einer kleinen Pause: „Wir wissen, daß eine aufrichtige Diskussion über diese Frage nicht leicht für Sie sein wird, liebe junge Freunde, aber schließlich sind Sie erwachsene Menschen, die noch in diesem Jahre die Reifeprüfung ablegen wollen. Im Interesse unseres Staates, in Ihrem eigenen Interesse sollen Sie entscheiden. Bedenken Sie das!"

Hahn brach ab, hatte das unbestimmte Empfinden, doch nicht die richtigen Worte gefunden zu haben, um den Jugendlichen ihre große Verantwortung in dieser Frage klar gemacht zu haben. Desto überraschender war für ihn die Reaktion der Schüler, als er die Diskussion eröffnete mit der Frage, wie sie denn zu dem Vorfall in der Deutschstunde vorgestern stünden.

Die meisten Hände fuhren augenblicklich in die Höhe. Der Schulrat nickte einem breitschultrigen Burschen zu, über dessen regelmäßigen Zügen eine gewisse Blasiertheit lag, eine Art Hochmut fast, wie man sie auf den Gesichtern von Menschen findet, die sich in eingebildetem Einzelgängertum unabhängig von der Gemeinschaft glauben. Instinktiv fühlte der erfahrene

Pädagoge, daß er hier den krassesten Gegensatz zu Eva vor sich habe und war deshalb gespannt, gerade dessen Meinung zu hören. Außerdem glaubte er, sich nicht in der Beobachtung getäuscht zu haben, daß vorhin besonders in dessen Gesicht der stärkste Ausdruck der Abwehr gestanden hatte.

Hahn täuschte sich nicht. Der Aufgerufene war Ulrich.

Hernach war der Eva zumute wie in einem bösen Traum, wie in jenem ungewissen Dämmer, in dem man sieht und doch nichts wahrnimmt, hört und doch nichts von dem Gehörten versteht, in dem man sich krampfhaft bemüht, die Augen aufzureißen und endlich in die Wirklichkeit zurückzukehren. Ja, genau so bemühte sich Eva, dieses lästige Gefühl des Unwirklichen abzuschütteln, aufzuwachen und sich davon zu überzeugen, daß eben alles doch nur ein Traum war. Aber natürlich träumte sie nicht.

Sie hatte so ein eigentümlich trockenes Gefühl in der Mundhöhle, als wäre der ganze Gaumen ausgedörrt. Sie hatte verloren. Sie hatte es gewußt in dem Augenblick, als Ulrich aufstand und zu sprechen begann, sehr gelassen, sehr überlegen, sehr vernünftig. Ulrich hatte über sie hinweggesehen, als spräche er über irgendein gleichgültiges Möbelstück hinweg, ach was, einfach wie durch eine gläserne Wand hatte er durch sie gesehen. Es gab in diesem Klassenzimmer keine Eva Hennig für ihn. Er redete mit dem Schulrat über sie, wie man beispielsweise über ein seltsames Insekt redet, über eine interessante Naturerscheinung.

Eva wußte jetzt nicht mehr so genau, was Ulrich alles über den – von ihr maßlos aufgebauschten! – Vorfall und ihre – völlig übertriebene und ungerechte! – Reaktion gesagt hatte. Sie hatte ganz aufrecht dagesessen und aufmerksam zugehört, als wäre die Rede von einer ganz fremden Person. Der Schulrat hatte mit keinem Wort unterbrochen.

Ulrich war väterlich wohlwollend geworden, hatte Eva entschuldigt – mit jener ironischen Großmut, mit der man die
Dummheiten von Kindern entschuldigt, die es eben nicht
besser wissen. Erst da war es Eva glühendheiß ins Gesicht ge-
stiegen vor Scham über diese Kränkungen. Hätte Ulrich sie
beschimpft, hätte er getobt vor Wut und Verachtung – sie hätte
ihn verstanden und entsprechend erwidert, jetzt aber, da Ulrich Eva mit freundlich ernstem Gesicht unsterblich lächerlich
machte, war sie tödlich verletzt in ihrem Stolz und unfähig,
seine höhnischen Angriffe zu parieren. Vor wenigen Wochen
noch hätte Ulrich so etwas nicht gewagt, heute aber wußte
er die ganze Klasse hinter sich und goß die ganze Flut von
Erbitterung über Eva aus, die sich in ihm gegen das anmaßen-
de Mädchen gestaut hatte, das so lange die erste Rolle in der
Klasse gespielt hatte. Nein, diese Rolle sollte Eva die längste
Zeit gespielt haben, dafür würde er, Ulrich, schon sorgen …

Zugleich aber war Ulrichs Rede nicht nur ein Angriff gegen
Eva, sondern auch ein energisches Plädoyer für den Lehrer, den
Ulrich aufrichtig verehrte und jetzt beredt verteidigte. Trotz
ihrer Erstarrung war Eva nicht die Geschicklichkeit seiner
Verteidigung entgangen, und sie mußte Ulrichs Intelligenz
anerkennen, mit der er für den Lehrer Sehning und seine
Qualitäten sprach, für seine ausgezeichnete Unterrichtsarbeit,
die Arbeitserfolge, die er mit den Schülern erzielte; seine ganze
vorbildliche Haltung.

Es war auf einmal sehr laut geworden in der Klasse. In der
lärmenden Zustimmung war der Einwand des streng rechtlich
denkenden Albrecht untergegangen, der sich zu genau des
Vorfalls in der Deutschstunde erinnerte, um Ulrichs Darstellung als objektiv anerkennen zu können. Albrecht fühlte, daß
hier ein Unrecht geschah an der Klassenkameradin, und sein
Rechtsgefühl empörte sich dagegen. Wäre es nur eben nicht
die Eva gewesen, diese „150%ige" FDJlerin mit ihrer ewigen
Politik, mit ihrer unchristlichen Einstellung! Albrecht sah zu

Eva hin, wie sie auf ihrem Platz saß: blutrot zwar, aber den Kopf so trotzig in den Nacken geworfen und die Augen in die Decke gebohrt, daß es eingebildeter schon gar nicht mehr ging. Da schwieg er – wenn auch mit dem unbehaglichen Gefühl, seine christliche Pflicht schwer verletzt zu haben.

Eva fuhr sich mit der Zunge über die trockenen Lippen. In ihrem armen Kopf war ein so wüstes Durcheinander, daß sie nicht wußte, welches Gefühl denn nun überwog: Beschämung über ihre Niederlage vor dem Schulrat und seinen Inspekteuren; Angst vor der Zukunft, vor dem Boykott durch die Jungen und Mädel, die sie einmal „Kameraden" genannt hatte; Traurigkeit über den Abschied von Klaus oder erbitterte Wut darüber, daß der Lehrer, den sie jetzt stärker denn je haßte, weiter an der Schule bleiben und, von fast allen unerkannt, unter der Maske der vorbildlichen Fachkraft ungestört seine verderblichen Gedanken unter die Schüler säen konnte, die in blinder Anhänglichkeit heute seine Partei ergriffen und seinen Ausschluß von der Schule unmöglich gemacht hatten.

Ähnlich wie in der 12a war die Diskussion in den anderen Klassen verlaufen. Dr. Lorenz hatte Eva schon von dem Ergebnis der Überprüfung erzählt: Für die politische Unzuverlässigkeit Sehnings sprachen nur so minimale Anzeichen, daß auch nicht die geringsten Maßnahmen gegen ihn ergriffen werden konnten. Dr. Lorenz war sehr ernst gewesen, denn er hatte das sichere Gefühl, daß Eva im Recht war und daß deshalb dieser Freispruch „aus Mangel an Beweisen" Folgen von großer Tragweite nach sich ziehen würde. Nicht nur das persönliche Schicksal dieses aufrechten Mädchens, das an der falschen Einstellung und politischen Gleichgültigkeit seiner Mitschüler gescheitert war, bewegte ihn tief, sondern auch die Sorge um seine Schule und ihre Schüler.

Aber was nützten schon seine Gefühle? Hier galt es, konkrete Beweise herbeizuschaffen, und eben diese Beweise fehlten ihm.

Dr. Lorenz wußte, daß jemand mit der klaren politischen Einstellung einer Eva Hennig sich nicht geirrt haben konnte; und erschrak fast vor dem nahezu unglaublichen Einfluß, den Studienrat Sehning auf die Jugendlichen ausübte. Wie wenige nur waren gegen ihn aufgestanden und, darüber gab er sich keinen Illusionen hin, wie so mancher dieser wenigen hatte nur deshalb gegen den Lehrer gesprochen, weil er eine[45] persönliche Zurücksetzung, eine ungerechte Zensierung, von ihm erfahren zu haben glaubte.

Noch mehr aber als alle diese Erwägungen erschreckte Dr. Lorenz seine eigene Haltung, seine innerliche Unsicherheit, gegen die er vergebens anzukämpfen suchte. Bitter empfand er seine Schwäche, die ihn daran hinderte, eine klare Stellung zu beziehen und hart durchzugreifen gegen die Reaktion, die da in seiner Schule das Haupt erhob. Es waren nicht nur die menschlichen Bedenken, die er schon Eva gegenüber geäußert hatte – Mitleid mit dem Kollegen Sehning, Bedauern über seinen Verlust als Fachkraft –, sondern es war die Angst um seine eigene Stellung als Direktor der Oberschule, die er gefährdet glaubte, wenn er in diesem heiklen Fall keine richtigen Maßnahmen ergriff. War er in der Unterredung mit Eva, in einer Aufwallung seines alten Kampfgeistes, noch fest entschlossen gewesen, ihr zum Siege zu verhelfen, so hatte ihn jetzt die laue Haltung der Kommission gewarnt: nichts übereilen, keine verfrühten Maßnahmen ergreifen, die sich später als ungerechtfertigt herausstellen könnten!

Und zugleich mit diesen Überlegungen kroch, lähmender denn je, das Gefühl in ihm hoch: Ich werde alt …

Deutlich trat Dr. Lorenz' unentschlossene Haltung in der Unterredung der Kommission zutage, als man über die einzuleitenden Schritte zur Rechtsfindung im Falle Sehning beriet.

Schulrat Hahn ging mit großen Schritten im Direktorzimmer auf und ab, und eine Hilflosigkeit lag über seinem starken, ruhigen Gesicht, die Kordell mit leisem Vergnügen, Weiler mit einem Anflug von Verachtung, beobachteten. „Ich kann kein Licht in die Sache bringen", sagte Hahn, „der Unterricht des Kollegen Sehning ist tadellos, und in den Klassen spricht man sich fast einstimmig für ihn aus –"

Weiler richtete sich steil auf. „Ich begreife Ihr Zögern nicht, Genosse Hahn", sagte er mit ungewöhnlicher Schärfe. „Für mich liegt der Fall klar. Dieses Mädchen, die Eva Hennig, hat mit bewundernswertem Scharfsinn die Gefahr erkannt, und gerade die Verteidigung Sehnings durch die Schüler scheint mir ein Alarmsignal zu sein, daß es höchste Zeit ist, hier einzugreifen."

„Ach was, Ihre Eva ist ein ganz vorlautes und eingebildetes Ding!", der dicke Gentz schnaufte aufgebracht.

„Ich rate Ihnen, sich mit Ihrer Meinung über junge Menschen vom Schlage Fräulein Hennigs etwas zurückzuhalten", sagte der Inspekteur Weiler leise, aber in einem Ton, daß das feiste Gesicht von Gentz rot anlief.

Dr. Lorenz schwieg zu allem, was hier gesagt wurde. Er schwieg zu den unentschlossenen Erwägungen des Schulrats Hahn, er schwieg zu den gehässigen Angriffen des dicken Stadtrats Gentz, er schwieg zu den leidenschaftlichen Anklagen Weilers, der den Mitgliedern der Kommission eine versöhnlerische und inkonsequente Haltung vorwarf. Direkt befragt, wich Dr. Lorenz einer klaren Antwort aus, denn er spürte, wie die erschlaffte, müde Haltung des Schulrats, die Ausweglosigkeit seiner Gedanken, die immer mehr zugunsten Sehnings sich[46] neigende Stimmung sich den anderen mitteilte. Weiler stand plötzlich allein. Zäher nur verbiß er sich in den Gedanken, Eva zum Recht zu verhelfen und Beweise für die politische Unzuverlässigkeit des Lehrers herbeizuschaffen.

Weiler verlangte eine Unterredung mit Sehning. Man bat den Studienrat ins Zimmer. Sehr ruhig stand er in der Tür, mittelgroß, gut gekleidet, mit einem eisgrauen Schnurrbärtchen unter der starken Nase, mit klugen Augen hinter den starken

Brillengläsern. Weiler besah ihn sich lange und gründlich, wie er sich, ohne eine Spur von Erregung, in den angebotenen Sessel setzte. Scharf beobachtete der Inspekteur Weiler die gepflegten Hände des Lehrers. „Hände verraten vieles", dachte er. „Das Gesicht kann Maske sein, aber die Hände verraten es …" Aber die Hände Sehnings lagen unverkrampft, ohne Zittern, leicht gefaltet übereinander.

Weiler hielt sich bei dem Gespräch zurück, ließ den Schulrat fragen, beobachtete nur. Sehning antwortete geschickt auf die Fragen Hahns, mit leiser Überlegenheit und leidenschaftsloser Stimme. Das wollte Weiler nicht gefallen. „Er hält uns alle zum Narren", dachte er erbittert. Weiler wollte überhaupt alles nicht gefallen an diesem ruhigen, klugen, geistvollen Manne, und dabei mußte er sich doch wehren gegen einen Anflug von Bewunderung für ihn. Wie überzeugend sprach dieser Sehning von seiner Einstellung zu dem neuen Leben, dem neuen Staat, wie geschickt wußte er, scheinbar nebensächlich hingeworfen, Bemerkungen einzuflechten über seine Funktionen im FDGB, im Kulturbund, über den von ihm geleiteten Literaturzirkel an der Oberschule, über seine Tätigkeit an der Volkshochschule – man hatte auf einmal das Empfinden, dem Studienrat mit jedem Verdacht Unrecht getan zu haben, aus dem Ankläger nahezu selbst zum Angeklagten zu werden.

„Wenn der Sehning wirklich schuldig ist", überlegte Weiler, „und er ist schuldig, er ist es!", wiederholte er sich, „dann ist er verdammt geschickt." Plötzlich stieg eine maßlose Wut in ihm auf gegen diesen Hund, diesen klugen Schuft, der sie da so elegant an der Nase herumführte, der da mit seinem stillen Lächeln im Sessel saß, als berühre ihn der ganze Staub nicht, der um ihn aufgewirbelt wurde. Zum ersten Male warf Weiler eine Frage in die Unterhaltung: „Wie hat sich denn eigentlich der bewußte Vorfall in Ihrer Deutschstunde abgespielt?" Weilers Stimme klang so, daß alle den Kopf nach ihm wandten. Und Hahn, sein engster Mitarbeiter, ein Freund fast, sah mit Befremden, daß das fast unmerkliche Lächeln um Weilers Mund weggewischt war – zum ersten Male, glaubte sich der Schulrat zu erinnern.

Der Studienrat spürte den feindseligen Ton Weilers. Die Gedanken überstürzten sich in seinem Kopf. „Jetzt keine Dummheit machen", dachte er. „Nichts bagatellisieren – das erweckt Verdacht!" Einen winzigen Moment nur trat Unruhe in sein Gesicht, dann war es wieder so gelassen wie zuvor. Sehning begann zu sprechen. „Ich kann mir gut denken", sagte er lächelnd, „was dieser kleine Feuerkopf, die Eva, Ihnen erzählt haben mag. Hm. Ein sehr begabter junger Mensch –", Sehning sah nachdenklich auf die gefalteten Hände hinab, „– klug, leidenschaftlich … Zu leidenschaftlich manchmal. Hm … Was den Vorfall in der Deutschstunde angeht –" und er erzählte. Und je länger Sehning sprach, desto deutlicher stieg vor den Zuhörern das Bild eines Jungen aus Evas Klasse auf, das Bild dieses Ulrichs, der so geschickt den verehrten Lehrer verteidigt hatte. Mit denselben Worten fast wie der Studienrat hatte auch Ulrich über Eva gesprochen – ohne Zorn und Erregung, sondern mit Wohlwollen, mit dem Verständnis eines erfahrenen Pädagogen für die Schwächen einer interessanten, aber recht schwierigen Schülerin, die, hemmungslos in der Liebe wie im Haß, in einer Flut übersteigerter Schmähungen die verständigen Worte des Lehrers fortgespült hatte.

Die Kommissionsmitglieder saßen sehr still. Und es erstand in ihnen klar diese Unterrichtsstunde, in der die überschäumende Jugend sich auflehnte gegen das ruhig abwägende Urteil des Alters, und sie begriffen, daß es hier nicht um ein politisches, sondern um ein allgemein menschliches Problem ging, wie es den Lehrern aller Schulen begegnet im Zusammenleben mit jungen, begeisterungsfähigen Menschen.

Weiler lehnte finster in seinem Sessel. Merkten die anderen nicht, wie ähnlich alle diese schönen Worte denen des Jungen, dieses Ulrichs, klangen, der vorhin gegen Eva aufgestanden war? „Mein Gott", dachte Weiler erschüttert, „dieser Ulrich ist ja sein Geschöpf …"

Höflich entließ der Schulrat Hahn den Lehrer. Er hatte sich geirrt – dieses Mannes konnte man sich sicher sein. Hahn sprach das auch gegen die anderen aus. Dann schritt man zur Abstimmung, und es erhoben sich fünf Hände[47] bei der Frage Hahns, ob man die Untersuchung gegen den Studienrat Sehning einstellen solle: Kordell stimmte dafür, Gentz, Fritz Feldmann, Hahn selbst und, zögernd zuerst, Dr. Lorenz. Nur Weiler sprach ein entschiedenes Nein. Die anderen gaben sich keine Mühe mehr, Weiler von der Sinnlosigkeit seines Verdachtes zu überzeugen.

Eva stand auf dem Schulhof, an den feuchten Stamm einer Linde gelehnt, und sah zu den Fenstern des Direktorzimmers hinauf, hinter denen die Kommission über das Ergebnis der Überprüfung sprach. Langsam kaute sie an ihrer Stulle, aber jeder Bissen quoll ihr im Munde, daß sie ihn nur mit Mühe runterschlucken konnte.

Lachend und schwatzend gingen die Mädchen eingehakt über den Hof. Die Jungs standen in Gruppen beisammen, die Hände in den Hosentaschen, und warfen den vorbeispazierenden Mädchen Witzworte zu, die schlagfertig erwidert wurden. Zwar war das heutige Ereignis Gesprächsthema Nr. 1, aber doch nicht so ausschließlich, wie Eva dachte. Es gab durchaus noch andere Fragen, die die Jungs und Mädchen interessierten, trotzdem aber fing Eva immer wieder Blicke auf, die sie verachtungsvoll streiften, halblaute empörte Worte von nahe Vorübergehenden. In den unteren Klassen schien die Neugier zu überwiegen, das Mädchen zu sehen, das eine so großartige Schweinerei begangen hatte.

Wie in einem Bannkreis schien Eva zu stehen. Die Einsame dort hinten an der Linde mußte die Zähne zusammenbeißen bei der Erinnerung daran, wie sie sonst über den Hof gegangen war, wo jeder sie als Kulturleiterin kannte – beliebt, geachtet auch von ihren Gegnern, von vielen beneidet, weil sie eben in allem Glück zu haben schien: sie war eine prima Schülerin, hatte Bombenerfolge mit ihrer Laienspielgruppe und hatte – das erschien manchem Mädchen sogar als das Wesentlichste – einen der schicksten und hübschesten Jungs zum Freunde.

Und jetzt? Am liebsten hätte Eva losgeheult, aber dieses erbauliche Schauspiel wollte sie den Gaffern dort doch nicht bieten. Tieftragisch war ihr zumute. Sie kam sich wahrhaftig vor wie Marius auf den Trümmern von Karthago (Das war doch wohl Marius gewesen, nicht wahr? Na, egal, jedenfalls wie eine entthronte Größe.). War es denn überhaupt möglich, daß ein Mensch an einem Tage so tief stürzen konnte; seine Freunde und Verehrer verlieren, weil er nur das Beste für sie alle gewollt hatte? „Ich bin ja ganz allein", dachte Eva verzweifelt. „Wo sind sie denn alle, meine Getreuen – Wanjuschka, Peter vor allem, Walter und Wölfchen, mit denen sie so oft stundenlang in ihrem Zimmer gesessen und über Kunst und Literatur debattiert hatte? Wenn die mich jetzt im Stich lassen, glaube ich überhaupt an keinen Menschen mehr …"

Eva schaute heimlich zur Uhr. „Wenn doch bloß bald die Pause zuende wäre! Hier auf dem Hof war es ja noch schlimmer als in der Klasse; man stand ja wie am Pranger …"

Ein Junge schlenderte aus dem Schultor, schaute sich suchend um, hatte sie entdeckt und kam mit schnellen Schritten quer über den Hof auf sie zu, mitten durch die Gruppen von Jungs und Mädchen, die ihm nachsahen. Eva kniff die kurzsichtigen Augen zusammen. Dann erkannte sie den Näherkommenden. Es war Wanjuschka.

Eva wurde ganz rot vor Freude. Wie hatte sie an ihm zweifeln können! War er doch der Einzige in der Klasse gewesen, der es gewagt hatte, sie zu unterstützen und bei der Diskussion den Lehrer Sehning anzugreifen, indem er nachdrücklich auf dessen politische Gefährlichkeit hinwies und mutig seine Entlassung forderte.

Eva schämte sich, als sie an die häßliche Szene vorhin in der Klasse dachte: Zuerst hatte Wanjuschka in seinen wunderschönen Bandwurmsätzen gesprochen, die manchmal so erstaunlich verwickelt waren und ihm normalerweise trotzdem bis zum letzten Punkt so glatt von den Lippen gingen, daß man glauben konnte, er lese sie aus einem Buch ab. Keiner sah ihm dabei die innere Unsicherheit an, die ihm sein kleiner Sprachfehler verursachte.

Nach den ersten Sätzen schon war die Unruhe in der Klasse stärker und stärker geworden; lautes Stühlescharren, unterdrücktes Murren, wütende Blicke und leises Kichern machten Wanjuschka unsicher. Er kam aus dem Konzept, stotterte stärker als sonst – und sah in das offene Grinsen der Klassenkameraden. Sie machten sich über seinen Sprachfehler lustig mit einer Taktlosigkeit, die ihnen sonst fremd war. Da verlor Wanjuschka völlig die Fassung, setzte wiederholt zu einem Wort an, das ihm nicht über die Lippen wollte, verhaspelte sich immer mehr und setzte sich plötzlich, das schmale Gesicht über und über flammendrot. Und sie hatten gelacht – die wohlerzogenen Oberschüler hatten ihn offen ausgelacht, den Stotterer, der sich zum Anwalt[48] gegen[49] eine große Schweinerei aufgeworfen hatte. Selbst Inge, die seit der 10. Klasse unvermindert für „ihren" Hans schwärmte, trotzdem sie absolut keine Chancen bei ihm hatte, selbst die hatte den breiten Mund zu einem spöttischen Lächeln verzogen.

Da hatte Eva zum ersten Male heute den Kopf gesenkt und hatte heftig schlucken müssen. Sie wußte ja, wie qualvoll Wanjuschka unter seinem Sprachfehler litt, wie tapfer er dagegen ankämpfte und oft stundenlang daheim vor dem Spiegel sich darin übte, deutlich und ohne Anstoßen lange Sätze mit schwierigen Wörtern auszusprechen. Und nun diese Rohheit gegen den armen Wanjuschka! Übrigens war Eva nicht entgangen, daß Inspekteur Weiler sehr mißbilligend die Augenbrauen zusammengezogen hatte gegen Kordell, der ein Lächeln nicht unterdrücken konnte, während der Schulrat Hahn ganz ruhig und sachlich geblieben war.

Da war Wanjuschka schon bei ihr. Impulsiv streckte Eva ihm die Hand entgegen und drückte seine[50] kräftig: „Ich dank’ dir, Wanjuschka!“ Sie lächelte ihm zu.

„Wofür denn?“ „Dummer du“, sagte Eva beinahe zärtlich. „Wofür wohl? Daß du zu mir gekommen bist, verstehst du[51], und daß du mich vorhin so tapfer unterstützt hast.“

Gleich darauf merkte Eva, wie ungeschickt sie war, indem sie ihn noch einmal an die peinliche Szene in der Klasse erinnerte. Wanjuschka hatte ein gequältes Gesicht, als er Eva, vor Verlegenheit stotternd, unterbrach: „Ach, du, ich habe unserer Sache ja mehr geschadet als genützt. Ich habe mich lächerlich gemacht, und das hat auch auf meine Gedanken, die ich äußern wollte, abgefärbt. Findest du nicht?“

„Aber gar nicht“, sagte Eva herzlich. „Was du gesagt und gedacht hast, das war gut und richtig. Und daß du nachher ein bißchen durcheinandergekommen bist, das war doch schließlich kein Wunder. Ich hätte mal die ollen Affen sehen mögen, die da so blöde gelacht haben, wie sie sich wohl in solchem Falle benommen hätten. Ihre gemeine Taktlosigkeit war auch nur als Waffe gegen uns gedacht.“

Wanjuschkas Gesicht hatte sich merklich aufgehellt. „Das war aber eine sehr unfaire Waffe, du! Na ja, wenn jemand nichts Rechtes mehr sagen kann und sich heimlich im Unrecht weiß, dann wird er eben ausfallend und ersetzt durch Geschrei das, was ihm an wahren und schlagkräftigen Argumenten abgeht, meinst du nicht auch?“

Eva nickte Wanjuschka zu und konstatierte heimlich, daß der letzte Satz eben schon wieder ziemlich bandwurmig gewesen und damit ein überzeugendes Zeichen seines wiedererwachenden Lebensmutes war.

Es klingelte. Prüfend sah Eva Wanja[52] an: „Gehst du mit mir zusammen rauf oder traust du dich nicht, dich mit mir so öffentlich zu zeigen?"

Wanjuschka zuckte die Achseln, erstaunt: „Abgesehen davon, daß wir hier bereits mehrere Minuten zusammen gestanden haben und demzufolge während dieser Zeitspanne auch zusammen gesehen wurden, liegt für mich kein Grund vor, mich vor dem Geschwätz dieser kleinen Geister zu fürchten und nicht auch öffentlich die Sympathien zu zeigen, die ich für dich und die von dir vertretene Einstellung empfinde, wie ich es bereits vorhin in freilich recht mangelhafter Weise bewiesen habe. Quod erat demonstrandum." Mit dieser lakonischen Wendung, die Dr. Lange nach jedem mathematischen Beweis gebrauchte, schloß Wanjuschka seinen schönen Satz, von dem Eva mit heimlichem Vergnügen feststellte, daß, gemessen an seiner Länge, der Hans wieder seelisch auf der Höhe war.

Wenn sie sich sehr zusammennahmen, konnten die beiden die Blicke und Worte ignorieren, die ihnen folgten, als sie zusammen die Treppe hinaufstiegen. Auf dem letzten Treppenabsatz blieb Eva unvermittelt stehen und fragte: „Wo steckt denn eigentlich der Peter, du? Sollte der auch –" Sie stockte. Peter – nein, der konnte sie unmöglich auch verlassen haben! Wenn jeder andere sie ausgestoßen hätte – Peter wäre ihr Freund geblieben, das glaubte sie genau zu wissen. Warum ließ er sich aber dann nicht jetzt sehen, wo Eva ihn so nötig gebraucht hätte?

„Das verstehe ich auch nicht", murmelte Wanjuschka überrascht. „Ich habe ihn aber auch gar nicht auf dem Hof gesehen, Eva."

„Und ich habe ihn seit vorgestern überhaupt noch nicht gesehen. Ob er mit mir böse ist? Ich meine nicht wegen – wegen des Vorfalls gestern, aber er war neulich bei der Laienspielbesprechung so komisch zu mir und hat mir mangelnde Konsequenz vorgeworfen, weil er dachte, ich käme jetzt bestens klar mit Sehning. Aber in einem Ton hat er mich angefahren, sage ich dir – puh!"

„Aber dann müßte er nun doch erst recht begeistert zu dir kommen", folgerte Wanjuschka.

„Was mag denn dann bloß mit ihm sein?", fragte Eva unruhig. „Komm, wir gehen mal schnell in die 12b und fragen nach ihm. Vielleicht ist er gar nicht in der Schule, du?"

Sie schlidderten schnell über den Flur zur 12b. Vor der Tür blieb Eva plötzlich stehen. „Geh du allein rein und frag'", sagte sie leise. „Ich – ich möchte mich nicht gerne so angucken lassen. Und letzten Endes sagen sie es mir nicht mal, weil ich doch –" Eva brach ab und trat einen Schritt zurück. „Ich habe solche Angst, Wanjuschka", stieß sie hervor. Sie schluchzte fast.

Er sah sie nur kurz an und legte wortlos die Hand auf die Klinke. Da trat Eva neben ihn und umfaßte seine Finger. „Geh weg, laß mich reingehen, Wanjuschka. Ich bin feige." Sie schob ihn zur Seite, beinahe lachend: „Schließlich muß man sich auch mal daran gewöhnen, nicht wahr?"

Schon hatte Eva die Tür aufgerissen und stand in der Klasse. Gleich vorne, neben der Tür, machten ein paar Jungs Freiübungen am Kartenständer. Bewundernd standen sie um den breitschultrigen Jürgen herum, einen Spitzensportler der Oberschule, der ihnen gerade einen tadellosen Klimmzug vormachte. Der Kartenständer wackelte bedenklich. Statt sich an einen der Umstehenden zu wenden, tippte Eva dreist den Jürgen auf die Schulter und fragte, als er schnell absprang und sich wütend nach dem Störenfried umdrehte, beinahe herausfordernd: „Hallo Jürgen, wo steckt denn Peter Zimmerfeld?"

Der Hüne war so verblüfft, daß er ohne Besinnen antwortete: „Der? Ach so, ja, der ist schon seit vorgestern krank." „Danke", nickte Eva und ging ganz ruhig hinaus.

„Daß du mit der überhaupt noch ein Wort sprichst", tadelte Jürgens Freund Arno scharf.

Jürgen hob ganz hilflos die muskulösen Arme und ließ sie wieder fallen. „Na, Mensch, warum denn nicht? Wenn sie doch gerade mich gefragt hat …"

„Herrgott, bist du dämlich", entfuhr es Arno. „Aber wenn dich mal eine mit schwarzen Augen anblitzt, dann bist du ja immer gleich hin –"

Arno hatte nicht ganz unrecht. Außerdem aber schaltete Jürgen meist ein bißchen schwer, und es wollte noch nicht so recht in seinen harten Schädel hinein, daß sich auf einmal das Verhältnis aller zu Eva so grundlegend geändert hatte. „Na, was hat sie denn schon so Schlimmes getan, daß man ihr nicht mal mehr Antwort geben darf?"

Als Arno noch weiter schimpfte, knurrte Jürgen böse: „Wenn du jetzt nicht endlich die Fresse hältst, kriegst du eins rein, verstanden?!" Da schwieg Arno. Jürgen war befriedigt, klopfte dem Kamerad auf die Schulter, daß der fast in die Knie ging: „Na also, das Geschimpfe läßt du jetzt sein, ja? Das arme Ding hat sowieso schon genug auszustehen. Und überhaupt – mir gefällt sie noch genau so wie früher."

Wenn der Jürgen etwas so energisch sagte, hielt man lieber den Mund, denn man erinnerte sich nur zu genau, daß er mal bei einer Streiterei dem kleinen, schwächlichen „Mickimaus" beigesprungen war und drei von dessen Angreifern der Reihe nach so schwer verrollt hatte, daß die übrigen die Lust verloren, mit dem Herkules anzubinden. „Laßt Fäuste sprechen!", brummte Arno vor sich hin, und „Wer's nicht hier hat, der hat's eben hier", tippte er sich erst gegen die Stirn, dann auf den Bizeps. Aber das sagte Arno nur noch sehr leise.

Eva ging derweile mit Wanjuschka zurück zur Klasse 12a. „Hoffentlich ist nicht schon Fräulein Häutling drin", befürchtete Wanjuschka. „Die ist immer so schrecklich pünktlich – mit dem Klingelzeichen steht sie in der Tür."

Eva hatte andere Sorgen. „Ach, macht nichts – dann kommen wir eben mal eine Minute zu spät. – Was machen wir mit

Peterchen? Wir müssen ihn unbedingt besuchen." „Natürlich",
stimmte Wanjuschka zu. „Am besten gehen wir gleich heute
nachmittag."

„Donnerwetter, heute ist ja Freitag", fiel es Eva ein. „Da ist
sowieso unser Literaturnachmittag – das hätte ich vor Aufregung beinahe vergessen. Weißt du was? Machen wir ihn heute
mal bei Peter! Zimmerfelds wohnen zwar ziemlich beengt, aber
wir sind ja bescheidene Leute und außerdem – wer weiß, ob
die anderen überhaupt kommen. Kannst ihnen ja auf jeden
Fall Bescheid sagen –"

Eben kamen sie am Direktorzimmer vorbei, als sich die
gepolsterte Tür öffnete und Dr. Lorenz heraustrat. „Ah, Eva,
da bist du ja gerade! Komm doch, bitte, einen Augenblick mit
hinein."

Wanjuschka drückte sich schnell. Wenn bloß die Häutling
noch nicht drin war! Die anderen Pauker gingen auch eben
erst in ihre Klassen, aber die Häutling – wie gesagt, mit dem
Klingelzeichen …

Eva hatte etwas Herzklopfen. Mit einer höflichen Kopfneigung ließ Dr. Lorenz sie vorangehen und schloß die Tür hinter
ihr.

Die fünf Kommissionsmitglieder saßen wieder um den
runden Tisch, unter dem Bild des Staatspräsidenten, so wie sie
vorgestern hier gesessen hatten, als Eva zum ersten Male mit
ihnen gesprochen hatte. Damals war sie hoffnungsfroh hier
eingetreten, weil sie das Recht auf ihrer Seite wußte; heute
hatte sie eine Niederlage hinter sich, wie sie sich folgenschwe-
rer für ein siebzehnjähriges Mädchen kaum denken ließ.

Als Eva nach einer Viertelstunde das Dienstzimmer verließ, nahm sie die beruhigende Versicherung mit, daß ihre
politische Wachsamkeit und Konsequenz anerkannt würde,
was aber nichts an der Tatsache änderte, daß die Überprüfung
nichts ergeben und die Kommission den Eindruck hatte,

Fräulein Hennig habe in ihrem allzu großen Eifer den Vorfall in der Deutschstunde übertrieben und in einer persönlichen Motiven entspringenden Erregung Angaben gemacht, die der Wahrheit nicht entsprächen.

Mit keinem Wort hatte Eva sich gewehrt und ihren Standpunkt verteidigt. Das hatte jetzt doch alles keinen Zweck mehr … Der Schulrat hatte sich über das Mädchen geärgert, das da so still in seinem Sessel saß und alles über sich ergehen ließ, als ginge es sie gar nichts mehr an. Hahn hatte vielleicht eine Selbstkritik erwartet, ein einsichtiges Wort, auf jeden Fall aber einen Widerspruch, zumindest gegen die „persönlichen Motive". Nichts. Man hätte direkt den Eindruck gewinnen können, Eva höre gar nicht zu. „Dickkopf", dachte Hahn gereizt, als er Eva zum Abschied recht kühl die Hand reichte. Auch Kordell und vor allem der dicke Gentz waren mächtig reserviert gewesen, fand Eva. Nur der lange Fritz Feldmann hatte sich mit dem gleichen herzlichen „Freundschaft!" wie immer von ihr verabschiedet, und der Händedruck Weilers war fest und kameradschaftlich gewesen. Eva hatte ihm[53], wie den anderen auch, nur flüchtig und mit gesenktem Kopf die Hand geben wollen, aber Weilers warme Stimme, mit der er ihr „Auf Wiedersehen" sagte, hatte sie förmlich gezwungen, zu ihm aufzublicken – einen Moment nur. Der aber genügte, um Weiler zu zeigen, daß in ihren dunklen Augen Tränen glitzerten.

„Mut, Eva!", sagte er leise.

Auf dem Schulflur sah Eva die Wände nur noch wie durch einen Schleier. Sie mochte jetzt nicht in die Klasse gehen; die Stunde war ohnehin bald zuende. Eva setzte sich müde auf die breite Treppe und lehnte den Kopf ans Geländer. „Mut, Eva", hatte Weiler gesagt. Mut! Das ließ sich leicht sagen, verdammt leicht, mein Lieber … Wenn man selbst in dem Elend drinsteckte bis über beide Ohren, dann konnte einem der Mut schon flöten gehen.

Wie wenige Freunde nur waren ihr geblieben! Und wer weiß, ob die es auf die Dauer bei ihr aushalten würden … Die Schule hatte die Denunziantin in Acht und Bann getan – und wozu, ach, wozu? Nichts hatte sie erreicht, gar nichts, nur verloren, oh, so unendlich viel verloren! Und doch, wenn Eva sich ernsthaft fragte, ob es ihr leid tue, gerade so und nicht anders gehandelt zu haben, dann konnte sie mit gutem Gewissen ein festes „Nein!" sagen.

Nur wenn sie an Klaus dachte, war ihr, als machte das Leben nun gar keinen Spaß mehr. Alles war so sinnlos geworden ohne ihn … Wie ein blühendes Land im Sonnenschein lag das Jahr mit Klaus hinter ihr, wie eine kostbare[54] Perlenkette schien es ihr, deren jedes einzelne Glied ein strahlend schöner Tag war.

Gestern abend war Eva noch überzeugt gewesen, Klaus werde wiederkommen. Heute glaubte sie nicht mehr daran. Klaus hatte nicht die Kraft, an ihrer Seite der Feindseligkeit der ganzen Schule zu trotzen. Und sie konnte ihm nicht einmal dafür böse sein, war doch seine Erziehung so verschieden von der ihren. Seine Umgebung hatte ihn geformt, und es würde schwer sein, ihn umzuerziehen. Wie oft hatten sie von ihrer gemeinsamen Zukunft geträumt; wie oft hatte Eva sich ausgemalt, wie sie Klaus zu einem anderen Menschen machen würde, ganz bestimmt; wie oft hatten sie sich versprochen, daß nichts sie trennen würde …

Und all das sollten nur Kindereien gewesen sein, müßige Träume, verweht und zerstoben vor der ersten schweren Prüfung? Klaus, ach, Klaus …

Plötzlich legte Eva den Kopf auf die Arme und weinte – lautlos und schmerzlich.

Schritte näherten sich, sehr feste, schnelle, bestimmte Schritte. Eva wagte nicht aufzusehen, weil sie sich ihres verweinten Gesichts schämte. Die Schritte schienen einen winzigen Moment zu stocken vor der zusammengekauerten Gestalt, dann gingen sie weiter, aber nicht mehr schnell und fest, sondern so, als zögerten sie und wollten umkehren. Eva blinzelte zwischen den Fingern hindurch und sah eine kleine, gedrungene Gestalt um die Korridorecke biegen. „Das war Küßchen", dachte sie.

Fräulein Habekus ging derweil weiter und wußte nicht, ob sie nicht doch noch umkehren und sich zu Eva setzen sollte. Als sie ins Lehrerzimmer trat, saß da Inspekteur Weiler, finsteren Gesichts. „Sie sitzt draußen, auf der Treppe", sagte Küßchen. Weiler nickte. Er brauchte nicht zu fragen, wen sie meinte.

„Mußte das sein?", fragte Fräulein Habekus. Weiler nickte wieder. „Sehen Sie –", sagte er, und dann sprachen die beiden lange miteinander über die, die da draußen auf der Treppe saß und weinte. „Eva hat so an Dr. Lorenz geglaubt", sagte die Lehrerin leise. „Es trifft sie sicher schwer, daß ein Mensch, an den sie glaubte, sie verraten hat."

Der Inspekteur blickte auf, prüfte das unschöne Gesicht der Frau. „Evas Tat wird ihr zum Prüfstein werden für alle Menschen, an die sie glaubte." Weiler erhob sich. „Ja", sagte Habekus, „das soll sie wissen. Sagen Sie ihr das." Sie reichte dem Schulinspekteur die Hand. Weiler sah auf diese kleine, feste, sommersprossige Hand hinab und war froh, daß Eva noch Freunde hatte. „Wenn Sie sich in nächster Zeit ein bißchen um sie kümmern würden –" Das klang wie eine Frage, aber Fräulein Habekus wußte, daß es eine Forderung war, und nickte.

Es sah beinahe aus wie ein Zufall, daß Weiler gerade an der Treppe vorbeikam, wo Eva saß. „Sie werden sich hier erkälten", sagte er. Eva blickte zu ihm auf, als zweifele sie an seinem Verstand. Da setzte Weiler sich, ungeachtet seines hellgrauen Anzugs, auf die schmutzige Treppe und legte ihr den Arm um die Schulter. „Du sollst wissen, daß ich auf deiner Seite stehe, Eva", sagte er. „Der Schein ist gegen dich und die Kurzsichtigkeit deiner Kameraden und die Schwäche unserer Kollegen, die die Untersuchung durchführten." „Eigentlich darf ich das nicht sagen", dachte der Schulinspekteur.

„Und Dr. Lorenz hat auch gegen mich gestimmt, nicht wahr?", fragte Eva. Weiler wandte den Kopf ab. Er schämte sich für Lorenz. Eva nickte vor sich hin: „Ich hätte es mir denken sollen, daß sie zuletzt doch alle den Mut verlieren, alle …" „Das darfst du nicht sagen", erwiderte Weiler heftig. „Ich habe eben mit Fräulein Habekus gesprochen –" „Ja, die …", sagte Eva mit aufleuchtendem Gesicht. „Sie ist nicht die einzige." Weiler umfaßte fester noch Evas Schulter. „Es sind viele, auch unter deinen Kameraden. Sie wissen oft nur noch nicht den rechten Weg, lassen sich mitziehen von der im Augenblick stärkeren Partei. Du mußt ihnen den Weg zeigen, hörst du?"

Weiler stand auf. „Und jetzt mußt du dir erstmal das Gesicht waschen, damit du nicht mit so verweinten Augen in die Klasse kommst."

„Ich habe gar kein Taschentuch bei mir", sagte Eva kläglich. Da lachte der Schulinspektor, zog sein eigenes Taschentuch hervor und reichte es ihr. Unter dem Wasserhahn ließ Eva Wasser auf das Tuch laufen und drückte es gegen die Augen. „Sieht man es jetzt noch sehr?", fragte sie. Weiler schüttelte lächelnd den Kopf und steckte das nasse Tuch ein.

Wenige Minuten später, in der Pause, lief ihr Dr. Lorenz in den Weg, und wieder sah es aus wie ein Zufall, daß gerade er ihr begegnete. Eva wollte an ihm vorbei, da ergriff er sie am Arm und hielt sie zurück. „Du mußt mich verstehen, Eva. Unter den gegebenen Umständen – es liegt formal nichts gegen den Herrn Studienrat vor – keine Beweise –", er stotterte hilflos vor den kühlen Augen des Mädchens. Nichts mehr war an ihm von dem glatten, überlegenen, geistvollen Herrn Doktor und Direktor einer Oberschule, als er sich gewaltsam zusammenraffte: „Sieh, Eva, wir sind ja einer Meinung –"

„Nein, Herr Doktor", sagte Eva, „wir sind nicht einer Meinung." Und ging, unbewegten Gesichts.

Dr. Lorenz saß in seinem Zimmer, zusammengesunken im Schreibtischsessel. „Und das sagt mir die Eva, gerade meine

153

Eva", dachte er. Und: „Wenn ihr Vater das wüßte, wenn der ermordete Hans Hennig das wüßte …"

Die Sekretärin sah heimlich von ihrer Schreibmaschine auf und zu ihm hinüber, und sie erschrak, wie verfallen ihr Chef auf einmal aussah.

6. Kapitel

Die Tür zu der kleinen Mansardenwohnung, in der Peter mit seiner Mutter lebte, war unverschlossen. Ohne Umstände trat Eva nach kurzem Klopfen ein, denn sie war hier ja sowieso wie zuhause. In der winzigen Wohnküche, in der man sich kaum umdrehen konnte, begrüßte sie Frau Zimmerfeld, die wie immer an ihrer Nähmaschine saß. „Tag, Tante Irene! Was macht denn unser Großer?" Frau Zimmerfeld, grauhaarig, aber mit der Figur eines jungen Mädchens, empfing sie mit einem kräftigen Händedruck: „Tag, Evchen. Lieb von dir, daß du den Peter besuchen kommst. Du mußt dem Bengel mal wieder ordentlich die Ohren langziehen, daß er nicht schon im Februar mit kurzen Hosen rumrennt. Auf mich hört er ja nicht, und dann wundert er sich, wenn er auf der Nase liegt." Eva entging nicht der sorgenvolle Zug in dem müden Gesicht Frau Zimmerfelds; trotz des scherzhaften Tones, unter dem sie ihren Kummer um den Sohn verbarg.

Eva kannte sehr gut die Familienverhältnisse bei Zimmerfelds, und oft genug schon hatte sie vermitteln müssen zwischen Mutter und Sohn, die bei jeder Gelegenheit hart aneinandergerieten. Heimlich bewunderte Eva Frau Zimmerfeld, die Tag und Nacht als Weißnäherin arbeitete, um Peter den Oberschulbesuch zu ermöglichen. Aber Peter brachte absolut kein Verständnis für ihre Arbeit auf, noch weniger dafür, daß die einsame Frau ab und zu das Bedürfnis hatte, sich mit ihm zu unterhalten – gerade dann natürlich, wenn er über einem physikalischen Problem brütete. Er war sonst ein herzensguter Kerl, aber solche Störungen konnte er nicht vertragen, fuhr die Mutter an und verfluchte sein Schicksal, das ihn dazu verdammte, mit ihr im gleichen Raum arbeiten zu müssen. Wenn er gute Laune hatte, malte er der abgerackerten Frau eine herrliche Zukunft aus, versprach ihr goldene Berge und träumte von umwälzenden Erfindungen, die er machen würde – und vergaß darüber, daß die Mutter ihn gebeten hatte, auf das teure Lehrbuch über Experimentalphysik zu verzichten, weil das Geld für ein neues Hemd angebrachter wäre.

Als Eva sich zur Schlafzimmertür wandte, hörte sie hinter sich schon wieder das Rattern der Nähmaschine, und als sie sich noch einmal umdrehte, sah sie den gebeugten Rücken der Frau mit müde hängenden Schultern. Da nahm sie sich vor, dem Peter wirklich einmal wieder „die Ohren langzuziehen", aber kaum hatte sie das Schlafzimmer betreten, richtete sich Peter in seinem Bett auf und breitete enthusiastisch die Arme gegen sie aus: „Eva, mein bestes Stück! Engel, Superweib! Komm in meine Arme, laß dich küssen, herrlichste der Frauen!"

Eva blieb stehen, tippte sich besorgt an die Stirn. Peter machte Miene, im Schlafanzug[55] aus dem Bett zu springen. Erschrocken stürzte Eva auf ihn zu und drückte ihn in die Kissen zurück, aber schon hatte Peter sie mit beiden Armen umklammert und küßte sie ab – wahllos ins Gesicht und auf den Hals, daß ihr der Atem verging. „Laß mich los, du verrücktes Huhn", lachte sie. Endlich gab Peter sie frei, und Eva fiel erschöpft auf das Bett, stöhnend vor Lachen. Dann sprang sie schnell auf und fuhr sich über das Haar. „Du hast doch einen großartigen Vogel, Peter!" Eva war noch ganz atemlos. „Dir ist deine Erkältung wohl auf das Gehirn geschlagen, was?" „Aber gar nicht", sagte Peter strahlend. „Ich freue mich bloß so blödsinnig – Herrgott, wie ich mich freue! Entschuldige, daß sich das so geäußert hat, aber ich wußte im Augenblick einfach nicht, was ich machen sollte vor Begeisterung."

„Nun sei mal schön still und deck dich ordentlich zu, alter Spinner!", sagte Eva zärtlich. „Und dann erzählst du dem Onkel Doktor erstmal, was dir fehlt –" „Nichtigkeit!", winkte Peter geringschätzig ab. „Bißchen Angina, und die hätte ich mir auch noch verkniffen, wenn ich gewußt hätte, was inzwischen in der Penne passiert. Mensch, daß ich nicht dabei war! Ich hätte den Leuten ja was erzählt, sage ich dir! Daß du den Mut gehabt hast, Eva! Du bist doch wirklich das Idealweib", setzte er feurig hinzu. „Ach, das arme Idealweib hat Pech gehabt, Peterchen." Bekümmert setzte Eva sich auf den Bettrand und ließ den Kopf hängen. „Mir ist gar nicht ideal zumute, sondern außerordentlich mies und traurig. Wanjuschka ist wohl heute mittag noch vorbeigekommen und hat dir alles erzählt, was?" „Klar", nickte Peter. „Und geschwärmt hat er von dir, das hättest du bloß mal hören sollen! Du hast dich ja fabelhaft benommen, Eva …" Fest drückte Peter ihre Hände, aber Eva entzog sie ihm mit abwehrendem Kopfschütteln. „Hat ja alles nichts genützt, Peterchen –"

Peter verstummte, sah sie von der Seite an. Eva schluckte. Da ließ auch er den Kopf hängen. „Na ja … Nimm es dir nicht so zu Herzen, wenn es auch schiefgegangen ist", fuhr er rascher fort. „Entscheidend ist doch, daß überhaupt einmal jemand den Mut gefunden hat, gegen alte Vorurteile anzurennen –"

„Denunziantin schimpfen sie mich", sagte Eva leise.

„Zum Teufel mit der Bande", knurrte Peter. „Hör nicht auf sie, Eva, die meisten stecken eben noch zu tief in ihren bürgerlichen Begriffen, so daß sie deine Handlungsweise nicht verstehen können." Nach einer Weile leiser: „Denunziantin … So. Klingt verdammt gemein: Denunziantin … Mach dir nichts draus, du hast noch Freunde, die fest auf deiner Seite stehen –", er zählte an den Fingern auf: „Wanjuschka, Walter, Wölfchen, na, und ich natürlich – und Küßchen und Übermut und Dr. Lange –[56] Na klar, und dein Schwarm, der Weiler, sollte mich wundern, wenn der dir nicht auch recht gibt. Und Hilde vielleicht –" „Na, na", machte Eva skeptisch. „Aber Erika Kiefner ganz bestimmt und überhaupt die meisten Laienspieler – ach, eine ganze Menge, du!"

Eva sah Peter an, lächelnd. „Glaubst du wirklich, daß es noch so viele sind?" Plötzlich erlosch das Lächeln. „Klaus ist von mir weggegangen –" „Gott sei Dank!", sagte Peter aus tiefstem Herzensgrunde. „Ich konnte dieses geistlose, fußballspielende Individuum sowieso nicht leiden – das war doch kein Freund für dich, Eva!" „Dieses geistlose, fußballspielende Individuum …", wiederholte Eva, und Peter konnte nicht recht aus ihrem Gesicht ablesen, ob sie empört oder traurig war. „Du hast recht, Peter", sagte Eva sehr ruhig. „Klaus war wirklich nicht der richtige Freund für mich."

Peter war überrascht. Ihre schnelle Zustimmung kam ihm unerwartet und machte ihn mißtrauisch. Tief holte er Atem: „Mensch, Schwarze, wenn du in dieser Beziehung auch noch vernünftig wirst, dann – also dann –" „Bitte, bitte, gerate nicht wieder in Ekstase", winkte Eva ab. „Ich meine, der Klaus war nicht der richtige Freund für mich, so wie er bis heute war. Da magst du recht haben. Aber vielleicht, vielleicht ändert er sich jetzt, gerade jetzt, nachdem er sich von der schlechtesten Seite gezeigt hat. Und dann wird vielleicht alles wieder gut –" Peter fiel auf sein Kissen zurück. „Ach, du heiliger Strohsack!" Er war völlig fassungslos. Als Eva ihm erstaunt den Kopf zuwandte, rang er mit komischem Pathos die Hände: „Eva, liebste, beste Eva, ich bitte dich um alles in der Welt, ich flehe dich auf Knien an: laß die Finger von deinem Klaus! Der Gedanke macht mich wahnsinnig, daß du noch immer dein Herz an diesen – Menschen hängst, an dieses –" „– geistlose, fußballspielende Individuum", vollendete Eva freundlich. Sie zuckte die Achseln: „Was soll man machen, Peter? Wenn man verliebt ist –" „Ach was, verliebt!", fuhr Peter Eva an. „Verliebt – daß ich nicht lache! Dagegen kann man ankämpfen, verstanden?! Mir könnte jedenfalls sowas nicht passieren – verliebt! Hahaha!" Peters Stimme war hohntriefend geradezu.

Eva malte mit der Fußspitze Kreise auf den Boden. „So. Hm … Übrigens soll ich dir von Erika Kiefner einen schönen Gruß bestellen …" „Was? Und das sagst du erst jetzt? Schwarze, du Ungeheuer! Einen Gruß von Erika? Wirklich und wahrhaftig von Erika einen schönen Gruß? Wann hat sie dir denn das bestellt? Heute? Oder schon gestern? Und –" Peter war rot geworden, aufgeregt, zupfte unruhig an seiner Bettdecke herum.

Eva sah ihn an, mit großen Augen. „Aber Peterchen, lieber Junge", flötete sie. „Was hast du denn auf einmal? Ist es denn eine so große Sache, wenn dir eine Schulkameradin mal einen Gruß bestellt?" „Schulkameradin!", brummte Peter. „Wie du das sagst: Schulkameradin! Als wenn Erika irgendeine x-beliebige –" „Nein, nein, natürlich nicht", beschwichtigte Eva. „Erika ist ja auch deine Partnerin in den ‚Eysenhardts' – entschuldige, daß ich das vergaß." Peter war verblüfft. „Aber das ist ja auch jetzt unwichtig", fuhr Eva sanft fort. „Wir sprachen eben vom Verlieben. Und du stelltest fest, mit Recht natürlich, daß dir sowas nicht passieren könnte –" Evas Stimme war honigsüß. Da begriff Peter und richtete einen anklagenden Blick gen Himmel. „Falschheit – dein Name ist Weib!" Mit einer resignierten Handbewegung: „Du hast mal wieder gewonnen, Schwarze …"

In ihr Gelächter klang ein Klopfen an der Tür, und gleich darauf traten zwei neue Gäste herein: voran Wanjuschka, hinterdrein – sehr zögernd und widerwillig – Georg. Sein schönes Gesicht war hochmütiger denn je, und seine schwarzen Brauen waren so finster zusammengezogen, als brächte er es nur mit der größten Überwindung fertig, zu Eva und Peter ins Zimmer zu kommen.

Eva wechselte einen Blick mit Peter, erhob sich dann schnell, scheinbar unbefangen und reichte Georg die Hand mit freudig aufleuchtenden Augen, denen Georg verlegen auswich. „Bitte, setzt euch!", forderte Peter die beiden Kameraden auf, und

Wanjuschka trug schnell zwei Stühle herbei. Unsicher blickten sich die vier untereinander an, bis Wanjuschka die Situation rettete und hastig etwas hervorstotterte, daß Georg ihn gebeten hätte, heute einmal an ihrem Literaturnachmittag teilnehmen zu dürfen, weil – Ja, warum? Das wußte Wanjuschka auch nicht, sondern konnte nur ahnen, was auszusprechen er sich scheute.

Georg hatte seine Verlegenheit überwunden, aber er war zu feinfühlig, um nicht die Befangenheit der drei Freunde ihm gegenüber zu spüren und als peinlich zu empfinden. Unerwartet für Eva legte Georg ihr die Hand auf die Schulter: „Ich bin vor allem deinetwegen gekommen, Eva." Georg stockte, fuhr aber dann freimütig fort: „Weißt du, es war nicht ganz leicht für mich, zu dir und zu euch zu kommen. Man muß dabei allerlei überwinden – jetzt. Ich brauche euch das nicht auseinanderzusetzen. Aber – was du getan hast, Eva, das hat mir gefallen. Wohl gemerkt –", und seine Stimme wurde wieder kühl, „– mit der politischen Seite der Sache bin ich nicht einverstanden, darüber brauchst du dich gar keinen Illusionen hinzugeben. Aber psychologisch interessiert mich das Ganze, denn meiner Meinung nach gehört Mut dazu, sehr viel Mut … Und, glaube ich, Idealismus und Begeisterungsfähigkeit."

Eva, Peter und Wanjuschka wußten nicht gleich, was sie darauf sagen sollten. Eva suchte nach einem Wort, fragte schließlich recht ungeschickt: „Und ich dachte immer, du könntest mich nicht leiden?" „Kann ich auch nicht", antwortete Georg. „Oder sagen wir: konnte ich bis jetzt nicht", verbesserte er sich gleich darauf. „Du bist außerordentlich anmaßend und für ein Mädchen viel zu politisch. Ich persönlich kann solche Art von Suffragetten nicht ausstehen."

„Dann verstehe ich nicht", sagte Eva etwas empfindlich, „warum du dich überhaupt für mich und meinen Fall interessierst."

„Ich versuchte doch eben bereits, dir das klarzumachen."
Georg wurde ungeduldig. „Wie gesagt, politisch ist mir deine Handlungsweise geradezu widerlich, aber rein menschlich
finde ich sie bewundernswert."

„So." Nachdenklich drehte Eva an ihrer Armbanduhr. „Übrigens kann ich dich verstehen. Ja." Nach einer kleinen Pause:
„Aber zu bewundern brauchst du mich nicht. Ich habe sogar
Angst vor diesem Schritt gehabt. Und jetzt ist mir auch nicht
gerade sehr heldenhaft zumute. Es ist nämlich nicht besonders schön, von der ganzen Schule, von all seinen Kameraden
‚Denunziantin‘ geschimpft zu werden –" „– mit einer gewissen Berechtigung", fiel Georg scharf ein. „Nun gut, in euren
und deinen Augen also mit einer gewissen Berechtigung. Aber
wenn dich das Ganze, wie du sagst, nur psychologisch interessiert, so muß ich dich enttäuschen, denn an mir wirst du
schwerlich ein Medium für deine seelenärztlichen Forschun-
gen finden." Mit leisem Spott: „Ich bin nämlich durch meine
Erziehung von Grund auf eine – Suffragette, wie du dich auszudrücken beliebst. Und Politiker, mußt du wissen, erst recht
aber Politikerinnen, sind alle mehr oder weniger Psychopa-
then, wie unser gemeinsamer Freund Sehning uns kürzlich
klarzumachen versuchte. Im Ernst –" Eva stand auf und trat
ans Fenster. Sie hatte den Kameraden den Rücken zugewandt
und sprach gegen die Fensterscheibe, die Stirn ans Fensterkreuz gelehnt. „– wenn du mich fragst, woher ich den Mut
genommen habe, so muß ich dir die Enttäuschung bereiten,
zu sagen, daß meine Tat nur den von dir so abgelehnten politischen Motiven entsprang. Man muß lernen, sich selbst und
seine menschlichen Ängste und Rücksichten zu überwinden.
Ich glaube an eine Idee, siehst du –" Sie wandte sich mit einem
Ruck um und sah Georg, Peter und Wanjuschka mit Augen an,
aus denen das Feuer echter Begeisterung strahlte. „Ich käme
mir feige und niedrig vor", sagte Eva stolz, „wenn ich nicht
den Mut und die Kraft hätte, um dieser Idee willen den Spott

und den Haß und die Verständnislosigkeit meiner Umgebung zu ertragen. ‚Das Kostbarste, was der Mensch besitzt, ist das Leben. Er soll es einsetzen für die Befreiung der Menschheit‘, sagte Ostrowski. Ich bin stolz, wenn ich nur einen kleinen Teil meines persönlichen Wohlergehens für dieses Ziel opfern darf. Und wie gering ist dieses Opfer gegen das, was die Menschen gebracht haben, die meine höchsten Vorbilder sind! Denkt nur an die Geschwister Scholl, an Grete Walter, an Hanno Günther, an die Junge Garde – an die unendliche Zahl junger Kämpfer, die in der ersten Reihe gestanden haben, die wirklich ihr Kostbarstes, ihr Leben, für die Befreiung der Menschheit eingesetzt und hingegeben haben. Und mit solchen Menschen und Taten vor Augen sollte ich davor zurückschrecken, ein paar menschliche Bindungen zu zerreißen und das persönliche Glück einer Freundschaft zu opfern – wenn es auch weh tut?"

Nach Evas letzten Worten lag eine fast feierliche Stille über dem kleinen Raum. Peter und Wanjuschka hatten die Köpfe zu der Freundin erhoben, Georg aber starrte regungslos zur Erde. Eva tat einen Schritt auf Georg zu und legte ihm die Hände auf die Schultern. „Vielleicht wirst du mich eines Tages doch mal verstehen können, Georg", sagte sie eindringlich, „– auch ohne Psychologie. Du mußt nur erst länger in unserem Kreise sein, denn Peter und Wanjuschka denken genau so wie ich, nicht wahr?" Die beiden nickten.

Georg sah zu Eva auf. „Ich – also wirklich –", er suchte nach Worten, „– ich würde mich freuen, wenn ich öfter mal zu euren Nachmittagen kommen könnte –" „Aber immer", sagte Peter herzlich.

Wanjuschka nickte eifrig. „Na klar, Georg, wir sind froh über jeden guten Freund, der zu unserem Kreis gehört. Du brauchst keine Angst zu haben, daß wir hier politische Propaganda treiben wollen, um dich auch ideologisch auf unsere Seite zu ziehen. Wir lassen lieber Taten sprechen, wovon dir Eva ja ein Beispiel geliefert hat. Im übrigen sind wir hier zu einer Art Literaturzirkel versammelt, in dem wir für jeden Nachmittag ein bestimmtes Thema, das uns noch schwierig und unklar erscheint, auswählen und darüber debattieren, wobei wir allerdings immer vom Hundertsten ins Tausendste kommen. Für heute habe ich den Paul Reimann mitgebracht, ,Über realistische Kunstauffassung'",– er nahm das Buch aus seiner Mappe und legte es auf Peters Bettdecke, „damit wir uns einmal über ein von ihm zitiertes Wort Goethes unterhalten können." Wanjuschka griff nach dem Buch und schlug eine Seite auf, die durch ein Lesezeichen gekennzeichnet war. „Paßt auf! Goethe sagt: ,Es ist ein großer Unterschied, ob der Dichter zum Allgemeinen das Besondere sucht oder im Besonderen das Allgemeine schaut.' Bis dahin erstmal – kapiert ihr das?"

„Lies noch einmal vor", forderte Peter. „Beim ersten Mal kriegt man das nicht gleich mit." Wanjuschka las die betreffende Stelle noch einmal vor, wobei er sich bemühte, klar und ohne Anstoßen zu sprechen. „Ich glaube", rief Eva lebhaft, „damit will er so ungefähr dasselbe sagen wie Engels, wenn er die Gestaltung von typischen Charakteren in typischen Situationen fordert." Peter stimmte bei, Georg widersprach – und bald waren die Vier in eine hitzige Debatte verwickelt, in der jeder seine Ansicht zu verteidigen und mit Beweisen zu belegen versuchte.

Bald darauf kamen auch Walter und Wölfchen und stürzten sich ohne große Begrüßungsreden ins Kampfgetümmel. Zwar waren beide erst in der 11. Klasse, hatten sich aber beim Aufbau der Laienspielgruppe so hervorgetan, daß Eva und Peter auf sie aufmerksam geworden waren und sie in ihren Kreis gezogen hatten. Wölfchen, ein großer, schlanker Junge, war erst 15 Jahre alt, aber weit über sein Alter hinaus reif und vor allem belesen, und Walter, rundlich und ein bißchen asthmatisch, war der Musensohn des Kreises. Auch nach außen hin repräsentierte er den jungen Dichter durch eine dicke Hornbrille, wehende Krawatten und eine keß aufs Ohr gedrückte Baskenmütze –

„Dramaturgendeps" hieß das kostbare Stück in der ganzen Schule.

Wie Wanjuschka vorausgesagt hatte, kamen sie vom „Hundertsten ins Tausendste", und Georg war heimlich erstaunt, mit welcher Geläufigkeit die Freunde über Merkmale und Forderungen des sozialistischen Realismus, über Literaturkritiker und literarische Epochen sprachen, von denen er bestenfalls eine schwache Ahnung aus dem Deutschunterricht hatte. Mehr noch bewunderte Georg die leidenschaftliche Überzeugungskraft, mit der jeder einzelne seine Ansicht verteidigte, die umfassende Kenntnis von Werken aus allen Zeiten der Literaturgeschichte, mit denen sie ihre Behauptungen belegten, vor allem aber die Achtung, die jeder vor der Meinung des anderen hatte. Zwar kam es auch einmal vor, daß einer aufsprang und den Nachbarn sehr energisch an die Stirn tippte oder daß ein saftiges zoologisches Kosewort in die Unterhaltung geworfen wurde, aber diese wenigen Ausbrüche hatten nie etwas Verletzendes, wurden auch von keinem so aufgefaßt. Der schweigsame Georg merkte, während er die anderen aufmerksam beobachtete, daß diese fünf jungen Leute, so verschieden sie auch sein mochten, das feste Band einer tiefen und aufrichtigen Freundschaft zusammenhielt.

Wenn Georg es sich recht überlegte, mußte er zugeben, daß das, was er hier sah, durchaus nicht den kleinen Schulfreundschaften ähnelte, die unter Jungen und Mädchen so schnell geschlossen und ebenso schnell – oft um einer Lappalie willen – wieder gelöst werden. Und plötzlich glaubte Georg zu wissen, warum keiner der Freunde ein Wort des Vorwurfes oder gar der Verachtung für die „Denunziantin" hatte, mehr noch: warum ein jeder von ihnen allen Redereien, allem Spott und allem Haß zum Trotze Eva treu zur Seite stehen würde – in selbstverständlicher Billigung ihres Schrittes. Durchaus nicht jeder der Fünf war eine Kämpfernatur, aber sie alle, das hörte Georg aus jedem ihrer Worte heraus, waren glühende

Marxisten, und die Gemeinsamkeit ihrer Idee schmiedete sie zusammen.

Es war schon fast 9 Uhr, als sie sich von Peter verabschiedeten. „Morgen komme ich wieder zur Schule", versprach Peter. „Ihr habt mein altes Herz wunderbar erquicket – seid bedankt, ihr edlen Herren! Und wenn ich an den Sehning und an diese Versöhnler, diese laue Kommission, denke, dann bin ich überhaupt schon vor Wut wieder gesund!" Und wirklich, krank sah er nicht mehr aus, denn seine Wangen glühten genau so wie die der anderen.

Sie gingen durch die Wohnküche. Frau Zimmerfeld saß noch immer an ihrer Nähmaschine, mit gebeugtem Rücken, und unter ihren Händen glitt der Stoff wie etwas Lebendiges über den Tisch. Eva sah die Schatten unter ihren Augen, und es fiel ihr schwer auf's Herz, daß sie ihr Versprechen nicht gehalten und ein ernstes Wort mit Peter gesprochen hatte.

Unterwegs fiel kein Wort über das Geschehen in der Schule, sondern das Gespräch kreiste noch immer um die Themen des Nachmittags.

An der Ecke der August-Bebel-Straße reichte Eva den Jungen die Hand. Bevor noch die anderen ihre Begleitung anbieten konnten, fragte Georg mit einer leichten Verbeugung: „Gestattest du, daß ich dich nachhause begleite?" „Gerne", nickte Eva. „Auf der Promenade ist es immer ein bißchen unheimlich." Höflich bot Georg ihr den Arm. „Danke." Eingehakt gingen sie weiter.

Georg schwieg. Er war ein junger Mann mit tadellosen Manieren, aufgewachsen in einer gepflegten Umgebung, die ihm die beste Erziehung angedeihen ließ. Damen gegenüber – für ihn existierten überhaupt nur Damen – war er der vollkommene Kavalier und behandelte sie mit einer Höflichkeit, die an die Galanterie vergangener Zeiten grenzte. Mit jedem anderen Mädchen hätte Georg glänzend Konversation gemacht, in jenem leichten, überlegenen Plauderton, der ihm für solche

Gelegenheiten immer zu Gebote stand. Doch wäre er sich selbst läppisch vorgekommen, wenn er mit diesem Mädchen dieselben liebenswürdig belanglosen Worte gewechselt hätte, wie mit irgendeiner anderen jungen Dame seiner Bekanntschaft. Georg empfand unklar, daß Eva anders war als diese Mädchen, anders vor allem als seine Freundin Margrit, dieses niedliche Geschöpfchen, das bei jedem Wort aus seinem Munde ihre seelenvollen Vergißmeinnicht-Augen hingebend zu ihm aufschlug und bedingungslos allem zustimmte, was er sprach oder tat.

Heimlich sah Georg Eva von der Seite an. Eigentlich war sie ja eine – Suffragette, und sie würde bestimmt niemals das bequeme, zärtlich verwöhnte Spielzeug eines Mannes werden, nein, sie wäre wahrscheinlich sogar eine sehr unbequeme, aufregend eigenwillige Frau – aber gerade das fesselte ihn und ließ Margrits süße Blondheit dagegen plötzlich fade und langweilig erscheinen. Georg versuchte sich vorzustellen, Margrit spräche die feurigen Worte, die Eva an ihn gerichtet hatte – vorhin, bei Peter, als sie am Fenster gestanden und die Gründe für ihre Handlungsweise zu erklären versucht hatte. Natürlich teilte er ihre politische Überzeugung gar nicht, aber irgendetwas sagte ihm, daß eine Idee, die solche Menschen gestaltete, wie die fünf Freunde, in deren Verhältnis zueinander er heute nachmittag hatte Einblick nehmen können, zumindest doch wert sei, darüber nachzudenken.

Eva war zu sehr mit ihren eigenen Gedanken beschäftigt, als daß ihr Georgs Schweigsamkeit aufgefallen wäre. Sie war ganz überrascht, schon zuhause zu sein, als sie vor ihrer Haustür Halt machten.

„Schönen Dank für deine Begleitung", sagte Eva. „Es war mir ein Vergnügen", murmelte Georg, aber gleich darauf ärgerte er sich über diese alberne Phrase. Unschlüssig standen sie sich einen Moment gegenüber, dann sagte Eva ihm „Gute Nacht" und wollte ins Haus gehen. Georg aber behielt ihre Hand in seiner. Eva glaubte, seine Gedanken zu erraten. „Wir treffen uns am nächsten Freitag wieder bei mir", sagte sie lächelnd. „Wir würden uns freuen, wenn du wieder kämst."

„Danke", sagte Georg. Noch immer hielt er Evas Hand fest. Plötzlich: „Wenn ich auch deine politischen Ansichten nicht verstehen kann – noch nicht –", verbesserte er sich, „eins verstehe ich schon: warum du Freunde hast, solche Freunde –" Georg unterbrach sich, hatte das Gefühl, schon zu viel gesagt zu haben.

„Ich bin sehr glücklich, daß ich sie habe", sagte Eva ernst. „Vielleicht wäre es sonst manchmal zu schwer –"

„Findest du nicht, ich könnte in eurem Kreise stören? Wir kennen uns schon jahrelang als Schul- und Klassenkameraden, und heute kam es mir vor, als hätte ich ganz andere, neue Menschen vor mir …"

„Du wirst uns kennenlernen", sagte Eva. „Und ich glaube, wir werden uns verstehen."

7. Kapitel

Bg., den 28.2.1951[57]

Meine Stellung als Gruppensekretärin in unserer Klasse wird nahezu unhaltbar. Ich mache mir da nichts mehr vor. Natürlich sagen sie nichts davon, daß sie mich absetzen wollen, weil sie ganz genau wissen, daß ihnen die Zentrale Schulgruppenleitung dann schwer auf den Kopf kommen würde – denn was können sie schon gegen mich vorbringen? Daß ich den Sehning angezeigt habe, wird mir bei den fortschrittlichen Sekretären sogar als Plus für meine Wachsamkeit angerechnet, und auf einem richtigen Fehler kann mich die Klasse nicht fassen, so gern sie es wohl auch alle möchten. Mein Gott, wie soll das bloß weitergehen? Es ist erst ein paar Tage her, seit die Sache mit Sehning passiert ist, und schon jetzt habe ich manchmal das Gefühl, ich könnte es nicht länger aushalten. Ich bin oft so müde und verzweifelt …

Bg., den 2.3.1951[58]

Ich halte es nicht mehr aus. Ich habe alles so satt. Es wird von Tag zu Tag schlimmer in der Klasse und in der ganzen Schule. Wie sie mich alle ansehen! Oder nein, sie sehen mich gar nicht einmal an, sondern über mich hinweg, als wäre ich gar nicht vorhanden. Diese schweigende Verachtung ist schwerer als alles andere zu ertragen. Nur der Ulli zeigt mir offen seinen Haß. Ich glaube, wenn er könnte, wie er wollte, dann würde er mich am liebsten erwürgen oder vom Balkon runterwerfen oder sowas.

Ich sitze jetzt nachmittags oft stundenlang und starre vor mich hin. Was ich dabei denke? Eigentlich gar nichts, glaube ich. Wenn ich es merke, daß ich wieder so untätig herumgesessen habe, möchte ich mich selbst ohrfeigen. Ich warte auf

171

irgendetwas und weiß doch selbst nicht einmal, worauf ich denn eigentlich warte. Vielleicht darauf, daß Klaus mal wieder vor meinem Fenster pfeift. Ich zucke jedesmal zusammen, wenn ich in der Ferne jemanden pfeifen höre. Dann glaube ich immer, gleich müßte er unten am Gartenzaun stehen und mit seinem frechen Lausbubenlachen zu mir raufschauen. Aber er ist es nie.

Am schlimmsten ist es des nachts, wenn ich im Bett liege und noch Musik höre. Dann habe ich solche Sehnsucht nach ihm, daß es richtig körperlich schmerzt, daß ich in die Kissen beißen muß, um nicht laut zu schreien. Und wenn ich dann am anderen Morgen sein eisiges Gesicht sehe, mit dem er nur so eben ein „'n Morgen" zwischen den Zähnen durchquetscht[59] – nur ja kein Wort mehr! –, dann könnte ich ihn wieder hassen, glühend hassen. In solchen Augenblicken möchte ich mich am liebsten vor seinen Augen einem anderen in die Arme werfen, nur um zu sehen, ob sein Gesicht dann auch so eisig bleiben würde, und um ihm zu beweisen, daß er mir völlig gleichgültig ist. Der soll sich bloß nichts einbilden …

Bg., den 3.3.1951[60]

Wenn mir nicht meine wenigen Freunde geblieben wären, gegen die ich auch von Tag zu Tag vor lauter Erbitterung immer ungerechter werde, dann würde ich Schluß machen vor Verzweiflung. Das Elend steht mir nachgerade bis zum Halse. Und das soll noch tagelang so weitergehen? Ach was, Wochen, Monate wird es noch dauern – bis zum Abitur, bis ich endlich nach Berlin[61] gehe zum Studium.

Und dann der Sehning! Er scheint mir gar nicht böse zu sein, im Gegenteil: ganz freundlich ist er zu mir, ganz duldsam – weil er weiß, daß das seine stärkste Waffe gegen mich ist. Und ich höre es ja schon, wie die Empörung gegen mich mit jedem netten Wort von ihm lauter wird, wie sie alle seinen edlen Charakter preisen, und manchmal sieht es auch beinahe so aus, als hätte er ihn. Aber er lügt. Oh, verdammt, wie der Kerl lügt und heuchelt! Er weiß ja, daß er damit seine Macht immer mehr festigt, und daß sie bedingungsloser als je auf ihn hören. Und dabei wird seine reaktionäre Haltung von Tag zu Tag offener, seine Worte werden immer deutlicher. Kein Wunder, er muß sich ja jetzt sicher fühlen!

Klaus hat sich von mir weggesetzt. Seit zwei Jahren schon sitzen wir an einem Tisch, und jetzt hat er sich weggesetzt, ganz in den Hintergrund, damit er mich ja nicht mehr zu sehen braucht. Er hat sich extra vom Hausmeister einen anderen Tisch in die Klasse bringen lassen. Das hat mich tief gekränkt. Und dann das schadenfrohe Grinsen von den anderen …

Wanjuschka wollte sich zu mir setzen, aber ich habe es ihm verboten. Erstens kann er Bello nicht verlassen, mit dem er seit fast 4 Jahren zusammen ist, und außerdem möchte ich nicht, daß sie über ihn auch noch herfallen. Es wird schon genug über Wanjuschka geredet.

Übrigens freue ich mich sehr über Georg. Erst hat er mich immer mit Glacé-Handschuhen angefaßt, als wenn ich eine große Dame der haute volée wäre, aber allmählich gewöhnt er sich an unseren Kreis und unseren Ton und verspricht, ein guter Kamerad zu werden.

Bg., den 6.3.1951[62]

Georg hat mit Margrit Schluß gemacht. Gott sei Dank! Dieses süße Püppchen war wirklich nichts für ihn. Ein fester, guter Kern steckt in ihm, und der kommt, je öfter er mit uns zusammen ist, immer mehr zutage.

Der weibliche Teil der Klasse, der mit Margrit befreundet ist, ist mir nun natürlich noch mehr spinnefeind, weil sie alle denken, ich hätte dem Goldgeschöpfchen seinen Freund abspenstig gemacht. Es gibt eben Leute, die sich nicht vorstellen können, daß man auch als Mädchen eine gute Freundschaft

mit einem Jungen pflegen kann – auch ohne erotische Rand-
verzierungen.

Georg glaubt immer fester an uns und an mich, und schon
um seinetwillen zeige ich nichts von der großen Mutlosigkeit,
die mich oft erfüllt.

Wenn Eva sich einbildete, niemand als ihr Tagebuch wüßte
davon, wie es in ihr aussah, so mußte sie bald feststellen,
daß sie sich geirrt hatte, daß es unter ihren Kameraden zumindest einen gab, der zu scharf sah, um nicht die kleinsten
Veränderungen an ihr zu bemerken.

Eines Tages traf Peter sie im Schulflur und faßte sie ohne
Umstände unter. Eva wollte sich losreißen mit einem Blick
auf Dr. Lange, der am Treppengeländer lehnte, aber Peter
schüttelte den Kopf: „Seit wann hast du Angst, deine Freunde
umzufassen, wenn ein Pauker in der Nähe ist?" Forschend sah
Peter sie an: „Eva, Schwarze, du hast dich doch verdammt
verändert, seit – seit damals, mit dem Sehning ..." Als Eva
schweigend die Achseln zuckte, versuchte Peter ihr ins Gesicht
zu sehen. Eva wandte den Kopf ab. Da schleppte Peter Eva
gewaltsam fast in seine Klasse.

Der Raum war leer, die Kameraden spazierten unten auf
dem Hof herum. Die Fensterflügel waren weit geöffnet, und
frische Jungen- und Mädchenstimmen schallten von unten
herauf, verschmolzen zu einem frohen Summen, aus dem sich
hier und da ein spitzer Schrei hob, das helle Lachen eines
Mädchens, der betont rauhe Zuruf eines Jungen. Eva schloß
mit einem Ruck das Fenster. „Aus dem Fenster hier haben wir
mal den Enten von der Hausmeisterin Tinte auf den Rücken
gegossen, weißt du noch?", sagte Eva ohne Freude. „Putzig
haben die blauen Dinger ausgesehen ..."

Eva setzte sich auf den Tisch des Lehrers. Ein einzelner
magerer Sonnenstrahl stahl sich durch die Scheiben und hüpfte
auf der Wandtafel, zwischen logarithmischen Berechnungen.

„Bitte, fang an", sagte Eva ruhig. „Was, womit?", fragte Peter verwirrt. „Nun, ich vermute, du willst mir eine Moralpauke halten, weil ich so – anders geworden bin –" „Eva!" „Ja?" Peter war ganz hilflos. Evas Gesicht war kühl, sehr höflich die Geste, mit der sie sich ihm zuwandte. Peter spürte plötzlich stärker als je in den letzten Tagen, daß Eva auf dem besten Wege war, ihm und ihrem Kreis fremd zu werden. Daß sie seltener lachte, nahm ihr wahrhaftig keiner übel, daß sie stiller geworden war, oft aus tiefen Gedanken aufschreckte, wenn man sie anredete, daß dann auf einmal wieder Augenblicke kamen, in denen sie eine wilde Ausgelassenheit überfiel, daß ihre übersprudelnde Laune alle mitriß in einen tollen Wirbel von Lustigkeit – für all das hatten sie Verständnis. Aber die glatte Kühle, mit der Eva sich in letzter Zeit gegen alle, selbst gegen ihre besten Freunde, wappnete, beunruhigte Peter, weil sie ihrem Wesen widersprach.

„Ich will dir gar keine Moralpauke halten", sagte Peter beinahe böse. „Du weißt genau, daß mir sowas nicht liegt. Aber – Herrgott! – du bist eben so anders geworden, so fremd … Du entgleitest uns. Versteh mich doch. Wir wollen dir helfen. Du jammerst nicht und du klagst nicht, und doch kommt es mir vor, als wenn du innerlich todunglücklich bist, wenn du es auch nach außen nicht zeigst. Spiel mir doch kein Theater vor, Eva! Deine ganze Haltung ist nicht mehr Stolz und Tapferkeit gegen das Unrecht, das man dir antut, sondern nichts als Trotz und Hochmut und eisige Kälte. Das ist immerhin ein großer Unterschied, nicht wahr? Sag doch ein Wort. Eva, setz nicht unsere Freundschaft auf's Spiel –"

Eva hatte Peter mit keinem Wort unterbrochen, war nur aufgestanden und ging mit großen Schritten in der Klasse auf und ab. Endlich hob sie den Kopf, und Peter erschrak vor dem Ausdruck von Hoffnungslosigkeit, der auf Evas Gesicht lag, aus dem schärfer als sonst die Backenknochen hervorsprangen. Eine steile Falte hatte sich zwischen ihren Brauen eingegraben.

„Nett von dir, Peterchen, daß du dir solche Sorgen um mich machst …" Peter horchte angstvoll auf einen vertrauten warmen Klang in ihrer Stimme. „Aber siehst du, du kannst mir nicht helfen –"

„Ach, ich weiß schon", unterbrach er sie. „Worauf läuft letzten Endes dein ganzer Kummer raus? Deinen dummen Klaus kannst du nicht vergessen, diesen blöden Bengel. Mensch, wenn ich den mal verprügeln könnte!"

Eva versuchte zu lächeln. „Ach, nein, Peter –"

„Ach, nein, Peter!", äffte er ihr nach. „Ach, doch, Eva! Kannst diesen Feigling nicht vergessen, läufst ihm nach, während der schon längst eine andere hat –" „Das ist nicht wahr", sagte Eva erstickt.

„Und doch ist es wahr! Alle wissen es, bloß du nicht, weil du mit Scheuklappen vor den Augen durch die Schule läufst!"

Peter sah zu Eva hinüber. Mit weißem Gesicht lehnte Eva an der Wand. Sie tat ihm leid, aber er dachte: „Lieber jetzt einen schmerzhaften Schnitt, als daß sie sich langsam damit kaputtmacht." „Die kleine Irmgard Scholz aus der 11a hat er, damit du es nur weißt – diese Rotblonde, Rundliche –"

„Er hat schon immer eine Vorliebe für üppige Frauen gehabt", sagte Eva mit einem schiefen Lächeln.

Peter deutete das Lächeln falsch und klopfte Eva ermunternd auf die Schultern: „Na also, mach dir jetzt keine Gedanken mehr um den Kerl und laß ihn sausen. Lach über deine ‚große Liebe' und sei wieder unser lieber, kleiner Kamerad wie zuvor." In einer Anwandlung von Rührung strich Peter Eva über das Haar, das kurzgeschnitten war wie bei einem Jungen. „Sei vernünftig, Schwarze! So eine wie du findet doch jeden Tag einen anderen – und einen besseren, als so einen dummen Bengel, stimmts?"

„Sicher." Eva nickte. Peter begleitete sie hinaus, froh und ein bißchen erstaunt über ihre Einsicht.

An demselben Abend sah Wanjuschka Eva am Arm eines
großen, schwarzhaarigen jungen Mannes, mit dem sie über
den Marktplatz ging. Mit ein paar Sätzen war er ihr nach,
holte sie gerade noch am Fuß der Treppe zur HO-Gaststätte
ein. „Eva!", rief Wanjuschka gedämpft. Eva und ihr Begleiter
sahen sich um. Wanjuschka blickte eine Sekunde lang in die
blauen Augen des jungen Mannes, die unter langen Wimpern
ganz dunkel erschienen, und in Evas böse schwarze Augen. Eva
streifte Wanjuschka nur mit einem kurzen Blick und wandte
sich dann demonstrativ mit einer leichten Schulterdrehung ab.

„Aha, auch gut", dachte Wanjuschka beleidigt. „So also
ist sie …" Die Hände in den Hosentaschen schlenderte er
nachhause. Er wollte Eva böse sein, denn zu deutlich war
die Abweisung gewesen, aber Wanjuschka mußte plötzlich
denken: „Nein, so ist sie nicht. Das ist eben das Schlimme …
Wer mag wohl der Kerl sein? Gut sieht er aus, daran ist nicht
zu tippen. Eva scheint sich schnell getröstet zu haben." Wanjuschka pfiff vor sich hin. „Komisch, dieses Mädchen – bringt
sich erst um wegen ihrem Klaus, und ein paar Tage später haut
sie mit einem anderen ab. Komisch, sehr komisch …"

Als Eva nach einer durchtanzten Nacht mit dem Schwarzhaarigen nachhause ging, wünschte sie, recht viele Leute hätten
sie zusammen gesehen und würden es morgen Klaus erzählen.
Vielleicht würde er sich ärgern … Vor der Haustür wollte
der Schwarzhaarige Eva küssen. „Laß mich los, Dieter", sagte
Eva matt, ohne ernsthafte Abwehr. Dann ließ sie sich küssen.
„Du bist süß, kleine Eva", flüsterte Dieter ihr ins Ohr. „Ach,
pfui Teufel", dachte Eva plötzlich und reichte ihm die Hand.
Dieter war erst verletzt über den unvermittelten Abschied,
aber da er alles an Eva „süß" und „eigenartig" fand, zog er
es vor, auch diese Plötzlichkeit ihres Abschiedes eigenartig,
liebenswürdig eigenartig, zu finden. „Wann darf ich dich
wiedersehen?", fragte Dieter und hielt Evas Hände fest. Sie

zuckte die Achseln. „Vielleicht treffen wir uns mal wieder zufällig", sagte sie und schloß die Tür.

Dieter blieb verblüfft draußen stehen. „Hübsch ist er ja", dachte Eva, während sie die Treppe hinaufstieg, „und vor allem hat er schöne Augen. Aber er ist mir zuwider – so süßlich, wie er spricht … Und seine Blicke! Als wollte er einen am liebsten verschlingen vor lauter Verliebtheit … Nein, morgen gehe ich mit Jochen aus, mit diesem blonden Ingenieur. Der hat mich lange genug schon drum gebeten. Jochen hat so helle Augen, beinahe wie Klaus." Ganz ruhig dachte sie das, ganz oberflächlich, wie man denkt: „Morgen ziehe ich ein anderes Kleid an, das mit den hellen Tupfen …"

In ihrem Zimmer sah Eva in den Spiegel, studierte sehr gründlich ihr Gesicht. Was hatte Peter gesagt? So eine wie du findet doch jeden Tag einen anderen … Richtig, das hatte er gesagt. Aber schwerlich hatte er es wohl so gemeint, wie sie es jetzt auslegte. Eva lachte – und war im gleichen Augenblick selbst erschrocken über dieses gemeine Lachen. Ihr Gesicht war ganz schlaff vor Müdigkeit und Ekel. Jetzt war ihr Gesicht gar nicht mehr so hübsch wie vorher. Blaß war es, von der gelben Blässe braunhäutiger Menschen, mit tiefen Schatten unter den Augen und einem fremden Zug um den Mund.

Als Eva ins Bett ging, fiel ihr ein, daß sie Mathe nicht gemacht hatte. „Egal", dachte sie, „kapiere ich ja doch nicht. Ist überhaupt alles egal …"

Wanjuschka erwischte Eva gerade noch zwischen Tür und Angel, bevor sie mit der Mappe unter dem Arm nachhause ging. Er hatte sie den ganzen Vormittag über gemieden, aber etwas in dem übernächtigten Gesicht Evas hatte ihm keine Ruhe gegeben. Als er in der Mathestunde Dr. Langes besorgten Blick sah, mit dem dieser[63] Eva streifte, ohne ein Wort des Vorwurfs, weil sie keine Hausarbeiten gemacht, sich nicht einmal bemüht hatte, sie zu lösen, da hatte Wanjuschka sich vorgenommen, seinen Ärger zu überwinden und mit Eva zu sprechen.

Der Blick, mit dem Eva Wanjuschka maß, war nicht sehr ermutigend. „Was willst du denn noch? Ich habe es eilig." Wanjuschka schluckte diese neue Demütigung herunter und sagte: „Entschuldige, Eva, aber ich mache mir ein bißchen Sorgen um dich." „So, du auch?" „Ja, ich auch, meine Beste. Weißt du was? Du siehst vergammelt aus, jawohl, richtig vergammelt, wie nach einer tollen Nacht." „Hans!", sagte Eva scharf. Wanjuschka hatte plötzlich alle Höflichkeit und Rücksichtnahme vergessen und stotterte vor Erregung. „Pfui, Teufel, Eva, was machst du bloß aus dir! Treibst dich da mit irgendeinem Kerl herum –" „Das ist kein Kerl", unterbrach Eva heftig, „das ist ein junger Lehrer aus der Grundschule." „Was der ist, interessiert mich einen Dreck, verstanden?! Ausschlaggebend ist, daß du dich mit dem rumtreibst und keine Schularbeiten machst, gerade wo du es in Mathe so nötig hast. Statt daß du fürs Abi arbeitest, gehst du mit irgendeinem Burschen tanzen –" „Na, und?" Eva zuckte nachlässig die Achseln. „Was ist denn dabei? Er ist doch ein hübscher Kerl, nicht wahr?"

Ihre Ruhe machte Wanjuschka toll. „Stell dich doch nicht verdorbener, als du bist! Jammerst erst um deinen Klaus, und dann läßt du dich ein paar Tage später von einem anderen abknutschen –" Eva lachte ihm offen ins Gesicht. „Warum denn nicht? Er hat einen hübschen Mund, und außerdem küßt er gut –" Wanjuschkas blaue Augen wurden ganz dunkel vor Zorn. „Das ist ja ekelhaft, Eva! Na, mach, was du willst, mir kann es schließlich egal sein, was aus dir wird. Aber das muß ich schon sagen: eine derartige Haltung, eine solche Charakterschwäche habe ich bei dir zuletzt erwartet. Es ist schon schlimm genug, wenn ein Mensch seinen Glauben verliert, aber es gibt nichts Schlimmeres, als wenn er damit auch sich selbst verliert." „So", sagte Eva, aber zugleich traf Wanjuschka ein Blick, daß er einen Moment stutzte.

Wanjuschka ging schnell, ohne sich umzusehen. „Ich werde heute abend nicht mit Jochen zum Tanzen gehen", dachte Eva.

Am Nachmittag war Funktionärssitzung. Eva saß neben Petja, dem Org.-Leiter, schräg hinter ihnen der Chefredakteur Klaus. Lutz hatte die Sitzung gut vorbereitet, so daß alle Punkte schnell erledigt wurden. Eva schrieb nur mechanisch mit. Sie war müde. Beim letzten Punkt, „Verschiedenes", meldete sich Wanjuschka zu Wort (der häufig aus Interesse an den Sitzungen teilnahm). Eva hörte nicht auf seine Worte, sondern malte stattdessen Männchen auf ihr Notizbuch. Auf einmal riß es ihr den Kopf hoch, denn eben fiel ihr Name. Eva horchte auf, hörte Wanjuschka sagen: „Damit hat Eva in unverantwortlicher Weise unsere Kulturarbeit sabotiert. Bitte, fragt sie selbst, wie weit sie mit ihrem Kulturprogramm ist!" Wanjuschka setzte sich.

Lutz, der 1. Sekretär der Schulgruppe, sah streng zu Eva hin-über. „Bitte, Eva, gib einen kurzen Rechenschaftsbericht über die Fortschritte unseres Kulturprogramms, das bekanntlich in einer Woche stattfinden soll."

Eva stand auf, rot vor Scham und Wut über ihre Niederla-ge, stammelte hilflos herum. „Keine Ausflüchte", unterbrach sie Lutz. „Steht das Programm in einer Woche oder nicht?" „Nein", sagte Eva leise. „Das ist ja interessant, meine Dame", fuhr Petja giftig heraus, aber Lutz verwies ihm mit einer Be-wegung sein Dazwischenreden: „Du hast dich nicht zu Wort gemeldet, also halt, bitte, den Mund!" Petja setzte sich, mit verkniffenem Mund.

Lutz fuhr ruhig fort, an Eva gewandt: „Das heißt also, du hast das Laienspiel noch nicht eingeübt und dem Chorleiter noch keine Lieder angegeben?" Eva schüttelte stumm den Kopf. Auf der hohen Stirn von Lutz erschien eine kleine Falte. „Ich sehe ein, daß deine Situation im Moment nicht einfach ist, aber das ist keine Entschuldigung für deine Bummelei, Eva."

Wieder erhob Wanjuschka die Hand. „Ich stelle den Antrag, Eva von der FDJ einen Verweis zu erteilen wegen ihrer Pflichtvergessenheit." Da sah Eva zum ersten Male zu Wanjuschka hinüber, und sie begegnete seinen Augen, die ernst und voll auf ihr ruhten. Da verstand sie und richtete sich aus ihrer müden Haltung auf. „Hans hat recht. Ich habe den Verweis verdient, denn wir werden durch meine Nachlässigkeit den Kulturabend bis Ende März verschieben müssen."

Lutz hatte ein ganz sachtes Lächeln auf dem schmalen Mund, als er sich an die anderen wandte: „Und eure Meinung dazu, Freunde?"

In der Diskussion sprachen sich die meisten Funktionäre gegen eine so harte Maßnahme wie einen Verweis aus, da Eva bisher ihre Arbeit vorbildlich geleistet hätte, und waren für eine Verwarnung. Bei der Abstimmung hoben nur zwei die Hände bei der Frage, wer für einen Verweis wäre: Wanjuschka und Petja.

Nach der Sitzung bat Wanjuschka Eva, sie nachhause bringen zu dürfen. Ohne Zögern nahm Eva seine Begleitung an. Zum ersten Male seit Tagen warf sie keinen heimlichen Blick auf Klaus, sondern ging ruhig und aufrecht an ihm vorbei.

Unterwegs sprachen die beiden Freunde wenig. Eva fragte nur beiläufig: „Könntest du mir morgen nach der Schule mal ein bißchen bei Mathe helfen, Wanja?" Er nickte ohne Überraschung. Dann sagte er: „Morgen wirst du dann ja wohl mit den Proben zu dem Laienspiel beginnen, was?" „Natürlich", sagte Eva.

Lange hielt Eva in dieser Nacht stumme Zwiesprache mit dem Bilde ihres toten Vaters.

8. Kapitel

Unmerklich fast glitten die Tage vorüber, Tage eines ungewöhnlich warmen Märzes mit Sonne und lauem Wind, mit den heiseren Schreien der ersten heimkehrenden Wildgänse, mit dicken Knospen an den Bäumen und mit uralten Kinderspielen: Kieseln und Murmeln und „Kätzchen-krieg" unter einem lachenden Frühlingshimmel.

Eva ging durch den erwachenden Frühling mit Augen, aus denen das Lachen weggewischt war, dieses herrliche, tolle Lachen, das mitreißt und auf dem Gesicht selbst des Ernstesten, des Mürrischsten, des Traurigsten, wenigstens den Widerschein eines Lächelns hervorruft. Dafür aber lag über ihren Zügen ganz sacht, angedeutet nur, der Glanz der ruhigen Heiterkeit eines Menschen, der sich selbst wiedergefunden hat, der in unermüdlicher Arbeit Vergessen sucht – und findet.

Allen Menschen in Evas Umgebung fiel diese Veränderung auf – ihrer Mutter, ihren Freunden, ihren Schulkameraden und Lehrern.

Evas Mutter beobachtete mit einer Mischung von Freude und Besorgnis diese Wandlung ihrer Tochter. Kein Wort verlor sie darüber, aber ihre abendliche Plauderstunde dehnte sie von Tag zu Tag mehr aus.

Ihren Freunden gefiel Eva gar nicht mehr. Sie fanden, sie sei viel zu vernünftig geworden, und vermißten ihre „wunderbare Verrücktheit", behauptete jedenfalls Peter.

Weitaus am stärksten aber reagierten ihre Schulkameraden, denn gerade in der täglichen Unterrichtsarbeit spürten sie das Neue, Ungewohnte an ihr, das sich in vielen kleinen Dingen äußerte. Selbst den Unbefangensten fiel wenigstens eins auf: Eva war immer schlecht in Mathe gewesen, hatte in den letzten Jahren sogar auf einer Vier gestanden, aber jetzt zeigte sich

gerade in diesem Fach eine wahrhaft verblüffende Aufwärtsent-
wicklung bei ihr. Nicht genug damit, daß sie ihre Hausarbeiten
jetzt immer richtig gelöst hatte (das konnte ja abgeschrieben
sein!), nein, sie zeigte auf einmal im Unterricht eine rege und
interessierte Mitarbeit, die der gute Dr. Lange mit Staunen
und Schmunzeln zur Kenntnis nahm. Zwar machte sie noch
häufig Fehler, verwechselte Winkel, verrechnete sich selbst bei
einfachen Brüchen, aber sie setzte sich nicht mehr mit einem
Lachen darüber hinweg, wie sie es früher getan hätte („– ich
weiß ja, daß ich ein hoffnungsloser Fall bin!"), sondern Eva
arbeitete zäh und verbissen an der Beseitigung ihrer Fehler, mit
einer Ausdauer, die keiner der Klassenkameraden ihr zugetraut
hätte und die selbst ihren erbittertsten Feinden so etwas wie
Anerkennung abrang.

Anfangs konnten sie sich diese Erfolge nicht erklären, aber
als Eva in der Jahresdrittelarbeit eine Zwei schrieb und Dr.
Lange sie lobte, sagte sie: „Hans arbeitet doch mit mir." Wanjuschka lief rot an, nickte aber unbefangen zu Dr. Langes
freundlichen Worten.

Einen ganz unerwarteten Erfolg hatte diese Zwei in der
Arbeit. In der Pause kam Ulli, der auch sehr schwach in Mathe
war, zu Wanjuschka und fragte so ganz nebenbei, ob er nicht
auch mal, ab und zu nur, an der Arbeitsgemeinschaft teilnehmen dürfe. Eva, neugierig, kam dazu und sah Wanjuschkas
hilfloses Achselzucken: „Ja, weißt du, wir sind ja eigentlich
gar keine richtige Arbeitsgemeinschaft …" „Nein, wir sind
ganz privat", sagte Eva spitz. Hansi, den sein Empfinden noch
schwanken ließ zwischen der Bereitschaft zur kameradschaftli-
chen Hilfeleistung und dem Gefühl tiefer Abneigung gegen
Ulrich, der seiner Freundin Eva das Leben so schwer machte, warf Eva einen tadelnden Blick zu. Die wurde für einen
winzigen Moment verlegen, aber so schnell konnte sie nicht
den Haß überwinden gegen Ulrich, der ihr so bitteres Unrecht

getan hatte, und so sagte sie nur kurz: „Mach, was du willst. Mich soll es nicht stören", und ging.

Hans aber, streng und gerecht gegen sich wie gegen andere, dachte an Beispiele edler Selbstüberwindung mancher seiner vergötterten römischen Helden und schlug ein: „Gut, Ulli. Dann kommst du eben heute nachmittag so gegen drei Uhr zu Eva Hennig. Da arbeiten wir." Das ging dem Ulrich zwar gewaltig gegen den Strich, aber er kam. Am Nachmittag – und an vielen folgenden – fiel kein persönliches Wort zwischen Eva und Ulli, aber sie arbeiteten zusammen, und weil Ulli nicht schwieg darüber, wußte es bald die ganze Klasse und konnte sich nicht genug tun mit Verwundern und Vermutungen über diesen plötzlichen Waffenstillstand.

Was jedoch am stärksten dazu beitrug, Eva Kraft und Ruhe wiederzugeben, war die Arbeit mit der Laienspielgruppe, der sie sich in jeder freien Minute mit begeisterter Hingabe widmete. Im Anfang hatte sie manches Mal fast den Mut verloren über den Schwierigkeiten, die ihr entgegentraten, war doch gerade dieses Stück, „Die Eysenhardts", Anlaß gewesen zu ihrer Anzeige gegen den Studienrat Sehning. Es schien ihr beinahe verständlich, daß ein Teil der vorgesehenen Mitspieler zurücktrat mit der Begründung, daß sie keine Lust hätten, in einem Stück mitzuspielen, das der anerkannt beste Literaturkenner und -kritiker der Schule abgelehnt hätte. Eva ging auch nicht fehl in der Annahme, daß bei manchem nicht das Laienspiel an sich störte, sondern eben ihre Person, die Zusammenarbeit mit ihr, der „Denunziantin".

Zur ersten Leseprobe hatten sie sich abends um 8 Uhr im FDJ-Raum der Schule verabredet. Eva war schon früh da, als erste, als – sie erschrak – als einzige? Sie sah zur Uhr. Es war fast 8 Uhr. Ob die anderen kommen würden? Es erschien Eva auf einmal gar nicht so klar, daß die anderen mitspielen würden. Sie wartete …

Zuerst kamen Peter und Erika Kiefner, beide etwas verlegen – „aber bestimmt nicht wegen der ‚Eysenhardts‘", dachte Eva vergnügt. Peter erfüllte gleich den ganzen Raum mit seinem Lärmen und Lachen, während sich Erika, still in ihrer Rolle blätternd, an das Fenster lehnte. Im Gespräch mit Peter sah Eva zu ihr hinüber. Dicke, dunkle Zöpfe fielen Erika über die Schultern und milderten die frauliche Strenge des breiten, ruhigen Gesichts. „Sie ist eigentlich gerade das Gegenteil von Peter, aber die beiden werden sich wunderbar ergänzen", dachte Eva und gab Peter Auskunft: „Nein, Ilse spielt nicht mit. Sie will es sich wohl nicht mit Sehning verderben, denke ich."

„Und du hast Ersatz?", forschte Peter. „Ja", nickte Eva. „Und rate mal, wen!" Peter tippte sofort richtig: „Hilde! Stimmts?" Eva war überrascht, fragte, wie er denn gleich auf Hilde gekommen wäre. Peter suchte zu erklären: „Ich wüßte eigentlich keines von unseren älteren Mädchen, die mit solcher Selbstverständlichkeit eingesprungen wäre. Hilde ist wohl auch ein bißchen älter als ihr, nicht? Siehst du, das merkt man doch sehr. Sie ist so reif, so überlegen, irgendwie – souverän. Wie sie sich über alles Gerede wegen ihrer Liebesgeschichten hinwegsetzt, so setzt sie sich jetzt eben auch über die Meinung der Klasse gegen dich und unser Spiel hinweg."

„Sie ist damals nicht für und nicht gegen mich aufgestanden", sagte Eva nachdenklich. „Aber ich kann Hilde das nicht zum Vorwurf machen. Solche ‚Zankereien‘, wie sie das nennen würde, liegen ihr nicht. Sie hat sich auch nachher sehr zurückgehalten, aber ich habe immer gehofft, daß Hilde mir mal auf irgendeine Art ihre Zuneigung und Zustimmung zeigen würde."

Peter schüttelte den Kopf: „Eigentlich hätte Hilde ja schon oft genug Gelegenheit gehabt, dir das zu zeigen. Aber wenn sie uns jetzt aus der Klemme hilft, alsdann …"

Und sie kamen: Herbert und Hilde und Günter und die anderen. Und Georg kam und reichte mit aufleuchtenden Augen Eva die Hand. Er hatte schon tagelang vorher schüchterne Andeutungen gemacht, daß es ihm Freude bereiten würde, den Proben beiwohnen zu dürfen, bis Eva ihn lachend zum „künstlerischen Beirat" ernannt hatte. Da hatte Georg sich zwar erst gesträubt und wieder hochmütig und abweisend getan, als läge ihm soviel ja nun auch wieder nicht an dem Stück, aber Eva kannte ihn bereits genug, um zu wissen, was hinter diesem spöttischen Sträuben steckte.

Zuletzt warteten sie nur noch auf Gerhard Gräb. Schon war eine Viertelstunde über die festgesetzte Zeit vergangen, als Eva, unruhig und böse, auf den Flur ging und dort Gerhard, am Treppengeländer lehnend, fand. Gerhard schrak zusammen, als Eva ihn anfuhr, ob er denn nicht gefälligst hereinkommen wolle; man warte nur noch auf ihn.

„Ich habe mich nicht reingetraut, Eva", sagte Gerhard leise. „Ich wollte nämlich absagen –" Eva glaubte, nicht recht verstanden zu haben. Gerhard senkte den Kopf, malte verlegen auf dem Treppengeländer herum. „Ja, ich will absagen, wirklich. Ich kann nicht in diesem Stück mitspielen, noch dazu unter deiner Regie –" „Aber warum nur, warum?", rief Eva, trotzdem[64] sie wußte, daß diese Frage ganz überflüssig war.

Gerhard biß sich auf die Lippen und antwortete nicht. Eva ahnte, was in dem ernsten, verschlossenen jungen Mann vorging. „Du bist mir noch eine Antwort schuldig", sagte sie nach einer Weile. Da hob Gerhard den Kopf. Rote Flecke brannten auf seinem schmalen Gesicht. „Ich spiele gerne, das weißt du", sagte Gerhard still. „Aber ich weiß, daß ich zu feige bin, um des Spieles willen von meiner Klasse ausgestoßen zu werden. Ich brauche die Gemeinschaft, aber wenn ich mit dir zusammenarbeite, werden sie sich von mir abwenden. – Ich habe nicht deinen Mut", fügte Gerhard beinahe heftig hinzu.

„Du bist sehr ehrlich." Eva stand vor ihm, sehr aufrecht. „Dafür danke ich dir." Gerhard wußte nicht, was Eva damit wollte, sah unsicher zu ihr auf. „Geh nur", sagte Eva bitter,

„mich haben in letzter Zeit mehr Menschen enttäuscht, mußt du wissen. Du brauchst also keine Gewissensbisse zu haben, Gerhard."

Eva wandte sich zum Gehen. Einen Augenblick lang sah es aus, als wollte Gerhard Eva zurückhalten, aber sie sagte hastig: „Geh nur, geh!", daß er erschrak und langsam, Stufe für Stufe, vorsichtig die Treppe hinabstieg, als fürchte er zu fallen. „Das ist der Prüfstein, an dem sich Festigkeit und Freundschaft bewähren", dachte Eva und ging in den FDJ-Raum zurück. „Na?" Die anderen sahen ihr entgegen. „Gerhard war da", sagte Eva ruhig. „Er kann nicht mitspielen, weil er momentan zu belastet ist mit Schularbeiten für die Jahresdrittelprüfungen."

„Was sollen wir denn nun machen", jammerte Peter. „Gerade jetzt muß Gerhard kneifen, wo wir ihn so nötig brauchen … Schularbeiten! So ein Blödsinn! Das Spiel geht doch schließlich vor …"

Erika Kiefner warf einen Blick auf Eva. Vielleicht erriet sie die Wahrheit, aber Erika verlor darüber kein Wort, sondern überlegte: „Schimpfen hat keinen Zweck, Peter. Wir müssen uns eben nach Ersatz umsehen. Bloß – woher nehmen?"

Ratlos sahen sich die Laienspieler an. Bis auf einmal Georg hervortrat: „Vielleicht könnte ich versuchen, die Rolle zu übernehmen. Ich habe zwar noch nie auf einer Bühne gestanden –"

Eva verbarg ihre Überraschung nicht. „Du, Georg?", fragte sie zweifelnd. „Ich weiß nicht, ob du das kannst …" Eva sah Georgs enttäuschtes Gesicht und setzte schnell hinzu: „Aber du kannst es ja ruhig mal versuchen, nicht wahr?"

Die anderen stimmten zu, erleichtert, wenn auch noch etwas besorgt, denn Georg hatte sich noch nie am Laienspiel beteiligt, und sie kannten seine schauspielerischen Fähigkeiten nicht.

Es begann die Besprechung der Rollen. Die beteiligten Spieler saßen auf Stühlen und Hockern im Halbkreis um Eva herum, die am Flügel lehnte und die Besprechung leitete. Eva sprach über die Auffassung der einzelnen Rollen, unterstrich mit lebhaften Handbewegungen ihre Worte, und immer klarer formten sich unter Evas ausdrucksvollen Gesten die Gestalten des Laienspiels, bis sie fest umrissen vor den Jungen und Mädchen standen.

Mit dem gleichen Geschick verstand Eva es bei der Leseprobe, die Aussprache und Betonung der Sprecher zu kritisieren, daß jeder daraus lernte; Eva sprach selbst vor, steigerte, dämpfte, verbesserte mit erstaunlicher Geduld einzelne Stellen, bis der Zusammenklang ihrer aller Vorstellung entsprach. Eva war jetzt nicht mehr die gleichaltrige Kameradin, sondern die Leiterin der Gruppe, deren Überlegenheit und feines Verständnis die anderen anerkannten. Jedes Mitglied der Gruppe wußte, daß Eva hohe Anforderungen an sie stellte, und keiner war unter ihnen, der sich nicht mit allen Kräften bemüht hätte, diesen Anforderungen gerecht zu werden.

Selbst Georg fügte sich erstaunlich schnell und sicher in das Zusammenspiel ein. Zwar war sein schönes Gesicht dunkelrot geworden, als Eva ihn zum ersten Male kritisiert hatte, und Georg hatte es mit einer hochmütigen Handbewegung beiseiteschieben wollen, aber er überwand sich und las wieder und wieder die betreffende Stelle, bis Eva sagte: „So ist es gut." Und als Eva nach den ersten Szenen, in denen Georg gesprochen hatte, lächelnd sagte[65]: „Ich glaube, Georg kann wirklich für Gerhard eingesetzt werden", da tat Georgs Herz ein paar schnelle, frohe Schläge.

Sie begannen schon den dritten Akt zu lesen, als plötzlich jemand in der Tür stand. Ärgerlich über die Störung wandten sich alle um. Aber dann erhoben sie sich schnell. Es war Studienrat Sehning. Eva lehnte noch immer am Flügel, betont lässig. „Verzeihung, Herr Studienrat", sagte Eva kühl, „wir sind bei der Probe –" „Mit anderen Worten: ich störe", entgegnete Sehning mit einem kleinen Lächeln. Beinahe hätte Eva „ja" gesagt, aber da griff der Studienrat schon, nähertretend, nach einem der Laienspielhefte und las den Titel: „Ah, die ‚Eysenhardts' … Sie spielen das Stück also doch?" „Natürlich", sagte Eva frech.

Die anderen schauten unbehaglich auf die beiden Gegner. Sehning blieb ganz gelassen. „Nun, dann wünsche ich Ihnen viel Glück und Erfolg damit", sagte er abschließend, mit kaum spürbarem Hohn. „Danke, wir werden uns bemühen", antwortete Eva, noch eine Nuance frecher.

Sehning ging, mit einem betont freundlichen „Guten Abend". Die Jungen und Mädchen murmelten etwas hinterher, was man zur Not für einen Gruß halten konnte. Der Studienrat schien es nicht zu bemerken.

Kaum hatte sich die Tür hinter Sehning geschlossen, brach Peter in ein tolles Gelächter aus: „So ein Bursche! Wünscht uns auch noch Glück und Erfolg … Na, der soll sich wundern – scheint sich[66] seiner Sache ja sehr sicher zu sein."

„Du warst sehr unhöflich", sagte Georg verweisend.

Eva streifte Georg mit einem finsteren Blick. „Ich hasse diesen Menschen", stieß sie hervor. „Ich hätte ihm das Buch an den Kopf werfen mögen –"

„Aber Eva, mäßige dich doch", warnte Hilde sanft. „Vorläufig ist er der Stärkere …"

„Vorläufig", sagte Eva. „Aber er wird es nicht mehr lange sein, verlaß dich darauf! Dieses Stück –", und sie schlug pfeifend das Laienspielheft durch die Luft, „– soll ihm das Genick brechen!"

Erikas ausdrucksvolle Augen strahlten in einer bei ihr ungewohnten Glut. „Ja, wir müssen die ‚Eysenhardts' wirklich zu einem Erfolg machen, zu einem mitreißenden Erfolg! Wir werden beweisen, daß wir die Stärkeren sind, weil auf unserer Seite das Recht ist –"

Von diesem Tage an fanden Abend für Abend die Laienspielproben statt. Oft zogen sie sich bis Mitternacht hin, und der Hausmeister mußte mehrmals mahnend vor der Tür mit dem Schlüsselbund klappern, ehe die Gruppe ihre Proben abbrach. Zum ersten Male seit Bestehen der Laienspielgruppe gab es keine Entschuldigungen für Fernbleiben von den Proben, und die Jungen und Mädchen setzten alles daran, pünktlich jeden Abend zu erscheinen.

So wuchs das Spiel, und mit ihm wuchs die Begeisterung der Spielenden. Mehr und mehr gingen sie in ihren Rollen auf, das Schicksal der Eysenhardts wurde zu ihrem ganz ureigenen Schicksal, und sie spielten nicht, sondern sie lebten ihre Gestalten. In den Stunden der Proben fielen die Sorgen des Schulalltags von ihnen ab, ihre Müdigkeit und die Gedanken an die Anfeindungen der anderen Schüler.

Am stärksten packte das Spiel Erikas und Peters die anderen. Kaum jemals hatte Eva ihnen Anleitung zu geben, denn gerade diese beiden schöpften ihre fast wunderbare Gestaltungskraft aus der heißen Leidenschaft für die Sache, die sie hier mit ihrer schauspielerischen Arbeit verfochten. In der Glut ihres künstlerischen Erlebens wuchsen Erika und Peter über sich selbst hinaus zu einer Größe und Stärke des Ausdrucks, der jeden Abend wieder Eva und ihre Freunde erschütterte und mitriß.

Wenige in der Schule wußten um die angestrengte Arbeit der Laienspielgruppe. Unter diesen wenigen waren auch Fräulein Habekus und der FDJ-Sekretär Lutz, die Eva eines Abends einlud, an einer Probe teilzunehmen. Beide sagten gerne zu.

Küßchen und Lutz kamen, während schon die Szene der Verhaftung von Vater und Sohn Eysenhardt gespielt wurde. Unbekümmert laut waren sie eingetreten, aber sie erschraken vor der lautlosen Stille des Raumes, in die nur die Worte eines Jungen klangen, der ans Fensterkreuz geklammert stand und auf den Hof starrte, über den SS-Leute kamen – zu den Eysenhardts.

Auf den Zehenspitzen schlichen Küßchen und Lutz zum Flügel hinüber, auf den sich Eva stützte. Sie nickte ihnen nur kurz zu, machte eine Handbewegung zu Herbert und Heinz hinüber, die lautlos aufsprangen und zwei Schemel herbeitrugen. Eingeschüchtert fast setzten sich die beiden Ankömmlinge, denn sie merkten sofort, daß sie hier nicht die Lehrerin und der FDJ-Sekretär waren, sondern Gleichgestellte, die sich derselben straffen Disziplin zu unterwerfen hatten, die sie hier mit heimlichem Erstaunen beobachteten.

Gerne hätten sie noch ein paar Worte mit Eva gewechselt, aber die stand da mit gespanntem Gesicht und hatte nur Augen für die Vorgänge auf der improvisierten Bühne. Bald waren die Gäste so im Banne des Spiels, daß sie zusammenfuhren, als Eva in die Hände klatschte und unterbrach: „Bitte, Günter, nochmal diese Stelle! Viel verzweifelter mußt du das sprechen – stell dir doch die Situation richtig vor: du bist in Todesangst, daß dich die SS hier fassen kann – du suchst nach einem Versteck …"

Günter sprach die betreffenden Worte noch einmal und ein drittes Mal, bis Eva befriedigt nickte. Das Spiel nahm seinen Fortgang. Es folgte die Szene zwischen Vater und Mutter Eysenhardt und den uniformierten Nazis, und die Zuschauer wurden hin- und hergerissen zwischen vergnügtem Schmunzeln über die aufsässige Frechheit des alten Eysenhardt, mit der er den brutalen SS-Mann verrückt macht, und der atembeklemmenden Spannung, mit der sie die Haussuchung verfolgten.

Der SS-Mann „fand" das von ihm selbst versteckte Flugblatt. Mutter Eysenhardt sollte es vorlesen. Die Gäste vergaßen alles um sich her bei der Beobachtung des Mienenspiels der Erika Kiefner, die mit stockender Stimme zu lesen begann, unhörbar fast am Anfang – die unsichere Stimme einer alten Frau. Das Blatt in zitternden Händen. Und die Stimme wurde fester mit jedem Wort des flammenden Aufrufes gegen Hitler und seine verbrecherischen Pläne – ein jugendlicher Klang hob sie, und die letzten Worte verhallten mit[67] einem Ausdruck kämpferischer Entschlossenheit, daß selbst die Uniformierten zu stutzen schienen.

Der alte Eysenhardt wurde verhaftet. Ein SS-Mann riß ihm die Arme auf den Rücken, daß der Alte halb in die Knie sank – mit einem qualvollen Aufstöhnen, das den Lauschenden durch Mark und Bein ging.

Und dann stand plötzlich der Sohn in der Tür, der sich versteckt halten mußte und nur noch einmal seine Eltern besuchen wollte. Ein höhnisches Auflachen des SS-Mannes – und der junge Mann in der Tür schien bleich zu werden. Gerade diesen Auftritt hatte Eva mit besonderer Spannung erwartet, denn mit ihrer wachsenden Zuneigung zu Georg war auch ihre Besorgnis um ihn stärker geworden und ihr Wunsch, seine Leistung denen der anderen ebenbürtig zu machen. Oft war Eva das Arbeiten mit Georg schwer geworden, weil sie sah, wie der verwöhnte Junge mit seinem Stolz zu ringen hatte, um ihre manchmal sehr scharfen Zurechtweisungen nicht nur ruhig hinzunehmen, sondern sich sogar nach ihnen zu richten.

Aber als Eva jetzt den gehetzten Blick des in die Falle Gegangenen auffing, das Mienenspiel von tiefem, ratlosen Erschrecken, bis[68] zu der überlegenen Ruhe, mit der er den Schergen entgegentrat, da wußte sie, daß ihre Arbeit gut gewesen war. Und Eva nickte Georg lächelnd zu.

Der entsetzliche Aufschrei der gequälten Mutter Eysenhardt[69] beim Anblick ihres Sohnes gellte den beiden Gästen noch in den Ohren, während sie in tiefer Bewegung die Festnahme und Fortführung von Vater und Sohn miterlebten. Es war nicht mehr Erika Kiefner, die da vorne auf der Bühne stand, sondern es war eine alternde Frau, die sich in fassungslosem Schmerz an Mann und Sohn klammerte, die man gewaltsam von ihr riß. Ein brutaler Stoß des SS-Mannes – sie taumelte ins Zimmer zurück. Dumpf krachte die Tür ins Schloß. Mit hängenden Armen stand Frau Eysenhardt im Zimmer, tränenlos die irren Augen, unendlicher Jammer auf ihren entstellten Zügen …

„Schluß!", rief Eva. Sie wandte sich zu der Lehrerin um, und sie sah, daß die sonst immer so heitere Frau Tränen in den Augen hatte. Eva suchte nach einem Wort. „Gefällt es dir?", fragte sie. Da stand Küßchen auf und nahm das Mädchen ohne Umstände in die Arme. „Eva, Mädchen", sagte sie in tiefer Bewegung, „es ist wunderbar …"

Da stand auch schon Lutz vor Eva, begeistertes Leuchten in den ernsten dunklen Augen. Fest drückte er Eva die Hand. „Großartig habt ihr das gemacht! Menschenskind –" Er fand keine Worte, seine Ergriffenheit auszudrücken. „Bedankt euch bei denen da", sagte Eva stolz und wies auf die im Kreise stehenden Spieler. „Sie haben alle eine große Arbeit geleistet –"

„Aber ihr wißt auch, wofür ihr sie geleistet habt", sagte die Lehrerin mit starker Betonung und sah sich im Kreise der Laienspieler um. Sie nickten, und dieses Nicken sprach mehr als viele große Worte.

Aus diesem Abend nahmen sie alle eine große Zuversicht mit nachhause – den Glauben an ihren Sieg.

Mit der verstärkten Arbeit an dem Laienspiel wurden die beteiligten Spieler kühner und zuversichtlicher ihren Klassenkameraden gegenüber. Hatten sie anfangs oft genug gelitten unter den offenen oder versteckten Feindseligkeiten der anderen, so gab ihnen jetzt die Gewißheit ihres Erfolges die Kraft, ihnen ruhig und mutig entgegenzutreten.

Am deutlichsten prägte sich dies in der Haltung Evas aus. Nicht mehr Trotz und Hochmut bestimmten ihre Stellung zu den anderen Schülern, sondern ruhiger Stolz und – soweit man das von einem jungen Mädchen sagen kann – eine Art überlegener Würde, die ihre Wirkung nicht verfehlten. Eva wich den anderen nicht mehr aus, arbeitete vorbildlich in allen Stunden mit und erreichte damit, den Jungen und Mädchen selbst fast unbewußt, allmählich wieder die frühere Stellung in der Klasse. Da sie noch immer Gruppenleiterin war, hatte sie manches Mal Gelegenheit, den Lehrern gegenüber ihren Einfluß zugunsten der Kameraden geltend zu machen.

So geschah es beispielsweise[70] eines Tages, daß die Klasse 12a eine Russischarbeit zurückbekam, die wegen der mangelhaften Vorbereitung durch den Lehrer Übermut außerordentlich schlecht ausgefallen war. Nahezu 85% der Jungen und Mädchen hatten Vieren und Fünfen, die gerade jetzt vor dem Abitur für manchen verhängnisvoll ins Gewicht gefallen wären. Alle waren sich darüber einig, daß die Arbeit nicht gerechnet werden dürfte, aber wer sollte das dem Übermut beibringen? Der noch junge Lehrer[71] besaß ein recht cholerisches Temperament, und es war nicht ganz ausgeschlossen, daß dem Frechling, der ihm die Schuld an den schlechten Zensuren zuzuschieben wagte, ein Stück Kreide an den Kopf fliegen würde. Immerhin wußten die Schüler der Klasse 12a aus ihrer vierjährigen Oberschulpraxis dergleichen Beispiele anzuführen.

Allerdings gab es einen Ausweg, aber der war den meisten aus verständlichen Gründen ziemlich peinlich. Die Gruppenleiterin Hennig hatte bei dem Übermut einen dicken Stein im Brett, sie war zudem gewählte Klassenvertreterin – also bitte!

Eva hörte sich schweigend die Diskussion über diesen Punkt an. Vorsichtshalber sprach man nur theoretisch: „Eva müßte …" oder: „Könnte nicht Eva?", aber keiner wagte, direkt diese Forderung an sie zu stellen. Bis auf einmal Ulrich, ausgerechnet Ulrich, an sie herantrat und ihr erklärte, sie müsse unbedingt diese Angelegenheit in ihre Hand nehmen. Sehr herrisch, unhöflich sogar, forderte er das, aber Eva sah ihn nur mit einem ganz kleinen, fatalen Lächeln in den Mundwinkeln an und fragte: „Warum sagst gerade du mir das? Du hast doch selbst eine Drei geschrieben, nicht wahr?" Ulrich begriff, wollte sich zurückziehen, weil er sich ertappt fühlte, knurrte böse, er habe ja schließlich nicht in seinem Interesse darum gebeten, er habe das – Gott sei Dank! – nicht nötig. „Das weiß ich", sagte Eva warm. „Darüber freue ich mich eben …" „Quatsch", brummte Ulrich, aber als er am Nachmittag zu Eva kam, um an der Mathearbeitsgemeinschaft teilzunehmen, ließ er sich dazu herab, ein paar private Worte an sie zu richten – daß ihm ihr Zimmer gefiele oder ähnliches belangloses Zeug. Beim Abschied fragte Ulrich, ganz nebenbei hingeworfen, sehr spöttisch, was denn ihr Laienspiel mache.

„Oh, danke, es wird großartig", sagte Eva strahlend. „Wenn es dich interessiert, kannst du ja mal zum Zugucken kommen."

„Ach, was, Blödsinn!", sagte Ulrich abweisend. „So ein Interesse habe ich an dem Ding ja nun auch wieder nicht." Aber als Ulrich ging, dachte Eva mit sachtem Schmunzeln, daß sie wohl nicht mehr allzu lange zu warten brauche, bis Herr Ulrich einmal abends im FDJ-Raum sitzen würde – wenn auch natürlich nur, um böse und spöttisch an der Inszenierung herumzumäkeln … (Was dann auch tatsächlich bereits drei Tage später geschah.)

In der Russischstunde am nächsten Vormittag schienen alle, kaum war Herr Übermut eingetreten, ihren Zorn auf Eva vergessen zu haben, denn sie nickten und blinzelten ihr zu und machten abwechselnd Zeichen von ihr zu Übermut, daß das Mädchen kaum ein verächtliches Lächeln unterdrücken konnte. „Feiglinge!", dachte sie, meldete sich und brachte das Anliegen der Klasse vor, nachdem sie sich mit einem vergnügten Blick auf Übermuts Haarschopf davon überzeugt hatte, daß der junge Lehrer guter Laune war. Wenn nämlich das kurzgeschnittene Haar über dem Wirbel in einem lustigen „Hahnenstietz" abstand, konnte man getrost auf glänzende Laune wetten, während es als übles Vorzeichen galt, wenn der kleine Schopf streng mit Wasser an den Kopf gekämmt lag.

Übermut war sehr überrascht, als Eva ihm den Fall vortrug, und es sah beinahe aus, als wolle er das Mädchen gewaltig anpfeifen, als Eva schloß mit der Bitte, die Zensuren zu streichen und noch einmal eine Arbeit schreiben zu lassen. „Was wollen Sie eigentlich, Fräulein Hennig?", fragte Übermut scharf. „Sie haben doch selbst die einzige Zwei geschrieben."

„Darum geht es nicht", antwortete Eva ruhig. „Ich stehe hier als Vertreterin der Klasse, die sich zu Recht beklagt, und ich kann Ihnen den Vorwurf nicht ersparen, daß Sie den größten Teil der Schuld an dem schlechten Ergebnis der Arbeit tragen, weil Sie sie nur mangelhaft vorbereitet haben."

Die Jungen und Mädchen hielten den Atem an. „Donnerwetter, diese Eva!", dachten sie. „Mut hat sie, sagt dem Übermut ganz gelassen ins Gesicht, was alle denken, aber doch um Gotteswillen nicht aussprechen würden …"

Der Lehrer mochte Ähnliches denken, denn er verschluckte die scharfe Zurechtweisung, die er schon auf der Zunge hatte, und sagte nach einer Minute des Überlegens: „Sie meinen also, ich soll die Zensuren im Klassenbuch streichen?"

„Ja, das meine ich." Eva nickte nachdrücklich. „Die Fünfen können manchem das Zeugnis verderben, wissen Sie … Und gerade jetzt vor dem Abitur –"

„Na, dann." Der Lehrer griff zum Klassenbuch, und durch die Klasse ging ein hörbares Aufatmen. „Schreiben wir halt nächste Woche noch einmal eine Arbeit, die wir besser vorbereiten. Zufrieden, Fräulein Hennig?"

„Na klar!" Eva setzte sich, und Übermut quittierte gerne einen dankbaren Blick aus ihren dunklen Augen, bevor er seine Leistungskontrolle begann.

Nach der Stunde sagte Albrecht mit ehrlicher Bewunderung zu Eva: „Das hast du mal wieder bestens gemacht! Die anderen hätten ja doch nichts zu sagen gewagt, aber du –"

Die anderen gaben ihrer Dankbarkeit nicht so offen Ausdruck, aber vor der Lateinstunde kam Wolfgang angeschlichen: „Äh, Eva, könntest du mal wieder – äh – übersetzen? Bloß die eine Stelle hier, die habe ich nicht rausgekriegt …" Sehr verlegen war Wolfgang, verzog sich schleunigst wieder, nachdem ihm Eva den Text übersetzt hatte, als sei das ganz selbstverständlich und nie anders gewesen.

Wolfgangs Beispiel wirkte. Zwar fanden nur nach und nach einige zu ihr, aber Eva spürte an der unsicheren Art, wie man hin und wieder das Wort an sie richtete, daß die Schranken zwischen ihr und den anderen zu fallen begannen, daß der Haß selbst der Feindseligsten schwand – wenn die es sich selbst auch nicht eingestanden – und Platz machte einem sacht wieder erwachenden Vertrauen. Und die Besten unter ihnen, allen voran Albrecht, bekannten offen ihre Bewunderung für das aufrechte Mädchen, das mit solcher Tapferkeit sein verhängnisvolles Geschick trug, an dem mancher andere zerbrochen wäre.

Ein anderer noch spürte mit wacher Aufmerksamkeit die von Tag zu Tag mehr sich zugunsten Eva Hennigs wandelnde Stimmung. Klaus' Gruß wurde freundlicher, je kühler sich Eva ihm gegenüber verhielt. Er, der in der Stunde der Not, als sie seinen Beistand gebraucht hätte, skrupellos das Mädchen verriet, bemühte sich jetzt, Eva seine Zuneigung bemerkbar zu machen. Je ungefährlicher es in diesen Wochen wurde, auf die Seite der „Denunziantin" überzugehen, desto stärker wurde sein Verlangen, Eva sich zurückzuerobern. Zu eingenommen von sich selbst, um an einen Wandel ihrer Liebe zu glauben, beunruhigte ihn doch ihr häufiges Zusammensein mit Georg, der sich nicht im geringsten scheute, mit Eva in der Pause auf dem Schulhof und nachmittags in der Stadt spazierenzugehen, und der mit seinem hochmütigsten Gesicht alle gelegentlichen Vorwürfe der 12b zurückwies.

So gab Klaus eines Tages kurzerhand seiner rotblonden, rundlichen Irmgard, die ihm sowieso herzlich gleichgültig gewesen war, den Abschied. Am nächsten Morgen hatte Klaus seinen Einzeltisch im Hintergrund der Klasse verlassen und saß wie ehemals an Evas Tisch, als wäre inzwischen nichts geschehen. Die anderen, die schon in der Klasse waren, sagten nichts dazu, und Klaus legte das als ein günstiges Zeichen für sich und Eva aus. Als aber dann Eva selbst kam und den in den letzten Wochen leeren Platz an ihrer Seite wieder besetzt fand, verlor Klaus, der Gewandte, doch etwas von seiner Sicherheit, denn ihn streifte ein so kalter Blick, daß er sich zu einer Erklärung herablassen mußte: „Du gestattest doch, daß ich mich wieder hierher setze? Ich kann da hinten schlecht sehen –"

Klaus zuckte zusammen unter der beißenden Ironie, mit der Eva ihm höflich antwortete: „Nein, mein Lieber, ich gestatte nicht! Ich habe in den letzten Wochen gemerkt, daß man manchmal besser allein sitzt als" – leise und scharf – „mit einem falschen Freund …"

„Das heißt –" Klaus zögerte. Heiser: „Du willst mich also nicht wieder –"

Eva zuckte die Achseln: „Wenn du einmal Zeit hast, dir Gedanken zu machen, dann kannst du dir genauer überlegen, was das heißt …"

Klaus zog den Kopf ein, griff mit bösem Blick nach seiner Mappe und ging an seinen Tisch zurück. Er wurde rot vor Wut, als er einem höhnischen Lächeln von Ulrich begegnete. Diesem Erzfeind der Eva imponierte ihr Benehmen, und die Festigkcit, mit der sie den ehemaligen Freund zurückwies, erfüllte ihn mit einem Gefühl der Schadenfreude gegen den Schwächling Klaus, der sich niemals klar für oder gegen Eva entschieden hatte.

Auch den übrigen Jungen und Mädchen war der kleine Zwischenfall nicht entgangen. Klaus war eigentlich beliebt, wie eben ein junger Mann bei seinen Kameraden beliebt ist, der hübsch, sportlich, freigiebig und elegant ist, nicht übermäßig intelligent zwar, aber sehr gewandt und weltmännisch – kurz ein junger Mann, mit dem man sich überall sehen lassen kann. Jetzt aber gönnten sie ihm alle diese Abfuhr – auch die Mädchen –, denn wenn sie es auch nicht aussprachen, so empfanden sie doch alle, daß er sich damals nicht gerade gentlemanlike, ja geradezu gemein benommen hatte gegen seine Freundin.

Als sich Eva auf ihren Platz setzte, nachdem sie Klaus abgewiesen hatte, merkte sie, daß sie doch ein bißchen Herzklopfen hatte. „Also doch noch …", dachte sie unzufrieden. Aber trotz dieses Herzklopfens merkte sie, wie weit sie sich innerlich schon von ihrem ehemaligen Freund entfernt hatte, wie sie sich von Tag zu Tag klarer darüber wurde, daß er, der so kläglich gescheitert war an der Stunde der Bewährung, nicht zu ihr paßte. Eva blickte zu Klaus hinüber, wie er da an seinem Tische saß – hochgewachsen, blondlockig, trotzig das hübsche Gesicht, und „Schluß mit der großen Liebe!", dachte sie, ein bißchen bitter, ein bißchen traurig und – eigentlich – sehr erleichtert. In dieser Stunde strich Eva das Kapitel Klaus aus ihrem Leben, und ein letztes Bedauern überwand sie in der unermüdlichen Arbeit für die Schule und die Kulturgruppe – und im Beisammensein mit Georg.

Dann kam ein Tag, an dem Klaus in der Schule fehlte, und dunkle Gerüchte liefen unter den Schülern um. Eva schenkte ihnen keine Beachtung, hielt für Geschwätz, was sich dennoch anderen Abends als Wahrheit bestätigte.

Georg brachte Eva nach der Probe wie gewöhnlich nachhause. Eva war froher Stimmung, denn Fräulein Habekus war wieder dagewesen und hatte begeistert die Fortschritte des Laienspieles verfolgt und versprochen, sich für die Regelung aller praktischen Fragen einzusetzen: für Beschaffung von Kostümen, für Zuschüsse aus der FDJ-Kasse und für Verhandlung mit der Konsum-Werbeabteilung, die die Requisiten und Kulissen herstellen sollte.

In Evas fröhliche Gedanken brach Georg ein mit der Frage, ob sie wisse, was mit Klaus sei? Nein, antwortete Eva, sie habe nur so vage Gerüchte gehört …

„Klaus' Vater ist verhaftet worden – wegen Schiebereien größten Stils", sagte Georg. Es gab ihr einen Ruck. „Ich war heute bei Hoffmanns", fuhr Georg fort. Alle Jalousien sind runtergelassen, keiner zuhause. Der Hauswirt sagt, Frau Hoffmann wäre wahrscheinlich mit Klaus zu Verwandten nach Westberlin gereist. Sie haben wohl Angst, daß die Volkspolizei[72] noch einmal zugreift und sie als Hehler festnimmt, denke ich."

Eva schwieg. Da blieb Georg stehen und sah sie fest an: „Tut es dir leid, daß Klaus weg ist?"

Eva schüttelte langsam den Kopf. „Ich müßte lügen, wenn ich behauptete, daß mich diese Wendung in seinem Leben nicht erschüttert. Es ist schade um ihn. Weißt du, ich habe früher immer geglaubt, ich könnte ihn ändern –"

„Pah, das hättest du bei dem nicht geschafft", sagte Georg fast gehässig. „Und –", er forschte in ihrem Gesicht, „– es tut dir nicht leid, daß er nicht wiederkommt?"

„Nein, das tut mir nicht leid", sagte Eva fest. „Wirklich nicht?", fragte Georg, zweifelnd noch, aber sie hörte es seiner Stimme an, daß er ihr glaubte, weil er ihr glauben wollte …

Hand in Hand schlenderten sie nachhause …

Bald darauf wurde Klaus Hoffmann aus dem Klassenbuch gestrichen, und in der Spalte „Bemerkungen" stand hinter seinem Namen nur ein Wort, rot unterstrichen: „Republikflüchtig"[73].

Ende März, wenige Tage vor dem Kulturabend, las Eva in der Zeitung den Bericht über den Prozeß gegen einen gewissen Erich Hoffmann, der wegen Wirtschaftsverbrechen zu mehreren Jahren Zuchthaus verurteilt worden war.

9. Kapitel

Einen Tag vor dem Kulturabend setzte Eva Hennig die Generalprobe an im Gewerkschaftshaus, das einen geräumigen Saal und eine verhältnismäßig große Bühne hatte.

Am Morgen desselben Tages hatte Eva ein Erlebnis in der Englischstunde bei Studienrat Sehning, das sie tief beeindruckte. Wie sie schon einmal in ihrem Tagebuch angedeutet hatte, war der Studienrat seit dem Vorfall in der Deutschstunde, seit ihn die Kommission freigesprochen hatte, immer offener geworden in der Äußerung seiner reaktionären Tendenzen. Kein Wunder, fühlte er sich doch sicherer denn je, seit seine Schüler so für ihn eingetreten waren. Eva und Wanjuschka widersprachen ihm nicht, so oft sie sich auch auf die Lippen beißen mußten, um nicht empört aufzufahren, wenn der Lehrer, der sonst so klug Abwägende, mehr und mehr seine schlaue Vorsicht fahrenließ und mit einer an Unverschämtheit grenzenden Rückhaltlosigkeit den Schülern seine falschen Lehren einimpfte.

Und trotz alledem bemerkten Eva und Wanjuschka, daß sich in letzter Zeit ein Widerstand erhob gegen den Lehrer, zaghaft noch, kaum spürbar, aber doch vorhanden. Scharf beobachteten sie die Klassenkameraden, und es schien ihnen, als erwache hier und da doch einmal einer der Jungen und Mädchen und sähe, unklar zwar und verschwommen, etwas von dem wahren Wesen des Studienrats Sehning. Wäre der Lehrer seiner selbst nicht so sicher gewesen, so hätte auch er vielleicht schon bedrohliche Anzeichen eines unbewußten Auflehnens gegen ihn gesehen.

Das äußerte sich schon darin, daß selten nur noch ein unfreundlicher Blick Eva und Wanjuschka traf, wenn sie, mutig gemacht durch die unentschlossen zögernde Haltung der Kameraden, Widerspruch erhoben gegen Sehnings Ansichten; daß sogar manchmal einer aus der Klasse ihnen beistimmte; daß – es schien ihnen selbst kaum glaublich – nicht einmal mehr Ulrich scharfe Worte gegen sie fand, sondern sich erstaunlich zurückhielt; daß schließlich manches Mal unter einigen von ihnen eine heftige Debatte sich erhob über das Falsch oder Richtig in den Behauptungen Sehnings.

Die beiden Freunde unterhielten sich oft über diese unerwarteten Anzeichen, und sie täuschten sich nicht in der Vermutung, daß nicht zuletzt die Haltung der treuen Freunde Evas, der wieder wachsende Einfluß der „Denunziantin" selbst dazu beitrug. Eine Äußerung Albrechts bestärkte sie in dieser Annahme. Albrecht hatte einmal in seiner nachdenklichen Art gegen Wanjuschka angedeutet, er denke, daß jemand wie Eva Hennig nicht um einer schlechten Sache willen so über sich selbst hinauswachsen könne zu einer menschlichen Größe, die selbst ihren Gegnern imponiere. Nun, Eva fühlte sich zwar noch nicht würdig, das Prädikat „menschliche Größe" für sich zu beanspruchen, aber es freute sie, daß gerade Albrecht die von ihr verfochtene Sache als „nicht schlecht" erkannt hatte. Vielleicht war sein und der Kameraden Weg nicht mehr weit bis zu der Erkenntnis, daß diese Sache sogar gut, ja, daß sie die beste und wertvollste sei …

In der Englischstunde am Tage der Generalprobe behandelte Sehning ein paar Gedichte von Rudyard Kipling, diesem markantesten Vertreter des Imperialismus in der Literatur Englands. In den vorangegangenen Stunden hatte man die Gedichte bereits übersetzt, und nun wurden sie besprochen. Sehning ergriff offen Partei für die Ansichten[74] Kiplings, sprach von der gesunden Konkurrenz der kapitalistischen Länder, von der Kühnheit ihrer Kolonialpolitik, bedauerte, daß Deutschland gerade im Punkte Kolonien immer zu spät gekommen sei; ja glorifizierte geradezu die Räuberpolitik des Kapitalismus, daß Wanjuschka, heftig aufgebracht, ihn unterbrach: „Aber das ist ja eine Verherrlichung des Imperialismus!" Er stotterte stärker als sonst, aber diesmal lächelte niemand über ihn. Sehning ignorierte diese Bemerkung, sprach weiter, im Vertrauen auf seinen starken Einfluß, den er auf die Jugendlichen ausübte und der diesen Zwischenruf auslöschen sollte.

Eva ließ die Blicke wandern zwischen den Klassenkameraden und dem Lehrer. Unfaßlich, was der Mann dort ihnen klarzumachen suchte von der Gesetzmäßigkeit der Kriege … Heiß schoß ihr das Blut ins Gesicht vor Zorn und Haß: „Warum wehrten sie sich nicht gegen Sehning? Begriffen sie noch immer nicht?"

Doch, sie begriffen. Unruhe machte sich bemerkbar in der Klasse, unterdrückt noch von der Autorität des verehrten Lehrers. Bis plötzlich Albrecht unterbrach, mit allem Respekt zwar, aber unverkennbar getrieben von einem innerlichen Kampf. Er hielt dem Lehrer – natürlich! – das Unchristliche in seiner Einstellung vor, redete mit der Begeisterung, die verschlossene Menschen oftmals überfällt, wenn ihr Lieblingsthema berührt wird, von Nächstenliebe und Brüderlichkeit und von der Allmacht der Kirche und des Christenglaubens, die[75] Krieg und Elend zu verhindern von Gott beauftragt seien.

„Lahmer Einwand!", dachte Eva unzufrieden, „aber – immerhin doch ein Einwand!" Wanjuschka schien dasselbe zu denken, denn er fiel dem Kameraden in die Rede: „Er könne doch wohl nicht abstreiten, daß gerade im Namen Gottes und der Kirche die schlimmsten Verbrechen geschehen, die gräßlichsten Kriege über die Menschheit heraufbeschworen worden seien."

Albrecht war verwirrt, um so mehr, als Sehning in unbegreiflicher Kurzsichtigkeit eine Zustimmung zu seinen eigenen Worten aus Wanjuschkas Ausführungen heraushörte und ihn unterstützte mit Beispielen aus der Geschichte, die seine Behauptungen von der Gesetzmäßigkeit der Kriege zu beweisen schienen.

Und dann geschah das Unfaßbare: Ulrich stand auf und sagte, heiser vor Erregung: „Herr Studienrat, mein Vater ist im Kriege gefallen, wir haben unsere Heimat verloren und all unser Hab und Gut. Ich möchte das nicht noch einmal erleben, das kann ich Ihnen bloß sagen! Und ich meine: Kriege sind kein Naturgesetz, Kriege kann man verhindern –"

Ruckartig wandten sich die Köpfe aller zu Ulrich. Da brach er ab, setzte sich und ließ das unausgesprochen, was ein echtes Gefühl ihm diktierte, was er aber als „Friedenskampf-Phrasen" ablehnen zu müssen glaubte – sei es aus der Scheu des bisher unpolitischen Einzelgängers, sei es aus Trotz gegen seine fortschrittlicheren Kameraden. Ihnen Grund zum Triumph zu geben, verbot ihm noch sein falscher Stolz.

Ulrichs wenige Worte aber genügten schon, bei den anderen eine verhältnismäßig starke Reaktion hervorzurufen. Einzelne Stimmen erhoben sich, sprachen klarer aus, was Ulrich nur angedeutet hatte, vereinten sich zu einem Chor, der, freilich leise noch und gleichsam vorsichtig tastend, doch nicht zu überhören, Widerspruch erhob gegen den Lehrer. Und in diesem Chor der Jungen und Mädchen ertranken die Worte des Studienrats … Sehning blickte verwirrt. Hilflosigkeit malte sich sekundenlang auf seinen Zügen. Er hatte sich gleich wieder in der Gewalt, aber Eva war sein Erschrecken nicht entgangen, und ihr war, als könne sie jetzt freier atmen.

„Das ist ihr Werk", dachte Sehning und warf Eva einen Blick zu. Und er sah, was ihm noch nie passiert war in seiner jahrelangen Schulpraxis: Eine Schülerin lachte über ihn, über seine Niederlage … Ein ganz kurzes, nur so eben aufblitzendes Lachen war es, doch so offen, kindlich fast, daß Sehning etwas wie Verlegenheit überkam.

Nun erst recht wandte er seine ganze ungeheuerliche Energie daran, innerhalb weniger Sekunden seine Geistesgegenwart wiederzufinden, mit ein paar geschickten Worten abzulenken und das Gesagte abzuschwächen. Er brach unter einem ganz natürlich erscheinenden Vorwand das Thema ab, ging auf die rein literarische Auswertung der Gedichte über, aber er spürte mit heißem Erschrecken, daß er die Schüler nicht mehr in der Hand hatte wie sonst, daß sie ihm entglitten – selbst der Ulrich, sein Liebling …

Eva unterhielt sich mit den Laienspielern im Gewerkschaftshaus, während sich der Chor aufstellte und seine Lieder zum letzten Male durchprobte. Feurig schilderte Eva ihren Freunden den Zwischenfall in der Englischstunde. Die hörten sehr ernst zu. „Sein Thron wankt", flüsterte Peter mit großartiger Feierlichkeit, „spürt ihr es? Sein Thron wankt …" Und in einem ekstatischen Aufschrei: „Er stürzt!", daß sie alle zusammenfuhren und der Chorleiter sich ärgerlich umwandte, den Finger auf dem Mund.

„Wenn du doch nur ein einziges Mal ernst sein könntest, Peter", tadelte Erika. „Ich kann schon", versicherte Peter, aber bei der Generalprobe bekam er plötzlich mitten in einer ernsten Stelle einen Lachkrampf, daß er sich den Bauch halten mußte und alle anderen ansteckte mit seinem Gelächter.

Aufgebracht stürzte Eva auf die Bühne und pfiff Peter an, daß den anderen die Augen übergingen. Der Bengel lachte schallend weiter, bis Eva zu einer Ohrfeige ausholte – da erst brach er mitten in einem prachtvollen Triller ab und sagte ganz ernsthaft: „Na, laß man, Schwarze, jetzt ist's gut …" „Du bist wohl nicht ganz gesund, was?", murmelte Eva bestürzt. Da nahm Peter Eva ganz freundlich um die Schulter und sagte belehrend: „Dummkopf du! Sowas will Regisseur sein und weiß nicht, daß es bei der Generalprobe mindestens einmal ordentlich Krach geben muß … Sonst klappt doch die Aufführung nicht, Mensch! Nein, sowas …" Und Peter schüttelte ganz bekümmert den Kopf über soviel Ignoranz. Worauf sich Eva vergnügt und beschämt von der Bühne zurückzog.

Am Tage der Aufführung war an einen richtigen Schulunterricht für die Beteiligten gar nicht mehr zu denken. Tausend kleine Dinge mußten noch organisiert werden: Saalausschmückung, Kostümproben, Aufstellung der Kulissen, die von der Konsum-Werbeabteilung[76] pünktlich geliefert worden waren, Abholen der gedruckten Programme und dergleichen[77] mehr. Eva als die Verantwortliche war manchmal ganz verzweifelt, weil sie nicht wußte, wo sie zuerst Anordnungen geben, wo zuerst eingreifen sollte.

Aber es wurde geschafft, und am Abend konnte Eva aufatmen im Bewußtsein erfüllter Pflichten. Nicht einen Augenblick dachte sie darüber nach, daß das Amt der Kulturleiterin eigentlich recht undankbar ist, bleibt man doch immer nur der „Mann im Hintergrund", von dessen Arbeit nur wenige wissen. Nur Erleichterung empfand sie – und zugleich Besorgnis, wie wohl der Abend verlaufen werde.

Gegen 19 Uhr fuhr eine Gruppe ausgewählter FDJler von der Oberschule mit Omnibussen zum Grete-Walter-Heim hinaus, das einige Kilometer von der Stadt entfernt mitten in Wald und Heide lag. Hier hatten einige hundert elternlose Kinder ihre Heimat gefunden; fast alle Söhne und Töchter von ermordeten Antifaschisten, 10-14jährige, denen die Fürsorge erfahrener Erzieher wenigstens teilweise die verlorene Elternliebe ersetzte. Das Grete-Walter-Heim stand mit der Oberschule in enger freundschaftlicher Verbindung, und einige Oberschüler waren ehemalige Mitglieder des Heims, die jetzt in der Stadt bei verschiedenen Familien lebten, um nicht täglich den weiten Schulweg machen zu müssen.

Kurz vor 20 Uhr fuhren drei Omnibusse, vollbesetzt mit jungen Leuten[78], am Gewerkschaftshaus vor. FDJler rissen die Türen auf, und heraus quoll eine kribbelnde, bunte, lachende Menge von Jungen und Mädchen, die von den Erziehern schnell in Gruppen aufgestellt und in den Saal geführt wurden. Nach Anordnung der FDJ-Leitung nahmen je zwei Oberschüler eines der Heimkinder in die Mitte. Es gab zwar zuerst ein ziemliches Durcheinander, aber schließlich hatte jeder seinen Platz gefunden.

Pünktlich begann der Kulturabend, Lutz hielt streng darauf. Er war es, der als erster vor dem Vorhang erschien, um die Begrüßungsansprache zu halten. Langsam verebbte das Schwatzen im Saal, die Blicke aller richteten sich zur Bühne, wo Lutz stand und ruhig abwartete, bis völlige Stille eingetreten war. Wenige Worte nur richtete er an seine kleinen Gäste, sprach ein herzliches Willkommen und erzählte ihnen von dem Sinn des Abends: „So wie das Mädchen, dessen Namen euer Heim trägt, haben auch eure Väter und Mütter gelebt und gekämpft für eine große Idee. Daß wir hier alle als freie Menschen sitzen dürfen, das haben wir auch euren Eltern zu verdanken. Vergeßt das nie! Aber nicht nur an euch wenden wir uns heute abend, meine lieben kleinen Gäste, sondern wir wenden uns auch an euch, Jugendfreunde. Wir wollen euch noch einmal die Heldentaten der antifaschistischen Kämpfer vor Augen führen, damit ihr nie vergeßt, daß sie ihre übermenschlichen Opfer für jeden einzelnen von euch brachten. Seid stolz auf diese Besten unseres Volkes! Erweist euch ihrer würdig, indem ihr im Namen dieser Menschen unser sozialistisches Vaterland schöner als je zuvor aufbaut!"

Heiliger Ernst schwang in der Stimme des Jungen, und glcich einer starken, steilen Flamme standen seine letzten Worte in der Stille des Saales. In einer der letzten Reihen saß eine dunkelhaarige Frau, die hatte ein heißes Leuchten in den Augen, weil sie wußte, daß das Erbe ihres toten Gatten in guten und festen Händen lag bei der Jugend ihres Landes.

Es gab aber auch andere hier im Saal, die bekamen rote Köpfe während der Ansprache des 1. Sekretärs, oder sie schauten doch verlegen zur Erde, weil sie das unbehagliche Gefühl hatten, diese Worte wären nur oder doch besonders für sie gesprochen worden. Und eine Erinnerung stieg in ihnen auf, oh, eine sehr unangenehme, sehr unbequeme Erinnerung an eine Deutschstunde bei Herrn Studienrat Sehning, als ein empörtes Mädchen aufgesprungen war und ihm fast dieselben Worte ins Gesicht geschleudert hatte …

Während nach der Begrüßungsrede ein geschickt zusammengestelltes Programm ablief mit Chor, Orchester, Rezitationen und Ausdruckstanz, einstudiert von der Tanzmeisterin des Stadttheaters, herrschte hinter der Bühne das Lampenfieber. In der Garderobe saßen die Laienspieler, kostümierten und schminkten sich und überhörten einander noch ein letztes Mal die Rollen.

Kurz vor Beginn des Laienspiels gebot Eva energisch Ruhe. Sie saß auf einem der Toilettentische der Garderobe und spielte nachdenklich mit einem Lippenstift. „Hört mal her, Freunde", sagte sie, nicht sehr laut, aber so eindringlich, daß alle aufgeregten Gespräche verstummten und die Jungen und Mädchen sich ihr zuwandten. „Ihr wißt, was von unserem Laienspiel abhängt. Ich brauche euch wohl nicht klarzumachen, daß es hier nicht nur um unser Prestige als Laienspielgruppe geht, auch nicht um eure persönlichen Erfolge als Schauspieler, sondern, daß gerade dieses Stück eine besondere Aufgabe hat. Ihr wißt, daß eigentlich erst die ‚Eysenhardts' den Anstoß gegeben haben zu meiner Anzeige gegen den Studienrat Sehning. Die meisten haben meine Handlungsweise nicht verstanden, nur ihr seid einige der wenigen, die tapfer zu mir gestanden haben. Dafür danke ich euch. Doch nun kommt es darauf an, alle Gegner, alle, die noch schwanken, davon zu überzeugen, daß wir im Recht sind. Beweist ihnen das mit eurem Spiel! Wenn ich euch sage, daß ihr gut, ja, daß ihr sogar sehr gut spielt, dann könnt ihr mir das getrost glauben. Und nun – auf in den Kampf! Und keine Angst und Aufregung, bitte – das habt ihr nicht nötig. Holt aus euch heraus, was ihr nur irgend herausholen könnt! Hals- und Beinbruch!"

Damit sprang Eva vom Tisch, packte rechts und links die ihr entgegengestreckten Hände und wiederholte: „Hals- und Beinbruch!"

Da kam auch schon Küßchen die Treppe hinuntergesprungen und holte die ganze Gruppe rauf. Sie nahmen hinter der Bühne Aufstellung; die Mitwirkenden des ersten Auftritts gruppierten sich auf der Bühne selbst, wo die Dekorationen, eine bescheidene Wohnküche darstellend, aufgebaut waren.

Eva überprüfte mit einem letzten Blick das Bühnenbild.

„Fertig?", fragte Küßchen. „Fertig", nickte Eva und gab dem Schüler am Vorhang einen Wink. Das dritte Klingelzeichen ertönte. Eva biß sich vor Aufregung auf die Lippen. Der schwere rote Vorhang rauschte langsam zur Seite, und das Spiel begann – das Laienspiel von Peter Nell, genannt „Die Eysenhardts", das den Weg einer Frau schildert, von der unpolitischen Hausfrau und Mutter zur bewußten Kämpferin.

Denen hinter der Bühne klopfte das Herz, daß sie meinten, man müsse es bis in den Saal hinein hören. Sie hatten schon manche Aufführung der Laienspielgruppe miterlebt, nie aber hatten sie so deutlich wie heute empfunden, daß sie nicht spielten um des Spieles willen, sondern, daß sie eine große Aufgabe damit zu erfüllen hatten.

Dann tönte die erste Lachsalve aus dem Saal zu ihnen herauf. Das galt dem guten, alten, groben Vater Eysenhardt, und die Horchenden hinter der Bühne drückten sich die Hände und lächelten sich zu. „Sie gehen mit", flüsterte Georg Eva zu.

In der Pause nach dem ersten Aufzug huschte Eva durch eine Seitentür in den Saal, um die Stimmung zu erkunden. Strahlenden Gesichts kam sie zurück. „Die Stimmung ist bestens, Leute", erzählte sie. Bis jetzt wirkt allerdings noch nicht so sehr das Stück an sich als vielmehr euer Spiel. Darüber gibt es nur eine Meinung: Ihr seid bestens in Form!"

Und wirklich, sie übertrafen sich selbst: Peter und Erika und Hilde und sogar Georg, der noch nie zuvor auf einer Bühne gestanden und heftigeres Lampenfieber hatte als die anderen. In demselben Maße, wie sich die Handlung des Stückes zuspitzte, stieg auch die Spannkraft der Spielenden, und als es seinen Höhepunkt in der Verhaftungsszene erreichte, steigerte sich die Darstellung der Jugendlichen zu einer Kraft des Ausdrucks, die die Zuschauer in atemlosen Bann schlug.

Eva stand in den Kulissen, die Hände verkrampft, und hörte auf die brutale Stimme des SS-Mannes, hörte die dumpfe Erschütterung des Bodens, als Peter in die Knie brach, hörte den entsetzlichen Aufschrei der Mutter Eysenhardt[79], die ihren Sohn eintreten sieht – und hörte im selben Augenblick ein helles Kinderschluchzen aus dem Saal. Markerschütternd hing dieses Schluchzen in der Luft, schien sekundenlang alles andere zu übertönen …

Mit zitternden Knien trat Eva aus der Kulisse zurück, setzte sich schwerfällig auf einen Schemel. Küßchen sah sie, kam geräuschlos herbei: „Um Gottes willen, Eva, was hast du?" Erschreckt sah sie in das blasse Gesicht Evas, der kleine Schweißtropfen auf der Stirn standen. „Soll ich dir ein Glas Wasser bringen?", fragte sie besorgt. „Du hast dich überarbeitet in der letzten Zeit, Mädchen …"

„Nein, nein", wehrte Eva ab. „Ich fühle mich ganz wohl, nur –" Forschend sah die Lehrerin sie an. Da legte Eva plötzlich Küßchen die Arme um den Hals und flüsterte erstickt: „Hast du das Kind da unten im Saal gehört, das Schluchzen? Vielleicht hat es auch damals mit ansehen müssen, wie sie seinen Vater verhaftet haben – wie bei uns zuhause …"

Behutsam strich Küßchen Eva über das Haar, immer und immer wieder, mit mütterlicher Zartheit. Zu sagen wußte sie nichts. Worte gab es nicht für diesen Schmerz …

Unten im Saal saß ein großer Junge, der legte dem schluchzenden Buben an seiner Seite den Arm um die Schulter und schämte sich nicht, daß ihm die Augen feucht waren vor tiefer

Bewegung. Alle Blasiertheit hatten dem Ulrich die Kindertränen vom Gesicht weggewischt, und er schluckte alle diese dummen Redensarten hinab, die Erwachsene in solchen Fällen für Kinder zur Hand haben: „Na, na, so ein großer Junge wird doch nicht weinen …" oder ähnlichen Unsinn.

Und wie dem Ulrich ging es auch den anderen Jungen und Mädchen, die in den Reihen saßen, rechts und links Kinder neben sich, die die kleinen Fäuste ballten und krampfhaft ihre Tränen runterschluckten. Manchem auch liefen sie in der Erinnerung an bitteres Erleben über die ernsten Gesichter, die schon gezeichnet waren von frühem Leid …

Vielleicht kam den Jugendlichen erst in diesem Augenblick so recht zum Bewußtsein, daß Waisen neben ihnen saßen, die niemals oder doch nur kurze Zeit ein Glück genossen hatten, das ihnen so selbstverständlich erschien: Das Aufwachsen in der behüteten Atmosphäre eines Elternhauses. Und wo waren die Väter und Mütter dieser Kinder? Waren sie in einem Konzentrationslager[80] ermordet worden, waren sie gefallen in einem der Strafbataillone, waren sie hingerichtet worden auf den Spruch eines Gerichts, das da verurteilte „im Namen des Volkes"?

Da vorne auf der Bühne fiel jetzt eben der Vorhang vor einer Frau, die regungslos, versteinert vor Schmerz, mit hängenden Armen ins Leere starrte, unendlichen Jammer über den entstellten Zügen …

Keine Hand rührte sich im Saale. Kein Beifall. Georg stand neben Eva, die noch immer auf dem Schemel saß, lauschend in die Stille dort unten. „Das ist der schönste Beweis unseres Erfolges", sagte Georg leise. Eva nickte nur, erhob sich dann und trat zu Erika, die hastig ein Glas Wasser trank. Erika sah erschöpft aus, sogar unter der Schminke, aber sie lächelte Eva zu: „Keine Angst, ich halte durch. Ich fühle mich noch ganz frisch …" „Alles hängt jetzt von dir ab", sagte Eva. „Dein

Spiel beherrscht den ganzen letzten Aufzug …" „Ich weiß",
erwiderte Erika schlicht.

Und es begann der letzte Akt. Eine andere Frau Eysenhardt
stand da auf der Bühne – nicht mehr die jammernde, ängstliche, alte Frau, sondern eine starke, tapfere, die ihren Weg
erkannt hatte und furchtlos beschritt. Sie druckte, mühsam
genug mit den Lettern eines Kinderbaukastens, Flugblätter
gegen Hitler …

Und dann die Nachricht vom Tode ihres Mannes, irgendwo
gestorben in den Steinbrüchen eines Konzentrationslagers …
Dieses erschütternde Weinen … Und dennoch: dieses Aufraffen aus tiefstem Leid, dieses Erheben zu der Größe wahren
Menschseins … Alles hat diese Frau verloren mit den Menschen, die sie liebte und die ihr Leben ausfüllten, aber es ist ihr
eines doch geblieben: Die Verpflichtung, das Werk der Toten
fortzuführen.

Groß, unfaßbar groß ist die Kraft der Frauen …

Frau Eysenhardt saß am Tische, den grauhaarigen[81] Kopf
gesenkt. Sie feuchtete ihren Bleistift an, begann zu schreiben:
das nächste Flugblatt. Murmelnd las sie die ersten Worte. Da
setzte Musik ein, leise zuerst, anschwellend dann mit jedem
ihrer Worte, bis der Vorhang sich schloß unter den vollen und
rauschenden Klängen des Liedes: „Unsterbliche Opfer …".

Lange blieb es still im Saal, aber die hinter dem Vorhang
hatten keine Angst – sie hatten gewonnen. Da setzte der Beifall ein, zuerst fast schüchtern, steigerte sich dann, brauste
durch den Saal, begeistert, hingerissen. Aber die Klatschenden
warteten vergeblich darauf, daß sich die Spieler noch einmal
auf der Rampe zeigten. Der kleine SA-Mann, der Gerhard
Klepsch, hatte wohl Lust, sich noch einmal den Zuschauern
zu präsentieren, aber die anderen hielten ihn zurück. Gerade
die beiden Hauptdarsteller, Erika und Peter, waren solcher
Zurschaustellung abgeneigt und stimmten mit Eva darin über-

ein, daß man lieber das Spiel unvermindert auf die Zuschauer wirken lassen solle.

Küßchen beglückwünschte die Gruppe herzlich zu ihrem Erfolge, und auch Dr. Lorenz kam hinter die Bühne, um den Jugendlichen seine Anerkennung auszusprechen. Der alte Mann war tief bewegt, das fühlte jeder der Spieler, dem er die Hand drückte, und sie freuten sich über die warmen und klugen Worte, die er an sie richtete. Erika allein entging es nicht, daß seine Augen unruhig über die Gesichter liefen, als suche er jemanden unter ihnen. Aber Eva war nicht mehr da; die saß schon unten in der Garderobe, seit sie den Direktor hatte kommen sehen. So schnell konnte sie die Enttäuschung über seinen Verrat nicht überwinden, und so zog sie es vor, stillschweigend zu verschwinden, um sich nicht selbst den Abend zu verderben. Eva merkte sehr wohl, daß sie gerade in der rechten Stimmung war, Dr. Lorenz mit ein paar harten Worten ihre Abneigung fühlen zu lassen, so daß es unbedingt zu einer unerfreulichen Szene gekommen wäre.

Bald kamen die anderen ihr nach, zogen sich um und ließen sich abschminken. Es war heute ungewöhnlich still in der Garderobe, wo sonst nach einer erfolgreichen Aufführung stets ein Höllenlärm herrschte von Jubel und Lachen und Schwatzen und Prahlerei. Die Jungen und Mädchen waren müde und erschöpft, denn sie hatten sich wirklich völlig verausgabt, um das Spiel besser als je zu gestalten. Nicht einmal für den üblichen „Premieren-Stiefel" waren sie zu begeistern, obwohl es sonst ungeschriebenes Gesetz bei ihnen war, daß nach einer guten Erstaufführung die Gruppe geschlossen in ein kleines Lokal ging und eine – oder auch zwei – Runden trank auf den Erfolg.

Heute gingen sie sehr still nachhause. Als letzte verließen Georg und Eva den leeren Saal, der schon im Halbdunkel lag. Vor der Eingangstür wartete Evas Mutter auf sie. Schweigend ergriff sie den Arm ihrer Tochter. Gern nahmen sie Georgs höflich angebotene Begleitung an. Unterwegs sprachen sie nur wenig, aber vor der Haustür verabschiedeten sich beide mit einem besonders herzlichen Händedruck von Georg.

Auf der Treppe sagte Evas Mutter beiläufig: „Ein sehr netter Mensch, dieser Georg. Er macht wirklich einen guten Eindruck …" „Ja, nicht wahr?", stimmte Eva eifrig bei, wurde aber dabei feuerrot. Ihre Mutter tat, als habe sie dieses Erröten nicht bemerkt. Sie lächelte verstohlen.

Die Oberschüler hatten ihre jungen Gäste zu den Omnibussen begleitet. In kleinen Gruppen traten sie den Heimweg an, aber es wollte kein rechtes Gespräch unter ihnen in Gang kommen. Sie alle waren im Innersten aufgewühlt, eine seltsame Scheu jedoch hielt sie davon ab, mit den Kameraden über das Erleben dieses Abends zu sprechen.

Am tiefsten waren wohl die Klassenkameraden Evas ergriffen. Tausend Fragen begleiteten sie auf ihrem Weg, tausend „Warum", die plötzlich in ihnen aufgetaucht waren, sich hartnäckig in ihren Köpfen festsetzten und sich nicht verdrängen ließen. Es war nicht einmal so sehr das Spiel an sich gewesen, das diese vielen „Warum" in ihnen heraufbeschworen hatte, sondern vielmehr die Reaktion der Kinder an ihrer Seite, der Waisen, von denen manche vielleicht selbst Zeugen ähnlicher Szenen wie der auf der Bühne gewesen waren.

Warum hatten diese Kinder ihre Eltern verloren? Warum hatten diese Menschen sterben müssen? Warum hatten sie sich geopfert, statt abzuwarten, bis Hilfe von außen käme? Warum war der Glaube an ihre Sache in ihnen stärker gewesen als die Sorge um ihr persönliches Glück? Warum? Warum? Tausendmal „Warum?" – und die Antwort? Es gab einen Lehrer, den man verehrte, der unfehlbar war, an dessen Worte man glaubte, und dieser Lehrer hatte gesagt: „Sie müssen doch zugeben: dieser Widerstand einiger weniger hatte weder Sinn noch Zweck."

Ja, genau so hatte Studienrat Sehning das gesagt, leisen Spott in der leidenschaftslosen Stimme. Und sie hatten dazu genickt, weil sie ihm glaubten – wie immer. Nur eine war gegen ihn aufgestanden, ein junger Mensch wie sie, und diese eine hatte ihm nicht geglaubt.

„Herrgott, und wir haben sie verdammt, weil sie die Wahrheit gesagt hat." Albrecht schüttelte den Kopf.

„Die Wahrheit!", Ulrich sah Albrecht ins Gesicht.

„Man müßte den Mut haben, Eva zu sagen, daß sie im Recht war", sagte Ulrich langsam. Albrecht nickte.

In diesem Augenblick erst hatte das Mädchen Eva Hennig gesiegt.

Studienrat Sehning klappte sein Buch zu. Er war heute unzufrieden mit der Klasse 12a, die zerstreut schien und unaufmerksam. Sogar seinen Lieblingsschüler Ulrich hatte er mehrmals tadeln müssen und ermahnen zu regerer Mitarbeit.

Sehning schlug einen Plauderton an: „Wissen Sie was: unterhalten wir uns doch noch ein wenig über den gestrigen Kulturabend …" Mit einem Schlage war die Interesselosigkeit der Schüler verflogen, straffer saßen sie jetzt und schauten ihn erwartungsvoll an. Der Lehrer wußte sich die plötzlich gespannte Aufmerksamkeit nicht zu erklären, tastete sich Schritt für Schritt vor, forderte die Schüler zunächst zur Kritik an den Darbietungen des Chores und des Schulorchesters auf. Hier und da erhoben sich Finger, sprach einer der Jungen und Mädchen über einzelne Schwächen, die ihm aufgefallen waren. Dörte bewies ihr feines Musikverständnis bei der Kritik an den Orchesternummern, aber alle diese Beiträge blieben spürbar an der Oberfläche.

Sehning grübelte. Warum diese Zurückhaltung? Debattierten sie nur, weil er sie eben dazu aufgefordert hatte? Er hatte den Eindruck, als habe ihnen der Abend mißfallen – in seiner Thematik. Er konnte mit sich zufrieden sein … Nun ja, er war ja oft genug Zeuge gewesen der feindseligen Angriffe gegen diese Eva Hennig … Er lächelte vor sich hin, wagte einen weiteren Vorstoß: „Nun, und das Laienspiel –" Stille in der Klasse.

Der Studienrat ging einen Schritt weiter: Hätten sie nun nicht bestätigt gefunden, was er damals – er machte eine vage Handbewegung – über dieses Stück und seine Thematik gesagt hatte? Gespielt wäre es ja recht gut[82] gewesen – „ich sagte Ihnen ja schon einmal, Fräulein Hennig, daß Sie unbedingt ein Talent als Regisseur sind –", aber die Handlung sei doch recht plump, die Gestalten in grobem Schwarz-Weiß gezeichnet, und: „– was ich Ihnen damals über seinen inneren Gehalt sagte –"

„Was Sie damals sagten, war falsch." Ulrichs Stimme war sehr ruhig, sehr fest. Den anderen riß es die Köpfe herum. Dem Lehrer gab es einen Ruck. Starr wurden seine Augen, und Ulrich hatte in diesem Moment noch einmal einen schweren inneren Kampf auszufechten: ein letztes Aufflackern der Verehrung für diesen Mann, dem er einst blind ergeben gewesen war, erstickte unter der gebieterischen Forderung, die Recht und Wahrheit an ihn stellten.

„Sie, Herr Studienrat, haben uns gesagt, daß die antifaschistische Bewegung weder Sinn noch Zweck hatte. Das kann nicht wahr sein! Ich habe die Kinder aus dem Grete-Walter-Heim gesehen, und ich habe mit dem kleinen Jungen gesprochen, der neben mir saß und geweint hat. Ich empfinde es geradezu als eine Schande für uns, daß erst ein Laienspiel und die Bekanntschaft mit ein paar armen Waisen nötig waren, um uns die Augen zu öffnen. Unsere Eva hat recht gehabt – damals …"

Ja, er sagte: „unsere Eva"; er, der vor ein paar Wochen gegen sie aufgestanden war und sie verletzt hatte bis ins Innerste, der sie vor den Augen aller aus der Klasse gewiesen hatte …

Der Lehrer saß stumm. Albrecht sprang Ulrich bei: „Vor der Wahrheit gibt es nichts Großes und nicht Kleines", sagte er fast feierlich. „Wir dürfen uns nicht scheuen, unsere Fehler zuzugeben, und wenn alle anderen schweigen, dann sage ich Ihnen und der ganzen Klasse: Eva war im Recht, als sie Ihnen widersprach, und –" Albrecht zögerte weiterzusprechen. Dann sagte er, leise und schnell: „– und sie war im Recht, als sie die Anzeige gegen Sie erstattet hat –"

Das traf Studienrat Sehning wie einen Schlag ins Gesicht. Er, der Beherrschte, sank in sich zusammen unter der Wucht der Anklage, den die jungen Menschen gegen ihn erhoben. Haltlos zitterte seine Hand, die auf dem Tische lag.

Und als wäre mit den Worten von Ulrich und Albrecht ein Damm durchbrochen, so stürzte jetzt eine Flut von Empörung über Sehning herein, die alles wegspülte an Liebe und Verehrung für den Lehrer, in dessen Namen sie die Besten und Aufrechtesten unter ihnen ausgestoßen hatten aus ihrer Gemeinschaft. Nichts mehr band sie an den Mann, der da mit grauem Gesicht an seinem Tisch saß. Sehnings Augen irrten durch die Klasse, und aus allen Gesichtern, aus allen Worten schrie ihm ein Satz entgegen, den ihm schon einmal ein Mädchen ins Gesicht geschleudert hatte: „Sie sind nicht wert, Lehrer zu sein!"

Er machte keinen Versuch mehr, ihrer Auflehnung entgegenzutreten. Der Lehrer hatte es nicht mehr mit einem einzelnen zu tun, nicht mit zwei oder drei Schülern, sondern alle standen gegen ihn, eine geschlossene Front, gegen die es keinen Widerstand gab.

Sehning erhob sich. Für einen Augenblick hatte er Angst, seine Beine würden ihn nicht mehr tragen. Er stützte sich auf den Tisch, rang um Überwindung seiner Schwäche. Den letzten Rest seiner gewaltigen Energie bot er auf, um den Schülern seine Erschütterung zu verbergen. Er wollte noch etwas sagen: „Ein verhängnisvoller Irrtum –" Kläglich brach seine schwankende Stimme an der jungen, starken Ulrichs: „Das war kein Irrtum, Herr Studienrat! Sie haben uns bewußt einen falschen Weg geführt. Sie haben hier nichts mehr zu suchen!"

Da wußte Sehning: das ist das Ende … Er ging zur Tür, mühsam sich aufrechthaltend, tastete nach der Klinke. Es war totenstill geworden in der Klasse. Einen Blick noch warf er zurück auf sie, die den Stab gebrochen hatten über ihn. In Sekundenschnelle glitten seine Augen über die jungen Gesichter und blieben haften auf dem der Denunziantin. Von gelblicher Blässe war es, brennendrote Flecke nur leuchteten auf den hervorspringenden Backenknochen. Aus den schrägen, schwarzen Augen strahlte eine wunderbare Glut – nichts von kleinlichem Triumph, nur die große Flamme edler Begeisterung: Wir haben gesiegt!

Das war das letzte, was Sehning sah. Dann ging er. Und nie wird er sie vergessen, die strahlenden Augen der Schülerin Eva Hennig, der Denunziantin, die ein Mädchen war wie viele andere, die dennoch gesiegt hatte über ihn, weil auf ihrer Seite das Recht war und der Glaube und die unermeßliche Kraft der Jugend und der Wahrheit.

Ausklang

Der Herr Studienrat Sehning wartete die weitere Entwicklung der Dinge nicht ab. Wenige Tage später hielt der Direktor Dr. Lorenz einen Brief von ihm in der Hand, der in knappen Worten seine Ankunft in Hamburg und sofortige Anstellung an einem dortigen Gymnasium mitteilte.

An demselben Tage noch bat Dr. Lorenz den Schulrat, ihn von seinem Amt als Direktor der Oberschule zu dispensieren. Begründung: er habe das pensionsberechtigte Alter längst überschritten und sei nicht mehr imstande, einen so verantwortungsvollen Posten beizubehalten. Er bat nur darum, auch weiterhin einige Stunden Geschichte geben zu dürfen, um nicht ganz den Kontakt mit der Jugend zu verlieren. Dies wurde ihm gerne bewilligt.

Eva war eine der wenigen, die die wahren Gründe für seinen Rücktritt wußten oder doch wenigstens ahnten. Damit erwachte auch wieder ihre ehemalige Zuneigung zu Dr. Lorenz. Trotzdem war Eva sehr befangen, als sie zum ersten Male wieder zu ihm ging. Beide Hände streckte Dr. Lorenz ihr entgegen mit einer Herzlichkeit, die Eva rührte. Eine Weile saßen sie sich schweigend gegenüber, dann sagte er: „Sieh, Eva, ich bin alt geworden, sehr alt … Ich habe es selbst nicht glauben wollen – bis zu dem Tage, an dem mich eine Schülerin beschämt hat –"

Eva wehrte ab, aber Dr. Lorenz sagte fast heiter: „– und dann muß man eben einen Strich ziehen unter das Vergangene, wie ich es jetzt getan habe – wenn es auch nicht leicht fällt …"

Beim Abitur, Anfang Juni, führte Fräulein Habekus als bestätigte Direktorin den Vorsitz.

Eva lag im Grase und blinzelte in die Sonne. „Wie es hier nach Frühling duftet!", sagte sie zu Georg, der neben ihr saß, die Hände über den angezogenen Knien gefaltet. „Ist es nicht herrlich, mit dem Abizeugnis in der Tasche faulenzen zu können?" Georg nickte nur. Da riß Eva einen Grashalm ab und kitzelte Georg unter der Nase, daß er lachend und prustend sich auf sie stürzte: „Na, warte, du Biest! Dafür kriege ich einen Kuß!" „Nö!", sagte Eva lachend und wollte aufspringen, aber Georg packte sie fest bei den Handgelenken, und da half alles Strampeln und Bitten und Drohen nichts – Eva mußte sich durch einen Kuß loskaufen.

Eva strich sich eine Locke aus der Stirn und fragte unvermittelt: „Bist du schon angenommen an der Uni?" „Nö!", sagte Georg lachend in dem gleichen Ton wie sie vorhin.

Eva sah ihn mißtrauisch an: „Wirklich nicht? Schade!" Sie wippte nachdenklich mit dem Fuß. „Ich bin angenommen – beim Filminstitut der DEFA, Abteilung Regisseure und Dramaturgen –"

„In Berlin?", rief Georg. „Na klar, wo denn sonst?" „Mensch, Eva –", Georg holte ganz tief Luft, „– das ist ja großartig!" Er sprang auf, stellte sich in großer Pose vor ihr auf: „Darf ich mich vorstellen, meine Dame: Georg Helmholtz, wohlbestallter Student an der Wirtschaftswissenschaftlichen Fakultät zu Berlin –"

„Ich werd' verrückt!" Eva war fassungslos. „Und das sagst du erst jetzt, du abscheulicher Mensch?"

„Tja, da staunst du, was?" Und genießerisch streckte Georg sich wieder im Gras aus: „Du, ich freue mich so auf Berlin! Du wirst dann ganz in meiner Nähe wohnen, nicht wahr? Und ich werde dich oft besuchen kommen … Und wenn ich dann das Staatsexamen gemacht habe –" Georg brach ab, richtete sich auf und sah auf Eva hinab, ein Lächeln auf dem schönen Gesicht. Fest erwiderte Eva seinen Blick. Da beugte Georg sich über sie und küßte ihre warmen Lippen, und diesmal wehrte sie sich nicht ...

Still saßen Georg und Eva nebeneinander und träumten vom großen „Später ..." Eva schaute einem Marienkäfer zu, der mühsam an einem Grashalm emporkletterte. Sieben schwarze Tupfen zählte sie auf seinen glänzend roten Flügeldecken. Auf der schwankenden Halmspitze hielt das Käferchen inne. Plötzlich breitete es die Flügel aus und schwirrte empor – und es sah aus, als fliege es geradewegs hinein in die Sonne, die strahlend über den grünenden Feldern und Wiesen stand ...

ENDE

Anmerkungen

1 „1950" geändert in „1951" – nachträgliche handschriftliche Berichtigung in der Urfassung [Korrektur: B.R.].

2 „Die Stimme des Jungen" geändert in „Klaus' Stimme" [Korrektur: K.S.].

3 „hellweg" geändert in „heillos" [Korrektur: K.S.].

4 Im Originaltyposkript der Urfassung fehlte das Satzende komplett. Es wurde dort nachträglich handschriftlich von Brigitte Reimann eingefügt – allerdings unvollständig (nach dem Wort „Scherz" fehlte das Wort „hinwegging"); diese Version entspricht der Urfassung und wird deshalb hier verwendet. Im Durchschlag der Urfassung wurde das fehlende Wort „hinwegging" von Brigitte Reimann nachträglich handschriftlich hinzugefügt – und das Satzende wurde modifiziert in „– über einen chinesischen Seitensprung, über den sich die Familienchronik taktvoll ausschweige."

5 „G." geändert in „Göschen" [Korrektur: K.S.]. – Im Originaltyposkript der zweiten Fassung (Seite 13) löste Brigitte Reimann das „G." selbst auf in „Göschen". Deshalb wurde dieser vollständige (fiktive) Ortsname hier übernommen. In der Realität ist vermutlich der Bahnhof Griebnitzsee (Potsdam) gemeint, der damals auf der Strecke Berlin–Magdeburg als Grenzkontrollstelle fungierte.

6 Die Abkürzung „B." steht für Burg bei Magdeburg, die Heimatstadt von Brigitte Reimann. Der Logik der Romanhandlung folgend sind die Tagebucheinträge Eva Hennigs (7. Kapitel) demzufolge nicht mit „Rg." zu überschreiben, sondern mit „Bg.".

7 „die" geändert in „sie" [Korrektur: K.S.].

8 „sich mitten über den Scheitel" geändert in „mitten über dem Scheitel" [Korrektur: B.R.].

9 „im Auge der anderen" geändert in „von Hildes Auge" [Korrektur: K.S.].

10 „war" geändert in „wirkte" – nachträgliche handschriftliche Berichtigung in der Urfassung [Korrektur: B.R.].

11 „Separatmenschen" geändert in „Einzelgängers" [Korrektur: K.S.].

12 „du" – nachträgliche handschriftliche Ergänzung in der Urfassung [Korrektur: B.R.].

13 „er sich" geändert in „Klaus" [Korrektur: K.S.].

14 „unter" geändert in „hinter" [Korrektur: K.S.].

15 „auf" geändert in „bei" [Korrektur: K.S.].

16 Die im Folgeabsatz erwähnten „dreizehn Kameraden" und Eva Hennig haben vermutlich nicht an „fünf Tischen" gesessen, sondern an mindestens sieben Tischen, da es in der Regel Zweiertische in den Klassenzimmern gab. Hier hat sich Brigitte Reimann wahrscheinlich vertan.

17 „Geometrie" geändert in „Trigonometrie" – nachträgliche handschriftliche Berichtigung in der Urfassung [Korrektur: B.R.].

18 „er sie sich" geändert in „er ihnen" [Korrektur: K.S.].

19 Beginn des Textabschnitts, in dem Brigitte Reimann versehentlich Präsens statt Präteritum verwendete [Korrektur: K.S.].

20 „Mund und Nase" geändert in „der Mund" [Korrektur: K.S.].

21 Ende des Textabschnitts, in dem Brigitte Reimann versehentlich Präsens statt Präteritum verwendete [Korrektur: K.S.].

22 „mehr war in ihr" – nachträgliche handschriftliche Ergänzung in der Urfassung [Korrektur: B.R.].

23 „SS-Uniform" geändert in „SA-Uniform" [Korrektur: K.S.].

24 „sie" – nachträgliche Ergänzung [Korrektur: K.S.].

25 Beginn des Textabschnitts, in dem Brigitte Reimann versehentlich Präsens statt Präteritum verwendete [Korrektur: K.S.].

26 Ende des Textabschnitts, in dem Brigitte Reimann versehentlich Präsens statt Präteritum verwendete [Korrektur: K.S.].

27 „mit" – nachträgliche handschriftliche Ergänzung in der Urfassung [Korrektur: B.R.].

28 „etwas" – nachträgliche handschriftliche Ergänzung in der Urfassung [Korrektur: B.R.].

29 „auf die Schüler" – nachträgliche handschriftliche Ergänzung in der Urfassung [Korrektur: B.R.].

30 „Gesicht" – nachträgliche handschriftliche Ergänzung in der Urfassung [Korrektur: B.R.].

31 „KZ's" geändert in „Konzentrationslager" [Korrektur: K.S.].

32 „KZ" geändert in „Konzentrationslager" [Korrektur: K.S.].

33 „du" – nachträgliche handschriftliche Ergänzung in der Urfassung [Korrektur: B.R.].

34 „klopfte" geändert in „schlug" – nachträgliche handschriftliche Berichtigung in der Urfassung [Korrektur: B.R.].

35 „man" – nachträgliche handschriftliche Ergänzung in der Urfassung [Korrektur: B.R.].

36 „dich" – nachträgliche handschriftliche Ergänzung in der Urfassung [Korrektur: B.R.].

37 „anderen" – nachträgliche handschriftliche Ergänzung in der Urfassung [Korrektur: B.R.].

38 „fingen" geändert in „anfingen" [Korrektur: K.S.].

39 „Elemente" geändert in „Vertreter" [Korrektur: K.S.].

40 „erhoben" – nachträgliche handschriftliche Ergänzung in der Urfassung [Korrektur: B.R.].

41 „sie sie" – nachträgliche Ergänzung [Korrektur: K.S.].

42 „für" – nachträgliche handschriftliche Ergänzung in der Urfassung [Korrektur: B.R.].

43 „hielten" – nachträgliche handschriftliche Ergänzung in der Urfassung [Korrektur: B.R.].

44 „der" – nachträgliche Ergänzung [Korrektur: K.S.].

45 „eine" – nachträgliche handschriftliche Ergänzung in der Urfassung [Korrektur: B.R.].

46 „sich" – nachträgliche handschriftliche Ergänzung in der Urfassung [Korrektur: B.R.].

47 „Finger" geändert in „Hände" – nachträgliche handschriftliche Berichtigung in der Urfassung [Korrektur: B.R.].

48 „Rechtsanwalt" geändert in „Anwalt" – nachträgliche handschriftliche Berichtigung in der Urfassung [Korrektur: B.R.].

49 „für" geändert in „gegen" [Korrektur: K.S.].

50 „sie" geändert in „seine" [Korrektur: K.S.].

51 „du" – nachträgliche handschriftliche Ergänzung in der Urfassung [Korrektur: B.R.].

52 „Wanja" – nachträgliche Ergänzung [Korrektur: K.S.].

53 „dem Einarmigen" geändert in „ihm" – nachträgliche handschriftliche Berichtigung in der Urfassung [Korrektur: B.R.].

54 „köstliche" geändert in „kostbare" [Korrektur: K.S.].

55 „im Schlafanzug" – nachträgliche handschriftliche Ergänzung in der Urfassung [Korrektur: B.R.].

56 „„– und Dr. Lorenz, du!', fiel sie ein" – nachträgliche handschriftliche Berichtigung (Streichung) in der Urfassung, da die Textpassage einen logischen Widerspruch zur bisherigen Handlung dargestellt hätte [Korrektur: B.R.].

57 „Rg." geändert in „Bg." [Korrektur: K.S.].

58 „Rg." geändert in „Bg." [Korrektur: K.S.].

59 „vorquetscht" geändert in „durchquetscht" – nachträgliche handschriftliche Berichtigung in der Urfassung [Korrektur: B.R.].

60 „Rg." geändert in „Bg." [Korrektur: K.S.].

61 „Weimar" geändert in „Berlin" [Korrektur: K.S.]. – Brigitte Reimann wollte tatsächlich in Weimar Theaterwissenschaften studieren, ihre Protagonistin Eva Hennig jedoch hatte vor, ihre Ausbildung in Berlin zu machen (siehe Romanende „Ausklang"). Deshalb wurde hier in „Berlin" korrigiert.

62 „Rg." geändert in „Bg." [Korrektur: K.S.].

63 „dieser" – nachträgliche Ergänzung [Korrektur: K.S.].

64 „aber" geändert in „trotzdem" – nachträgliche handschriftliche Berichtigung in der Urfassung [Korrektur: B.R.].

65 „lächelte" geändert in „lächelnd sagte" – nachträgliche handschriftliche Berichtigung in der Urfassung [Korrektur: B.R.].

66 „sich" – nachträgliche Ergänzung [Korrektur: K.S.].

[67] „in" geändert in „mit" – nachträgliche handschriftliche Berichtigung in der Urfassung [Korrektur: B.R.].

[68] „bis" – nachträgliche handschriftliche Ergänzung in der Urfassung [Korrektur: B.R.].

[69] „Mutter" geändert in „Mutter Eysenhardt" [Korrektur: K.S.].

[70] „z. B." geändert in „beispielsweise" [Korrektur: K.S.].

[71] „noch junge Mann" geändert in „noch junge Lehrer" [Korrektur: K.S.].

[72] „VP" geändert in „Volkspolizei" [Korrektur: K.S.].

[73] „Westflüchtig" geändert in „Republikflüchtig" – nachträgliche handschriftliche Berichtigung in der Urfassung [Korrektur: B.R.].

[74] „Tendenzen" geändert in „Ansichten" [Korrektur: K.S.].

[75] „der" geändert in „die" – nachträgliche handschriftliche Berichtigung in der Urfassung [Korrektur: B.R.].

[76] „Konsum-Werbeabt." geändert in „Konsum-Werbeabteilung" [Korrektur: K.S.].

[77] „dergl." geändert in „dergleichen" [Korrektur: K.S.].

[78] „jungem Volk" geändert in „jungen Leuten" [Korrektur: K.S.].

[79] „Mutter" geändert in „Mutter Eysenhardt" [Korrektur: K.S.].

[80] „KZ" geändert in „Konzentrationslager" [Korrektur: K.S.].

[81] „grauen" geändert in „grauhaarigen" [Korrektur: K.S.].

[82] „gut" – nachträgliche handschriftliche Ergänzung in der Urfassung [Korrektur: B.R.].

Anhang

Nachwort

> Das ist das Ärgste, was einem Lektor passieren kann:
> wenn er, im Bemühen mitzukonzipieren,
> dem Autor die Lust am Produzieren vermiest.
>
> Günter Caspar

„Die Denunziantin" ist der bisher unveröffentlichte erste Roman der Schriftstellerin Brigitte Reimann. Als sie ihn im Herbst 1952 begann, war sie neunzehn Jahre alt und hatte gerade ihr Abitur abgelegt. Brigitte Reimann war damals eine glühende Anhängerin der neuen sozialistischen Gesellschaftsordnung, aber gleichzeitig auch eine manchmal zu pathetische und narzisstische Individualistin mit einem ausgeprägten Gerechtigkeitsempfinden.

Enthusiastisch schrieb die junge Autorin vom Aufbau der kurz zuvor gegründeten DDR und flocht in die Romanhandlung ihre persönlichen Erlebnisse als Leiterin der Laienspielgruppe der Geschwister-Scholl-Oberschule in Burg und mit ihrer Abiturklasse ein. Reimanns Anliegen war es, den Oberschulalltag und die widersprüchlichen Stimmen unter den Deutschen zur Teilung ihres Staates und zum Umgang mit den Ereignissen der NS-Zeit vor allem aus der Sicht der Jugendlichen zu zeigen. Dafür schrieb sie ehrlich auf, was sie in ihrem Umfeld wahrnahm und erlebte.

Doch was und wie sie schrieb entsprach nicht der Forderung der sich gerade formierenden DDR-Literatur, „positive Helden" in den Mittelpunkt zu stellen, die als Vorbilder für eine sozialistische Idealgesellschaft dienen können. Die siebzehnjährige Eva Hennig, mit der Brigitte Reimann eben jene perfekte Romanheldin gestalten wollte, geriet zu ungezähmt, stur und besserwisserisch.

Brigitte Reimann hat die Urfassung 1952 begonnen und 1953 vollendet. Der Roman sollte ihr denkwürdiger erster Schritt auf die literarische Bühne werden, doch das misslang. Die DDR-Verlage druckten ihn nicht. Die erste Fassung nicht, die zweite Fassung nicht, die dritte nicht und die vierte auch nicht, die Reimann letztlich frustriert als Fragment in der Schublade liegen ließ. Zu individualistisch, zu schillernd sei die Eva Hennig geraten; schlicht einer überzeugten sozialistischen Heldin nicht würdig, lautete eine der vielen Begründungen. Vier Jahre nach Arbeitsbeginn und bei der mittlerweile vierten Fassung, fühlte sich Brigitte Reimann deshalb wie die ausgeladene dreizehnte Dornröschen-Fee: „Das Debut der Dreizehnten" heißt das erste Kapitel ihrer vierten Fassung, die nun den programmatisch provokanten Titel trägt „Wenn die Stunde ist, zu sprechen …".

Die hier veröffentlichte Urfassung ist jene Fassung, die Brigitte Reimann selbst am meisten am Herzen lag. Sie ist authentisch in Sprache, Stil und politischer Einstellung der damals überzeugten FDJlerin und Neulehrerin und gleichzeitig ein aufschlussreiches Zeitdokument zum DDR-Alltag der frühen 1950er Jahre und zur frühesten Schaffensphase der Autorin.

Fast wäre der Roman in den Archiv-Schubladen der Literaturgeschichte vergessen worden. Dafür, dass er nun, fast siebzig Jahre nach seinem Entstehen, endlich erscheinen kann, danke ich meinem Verleger Detlev Kopp, Rudolf Burgartz († 2015) und Christine Schmidt für ihre Genehmigungen, dem Literaturzentrum Neubrandenburg, das die Archivalien zur Verfügung stellte, Peter Saalfeld für den vertrauensvollen Kontakt und das Foto aus seinem Privatarchiv, Nora und Eva für's Testlesen und Klaus Lepsky für alles – ohne ihn würde es meine Bücher nicht geben.

Kristina Stella
Kronberg im Taunus, 2021

Editionsgeschichte

Die Initialzündung zum Roman

> Schreiben Sie nur kein Sonntagsdeutsch, schreiben Sie
> nur, was Sie wirklich denken und erleben.
>
> Anna Seghers[1]

Am 8. Februar 1952 hatte die Schriftstellerin Anna Seghers
einen Schreibwettbewerb um „Die schönste Liebesgeschichte"
ausgerufen. Einsendeschluss war der 1. August 1952.[2]

Brigitte Reimann nahm das Preisausschreiben zum Anlass,
sich mit ihrer Erzählung „Claudia Serva" am 22. Juli 1952 per
Brief direkt an Anna Seghers zu wenden. Mehr noch als um
die Teilnahme am Wettbewerb ging es der jungen Autorin um
ein Feedback zu ihrer literarischen Arbeit:

> Gestatten Sie mir, mich mit einer großen Bitte an Sie zu wen-
> den: Ich hatte die Absicht, mich an dem von Ihnen ausge-
> schriebenen Wettbewerb um die schönste Liebesgeschichte zu
> beteiligen, habe aber Ihren Aufruf viel zu spät erst in die Hände
> bekommen und kann daher meine Arbeit bis zu dem festge-
> setzten Termin nicht mehr schaffen.
>
> Ist es Ihnen nicht möglich, den letzten Einsendungstermin
> vom 1. August auf den 1. September zu verschieben? […] ich
> würde mich sehr freuen, wenn ich aus Ihrem Munde einmal ein

---

[1] Anna Seghers an Brigitte Reimann, 06.08.1952. – Neue deutsche Literatur 36 (1988) 6. – Seite 7.

[2] Das Preisausschreiben gewann Siegfried Pitschmann (den Brigitte Reimann damals noch nicht kannte) gemeinsam mit drei weiteren Einsen-
dern. – Stephan Hermlin an Siegfried Pitschmann, 29.05.1953. – Archiv
BRA, Inventarisierungsnummer 00862–00004.

Urteil darüber hörte, ob sich in meiner Erzählung[3] wenigstens ein Ansatz findet, auf dem ich weiter aufbauen könnte.

Es gibt in unserem nicht sehr kunstfreudigen Städtchen wenige Menschen, an die man sich einmal mit der Bitte um Beurteilung wenden kann. Ich habe von ihnen immer sehr viel Lobendes, aber wenige richtige Kritiken und Anregungen zu hören bekommen. Vor allem an der Schule bin ich wegen meines angeblichen Talentes stets von Lehrern und Mitschülern über Gebühr verwöhnt worden, und man hat mir viele Fehler zugute gehalten, aber ich spüre jetzt deutlich, daß sie mir damit nur einen geringen Gefallen getan haben, denn ich habe mich dadurch so sehr in die Idee verbissen, Schriftsteller werden zu wollen und zu müssen, daß es ein vernichtender Schlag für mich wäre, wenn ich feststellen müßte, daß ich niemals über eine triste Mittelmäßigkeit hinauskommen werde. Ich fürchte nur, daß sich mit der Zeit dieses Glauben und Zweifeln immer hemmender auf meine praktische Arbeit und auf mein späteres Studium auswirken wird, wenn ich mich nicht endlich einmal von berufener Seite bestätigt oder abgelehnt finde.[4]

Nahezu postwendend kam ein Antwortbrief der berühmten Autorin:

Ich kann zwar keinen letzten Einsendungstermin verschieben, Sie können aber trotzdem ruhig Ihre Liebesgeschichte an mich schicken. […] Zum Schreiben gehört eine gewisse Kühnheit wie zu allen wichtigen Unternehmen.

Schreiben Sie nur kein Sonntagsdeutsch, schreiben Sie nur, was Sie wirklich denken und erleben. Schreiben Sie nur keinen falschen Pathos und keine gedichteten Artikel.[5]

---

[3]Gemeint ist die unvollendet gebliebene, unveröffentlichte Erzählung „Claudia Serva". – Archiv BRA, Inventarisierungsnummer 00408.

[4]Brigitte Reimann an Anna Seghers, 22.07.1952. – Neue deutsche Literatur 36 (1988) 6. – Seite 5–6.

[5]Anna Seghers an Brigitte Reimann, 06.08.1952. – Neue deutsche Literatur 36 (1988) 6. – Seite 6–7.

Genau jene Worte sollten die Initialzündung für den Beginn der Arbeit am Roman „Die Denunziantin" und stilbildend für Brigitte Reimanns Originalfassung werden. Nur drei Tage später antwortete Brigitte Reimann:

> Ich werde [...] mich vorläufig einer Erzählung widmen, die in Schulkreisen spielt, in deren Sprache kenne ich mich am besten aus, denn ich bin ja auch erst vor kurzer Zeit der Penne entwichen. Da besteht dann wenigstens die Aussicht auf eine lebendige Schilderung.
>
> Ich möchte mir gestatten, von Ihrer gütigen Erlaubnis Gebrauch zu machen und Ihnen meine Erzählung zuzusenden, sobald ich sie beendet habe.
>
> Ich danke Ihnen dafür, daß Sie mir den Mut gegeben haben, mit der von Ihnen geforderten Kühnheit an die Arbeit zu gehen.[6]

Die erste Fassung – Beginn

> Deshalb möchte ich Sie herzlich bitten, sich einmal ein bißchen nach der verlorenen Erzählung umzuschauen.
> Brigitte Reimann[7]

Derart motiviert begann Brigitte Reimann sofort mit der Arbeit. Bereits am 8. Oktober 1952 hatte sie das erste und zweite Romankapitel fertiggestellt und in der Hoffnung auf eine Fortsetzung des Dialogs mit Anna Seghers gab sie das Originalmanuskript persönlich im Aufbau-Verlag ab. Doch Brigitte Reimann erhielt trotz mehrfacher Bitten weder eine Bewertung noch ihr Manuskript zurück. Deshalb benutzte sie für die Weiterarbeit den bei ihr verbliebenen Durchschlag der ersten

---

[6]Brigitte Reimann an Anna Seghers, 09.08.1952. – Neue deutsche Literatur 36 (1988) 6. – Seite 8.

[7]Brigitte Reimann an den Aufbau-Verlag, 11.11.1952. – Archiv Aufbau, Inventarisierungsnummer SBB IIIA Dep38 M0103a 0046.

beiden Kapitel und setzte mit dem dritten Kapitel und einem neuen Original fort.

Die Arbeitsgemeinschaft Junger Autoren

> Lasse die Heldin meinetwegen blond und schlank sein.
> Otto Bernhard Wendler[8]

Mitten in der Arbeit an der ersten Manuskriptfassung, zu Beginn des Jahres 1953, hatte Brigitte Reimann Kontakt zum Schriftsteller Otto Bernhard Wendler bekommen, dem sie den Durchschlag ihrer beiden ersten Romankapitel mit der Bitte um eine Beurteilung gab:

> Sehr geehrter Herr Wendler! Gestatten Sie mir die Bitte, daß Sie sich einmal mit meinem Manuskript abgeben. […][9] Herzliche Grüße, Ihre Brigitte Reimann[10]

Otto Bernhard Wendler antwortete:

> Sprachlich, stilistisch durchaus brauchbar. Viel besser als der Harems-Schmarren. Naturalismen der Klein-Mädchen-Pubertät müssen natürlich noch ausgemerzt werden, doch das hat Zeit. Erst mal runter schreiben. Ein Hinweis: Radikal alle Anklänge an Burger Verhältnisse (Übermut u.a.) ausmerzen. Ein zweiter: Sich selbst aus der Geschichte rausbringen. Lasse die Heldin meinetwegen blond und schlank sein. Ein dritter: Der Vorwurf „Denunziantin" fällt zu früh. Das muß letzte Steigerung sein. Also die Gegnerschaft der Klasse viel vorsichtiger anlaufen lassen. Herzlich Ihr Wendler[11]

---

[8] Otto Bernhard Wendler an Brigitte Reimann, undatiert. – Archiv Aufbau, Inventarisierungsnummer SBB IIIA Dep38 M0103a 0041.

[9] Dieser Textteil ist auf Grund der schlechten Qualität der Vorlage nur bruchstückhaft zu entziffern.

[10] Brigitte Reimann an Otto Bernhard Wendler, undatiert. – Archiv Aufbau, Inventarisierungsnummer SBB IIIA Dep38 M0103a 0002.

[11] Otto Bernhard Wendler an Brigitte Reimann, undatiert. – Archiv Aufbau, Inventarisierungsnummer SBB IIIA Dep38 M0103a 0041.

Brigitte Reimann berichtete ihrer Jugendfreundin Veralore Schwirtz:

> Ich habe hier in Burg einen Mäzen gefunden: den bekannten Schriftsteller O. B. Wendler, der mich außerordentlich fördert (im erfreulichen Gegensatz zu anderen jungen Autoren, die er in seiner ironischen Art scharf kritisiert, was die meisten nicht vertragen), weil er sich viel von mir verspricht.
>
> Auch bei mir ging nicht alles glatt. Ich habe bis vor kurzer Zeit einen unmöglich schwülstigen Ausdruck gehabt, den mir Wendler unbarmherzig vorwarf, bis ich meine Fehler mit Schrecken erkannte und eine ganz neue Bahn beschritt – eben mit meiner „Denunziantin", von der Wendler begeistert ist.[12]

Über Wendler bekam Brigitte Reimann Kontakt zur Arbeitsgemeinschaft Junger Autoren des Bezirks Magdeburg, der sie nach einigen Gast-Teilnahmen am 14.03.1953 beitrat.

> Kürzlich wurde in unserem Bezirk ein Verband junger Autoren gegründet, dessen Vorsitzender der Schriftsteller Brennecke ist. Ich wagte in einem Anfall von Bescheidenheit nicht, mich um Aufnahme zu bewerben, aber das erledigte Wendler für mich, denn eines Tages bekam ich ein Schreiben vom Schriftstellerverband, das mich zur ersten Autorentagung einlud.[13]

Nun hatte Brigitte Reimann endlich Ansprechpartner, die ihr das heiß ersehnte Feedback zum Roman-Manuskript geben konnten, auf das sie von Anna Seghers und vom Aufbau-Verlag vergeblich hatte warten müssen, denn Otto Bernhard Wendler schickte – ohne Reimanns Wissen – die ersten vier Romankapitel direkt nach ihrer Fertigstellung an die Arbeitsgemeinschaft.[14]

---

[12]Brigitte Reimann an Veralore Schwirtz, 11.02.1953. – Aber wir schaffen es, verlaß Dich drauf! : Briefe an eine Freundin im Westen. – Berlin : Elefanten-Press, 1995. – Seite 152.

[13]Ebd. – Seite 152.

[14]Reimann, Brigitte: Rechenschaftsbericht über das Jahr 1953, 20.02.1954. – Archiv BRA, Inventarisierungsnummer 00028 (Abschrift). Archiv BRA, Inventarisierungsnummer 00383 (Kopie).

Wendler hatte ohne mein Wissen die ersten vier Kapitel meiner „Denunziantin" dem Autorenverband eingereicht, und unser Vorsitzender fand sie so großartig, daß er sofort ihren Druck in einer „Anthologie junger Schriftsteller" in die Wege leitete.[15]

Der AG-Vorsitzende Wolf Dieter Brennecke machte weitere Korrekturvorschläge. Zusammenfassend kann man sagen: Die Verschiebung der Denunziantinnen-Szene war ein guter Tipp Wendlers, der allerdings von Brigitte Reimann konsequent ignoriert wurde (im Fragment der vierten Fassung kommt eine Denunziantin gar nicht mehr vor). Die Umbenennung des Lehrers Übermut in Stolze war Brigitte Reimann eine Überlegung wert, wie ihre Notizen im Manuskript zeigen, aber sie setzte sie erst in der vierten Fassung um. Dafür strich die Autorin zahlreiche kritische Textstellen, die ihre Heimatstadt Burg – das eindeutige Vorbild für den Romanschauplatz – in zu schlechtem Licht zeigten, was dem Roman etwas Lokalkolorit nahm, aber durchaus verschmerzbar war.

Nicht verschmerzbar war jedoch etwas anderes: der Verlust der Alltagssprache. Brigitte Reimann hatte auf den Rat von Anna Seghers hin ganz bewusst in jenem „schnodderigen" Umgangston geschrieben, der damals an der Schule herrschte. Vor allem dadurch wurde der Roman lebendig, und die jugendlichen Protagonisten und deren Handlungen verkörperten authentisch das Zeitkolorit zu Beginn der 1950er Jahre. Genau diese Jugendsprache jedoch war dem damals 57-jährigen Otto Bernhard Wendler ein Dorn im Auge. Er korrigierte sie – sicherlich gut gemeint – wo immer möglich aus dem Manuskript heraus und schuf damit genau jene „Sonntagssprache", von der die Seghers so dringend abgeraten hatte. Die junge, unerfahrene Brigitte Reimann vertraute und folgte

[15] Brigitte Reimann an Veralore Schwirtz, 11.02.1953. – Aber wir schaffen es, verlaß Dich drauf! : Briefe an eine Freundin im Westen. – Berlin : Elefanten-Press, 1995. – Seite 152.

dem Rat des von ihr hochverehrten Kollegen und übernahm seine diesbezüglichen Korrekturvorschläge nahezu vollständig in ihre zweite Fassung. Sie fügte weitere Änderungen hinzu, die in Stil und Intention den Korrekturvorschlägen Wendlers entsprachen.

Die zweite Fassung

> Aber bedenke, was Du schreiben sollst!!!
> Siehst Du denn nicht die Verantwortung, die auf Dir als Schriftstellerin ruht! Willst Du Dich Dein Leben lang verantwortlich fühlen für die ideologische Vergiftung eines halben Volkes!?
>
> Peter Saalfeld[16]

Die zweite Fassung besteht nur aus den ersten vier Kapiteln. Brigitte Reimann wollte und sollte hier zunächst einmal die handschriftlichen Korrekturen aus den vier bereits vorhandenen Kapiteln der ersten Fassung umsetzen, bevor sie mit der Arbeit am fünften Kapitel fortfuhr.

Am 7. Februar 1953 hatte Brigitte Reimann die vier Kapitel der zweiten Fassung beendet.

> Freilich mußte ich diese ersten Kapitel noch einmal überarbeiten (ich habe mich noch nicht ganz vom Slang der Pennäler gelöst) und – was das schlimmste war – noch einmal ganz abtippen. Die Arbeit hat mich fast unter die Erde gebracht, denn ich hatte für diese ganze Arbeit nur einen Termin von vier Wochen bekommen und mußte sie neben der ganzen Schularbeit erledigen. […]
> Tag für Tag habe ich bis nachts 2 oder 3 Uhr geschuftet, und natürlich war ich mit den Nerven völlig auf dem Hund. Vorigen Sonntag habe ich die Arbeit abgeliefert. Das erste, was

---

[16] Peter Saalfeld an Brigitte Reimann, 12.03.1953. – Archiv BRA, Inventarisierungsnummer 00405.

ich tat, war, daß ich abends um 7 Uhr ins Bett gegangen bin und mich wonnig ausgeschlafen habe.

Nun geht es weiter – mit den nächsten Kapiteln, daß dann der ganze Roman veröffentlicht werden kann.[17]

Wie schwer sich Brigitte Reimann nicht nur mit dem knappen Ablieferungstermin, sondern auch mit der Akzeptanz der Korrekturen getan hatte, ist ihrem Brief an Wolf Dieter Brennecke zu entnehmen:

> Die „Denunziantin" hat mich manche schlaflose Nacht gekostet – ich war völlig verzweifelt, weil mir diese verflixte Umarbeitung so schrecklich schleierhaft war. Nun, Herr Wendler wird Ihnen davon ein betrübliches Lied singen können … Ich weiß auch jetzt noch nicht, ob ich mit meiner Umarbeitung das Rechte getroffen habe.[18]

Die erste Fassung – Abschluss

> Ein fertiges Buch ist ein Argument, es ist in der Welt und kann nicht liquidiert werden, nicht mal durch Schweigen.
> Brigitte Reimann[19]

Bereits am 16. April 1953 hatte Brigitte Reimann den 207 Seiten umfassenden Roman komplett fertiggestellt.[20] Einen Tag später schickte die Autorin das Manuskript an den Mitteldeutschen Verlag.

---

[17] Brigitte Reimann an Veralore Schwirtz, 11.02.1953. – Aber wir schaffen es, verlaß Dich drauf! : Briefe an eine Freundin im Westen. – Berlin : Elefanten-Press, 1995. – Seite 152–153.

[18] Brigitte Reimann an Wolf Dieter Brennecke, 07.03.1953. – Archiv BRA, Inventarisierungsnummer 00028.

[19] Brigitte Reimann an Günter de Bruyn, 18.01.1970. – Deutsches Literaturarchiv Marbach, Inventarisierungsnummer BF 000143667.

[20] Reimann, Brigitte: Rechenschaftsbericht über das Jahr 1953, 20.02.1954. – Archiv BRA, Inventarisierungsnummer 00028 (Abschrift). Archiv BRA, Inventarisierungsnummer 00383 (Kopie).

[…] ich habe während der letzten Wochen mit einer derartigen Intensität an meiner „Denunziantin" gearbeitet, daß ich sie vor zwei Tagen vollenden und gestern an den Mitteldeutschen Verlag senden konnte, der sich sehr dafür (und für mich) interessiert.[21]

Vermutlich handelte es sich hierbei um ein aus den folgenden Komponenten zusammengesetztes Exemplar: Seite 1 bis 109 der zweiten Fassung (1. bis 4. Kapitel), Seite 110 bis 207 der ersten Fassung (5. Kapitel bis Romanende).

Ein Verlagsvertrag konnte bislang nicht ermittelt werden. Aus Brigitte Reimanns Brief an Wolf Dieter Brennecke (rückblickend im Jahr 1954 geschrieben, nach Beendigung der Zusammenarbeit mit dem Mitteldeutschen Verlag) ist zu schließen, dass es nie einen Vertrag gegeben hat:

In diesen zwei Jahren hat man mir immer wieder „Mut gemacht", mich ermuntert, nur ja fleißig zu sein, diesen und jenen Charakter zu vertiefen – und man hat sich gehütet, auch nur eine winzige Zusage zu machen, die hätte bindend sein können.[22]

---

[21] Brigitte Reimann an Veralore Schwirtz, 18.04.1953. – Aber wir schaffen es, verlaß Dich drauf! : Briefe an eine Freundin im Westen. – Berlin : Elefanten-Press, 1995. – Seite 156–157.

[22] Brigitte Reimann an Wolf Dieter Brennecke, 12.11.1954. – Archiv BRA, Inventarisierungsnummer 00028.

Die zweite, überarbeitete Fassung

> Ich habe mehrmals erklärt, daß ich nicht daran denke,
> auch nur das Geringste an der Eva und ihrem Verhalten
> zu ändern.
>
> Brigitte Reimann[23]

Nach Gesprächen mit ihrem Lektor Gerd Noglik überarbeitete
Brigitte Reimann das Manuskript im Auftrag des Mitteldeutschen Verlags. Die Überarbeitung ging am 18. August 1953
im Verlag ein. Auch hier ist nur zu vermuten, um welche
Manuskriptteile in welcher Version es sich handelte.

Auf der ersten Seite des Durchschlags der zweiten Fassung
befindet sich die folgende handschriftliche Notiz: „530/1-
207"; vermutlich die Eingangsnummer des Mitteldeutschen
Verlags (das 530. Manuskript mit den Seiten 1 bis 207).

Da der Durchschlag der zweiten Fassung nur die Seiten 1 bis
90 umfasste, komplettierte ihn Brigitte Reimann vermutlich
mit den Seiten 91 bis 109 des Originals der zweiten Fassung
(4. Kapitel, Ende) und den Seiten 110 bis 207 der ersten
Fassung (5. Kapitel bis Romanende). Darauf weisen die in den
genannten Manuskriptexemplaren gemachten Korrekturen
hin.

Offenbar war der Mitteldeutsche Verlag mit dem Ergebnis
von Brigitte Reimanns Umarbeitung nicht zufrieden, denn
Gerd Noglik schrieb am 16.11.1953:

> Es ist schwer, Ihnen, nach dem was bisher an Umarbeitungen
> vorliegt, einen verbindlichen Rat zu geben. Die bisherige An-
> lage der Neufassung läßt noch nicht erkennen, ob es Ihnen
> gelingen wird, sich von allzu starken persönlichen Erlebnissen
> zu distanzieren und doch wiederum mit guter Gestaltungskraft
> den Leser an eine erfundene Fabel hinanzuführen. Sicher haben
> Sie in der Zwischenzeit weitergearbeitet; es würde uns interes-

---

[23] Brigitte Reimann an Wolf Dieter Brennecke, 13.11.1953. – Archiv BRA,
Inventarisierungsnummer 00028.

250

sieren, den weiteren Teil der neuen Fassung kennenzulernen, um Ihnen dann eine endgültige Stellungnahme zur Anlage dieser Arbeit zu geben.[24]

Es ist anzunehmen, dass sich Noglik hierbei auf die Fassung bezog, die am 18. August 1953 im Verlag eingegangen war. Er schien am 16.11. auch davon auszugehen, dass Brigitte Reimann für das fünfte Kapitel bis zum Romanende ebenfalls noch eine zweite Fassung erstellen würde. Dass er bereits die dritte Fassung gemeint haben könnte, ist sehr unwahrscheinlich, denn dies würde im Widerspruch zum drei Tage zuvor geschriebenen Brief Brigitte Reimanns an Wolf Dieter Brennecke stehen:

> Ich werde mich in nächster Zeit eines schweren Disziplinverstoßes gegen die AG schuldig machen, indem ich ihren Befehl, bis zum 13.12. die „Denunziantin" nach Eurem Geschmack umzuarbeiten, mißachten werde. Ich habe mehrmals erklärt, daß ich nicht daran denke, auch nur das Geringste an der Eva und ihrem Verhalten zu ändern – das geht einfach gegen mein Gewissen und würde mir das Mädchen gründlich verekeln.[25]

Die dritte Fassung

> Ich wußte, daß mein Buch nicht in den neuen Kurs paßt.
> Brigitte Reimann[26]

Wie ihr Brief an den Vorsitzenden der Arbeitsgemeinschaft Junger Autoren, Wolf Dieter Brennecke, vom 13. November 1953 verdeutlicht, tat sich Brigitte Reimann sehr schwer damit,

---

[24] Mitteldeutscher Verlag (Gerd Noglik) an Brigitte Reimann, 16.11.1953. – Archiv BRA, Inventarisierungsnummer 00864-00006.

[25] Brigitte Reimann an Wolf Dieter Brennecke, 13.11.1953. – Archiv BRA, Inventarisierungsnummer 00028.

[26] Brigitte Reimann an Wolf Dieter Brennecke, 12.11.1954. – Archiv BRA, Inventarisierungsnummer 00028.

ihre „Denunziantin" noch einmal zu überarbeiten. Doch im Februar 1954 überwand sie ihre Bedenken und begann mit der dritten Fassung:

> […] stell Dir vor, ich habe meine so oft verfluchte „Denunziantin" hervorgeholt und die Überarbeitung begonnen, die in erstaunlichem Tempo – und trotzdem gründlich, hoffe ich – vor sich geht. Da wir in Leipzig wahrscheinlich Herrn Noglik treffen werden, werde ich bereits die ersten überarbeiteten Kapitel mitnehmen, um sie ihm feierlichst überreichen zu können.[27]

Das Manuskript der dritten Fassung überschrieb Brigitte Reimann mit „Kennwort: Frosch"; einer Widmung für ihren damaligen Ehemann Günter Domnik, dem sie den Spitznamen „Frosch" gegeben hatte.

Die dritte Fassung der „Denunziantin" ist im Prinzip eine Collage. Als Ausgangspunkt benutzte die Autorin Textpassagen, die sie nahezu unverändert oder in erweiterter, aber nicht sinnentstellter, Form von der vorhergehenden Fassung übernahm. Diese ordnete sie anders an und kombinierte sie mit neuen Episoden, die zahlreiche „alte" Episoden ersetzten. Es entfielen die „Berlin-Szene", die „Fußball-Szene" und die „Diebstahlsgeschichte". Stattdessen wurde ein komplett neuer Handlungsstrang eingeführt, der den reaktionären Einfluss des Studienrats Sehning intensiver in den Mittelpunkt rückte: der Buchverleih DDR-feindlicher Literatur.

Durch diese Technik gelang es Brigitte Reimann, die Charakterisierung ihrer Protagonisten und den Spannungsbogen des Romans in relativ kurzer Zeit so stark zu verändern, dass ein vollkommen anderer Gesamteindruck entstand. Mit der radikalen Veränderung wollte Brigitte Reimann eine noch linientreuere und den Ansprüchen des „sozialistischen Realismus" genügende Fassung herstellen. Selbstzensur und Bereinigung

---

[27] Brigitte Reimann an Wolf Dieter Brennecke, 23.02.1954. – Archiv BRA, Inventarisierungsnummer 00028.

sollten dazu beitragen, die bislang von den Lektoren vorge-
brachten Einwände zu zerstreuen und ihrem Erstlingsroman
nun endlich zum Druck zu verhelfen.

Doch Brigitte Reimann war im Grunde ihres Herzens nicht
überzeugt von dem, was sie tat – so sehr sie es sich auch einzure-
den versuchte. Andererseits wollte sie unbedingt ein gedrucktes
Buch vorweisen können.

Letztlich beraubte sich die Autorin mit den verfremden-
den Texteingriffen ihrer Authentizität und schuf eine Romanfassung, die ob ihrer überzeichneten Charaktere und Über-
treibungen zur Farce geriet. Statt der geforderten positiven
Heldin, die sich vom Enfant terrible zur würdigen Vertreterin
der DDR-Jugend wandeln würde, entstand ein unrealistisches
Figurenensemble aus eindimensional wirkenden Positiv- und
Negativhelden.

Folgerichtig blieb das Manuskript nach dem euphorischen
Beginn der Umarbeitung erneut liegen. Private Sorgen und
Ablenkungen durch andere literarische Arbeiten drängten sich
vor den Roman. Brigitte Reimann versuchte, den seit langem
schwelenden Konflikt mit ihrem Ehemann Günter Domnik
durch einen Selbstmord zu lösen, was glücklicherweise misslang. Danach schrieb sie wieder: das Exposé und den Beginn
einer Jugenderzählung mit dem Titel „Der Kundschafter des
John Brown"[28], aber nicht an der „Denunziantin".

Im Juni 1954 nahm Brigitte Reimann einen neuen Anlauf,
die dritte Fassung der „Denunziantin" fertigzustellen. Beinahe
trotzig fasste sie den Vorsatz, dies zu tun, denn sie hatte keine
große Lust dazu. Am 21.06.1954 schrieb sie an Brennecke und
schilderte ihre Stimmungslage während der vorangegangenen
Monate:

---

[28] Reimann, Brigitte: Der Kundschafter des John Brown. – Archiv BRA,
Inventarisierungsnummer 00410 und 00411. – Unveröffentlicht.

Lieber Wolf, ich kann nach reiflicher Überlegung nicht umhin, meinen Entschluß, aus der Arbeitsgemeinschaft – wenigstens bis auf weiteres – auszuscheiden, aufrecht zu erhalten. Ihr mögt sagen, ich sei kindisch und könne keine Kritik vertragen – gleichviel! – die Kränkung, die Ihr mir zugefügt habt, kann ich nicht so schnell überwinden. Du hast mir gesagt, um es in nackten Worten zu wiederholen, ich schriebe um des Geschäftes willen und aus einer gewissen Sucht, bekannt zu werden, und Ihr warft mir meine mangelnde Energie bei der Überarbeitung der „Denunziantin" vor. Ich hätte Euch sehr vieles dazu sagen können, aber ich wußte, daß ich mich nicht beherrschen können und weinen würde – und dieses erbauliche Schauspiel wollte ich Euch denn doch nicht bieten. Ich weiß, daß ich flatterhaft und energielos bin, daß mich einmal dieses, dann wieder jenes Thema reizt, an dem ich dann, ohne Rücksicht auf Wichtigeres, zu schreiben beginne, aber wenn ich, wie das auch jetzt wieder der Fall ist, von einem Stoff gefesselt bin, dann muß ich das eben niederschreiben – allen vernünftigen Erwägungen zum Trotz. […]

Die „Denunziantin" aber und den „Jim" und erst recht die „Marienlegende" und die beiden letzten Novellen habe ich mit einer Leidenschaft geschrieben, der alle Berechnung fern lag. Ob Du das nun glaubst oder nicht, ist Deine Sache. […]

Was nun meine „Denunziantin" betrifft, so könnt Ihr Euch darüber erst recht kein Urteil erlauben, denn ich habe nicht nur mit dem Stoff zu kämpfen, der für mein Alter wahrscheinlich zu schwer ist, sondern auch mit meinen ständigen Zweifeln, mit meinem Unvermögen, das auszudrücken, was ich sagen will. Gerade deshalb foltert mich das Zusammensein mit Euch. Vielleicht sprecht Ihr nur nicht darüber, aber – Zum Teufel! – kennt Ihr denn nicht diese Qual des Wollens, der das Können versagt ist? Eure verfluchte Sicherheit und Freudigkeit und Euer Glaube an Eure Arbeit machen mich verrückt. Ich bin niemals deprimierter, als wenn ich von einer Tagung zurückkomme. Ihr habt wenigstens schon etwas geschafft, mit dem Ihr Euer Talent bewiesen habt – und ich? Nichts, gar nichts! Kurz und gut, ich bitte um Beurlaubung bis Anfang nächsten Jahres. Ich bin fest entschlossen, nicht eher wieder zu Euch zu kommen, als bis ich eine Probe dafür abgelegt habe, daß ich mit Recht in Eure Gemeinschaft gehöre. Ich werde zunächst die „Denunziantin" fertigstellen, mag sie nun vom Verlag abgelehnt werden oder nicht.[29]

Am 14. September 1954 schickte Brigitte Reimann das fertiggestellte Manuskript der dritten Fassung der „Denunziantin" an den Mitteldeutschen Verlag, der den Eingang wie folgt bestätigte:

Sehr geehrte Frau Reimann-Domnik!
Für Ihren freundlichen Brief vom 14.9.1954 und die Einsendung des Manuskriptes danke ich Ihnen sehr. Wir werden uns in den nächsten Tagen mit der Arbeit beschäftigen und Ihnen dann unsere Meinung mitteilen. Sicher werden wir dann, während Ihres Aufenthaltes in Halle, Gelegenheit haben, über die Einzelheiten zu sprechen.
Mit freundlichen Grüßen Mitteldeutscher Verlag, Lektorat Noglik[30]

Danach hörte Brigitte Reimann nichts mehr vom Verlag. Deshalb fuhr sie Anfang November 1954 kurz entschlossen für eine Woche nach Halle, nachdem sie ihr Kommen brieflich angekündigt hatte. Doch die zuständigen Verlagsmitarbeiter drückten sich, so gut sie konnten und empfingen Brigitte Reimann letztlich nur notgedrungen für zwei Stunden, da sie sich nicht abweisen ließ. Niemand wollte sich mit dem Manuskript und einem Urteil darüber die Finger verbrennen; einem Manuskript, in dem die Autorin ein Tabu thematisierte: die Beschäftigung von „reaktionären Altlehrern" an DDR-Schulen. Brigitte Reimanns Buch könne, so der Verlag, den Eindruck erwecken, alle Altlehrer seien reaktionär, was natürlich nicht

---

[29] Brigitte Reimann an Wolf Dieter Brennecke, 21.06.1954. – Archiv BRA, Inventarisierungsnummer 00028.

[30] Mitteldeutscher Verlag (Gerd Noglik) an Brigitte Reimann, 22.09.1954. – Archiv BRA, Inventarisierungsnummer 00864-00009.

den Tatsachen entspräche. Hauptsächlich seien die Altlehrer – gemeint sind diejenigen Lehrer, die bereits im „Dritten Reich" unterrichtet hatten – fortschrittlich und stünden „hundertprozentig auf der Seite unseres Staates".[31]

In der Tat hatte Brigitte Reimann in der dritten Fassung die Rolle des „reaktionären Altlehrers" Studienrat Sehning gewaltig ausgebaut. Dessen illegalem Verleih verbotener Bücher wie seiner Verschlagenheit beim Bestreben, Eva um jeden Preis auf seine Seite zu ziehen, und letztlich auch seinem unrühmlichen „Abgang" nach Hamburg – sprich „Republikflucht" – gab Brigitte Reimann deutlich mehr Raum.

Trotzdem bleibt seltsam, dass das Problematische an Studienrat Sehning dem Verlag erst mit der dritten Fassung auffiel – ganz abgesehen davon, dass sich um den mindestens ebenso problematischen Sachverhalt seiner Denunziation niemand auch nur einen Deut zu scheren schien. In jedem Fall ist Brigitte Reimanns Resümee, die Geschehnisse zum Anlass zu nehmen, sich einen anderen Verlag zu suchen, nicht verwunderlich.

> Nichtsdestoweniger machte man mir Mut – vielleicht ginge es doch, man müßte noch einmal darüber sprechen, ich solle nur brav weiterarbeiten und nicht die Lust verlieren usw. Offen gestanden, ich habe sie verloren. […] In diesen zwei Jahren hat man mir immer wieder „Mut gemacht", mich ermuntert, nur ja fleißig zu sein, diesen und jenen Charakter zu vertiefen – und man hat sich gehütet, auch nur eine winzige Zusage zu machen, die hätte bindend sein können. […] Du wirst mir jedenfalls nicht verdenken können, daß ich nun endlich die Nase voll habe von dem ganzen Theater. Zum Teufel, wenn der Verlag kein ernstliches Interesse hat, so soll er es doch sagen – dann kann ich mein Manuskript zurückziehen und mich mit einem anderen Verlag in Verbindung setzen, der nicht nur schöne Redensarten für seine Autoren hat. Vielleicht bin ich

---

[31] Brigitte Reimann an Wolf Dieter Brennecke, 12.11.1954. – Archiv BRA, Inventarisierungsnummer 00028.

jetzt ungerecht, und ich habe wirklich noch nie so geschimpft, habe immer auf den Mitteldeutschen gebaut und mich nicht von ihm trennen wollen, aber nach dieser letzten Pleite bin ich doch bedient.[32]

Brigitte Reimann forderte ihr Manuskript vom Mitteldeutschen Verlag zurück und beschloss, den Versuch zu unternehmen, zum Verlag Neues Leben zu wechseln.

Der Wechsel zum Verlag Neues Leben

Kann man sich denn nur in positive Helden verlieben?
Brigitte Reimann[33]

Am 4. Januar 1955 schickte Brigitte Reimann die dritte Fassung der „Denunziantin" an den Verlag Neues Leben, und am 11. März 1955 unterzeichneten sie und Cheflektor Walter Püschel den Verlagsvertrag. Als Manuskriptabgabetermin wurde der 15. April 1955 vereinbart.

Brigitte Reimanns „Betreuer"[34] war zunächst Jürgen Gruner, zu dem sie trotz eines holprigen Beginns einen guten Draht hatte. Er arbeitete mit ihr an der „Denunziantin" und wenig später auch an der „Frau am Pranger" (1955) und brachte – nach seinem Wechsel zum Verlag der Kasernierten Volkspolizei – Brigitte Reimanns „Tod der schönen Helena" (1955) und die „Kinder von Hellas" (1956) mit heraus.

Zur ersten gemeinsamen Arbeitsbesprechung am 30. März 1955 besuchte Jürgen Gruner Brigitte Reimann in Burg; mit einem für die Autorin unerfreulichen Ergebnis. Es wurde klar, dass der Ringelpietz um den Roman immer noch kein Ende

---

[32] Ebd.

[33] Brigitte Reimann an Peter Nell, 21.04.1955. – Archiv BRA, Inventarisierungsnummer 00938.

[34] Verlag Neues Leben an Brigitte Reimann, 22.03.1955. – Archiv BRA, Inventarisierungsnummer 00864-00015.

haben und an den vertraglich vereinbarten Abgabetermin Mitte April gar nicht mehr zu denken sein würde, denn erst „eine gemeinsame Überarbeitung mit Gruner" sollte „den Abschluß bilden". Überdies wollte Gruner dem Buch einen anderen Titel geben; für Brigitte Reimann, die seit nunmehr zweieinhalb Jahren mit „ihrer Denunziantin" lebte, unvorstellbar.[35] Dennoch blieb sie optimistisch:

> […] der Verlag „Neues Leben" hat zwei Bücher von mir angenommen.[36] Die berüchtigte „Denunziantin" ist nach kurzer Zusammenarbeit mit dem Verlag druckreif gemacht worden und erscheint, wenn wir es schaffen, zu Weihnachten. Na, mir gefällt sie nicht mehr besonders.[37]

Zwischenzeitlich schickte das Ministerium für Kultur, bei dem Brigitte Reimann ihren Roman anlässlich des „Preisausschreibens für Jugendliteratur" eingereicht hatte, nicht nur das abgelehnte Manuskript zurück, sondern auch eine ausführliche Erklärung der Ablehnungsgründe. Das Schreiben des Ministeriums für Kultur ist nicht mehr zu ermitteln, jedoch Brigitte Reimanns brieflicher Bericht an den Schriftsteller Peter Nell. Dieser Brief ist eine der seltenen Quellen, aus denen offizielle Ablehnungsgründe für den Roman rekonstruierbar sind:

> Diese Begründung für die Ablehnung! Ein Beispiel (ich zitiere wörtlich): „Die erotischen Spannungen durchlaufen das ganze Buch und sind zum Teil so in den Vordergrund gestellt, daß dem Leser die Coedukation als bedenklich erscheinen muß." Meine Helden küssen sich, Peter! Sie sind junge Menschen von siebzehn Jahren – ja, zum Teufel, gibt es da noch keine erotischen Spannungen? […] Ist es wirklich bedenklich, wenn sich Jungen und Mädel in diesem Alter küssen?

---

[35] Brigitte Reimann an Wolf Dieter Brennecke, 11.04.1955. – Archiv BRA, Inventarisierungsnummer 00028.

[36] Gemeint sind „Die Denunziantin" und „Die Frau am Pranger" (1955).

[37] Brigitte Reimann an Wolfgang Schreyer, 03.05.1955. – Ich möchte so gern ein Held sein. – Berlin : Okapi, 2018. – Seite 10–11.

Ich denke, wir wollen Liebesgeschichten schreiben. Meine Liebesgeschichte in dem Buch ist doch sauber – und gerade das wurde sogar von einigen Lektoren im Mitteldeutschen bemängelt. Sie waren der Meinung, daß Siebzehnjährige, die Tag für Tag zusammensind, sogar noch weiter sind in ihren erotischen Beziehungen – und hätte ich, als ich mein Buch vor zwei Jahren schrieb, mehr Mut gehabt (oder sagen wir: weniger Schamgefühl), so hätte ich die Sache realistischer gestaltet. Geht doch mal an unsere Schulen – in den Abiturklassen zumindest bleibt es nicht beim Küssen zwischen den Schülern.

Egon Günter vom MDV forderte, ich solle das Buch umarbeiten und die Wahrheit sagen: daß nämlich Klaus und Eva miteinander geschlafen haben. Ist das denn so schrecklich unmoralisch? […]

Ach, Peter, ich verstehe das alles nicht! Es ist doch im Leben so – warum darf man das denn nicht auch so schreiben? Das Buch sollen doch Jungen und Mädchen lesen, meinst Du, denen wird die Sache bedenklich erscheinen? Unsinn! Sie erleben es doch Tag für Tag so in der Schule! […]

Und dann diese Kritik! Da stimmt doch etwas nicht, da liegt einer schief – entweder der Herr Baum oder ich.

Es geht nämlich noch weiter. Meine Eva ist Marxistin, besser gesagt: als Tochter eines antifaschistischen Vaters glaubt sie an unseren Staat und setzt sich für ihn ein.

Hab' ich gedacht. Aber nein, „sie hat Fehler, die eine solche ‚Marxistin‘ nicht haben darf. Sie unterhält jahrelang ein Liebesverhältnis zu einem Mitschüler, um dessentwillen sie die umfangreichen Schiebereien seines Vaters verschweigt".

Gut. Aber erstens hat Eva keine Beweise für die Schiebereien von Klaus' Vater, zweitens will sie den Jungen, in den sie verliebt ist, nicht 'reinreißen – übrigens ein Fehler, eine Schwäche, die sie später selbst erkennt. Aber ist das denn nicht zu verstehen? Kann man sich denn nur in positive Helden verlieben? Warum sollen Marxisten nicht auch Fehler machen dürfen? […]

Aber weiter. Eva ist kokett. Na, und? Hast Du schon mal ein siebzehnjähriges, hübsches Mädchen gesehen, das nicht kokett ist? Was wär das für eine Trantute! – Sie erweckt den Eindruck einer hochmütigen, verzogenen „höheren" Tochter. Warum?

Ich zitiere: „So ist z. B. bezeichnend, daß sowohl ihr erster wie ihr folgender Freund Söhne aus bürgerlichen Familien sind, während sie mit den weniger begüterten Mitschülern nur in Jugendzirkeln und zur Schularbeit zu verkehren scheint."

Dazu habe ich wieder so viele Fragen auf dem Herzen. Kann man denn überhaupt „begütert" dem „bürgerlich" gleichsetzen – heute? Wäre es nicht plump gewesen, wenn ich die Eva jetzt mit einem Arbeiterjungen zusammengebracht hätte, damit die Liebe ideologisch hinhaut? Abgesehen davon, daß der zweite Liebhaber sich auch erst in seinem bürgerlichen Bewußtsein wandelt, bevor Eva und er zueinander finden.

Kann denn ein „Bürgerlicher" unseren Staat nicht genau so lieben und stützen wie ein Arbeiter? Dann kann ich ja gleich einpacken – ich bin ja auch bloß eine Bürgerliche. Verdammt nochmal, ich bin doch schließlich nicht schuld daran, daß ich nicht in eine Arbeiterfamilie hineingeboren wurde!

Wenn mein Buch solche Schwächen hat – warum hat der Verlag es dann genommen? Sind die denn alle blind da? Ich fordere mein Buch zurück, mein Honorar ist noch nicht angetastet, ich kann es zurückgeben. Eine Veröffentlichung nützt mir nichts, denn wenn auch der Verlag dahintersteht und läßt es erscheinen – hernach werde ich zusammengedonnert, und das ertrage ich nicht. Ich wollte mit dem Buch helfen in einer wichtigen Frage, die gewiß vor viele Menschen einmal tritt – das hat jetzt alles keinen Zweck mehr.

[…] Ich bin Tag für Tag mit Arbeitern zusammen, ich kenne sie so gut, und oft genug ist mein Bewußtsein in einer strittigen Frage klarer als das ihre – wieso bin ich denn noch bürgerlich? Kann man das denn nie abstreifen? Warum werden meine Helden bürgerlich und sollen es doch gar nicht?

Ich verstehe das alles nicht, ich weiß gar nicht mehr ein noch aus. Welches sind denn nur die Kennzeichen eines bürgerlichen Menschen, eines fortschrittlichen, meine ich, der positiv zu unserem Staat steht? […] Peter, hilf mir, das ist alles so schwer.[38]

---

[38] Brigitte Reimann an Peter Nell, 21.04.1955. – Archiv BRA, Inventarisierungsnummer 00938.

Nach dem Weggang Jürgen Gruners vom Verlag Neues Leben zum Verlag der Kasernierten Volkspolizei (dem späteren Militärverlag der DDR) Ende Mai 1955 betreute Lektor Walter Lewerenz Brigitte Reimann bei ihren beiden aktuellen Projekten „Die Denunziantin" und „Die Frau am Pranger" weiter:

> Ich bekam also dieses vertraglich gebundene Manuskript als junger Lektor auf den Tisch. Es hieß: „Die Denunziantin". Ich hab' es gelesen, fand es zum Teil sehr aufregend, vor allem vom Stoff. Und man hatte auch das Gefühl, da ist eine talentierte Autorin, aber es gefiel mir überhaupt nicht. Nun müssen Sie sich vorstellen, wie schwierig das ist: Sie kriegen ein Manuskript und einen Autor von ihrer Leitung zugewiesen und haben dann nun für sich die Aufgabe, sich die Aufgabe gegeben, dem Autor klarzumachen: eigentlich taugt das nicht viel. Ich muss sagen, Brigitte Reimann hat das – darüber staune ich bis heute – geschluckt.[39]

So entschieden Lewerenz und Reimann beim Verlagsgespräch am 7. Juni 1955 einvernehmlich, dass Brigitte Reimann die dritte Fassung zurückziehen sollte, um das Buch noch einmal komplett neu zu schreiben. Lewerenz war auch damit einverstanden, dass Brigitte Reimann „Die Denunziantin" zunächst einmal ruhen lassen und sich erst zum Ende des Jahres der neuen, vierten Fassung zuwenden würde.

> Nichtsdestoweniger habe ich mich entschlossen, meine „Denunziantin" umzuarbeiten. Ich war gestern erst wieder beim Verlag, wo wir uns über meine Arbeiten unterhalten haben. Mein Lektor hat die „Frau am Pranger" gelesen, er findet sie ausgezeichnet und will sie sobald als möglich publizieren. Da mein Debüt als Schriftstellerin bevorsteht, ist er der Meinung,

---

[39]Walter Lewerenz im Interview mit Katharina Schubert. – Ich habe gelebt und gelebt und gelebt : die DDR-Schriftstellerin Brigitte Reimann ; ein Film / von Katharina Schubert. Hergestellt von: Filmproduktion Dietrich Schubert. – Köln : WDR, 1990. – Videokassette ; VHS (60 Minuten) Farbe.

ich solle zunächst die bessere der beiden vorliegenden Arbeiten herausbringen. […]

Wir haben lange Zeit über die „Denunziantin" gesprochen. Das Buch befriedigt mich nicht mehr, ich finde es stilistisch nicht gut, und auch im ganzen Aufbau, in der psychologischen Führung der Gestalten […] Ich habe das dem Lektor gesagt, ich habe ihm vorgeschlagen, den Vertrag aufzuheben […] Ich bin glatt ausgelacht worden. Das Thema sei zu wichtig, als daß sie das Buch fallen lassen würden, sie wollten es unbedingt herausbringen […] Ich wandte ein, daß ich mich jetzt nicht entschließen könne, die „Denunziantin" umzuarbeiten, weil ich mir erst einmal meine Liebesgeschichten vom Herzen schreiben müßte. […]

Und dann geschah das, wofür ich meinem Lektor am liebsten um den Hals gefallen wäre: er erklärte ganz ruhig, er dächte nicht daran, mich zu drängen, ich solle erst einmal meine Liebesgeschichten schreiben […] und später dann, wenn ich es an der Zeit hielte, mir noch einmal die „Denunziantin" vornehmen und in aller Ruhe überprüfen, was sich daran ändern ließe. […]

Ich werde Ende des Jahres mir noch einmal das Buch vornehmen, nein, ich werde das Manuskript überhaupt nicht mehr angucken, sondern ganz unabhängig davon ein neues und besseres Buch schreiben. Was mir vor kurzem noch so entsetzlich und ganz unmöglich erschien, macht mich jetzt glücklich: ich will beweisen, daß ich Energie genug habe, ein gutes und wichtiges Thema so zu gestalten, daß die Form dem Inhalt entspricht. Ich glaube auch, ich habe jetzt den richtigen Abstand, um die Ereignisse, die mir damals noch so nah auf der Pelle saßen und viel zu persönlich gefärbt waren, aus einer neuen Sicht zu gestalten.[40]

---

[40] Brigitte Reimann an Peter Nell, 08.06.1955. – Archiv BRA, Inventarisierungsnummer 00938.

Die vierte Fassung – „Wenn die Stunde ist, zu sprechen …"

> Herrgott, was soll das bloß werden,
> wenn ich den Traum meines Lebens begraben soll!
> Dann hat ja alles keinen Zweck mehr …
>
> Brigitte Reimann[41]

Beim Verlagsbesuch in Berlin im Dezember 1955 kam „Die Denunziantin" abermals auf den Tisch. Nach der Fertigstellung der „Kinder von Hellas" (14.01.1956) wollte Brigitte Reimann gleich mit der Neufassung beginnen:

> Die zwei Tage in Berlin waren wunderbar, obgleich ich mein ganzes Programm umgeworfen hatte. Ich war im Ministerium und im Neuen Leben, wo ich wieder eine gute Anregung für die „Denunziantin" bekommen habe – der kleine Lewerenz bemüht sich rührend um meine Eva.[42]

Doch Reimann spukten andere Geschichten im Kopf herum, und „Die Denunziantin" blieb trotz der anfänglichen Euphorie erneut liegen. Die Luft war raus. Die Arbeit geriet zur reinen Pflichtaufgabe. Erst am 25. Juli 1956 konnte Brigitte Reimann dem Verlag Neues Leben mitteilen, dass sie die Arbeit an der „Denunziantin" wiederaufgenommen habe.[43]

Für ihre vierte Romanfassung, dem letzten Aufbäumen unter dem doppeldeutig programmatischen Titel „Wenn die Stunde ist, zu sprechen …" erfand die Autorin eine neue Handlung, in der so gut wie nichts mehr von den vorhergehenden Fassungen zu finden war.

---

[41] Brigitte Reimann an Peter Nell, 21.04.1955. – Archiv BRA, Inventarisierungsnummer 00938.

[42] Tagebucheintrag von Brigitte Reimann, 16.12.1955.

[43] Verlag Neues Leben an Brigitte Reimann, 02.08.1956. – Archiv BRA, Inventarisierungsnummer 00864-00080.

Am 26. September 1956 legte sie Lewerenz in Berlin den bis dahin fertiggestellten Teil der vierten Fassung vor. Der Verlag zeigte sich hocherfreut:

Die ganze Redaktion hatte die Anfangskapitel der „Denunziantin" gelesen und war des Lobes voll. Wirklich, sie waren begeistert. Vielleicht wird das Buch ein toller Knüller.[44]

Doch trotz der zwischenzeitlichen Euphorie war Brigitte Reimann der Romanstoff von Fassung zu Fassung fremder geworden, und auch Walter Lewerenz gelang es nach wie vor nicht wirklich, sich mit dem literarischen Text zu identifizieren. Vom 20.02.1957 datiert die Ablehnung des Manuskripts einschließlich der Rücksendung an die Autorin:

Wie versprochen schicke ich Dir Dein Erzählungsfragment wieder zurück. Die Gründe unserer Ablehnung kennst Du ja. Ich will sie noch einmal schriftlich fixieren:
   Der Sektor aus dem Leben der Oberschüler und aus einem bestimmten Entwicklungsstadium unserer antifaschistisch-demokratischen Ordnung (1949/50), den Du ausgewählt hast, gibt ein verzerrtes Bild jener Zeit. Das soll nicht heißen, daß die Beispiele des Dogmatismus und der Verletzung der Gesetze und der Intoleranz, die Du gibst, nicht der Wirklichkeit entnommen sind. Es hat die unduldsamen Funktionäre und auch diese antihumanen Praktiken im Strafvollzug gegeben. Sie wurden inzwischen verurteilt. Doch die Darstellung dieser Erscheinungen in solcher Ausschließlichkeit verdeckt das Positive, das in jenen Jahren geschaffen worden ist und würde außerdem jenen Kräften zugute kommen, denen es letzthin um die Liquidierung dieser positiven Dinge geht. Aus diesen Gründen können wir Deine Arbeit in der jetzigen Form in der augenblicklichen Situation nicht veröffentlichen.[45]

---

[44]Tagebucheintrag Brigitte Reimann, 29.09.1956.
[45]Verlag Neues Leben (Walter Püschel) an Brigitte Reimann, 20.02.1957. – Archiv BRA, Inventarisierungsnummer 00864-00098.

Dieses Mal beließ es Brigitte Reimann bei dem Fragment, das sie ohne großes Bedauern der Schublade übereignete. Von „ihrer Denunziantin" war nichts mehr übriggeblieben, dem es nachzutrauern lohnte. Mit etwas zeitlichem Abstand schrieb sie am 25. September 1957 in ihr Tagebuch:

> Wo sind die Gefühle – ein Überschwang an Gefühlen – die Ideale und schönen Vorsätze meiner Jugend? Ich hab sie abgestreift wie eine Schlange ihre alte Haut, und es hat verdammt weh getan – aber nun hab ich bald meine neue Haut, und sie ist bunter und zäher als die alte.
>
> Manchmal bin ich in der Stimmung, diesen Jugendidealen nachzutrauern, und in der Tat war ich damals ein „besserer Mensch". Aber die Welt braucht keine guten Menschen, die Welt ist hart und gemein und eine Summe von Egoismen – sollte ich auf Edelmut und christliche Nächstenliebe machen? Ich denke, es wird nicht mehr lange dauern, bis ich mit wohlwollender – weil alles negierender – Ironie diesem Theater zuschauen kann.
>
> Noch geht meine Gleichgültigkeit nicht unter die Haut, glaube ich, denn sonst müßte die Konsequenz der Selbstmord sein. Nein, ich bin mein Lebtag nicht konsequent gewesen, und vielleicht ist es schlimmer zu leben mit der Gleichgültigkeit als zu sterben.
>
> Übrigens merke ich einmal mehr, daß es unsinnig ist, einem Tagebuch mehr zu erzählen, als ein paar Fakten; ich bringe die Geduld nicht auf, meine Seele zu zerpflücken. Daß ich anders geworden bin und inwiefern anders, wird sich in meinen Büchern zeigen – wenn ich noch welche schreiben werde.[46]

Am 19. April 1958 wurde „in beiderseitigem Einvernehmen" der Vertrag zwischen Brigitte Reimann und dem Verlag Neues Leben über „Die Denunziantin" aufgelöst.[47] Das Fragment

---

[46]Tagebucheintrag Brigitte Reimann, 25.09.1957.
[47]Verlag Neues Leben (Havemann) an Brigitte Reimann, 19.04.1958. – Archiv BRA, Inventarisierungsnummer 00864-00113.

der vierten Fassung erschien postum 2003 in der Sammlung „Das Mädchen auf der Lotosblume" im Aufbau-Verlag.

Rückschau

> Zum Schreiben gehört eine gewisse Kühnheit wie zu allen wichtigen Unternehmen.
>
> Anna Seghers[48]

1963 blickte Brigitte Reimann in dem Entwurf für einen Brief, den sie Anna Seghers schreiben wollte, noch einmal auf die Anfänge der „Denunziantin" zurück. Ob sie den Brief jemals geschrieben und abgeschickt hat, ist nicht zu ermitteln.

> Vor elf Jahren – ich hatte gerade mein Abitur gemacht und arbeitete an meinem ersten Buch – wagte ich Ihnen zu schreiben, und ich bekam einen Brief von Ihnen, und Ihre Unterschrift und einen Satz habe ich rausgeschnitten und unter eines Ihrer Bilder geklebt, das all die Jahre in meinem Zimmer steht. Der Satz hieß: „Zum Schreiben gehört eine gewisse Kühnheit wie zu allen wichtigen Unternehmen."[49]

---

[48] Anna Seghers an Brigitte Reimann, 06.08.1952. – Neue deutsche Literatur 36 (1988) 6. – Seite 7.

[49] Brigitte Reimann an Anna Seghers, 18.04.1963 (Entwurf). – Archiv BRA, Inventarisierungsnummer 00866-00308.

Fassungsvergleich

> Das Buch sollen doch Jungen und Mädchen lesen,
> meinst Du, denen wird die Sache bedenklich erscheinen?
> Unsinn! Sie erleben es doch Tag für Tag so in der Schule!
> Brigitte Reimann[1]

Im Nachlass Brigitte Reimanns liegen vier Romanfassungen vor. Sie weichen in ihrem Umfang stark voneinander ab. Zwei der Fassungen sind vollständig (die erste und die dritte), eine Fassung ist unvollständig (die zweite) und eine Fassung wurde von der Autorin als Fragment abgebrochen (die vierte).

Die einzige bereits publizierte – und damit der literarischen Öffentlichkeit zugängliche – Fassung ist die vierte.[2] Die bislang unveröffentlichten Fassungen der „Denunziantin" in der vorliegenden Ausgabe vollständig abzudrucken und gegenüberzustellen, hätte den Rahmen des Buchs gesprengt. Deshalb soll mit den Inhaltszusammenfassungen im Quellenverzeichnis und ausgewählten Textauszügen im Fassungsvergleich soweit wie möglich ein Eindruck von allen Versionen gegeben werden.

Besonderes Augenmerk liegt hierbei auf der Gegenüberstellung jener entscheidenden Veränderungen, die teilweise als geringfügige Eingriffe daherzukommen scheinen, aber den literarischen Text im Endeffekt so weit veränderten, dass Brigitte Reimann sich nicht mehr mit ihm identifizieren konnte und schließlich resignierend mit dem Fragment der vierten Fassung aufgab. Es werden sprachliche, inhaltliche und politisch motivierte Änderungen aufgezeigt, entfernte, neu hinzugefügte und stark erweiterte Szenen betrachtet, Anschlussfehler, die sich

---

[1] Brigitte Reimann an Peter Nell, 21.04.1955. – Archiv BRA, Inventarisierungsnummer 00938.
[2] Siehe Quellenverzeichnis.

267

ungewollt durch die nachträglichen Eingriffe in den Text ergaben, sowie veränderte Rollen wichtiger Protagonisten. Dafür wurden sämtliche vorliegenden Manuskripte – inklusive der dort angebrachten handschriftlichen Korrekturen – verglichen und analysiert.

Als Fundstellen der Textauszüge werden für die erste Fassung und die identisch aufgebaute zweite Fassung jeweils die Kapitel angegeben[3], für die dritte Fassung Kapitel und Seitenzahl aus dem Manuskript und für die vierte Fassung Kapitel und Seitenzahl aus der Erstausgabe.

Sprachliche und inhaltliche Veränderungen

Die Empfehlung der arrivierten Schriftstellerin Anna Seghers, kein „Sonntagsdeutsch" zu schreiben, dürfte zum authentischen Sprachstil der Originalversion beigetragen haben. Die nacheinander entstandenen vier Fassungen entfernten sich jedoch immer weiter von dieser lebendigen Sprache der ersten Fassung, die die Stimmung der damaligen Zeit wirklichkeitsnah in eine fiktive Handlung einbettet und das Buch zu einem Zeitzeugnis mit hohem Mitteilungswert macht. Sie leiteten damit die fehlende Identifikation der Autorin mit ihrem Text ein:

> […] ich war völlig verzweifelt, weil mir diese verflixte Umarbeitung so schrecklich schleierhaft war. [4]

Damit sind nicht Veränderungen zugunsten politischer Korrekturen im Sinne der DDR-Kulturpolitik gemeint. Das war

---

[3] Die Seitenzahlen aus dem Manuskript anzugeben, wäre nicht sinnvoll gewesen, da die entsprechenden Textstellen im vorliegenden Buch abgedruckt sind. Die Seitenzahlen im Buch standen jedoch erst nach Drucklegung fest. Deshalb die Beschränkung auf das Kapitel.

[4] Brigitte Reimann an Wolf Dieter Brennecke, 07.03.1953. – Archiv BRA, Inventarisierungsnummer 00028.

bei diesem Roman, der sich (zumindest in den ersten drei Fassungen) ganz ausgesprochen um eine systemkonforme Darstellung bemühte, überhaupt nicht notwendig.

> In meiner Schulzeit war ich verrufen wegen meiner kommunistischen Tendenzen, die man, solange man sie für eine aparte Marotte hielt, recht nett und unterhaltend fand, sobald sie aber aggressiv wurden, unangenehm berührten […][5]

Schon in der zweiten Fassung eliminierte Brigitte Reimann auf Rat ihrer damaligen Mentoren Otto Bernhard Wendler und Wolf Dieter Brennecke zahlreiche umgangssprachliche Formulierungen. Einige Beispiele:

> Penne / Schule ; weltmännischer / sicherer ; Mäuschen / Eva ; gondelten / fuhren ; ich hab's schon / ich habe es schon ; aber er brachte und brachte es nicht fertig / aber er konnte sich nicht dazu entschließen ; hundemüde / sehr müde / wie müde ; eine runtergehauen / eine Ohrfeige gegeben ; auf die Beine bringen / aufstellen

oder

> wobei er wütend versuchte, mit der Zungenspitze das verflixte Sahnebonbon aus den Zähnen rauszupuhlen / wobei er angestrengt mit der Zungenspitze das verflixte Sahnebonbon aus den Zähnen zu holen versuchte / wobei er sich bemühte, mit der Zungenspitze das verflixte Sahnebonbon aus den Zähnen zu holen

Die in Konzeption und Handlungsführung deutlich abweichende dritte Fassung erweiterte den nun vorherrschenden „sonntagsdeutschen" Sprachstil um eine unnatürliche Schwarz-Weiß-Zeichnung der sozialistischen Heldin Eva Hennig und des Anti-Helden Klaus Hoffmann sowie ihrer „Mitstreiter"

---

[5] Brigitte Reimann an Hans Lorbeer, 20.04.1954. – Archiv der Akademie der Künste, Archiv Hans Lorbeer, Inventarisierungsnummer 00081.

und jeweiligen Familienmitglieder. Eine übertriebene Darstellung machte die Protagonisten mit ihrer plakativen Positiv- bzw. Negativ-Charakterisierung unglaubwürdig und wandelte den ursprünglichen Erziehungsroman zum Tendenzroman.

Seitens der DDR-Verlagslektoren wurde in allen Fassungen hingegen wenig Wert darauf gelegt, von Brigitte Reimann falsch gewählte Wörter zu korrigieren: beispielsweise in der vierten Fassung „sittsam" statt „sittig", „Begebenheit" statt „Begebnis", „Gewissheit" statt „Gewisses" usw. Offensichtlich kam es vielmehr darauf an, inhaltlich kritische Textpassagen zu entfernen oder zu verändern.

Auch ausgesprochen schwache Formulierungen oder kitschige und mit Adjektiven überfrachtete Sätze blieben unangetastet. Einige Beispiele:

[Vierte Fassung, 1. Kapitel, Seite 138]
Die Nummer schattet blaßblau auf dem kränklichen Weiß.

[Vierte Fassung, 1. Kapitel, Seite 138]
Aber sie sehen sich, der junge Jude und das Mädchen, an wie Menschen, die einander zutiefst kennen, ohne je voneinander gewußt zu haben.

[Vierte Fassung, 1. Kapitel, Seite 139]
Als das Mädchen ihre rote Kappe abstreift, überwältigt ihn das strahlende Schwarz ihres Haares.

[Vierte Fassung, 2. Kapitel, Seite 149]
Doch überhaucht ihre zu strengen Züge ein leiser Glanz erfüllter Erwartung, und mit Wohlgefallen betrachtet Walter das Mädchen.

Brigitte Reimann bemühte sich, den Protagonisten ihrer stark autobiografisch geprägten Romanhandlung Namen zu geben, die möglichst nicht zu deutlich auf die dahinter stehenden realen Personen schließen ließen, und die Kleinstadt zu verfremden, dennoch gab es einige relativ deutliche Bezüge.

Der Russischlehrer (Übermut / Stolze)

Beispielsweise hatte Brigitte Reimann angedacht, für den Namen des Russischlehrers doch nicht „Übermut" zu verwenden sondern „Stolze", um eine zu große Namensähnlichkeit mit ihrem wirklichen Russischlehrer Hochmuth zu vermeiden. Auf Manuskriptseite 16 der ersten Fassung findet sich Brigitte Reimanns handschriftliche Notiz: „‚Uebermut' wäre zu deutlich auf unseren echten Russischlehrer gemünzt." Im Text strich sie „Uebermut" durch und schrieb „Stolze" darüber.[6] Doch sie machte dies wieder rückgängig. Erst in der vierten Fassung benannte sie den Russischlehrer dann tatsächlich in „Stolze" um.

Peter (Zimmerfeld / Elbacker / Bergfeld)

Für ihren Schulkameraden und engen Freund Peter Saalfeld wählte Brigitte Reimann zunächst den Protagonistennamen „Peter Zimmerfeld" (erste und zweite Fassung), änderte ihn dann in „Peter Elbacker" (dritte Fassung) und schließlich in „der Bergfeld" (vierte Fassung). Der Name „Elbacker" wurde in der realen Familie Saalfeld tatsächlich als Spitzname benutzt.

Die Kleinstadt

Einige Textpassagen, die die Bewohner ihrer Heimatstadt Burg bei der Lektüre des Romans möglicherweise hätten verärgern können, strich oder veränderte Brigitte Reimann auf den Rat von Otto Bernhard Wendler und Wolf Dieter Brennecke hin in der zweiten Fassung. Hier die Gegenüberstellung der ersten und zweiten Fassung (in der dritten und vierten Fassung entfiel diese Szene komplett).

[Erste Fassung, 1. Kapitel]
In Berlin durfte man das so einfach in aller Öffentlichkeit. In

---

[6]Die damalige Schreibmaschine Brigitte Reimanns hatte keine Umlaute, deshalb musste sie „Ue" benutzen; gemeint war aber „Ü".

Berlin durfte man noch ganz was anderes, was in der kleinen Heimatstadt verpönt war: man durfte sich am hellen Tage einhaken und so durch die Straßen bummeln, während zuhause dieses Recht eigentlich nur die Verlobten oder wenigstens die So-gut-wie-Verlobten hatten. Jedenfalls fanden das alle Muttis, und „wenn ihr auch noch so fortschrittlich seid, ein bißchen könnt ihr euch doch noch nach der guten alten Sitte richten, nicht wahr?"

Man sah das ein, benahm sich daheim sehr brav und tugendhaft und holte alles Versäumte nach, sobald man einmal in eine andere Stadt entflohen war und wußte, daß einem hier keiner zuguckte.

[Zweite Fassung, 1. Kapitel] [Zweite, überarbeitete Fassung, 1. Kapitel]
In Berlin durfte man das so einfach in aller Öffentlichkeit. In Berlin durfte man überhaupt viel mehr, was zuhause verpönt war: man durfte am hellen Tage eingehakt durch die Straßen bummeln, während daheim eigentlich nur die Verlobten dieses Recht hatten – oder wenigstens die So-gut-wie-Verlobten. Jedenfalls fanden das alle Mütter, und „wenn ihr auch noch so fortschrittlich seid, ein bißchen könnt ihr euch doch noch nach der guten, alten Sitte richten, nicht wahr?"

Sie sahen das ein, benahmen sich zuhause sehr brav und tugendhaft und holten alles Versäumte nach, sobald sie einmal in einer anderen Stadt waren und wußten, daß ihnen hier keiner zusah.

[Erste Fassung, 1. Kapitel]
Am nächsten Abend, sonntags, fuhren sie nachhause, zurück in die kleine Stadt, von der Eva jedesmal, wenn sie fortfuhr, drastisch behauptete, es sei ein Glück, endlich mal wegzukommen, weil dieses vertrottelte Spießernest sie samt seinen 30.000 Einwohnern ankotze; nach dem sie aber jedesmal nach drei Tagen Abwesenheit schlimmes Heimweh hatte, bis sie endlich wieder in den kleinen, verrußten Bahnhof eintrudelte und durch die engen Straßen und – zugegeben! – schönen Parkanlagen bummelte.

[Zweite Fassung, 1. Kapitel] [Zweite, überarbeitete Fassung, 1. Kapitel]

Am nächsten Abend, sonntags, fuhren sie zurück in ihre kleine Heimatstadt, von der Eva immer behauptete, sie drehe ihr mit Freuden den Rücken, nach der sie aber jedesmal schon nach drei Tagen Abwesenheit schlimmes Heimweh hatte, bis ihr Zug endlich wieder in dem verrußten Bahnhof einlief und sie durch die engen Straßen und – zugegeben! – schönen Parkanlagen bummelte.

Politisch motivierte Änderungen

In der zweiten und dritten Fassung finden sich keine politisch motivierten Veränderungen. Die vierte Fassung jedoch stellt eine völlige Neukonzeption des Romanstoffs dar. Brigitte Reimann bemühte sich hier einerseits um eine noch linientreuere Darstellung, gepaart mit andererseits deutlicher Systemkritik. Beides misslang, weil es nicht konsequent durchgezogen wurde und weil die Schilderung der Charaktere an der Oberfläche blieb. Fast alle Figuren außer Eva Hennig, Klaus Hoffmann und Walter Mandelblüt wurden entweder zu Statisten oder zu unsympathischen Negativhelden.

Ein großer Teil der systemkritischen Passagen im Manuskript der vierten Fassung wurde vom Verlagslektorat unterstrichen. Es ist davon auszugehen, dass besonders die angestrichenen Textstellen mit zur Ablehnung des Manuskripts beitrugen. In der Buchausgabe wurden die Anstreichungen nicht gekennzeichnet; im Fassungsvergleich werden einige davon als Zitate nachgewiesen.

Dass sich Brigitte Reimann in der vierten Fassung erstmalig systemkritische Änderungen erlaubte, dürfte der Entstehungszeit des Romanfragments zuzuschreiben sein (zweite Jahreshälfte 1956), die zufälligerweise exakt in die kurze Tauwetterperiode zwischen dem XX. Parteitag der KPdSU im Februar 1956 mit Chruschtschows Geheimrede und die Niederschlagung des Volksaufstands in Ungarn im November 1956 fiel. Die im November 1956 unter der Regierung von Walter Ulbricht schlagartig einsetzende kulturpolitische Eiszeit führte dazu, dass Intellektuelle und Kulturschaffende als Gefahrenpotential betrachtet, ihrer mühsam errungenen Freiheiten in der Meinungsäußerung beraubt und beim kleinsten Fehltritt politisch und juristisch verfolgt wurden. Unter diesen Bedingungen war die vierte Fassung der „Denunziantin" unpublizierbar geworden. Das fasste Brigitte Reimann ein Jahr später in ihrem Tagebuch lakonisch wie folgt zusammen:

„Die Denunziantin" war konterrevolutionär (d. h. ich bin ein halbes Jahr zu spät gekommen, nachdem das Schwein U bereits einen wiederum neuen, schärferen Kurs eingeschlagen hatte) und unterstützte angeblich – ich habe es mir schriftlich geben lassen – „die Tendenzen der Leute, die die kapitalistische Ordnung bei uns wiederaufrichten wollen". Nun, was soll man da machen? Schnauze halten und Order parieren![7]

Eva Hennig und ihre Mutter
Von der ersten bis zur vierten Fassung „beförderte" Brigitte Reimann Evas Mutter in immer höhere Positionen. In der ersten und zweiten Fassung arbeitet die Witwe des von den Nazis hingerichteten Lehrers Hans Hennig, die nach dem Tod ihres Manns „aktiv in der illegalen Arbeit gestanden hatte", als Funktionärin im Demokratischen Frauenbund Deutschlands (DFD). In der dritten Fassung wird Frau Hennig zur Bürgermeisterin und idealtypischen Vorzeigemutter. Diese berufliche Tätigkeit verschafft Eva in der Schule eine exponierte Position, die sie als „Denunziantin" zwar nicht vor der Ächtung durch ihre Klassenkameraden schützt, ihr aber dennoch eine Ausnahmerolle verschafft, die sie politisch nahezu unangreifbar macht.

---

[7]Tagebucheintrag Brigitte Reimann, 25.09.1957.

In der vierten Fassung jedoch wendet sich das Blatt: Die Bürgermeisterin Hennig, die ihre Tochter Eva im Pariser Exil zur Welt brachte, während der Nazizeit selbst im Zuchthaus saß und nun das Bürgermeisteramt im Parteiauftrag innehat, wird plötzlich als zwar bescheidene, aber ehrgeizige Karrierefrau geschildert, die ihrer Tochter großzügige Geschenke macht, aber kaum zuhause oder für sie da ist. Mehrere dieser Textstellen wurden vom Verlagslektorat angestrichen.

[Vierte Fassung, 1. Kapitel, Seite 147]
„Ich bin immer allein“, sagt das Mädchen ohne Bedauern.[8]

[Vierte Fassung, 6. Kapitel, Seite 201]
„Mußt du zu einer bestimmten Zeit zuhause sein?“ fragt Klaus.
„Nein“, sagt Eva, und es ist ein Körnchen Bitterkeit in ihrer Stimme. „Meine Mutter ist ja doch immer unterwegs, sie hat nie Zeit für mich.“

[Vierte Fassung, 6. Kapitel, Seite 203–204]
Sie leiden, der Junge wie das Mädchen, unter ihrem Elternhaus; bis zu diesem Abend haben sie mit niemandem darüber gesprochen. Nun sie[9] einen Blick in die Einsamkeit des anderen getan haben, suchen sie den Trost des Zusammengehörens, um verbunden sich gegen eine Welt zu behaupten, die ihnen, so gescheit und lebenstüchtig sie sich geben, noch sehr fremd ist.
Da ist Klaus: sein Vater, nach durchzechten Nächten, wirft sich in sein Bett, mürrisch und ohne Gruß für den Jungen.
Da ist Eva: ihre Mutter, Bürgermeisterin und Partei-Funktionärin, hat jeden Einfluß auf die Tochter verloren, die sie ein-, zweimal in der Woche und, wenn's hochkommt, am Sonntagabend sieht.[10]

Auch die Wohnung von Eva und ihrer Mutter ist in der vierten Fassung kein gemütliches Zuhause mehr, in dem eine Steh-

---

[8]Vom Lektorat des Verlags Neues Leben angestrichen.
[9]In der Buchausgabe wurde „Nun sie“ geändert in „Nun, da sie“.
[10]Vom Lektorat des Verlags Neues Leben angestrichen.

lampe warmes Licht und ein Kanonenöfchen wohlige Wärme spenden, sondern „eine recht bescheidene Drei-Zimmer-Wohnung" mit einer „gleichsam künstlich eisgekühlten Atmosphäre", die Eva auch nicht zu stören scheint:

> [Vierte Fassung, 2. Kapitel, Seite 149–150]
> Sie führt ihn in ihr Zimmer. Der Mandelblüt[11] schaut sich um, bedachtsam, ohne Scheu. Es enttäuscht ihn, daß dieser Raum in allem seinen Vorstellungen entspricht, die er sich dem Auftreten der Hennig nach gemacht hat: gradlinige Möbel von anmaßender Schlichtheit, keine warmen Farbflecke, keine der süßen Nichtigkeiten, mit denen Mädchen ihre Kommoden und Wände so gern schmücken. […]
> Nichts davon spürt Walter hier: in dieser gleichsam künstlich eisgekühlten Atmosphäre weben keine rosenroten Träume, und niemals werden Lachen oder Weinen einer Verliebten die gläserne Ruhe zersplittern.[12]

Die Eva der vierten Fassung hat mit ihren „Vorgängerinnen" kaum noch etwas gemein. Sie ist nicht Teil der Klassengemeinschaft, sondern kommt als Fremde, als – letztlich unwillkommene – dreizehnte Mitschülerin für die letzten fünf Monate bis zum Abitur dazu.

Brigitte Reimann machte sich nicht mehr die Mühe, ihre Hauptheldin wie bisher differenziert und in all ihrer Widersprüchlichkeit zu schildern. Eva ist und bleibt in der vierten Fassung eine Außenseiterin. In der Kombination von politischer Überkorrektheit und anmaßendem Verhalten war sie auch den Verlagslektoren suspekt, zumal zahlreiche der „Eva-Szenen" von Brigitte Reimann mit deutlicher Systemkritik verbunden wurden. Folgende Textstellen wurden angestrichen:

> [Vierte Fassung, 4. Kapitel, Seite 170]
> Eva ist zu anmaßend, um Schüchternheit im Umgang mit jun-

---

[11] In der Buchausgabe wurde „Der" entfernt.
[12] Vom Lektorat des Verlags Neues Leben angestrichen.

gen Leuten zu empfinden, und, obgleich sie sich ihrer Schönheit noch nicht bewußt bedient, deren Wirkung sicher. Sie tritt ohne Scheu den Jungen der 12b entgegen, die in der Schule verrufen sind wegen ihrer tolldreisten Streiche und ihrer Respektlosigkeit auch beliebten Lehrern gegenüber.

[Vierte Fassung, 4. Kapitel, Seite 171]
Eva sagt, nicht laut die dunkele[13] Stimme: „Ihr seid in einer deutschen Schule, Ihr seid nicht in einer Unterwelt-Kaschemme. Eure Gangstermanieren könnt ihr zuhause lassen."

[Vierte Fassung, 4. Kapitel, Seite 172]
Mit fressendem Ärger beobachtet Klaus die Szene. Er selbst kann diesen Banausen wie ein Kapuziner predigen – ohne den geringsten Effekt. Aber sobald eine hübsche Larve auftaucht, fallen ihnen die Augen aus dem Kopf, und sie schlucken ohne Widerrede all den Unsinn, nur weil ihn die süßen Kirschlippen der Hennig daherschwätzen …

[Vierte Fassung, 4. Kapitel, Seite 172]
Sie lassen es sich bieten. Selbst der Bergfeld, auf dessen Schandmaul Klaus gerechnet hat, schweigt. Die Hennig ist nämlich nicht nur verteufelt hübsch – sie ist auch die Tochter der Bürgermeisterin, ein politischer Faktor sozusagen, mit dem man kalkulieren muß. Die meisten Schüler der 12b können sich keinen Verweis mehr leisten; der dritte bedeutet Ausschluß aus der FDJ und schleppt nach sich einen Rattenschwanz von Schwierigkeiten beim Abitur und bei der Studienzulassung.

[Vierte Fassung, 5. Kapitel, Seite 181]
Eva lächelt. Und großmütig, wie schöne Mädchen sich zuweilen einer minder Begünstigten bezeigen, springt sie Ingeborg bei: […]

[Vierte Fassung, 5. Kapitel, Seite 182]
Eva begreift nicht das Gezeter der anderen: Wenn sie Geld

---

[13] In der Buchausgabe wurde „dunkele" geändert in „dunkle".

braucht, geht sie an den Schreibtisch ihrer Mutter; dort liegt in der Schublade, rechts, ein Bündelchen Geldscheine. Davon nimmt sie, ohne bitten zu müssen: Frau Hennig, mit Arbeit überlastet und zudem in Gelddingen sehr sorglos, verlangt keine Rechenschaft.

[Vierte Fassung, 5. Kapitel, Seite 182–183]
Eva hat sich bislang nicht für die sozialen Verhältnisse in ihrer Klasse interessiert. Wohl hat sie das Klassenbuch studiert und weiß exakt zu sagen, wer von ihren Kameraden Arbeiter-, wer Bauernkind ist und wer unter die Rubrik „Sonstige" fällt – doch lebt sie in dem fröhlichen Glauben, es gäbe keine wirkliche Notlage in den Familien ihrer Mitschüler.

[Vierte Fassung, 6. Kapitel, Seite 186]
In diesem Stall will die FDJ-Gruppenleitung tagen, pünktlich ist nicht einer – toller Schlendrian! Und[14] Eva ist entschlossen, hier aufzuräumen, mit oder ohne Hilfe des Hoffmann.

Der Oberschuldirektor (Dr. Lorenz / Dr. Rinck)

Der Oberschuldirektor Dr. Lorenz ist in der ersten bis dritten Fassung Geschichtslehrer und ein von allen Schülern geschätzter Mann, der mit Evas Vater befreundet war und deshalb besondere Sympathien für Eva hat, die er schon als kleines Mädchen kannte. Er bringt zwar nicht den Mut auf, Eva vor den Kommissionsmitgliedern entschieden genug zu verteidigen, leidet aber durchaus unter seinen Selbstzweifeln und Ängsten und zieht letztlich die Konsequenzen.

Auch die Figur des Direktors gerät in der vierten Fassung, nun als Dr. Rinck, zu einer unsympathischen Person. Sie hat zwar noch gewisse biografische Ähnlichkeiten mit Dr. Lorenz, schlängelt sich aber „geschickt nach rechts und links manövrierend" „durch die neue Zeit" „wie Tausende anderer". Die

---

[14]Vom Lektorat des Verlags Neues Leben wurde „– toller Schlendrian! Und" damals gestrichen und durch einen Punkt ersetzt; es entfiel auch in der Buchausgabe.

Mutter warnt Eva vor dem zwielichtigen „aalglatten" Mann, mit dem „nicht gut Kirschen essen" ist und Eva „ärgert sich […] über den vergnügten Greis", der sie „schlankweg" duzt, weil (auch) er ihren Vater kannte und „im Raum auf und nieder laufend, geschwätzig seine Erinnerungen an ihre Frau Mutter auskramt".

Die Verhaftung des Mitschülers Kurt Hansen

Eine der in der vierten Fassung neu eingeführten system-kritischen Passagen ist die Verhaftung eines unschuldigen Mitschülers. Diese Szene basiert auf den folgenden wahren Ereignissen, die Brigitte Reimann in einem Brief an Veralore Schwirtz wie folgt schilderte:

Bei uns an der Schule wurde kürzlich ein Junge verhaftet. Politisches Motiv unbekannt. Es gehen nur vage Gerüchte um, daß ihn die sogenannte NKWD verhaftet hat (es geschah übrigens während der Schulzeit). Das gleiche geschah vor nicht langer Zeit auf der Genthiner Oberschule, wo freilich ein paar Jungen betroffen wurden. Das hatte mir damals zwar leid getan, mich aber nicht weiter gerührt. Ich glaube, ich hatte sogar die Stirn, zu behaupten, den Jungen wäre recht geschehen, wenn sie sich tatsächlich staatsfeindlicher Umtriebe schuldig gemacht hätten. Na, und dann wurde eben einer aus unserer eigenen Mitte herausgeholt. Ein Bursche, den man gut kannte, mit dem man zwei Stunden zuvor noch gesprochen und gelacht hatte, war plötzlich verschwunden – vielleicht für immer. Und das Schlimmste – er ist gewiß nicht das, was man in ihm sieht. Ich glaube ihn als einen albernen, wenn auch oppositionellen, so doch harmlosen, etwas frechen und sonst völlig unbedeuten-den Menschen zu kennen. So einer, der nie „staatsfeindlicher Umtriebe" fähig wäre, weil er dazu einfach zu dumm und wohl auch zu feige und kleinlich wäre. Auch zum Verräter gehören Mut und eine gewisse Portion Gehirn.

Siehst Du – und da ist in mir 'was kaputtgegangen. Ein Glaube, wenn Du es so nennen willst. Warum befleckt man eine große Sache mit – vielleicht mit dem Blut eines halben

Kindes? Vielleicht habe ich damals in meiner Erregung die Dinge schärfer und schlimmer gesehen, als sie sind – Tatsache ist jedoch, daß die Mutter noch keine Nachricht über den Verbleib des Jungen hat und daß sich die Klasse bisher vergeblich um ihn bemühte. Ich habe tagelang geweint vor Verzweiflung, war in der Schule nicht mehr zu gebrauchen und verstieg mich schließlich in solche Raserei, daß mich immer zwei gute Freunde eskortierten, die mir manchmal mit Gewalt den Mund zuhielten, z. B., als ich es wagte, während [der – K.S.] Anwesenheit der Kommandantur im Schulgebäude auf dem Flur laut zu fluchen, zu schimpfen und zu spotten – mit derselben unüberlegten Maßlosigkeit, mit der ich vorher alles geliebt, verteidigt und propagiert habe, was der Staat oder das System tat. Alle, die mich wirklich gern haben, fürchten für mich meiner zügellosen Leidenschaft wegen, die mir noch einmal das Genick brechen könnte.[15]

In der ersten bis dritten Fassung hatte Brigitte Reimann die Verhaftungsszene bis zur Unkenntlichkeit verfremdet, die Hintergründe in den Schieberei-Geschäften von Klaus' Vater „versteckt" und die Szene im achten Kapitel mit dessen Verhaftung sowie der anschließenden Flucht von Klaus und seiner Mutter nach Westberlin enden lassen:

[Erste Fassung, 8. Kapitel]
Dann kam ein Tag, an dem Klaus in der Schule fehlte, und dunkle Gerüchte liefen unter den Schülern um. Eva schenkte ihnen keine Beachtung, hielt für Geschwätz, was sich dennoch anderen Abends als Wahrheit bestätigte. [...]
    „Klaus' Vater ist verhaftet worden – wegen Schiebereien größten Stils", sagte Georg. Es gab ihr einen Ruck. „Ich war heute bei Hoffmanns", fuhr der Junge fort. „Alle Jalousien sind runtergelassen, keiner zuhause. Der Hauswirt sagt, Frau Hoffmann wäre wahrscheinlich mit Klaus zu Verwandten nach

[15] Brigitte Reimann an Veralore Schwirtz, 28.12.1950. – Aber wir schaffen es, verlaß Dich drauf! : Briefe an eine Freundin im Westen. – Berlin : Elefanten-Press, 1995. – Seite 89–91.

Westberlin gereist. Sie haben wohl Angst, daß die VP noch einmal zugreift und sie als Hehler festnimmt, denke ich." [...]

Bald darauf wurde Klaus Hoffmann aus dem Klassenbuch gestrichen, und in der Spalte „Bemerkungen" stand hinter seinem Namen nur ein Wort, rot unterstrichen: „Westflüchtig".

Ende März, wenige Tage vor dem Kulturabend, las Eva in der Zeitung den Bericht über den Prozeß gegen einen gewissen Erich Hoffmann, der wegen Wirtschaftsverbrechen zu mehreren Jahren Zuchthaus verurteilt worden war.

[Dritte Fassung, 9. Kapitel, Seite 228–232]

Es kam ein Tag, an dem Klaus in der Schule fehlte, und dunkle Gerüchte liefen unter den Schülern um. Eva schenkte ihnen keine Beachtung, hielt für Geschwätz, was sich dennoch anderen Abends als Wahrheit bestätigte. [...]

„Klaus' Vater ist verhaftet worden – wegen Schiebereien größten Stils." Es gab ihr einen Ruck. „Ich war heute bei Hoffmanns", fuhr der Junge fort. „Alle Jalousien sind heruntergelassen, niemand zuhause. Der Hauswirt sagte, Frau Hoffmann wäre wahrscheinlich mit Klaus zu Verwandten nach Westberlin gereist. Sie haben wohl Angst, daß die VP noch einmal zugreift und sie als Hehler festnimmt." [...]

Bald darauf wurde Klaus Hoffmann aus dem Klassenbuch gestrichen, und in der Spalte „Bemerkungen" stand hinter seinem Namen nur ein Wort, rot unterstrichen: „Republikflüchtig".

Ende März, wenige Tage vor dem Kulturabend, las Eva in der Zeitung einen Bericht über den Prozeß gegen einen gewissen Erich Hoffmann, der wegen Wirtschaftsverbrechens zu mehreren Jahren Zuchthaus verurteilt worden war.

Georg brachte ihr am Abend desselben Tages, als er sie zum Theater abholen wollte – es wurden die „Räuber" gespielt –, das gleiche Zeitungsblatt mit, in dem er den Bericht über den Prozeß Hoffmann rot umstrichelt hatte. „Es wurde Zeit", sagte er. „Eigentlich seltsam, daß er nicht schon viel eher gefaßt worden ist – wir in der Schule haben doch alle davon gewußt –"

„Ja, seltsam", sagte das Mädchen mit eigentümlicher Betonung [...]

[...] Nach minutenlangem Schweigen hörte er ihre Stimme aus dem Badezimmer. „Ja, natürlich haben wir es gewußt. Aber keiner hat jemals etwas darüber gesagt – an verantwortlichen Stellen, die dagegen hätten einschreiten können."

„Weil es jedem unanständig erschienen wäre, einen anderen der Polizei auszuliefern", sagte Georg.

[…] „Wenn er aber doch ein Verbrecher war –"

Sie hörte, wie er aufsprang und im Zimmer auf und ab ging.

Sie sagte in den Spiegel hinein: „Es ist eine tiefe Kluft zwischen unserem Gewissen, das uns das Rechte zu tun befiehlt, und der sogenannten Anständigkeit, die in Wahrheit nichts anderes ist als Feigheit, Angst vor den Leuten –"

Er antwortete nicht. „Was meinst du?" fragte sie. […]

„Du bist mir noch eine Antwort schuldig", sagte sie ablenkend. „Du bist mir vorhin ausgewichen –"

„Du bist mir wichtiger als alle Erich Hoffmanns der Welt."

Sie verzog das Gesicht. „Mit dir ist heute aber überhaupt nichts anzufangen, Georg! Sei doch mal für einen Augenblick vernünftig."

[…] Als sie Arm in Arm durch die schon dunklen Straßen schritten, sagte Georg unvermittelt: „Was du da vorhin von der Kluft zwischen Gewissen und Feigheit gesagt hast, das ist wahr. Ich bin dir ausgewichen, weil ich selbst noch diese Kluft in mir fühle. Aber warum sollte ich dir das verschweigen? Es gibt wenige Menschen, die sie schon zu überwinden vermögen – und zu denen gehörst du, Eva."

Nach einer langen Pause sagte das Mädchen: „Du bist ehrlich, Georg." […] „Aber daß du diese Kluft in dir schon erkannt hast, ist der erste Schritt zu ihrer Überbrückung."

Er nickte stumm.

[…] Als sie ihre Plätze gefunden hatten, sagte Eva plötzlich leise: „Übrigens habe ich damals, als Klaus von mir wegging, geglaubt, meine Anzeige gegen Sehning hätte mit meiner Liebe zu Klaus nichts zu tun. Jetzt erst begreife ich, wie falsch das war."

In der vierten Fassung wurde Brigitte Reimann deutlicher. Im sechsten Kapitel mit dem bezeichnenden Titel „Einer spricht zuviel – und was danach geschieht" beschreibt sie die, bezogen auf die Romanhandlung drei Jahre zurückliegende, Verhaftung des Mitschülers Kurt Hansen. Diese Szene führte sicherlich mit zur Ablehnung des Manuskripts.

> [Vierte Fassung, 6. Kapitel, Seite 190]
> In dieser Minute erst, da er vergebens in dem starr kalten[16] Gesicht der Hennig nach einem bescheidensten Anzeichen von Teilnahme forscht, weiß er, daß er sich seit drei Jahren betrogen hat. Wie brüchig war die Mauer, die er zwischen sich und jenem Ereignis vor drei Jahren aufgerichtet hatte, daß eine mitleidlose Frage sie hat umstürzen können!

> [Vierte Fassung, 6. Kapitel, Seite 190]
> Es ist unwahrscheinlich, daß dem fünfzehnjährigen Kurt die Verfehlungen seiner Eltern bekannt waren. Sei dem wie immer: er mußte mitbüßen für ein Vergehen, an dem er zumindest nicht unmittelbar beteiligt gewesen [war – K.S.]. Er blieb spurlos verschwunden.

Der Zwang zum FDJ-Beitritt

Im Zusammenhang mit der Verhaftung des Mitschülers Kurt Hansen und der Negativ-Charakterisierung des Oberschuldirektors führte Brigitte Reimann in der vierten Fassung ein weiteres Tabu-Thema ein: den Zwang zum FDJ-Beitritt, von dem die Klassenkameraden Eva Hennig berichten. Die Textstellen wurden teilweise vom Lektorat angestrichen.

> [Vierte Fassung, 6. Kapitel, Seite 188]
> Endlich sagt Eva abschließend: „Von den 280 Schülern unserer Schule gehören 260 dem Jugendverband an. Trotzdem ist die FDJ-Arbeit miserabel. Hier ist doch ein Widerspruch, hier muß gründlich Wandel geschaffen werden –"

> [Vierte Fassung, 6. Kapitel, Seite 188–189]
> Harry sagt: „Die meisten sind ja gezwungen worden –"
> Eva stößt das Kinn vor, sie ruft: „Du lügst! Bei uns wird keiner gezwungen!"

---

[16]Vom Lektorat des Verlags Neues Leben wurde „starr kalten" damals gestrichen; es entfiel auch in der Buchausgabe.

Der Junge erschrickt und wedelt beschwichtigend mit beiden Händen. So geschwind seine schwere Zunge ihm erlaubt, sagt er: „Und doch gezwungen! Und sie haben Angst, sie werden bei der Uni nicht zugelassen, wenn sie nicht in der FDJ sind. Ich lüge nicht, nein –" Er verhaspelt sich und stottert schlimmer denn je, aber tapfer vollendet er: „– aber ich würde lügen, wenn ich sagen würde, daß alle aus reiner Begeisterung 'reingegangen sind. Und wenn du es zehnmal abstreitest: gedroht haben sie uns – der Direx und einer von der Kreisleitung. Und einen habe ich gesehen, der hat vor Wut auf seinen Antrag gespuckt, ehe er ihn abgegeben hat –"

[Vierte Fassung, 6. Kapitel, Seite 192]
Wenige Wochen später tat Dr. Rinck ein übriges, um das Wohlwollen des Herrn Schulrats zurückzugewinnen: Während einer Schülerversammlung in der Aula forderte er die Jungen und Mädchen auf, Mitglied der FDJ zu werden. So geschickt hatte er seinen Appell gehalten, daß niemand ihn einer Zwangsmaßnahme beschuldigen konnte – doch hatte er durchblicken lassen, man führe eine Liste derer, die sich gegen die Aufnahme in den Verband sträubten. Sich die Folgen solchen Sträubens auszumalen, blieb jedem selbst überlassen.

Drei Tage darauf war die Mitgliederzahl von 43 auf 218 emporgeschnellt. Dr. Rinck war rehabilitiert.

Seit jenen Herbsttagen hat das Schweigen sich über die Schule gebreitet: keine Auflehnung mehr gegen Ungerechtigkeiten, keine ehrliche Diskussion im Gegenwartskunde-Unterricht, kein offenes Wort gegen Lehrer wie Rinck oder[17] Stolze …
Man hält den Mund und macht mit, man schimpft zuhause oder im Kreis der vertrautesten Freunde, man spricht und schreibt, was die Lehrer erwarten – die Aufsätze in Deutsch und Gegenwartskunde sind musterhafte Zeugnisse einer gefestigten Ideologie.[18]

Die Flucht des Mathematiklehrers Munde

In der vierten Fassung wurde auch der Mathematiklehrer Mun-

---

[17] In der Buchausgabe „oder" geändert in „und".
[18] Vom Lektorat des Verlags Neues Leben angestrichen.

de neu eingeführt, der ein Jahr zuvor aus politischen Gründen entlassen worden war. Folgende Textpassage wurde im Manuskript angestrichen:

[Vierte Fassung, 6. Kapitel, Seite 192–193]
Vor einem Jahr ist der Mathematiklehrer Munde entlassen worden, ein weitgereister Mann, sieben Sprachen kundig, um seines trockenen Humors willen beliebt im Kollegium und verehrt von den Schülern. Stolze hat bei seinem[19] Besuch in Mundes Wohnung westdeutsche und amerikanische Zeitschriften auf – oder in? – dessen Schreibtisch entdeckt.

Munde ist nach seiner Entlassung in den Westen gegangen und lehrt jetzt an einem Hamburger Gymnasium. Die Schüler haben getobt und gejammert und dem Stolze Rache geschworen. Wie der im Unterricht wieder vor sie hingetreten ist, haben sie geschwiegen und sich geduckt und russische Vokabeln gebüffelt und brav mitgelacht über seine abgeschmackten Witze, um Gnade zu finden vor seinen Augen.

In dieser kleinen Szene, in der der Russischlehrer die Rolle des Denunzianten einnimmt, gibt es eine deutliche Parallele zur dritten Fassung. Der dortige Russischlehrer Übermut spielt mit dem Gedanken, bei Sehning zu Hause aufzukreuzen, um ihm den Besitz verbotener Literatur und deren Verleih an ausgewählte Oberschüler nachweisen zu können:

[3. Fassung, 2. Kapitel, Seite 34]
Es war Sehning nicht entgangen, daß für wenige Augenblicke sein junger Kollege Übermut hinter ihm gestanden hatte und einige Worte seines Gespräches mit dem Schüler Hoffmann aufgefangen haben mußte.

Er griff nach seiner Aktenmappe, öffnete sie umständlich, steckte das Buch ein und trat dann in den Kreis der Kollegen. Er sah den aufmerksamen Blick, mit dem Übermut ihn streifte, und beteiligte sich völlig unbefangen an der Unterhaltung

---

[19]Vom Lektorat des Verlags Neues Leben wurde das „s“ in „seinem“ damals gestrichen; es entfiel auch in der Buchausgabe.

über ein Erziehungsproblem. Er verzog keine Miene bei Übermuts plötzlicher Frage: „Sie leihen Ihren Schülern Bücher, Herr Studienrat?"

[…] Blitzschnell überprüfte er im Kopfe die Namen der Schüler, die ihn zu besuchen pflegten, und ihre Vertrauenswürdigkeit, während er freundlich erwiderte: „Gewiß, Kollege Übermut! Man kann der Jugend nicht früh genug gute Bücher in die Hand geben, und leider steht nicht jedem eine reichhaltige Bibliothek zur Verfügung." Und mit feinem Lächeln fügte er hinzu: „Wenn Sie sich für Bücher interessieren – ich kann mich einer wirklich wertvollen Auswahl rühmen –, sind Sie mir jederzeit willkommen."

Übermut fühlte sich durchschaut, ärgerte sich, daß er allzu deutlich einen Ton des Mißtrauens in seiner Frage hatte mitklingen lassen, und wagte nicht, wie er anfangs vorgehabt hatte, sich das Buch in der Aktenmappe zeigen zu lassen. Er wechselte einen Blick mit Frl. Habekus, während er einen Dank murmelte.

[3. Fassung, 8. Kapitel, Seite 204–205]

„[…] Manchmal könnte ich in meinem Verdacht wankend werden. Und doch, Irene – lach mich nicht aus! –, mich läßt eins nicht los: der Gedanke an die Bücher, die er seinen Schülern borgt."

Irene blickte erstaunt auf, suchte sich zu erinnern, bis ihr plötzlich einfiel: „Ja, richtig, du wolltest ihn damals schon, als Klaus Hoffmann ein Buch wiederbrachte, danach fragen. Das muß so Mitte Februar gewesen sein –"

„Ja, richtig! Und seitdem habe ich oft daran denken müssen. Ich habe noch nicht wieder gesehen, daß ein Schüler ein Buch brachte. Weißt du, am liebsten würde ich mal zu ihm in die Wohnung gehen –"

„Und da stehen die staatsfeindlichen Bücher einfach so im Bücherschrank herum, was?" Irene lachte.

Anschlussfehler

Die halbherzigen Umarbeitungen durch eine Autorin, die zunehmend die Lust an ihrem Roman verlor, führten in zahlreichen Fällen zu Folge- oder Anschlussfehlern in der Handlung. Wenn es Brigitte Reimann nicht gelang, die von Fassung zu Fassung immer massiver werdenden inhaltlichen Änderungen konsequent auf die gesamte Handlung zu übertragen, ließen sich manche Sachverhalte und Details nicht mehr erschließen oder erschienen unlogisch; beispielsweise der Literaturnachmittag und die Charakterisierung von Klaus Hoffmann und seiner Beziehung zu Eva Hennig.

Der Literaturnachmittag
In der ersten Fassung handelt es sich um einen literarischen Zirkel, in der dritten Fassung um einen Freundeskreis, in dem „hitzige Debatten über Politik und marxistische Bücher" geführt werden.

Diese Modifikation war notwendig geworden, weil in einem reinen Literaturzirkel der in der dritten Fassung erstmalig als sehr belesen und gebildet geschilderte Klaus durchaus an der richtigen Stelle gewesen wäre. Es hätte keinen nachvollziehbaren Grund mehr gegeben, warum Klaus für den Zirkel „beim besten Willen kein Verständnis aufbringen konnte", obwohl Peter „ihm sowieso schwer im Magen lag, weil er so oft mit Eva zusammensteckte". Der belesene Klaus aus der dritten Fassung hätte durchaus innerhalb eines Literaturzirkels ein Auge auf die beiden werfen können. Deshalb musste es stattdessen ein Zirkel sein, in dem Klaus aufgrund seiner politischen Einstellung auf keinen Fall mitmachen würde.

Allerdings zog Brigitte Reimann diese Charakteränderung des Literaturzirkels nicht konsequent durch, woraus Anschlussfehler in mehreren Szenen entstanden. Beispielsweise hätte der gebildete Klaus eigentlich wissen müssen, was platonische Liebe ist, und auch, dass Plato Grieche und nicht Römer war. Dennoch blieb der entsprechende Dialog zwischen Eva und Klaus unverändert (4. Kapitel). Auch in der Szene, als Eva Kopfschmerzen hat und zu Hause in ihren alten Tagebucheintragungen blättert (5. Kapitel), vergaß Brigitte Reimann die Modifikation des Literaturzirkels:

[Erste Fassung, 5. Kapitel]
Ein paar Seiten weiter empörte sie sich über eine versteckt antisemitische Bemerkung Sehnings, machte sich lustig über ein total mißglücktes Gedicht von Walter, das er neulich in ihrem literarischen Zirkel sehr gefühlvoll vorgetragen hatte, und berichtete bekümmert von ihrer eigenen Nachlässigkeit in der Laienspielarbeit, denn sie hatte seit ewigen Zeiten schon keine Stegreifübungen mehr mit ihrer Gruppe gemacht.

[Dritte Fassung, 4. Kapitel, Seite 101]
[…] empörte sich zwei Seiten weiter über eine versteckt antisemitische Bemerkung Sehnings; machte sich lustig über ein total mißglücktes Gedicht von Walter, das er neulich in ihrem Literaturzirkel sehr gefühlvoll vorgetragen hatte, und berichtete über ihre Nachlässigkeit in der Laienspielarbeit, denn sie hatte schon seit einiger Zeit keine Stegreifübungen mehr mit ihrer Gruppe gemacht.

Nach ihrer „Entlarvung" als Denunziantin, als Eva isoliert von allen anderen allein auf dem Pausenhof steht (5. Kapitel), denkt sie an den Literaturzirkel, obwohl es den in der dritten Fassung ja eigentlich gar nicht geben dürfte:

[Erste Fassung, 5. Kapitel] [Dritte Fassung, 5. Kapitel, Seite 141]
Ich bin ja ganz allein, dachte sie verzweifelt. Wo sind sie denn alle, meine Getreuen – Wanjuschka, Peter vor allem, Walter und Wölfchen, mit denen sie so oft stundenlang in ihrem Zimmer gesessen und über Kunst und Literatur debattiert hatte? Wenn

die mich jetzt[20] im Stich lassen, glaube ich überhaupt an keinen Menschen mehr …

Sogar die gesamte Szene des Zirkelnachmittags (6. Kapitel) blieb in der dritten Fassung nahezu unverändert: Es wird über „realistische Kunstauffassung" debattiert, über Goethe, literarische Epochen, den sozialistischen Realismus und Literaturkritik und mitnichten über „Politik und marxistische Bücher".

> [Erste Fassung, 6. Kapitel] [Dritte Fassung, 6. Kapitel, Seite 159]
> Unsicher blickten sich die vier untereinander an, bis Wanjuschka die Situation rettete und hastig[21] etwas hervorstotterte, daß Georg ihn gebeten hätte, heute einmal an ihrem Literaturnachmittag teilnehmen zu dürfen, weil – Ja, warum? Das wußte Wanjuschka auch nicht, sondern konnte nur ahnen, was auszusprechen er sich scheute.

Klaus Hoffmann

In der dritten Fassung musste Brigitte Reimann aus dem unbelesenen Klaus einen gebildeten jungen Mann machen, weil er sonst keinerlei Interesse daran gehabt hätte, bei Studienrat Sehning verbotene Bücher auszuleihen – und diese auch noch mit Begeisterung zu lesen.

Nun stand sie vor der Herausforderung, alle diesbezüglichen Szenen konsequent umzuschreiben und gestrichene Szenen um Klaus nahtlos zu kompensieren. Wie bereits anhand des Literaturzirkels geschildert, gelang das nicht immer.

Ein Beispiel: Als der Kulturabend näher rückt, findet eine Funktionärssitzung statt. Eva hat ein schlechtes Gewissen, weil sie sich „von der dummen Diebstahlsgeschichte so stark hatte

---

[20] In der dritten Fassung „jetzt auch" statt „jetzt". Das ist die einzige Abweichung gegenüber der ersten Fassung.

[21] In der dritten Fassung ohne „hastig". Das ist die einzige Abweichung gegenüber der ersten Fassung.

beeinflussen lassen, daß sie alle anderen Pflichten vernachlässigte". In der ersten und zweiten Fassung ist das schlüssig,
weil dort der Diebstahl des physikalischen Messinstruments
tatsächlich ihre sämtlichen Aktivitäten gelähmt hatte und die
Entlarvung von Klaus als Täter alles andere als erfreulich für
Eva war:

[Erste Fassung, 3. Kapitel]
Als sie in ihr Klassenzimmer trat, stutzte sie. Irgendetwas war da
ganz anders. Nicht, daß sich äußerlich etwas verändert hatte –
die fünf Tische standen noch genau so wie vorhin im offenen
Halbkreis vor dem Lehrertisch, die Wandtafel in der Ecke rechts
und alle Bilder an den Wänden waren noch genau wie vorhin –,
aber etwas warnte sie: „dicke Luft!"[22]

[Zweite Fassung, 3. Kapitel]
Als sie in ihr Klassenzimmer trat, stutzte sie. Irgendetwas war da
ganz anders. Nicht, daß sich äußerlich etwas verändert hätte –
die fünf Tische standen noch genau so wie vorhin im offenen
Halbkreis vor dem Tisch des Lehrers, die Wandzeitung in der
Ecke rechts und die Bilder an den Wänden waren noch genau
wie vorhin –, aber etwas warnte sie: „dicke Luft!"[23]

[Erste Fassung, 4. Kapitel] [Zweite Fassung, 4. Kapitel]
Eva hatte ein schlechtes Gewissen. Der Kulturabend für die
Kinder von Antifaschisten rückte immer näher – Mitte März
sollte er stattfinden, jetzt standen sie bereits in den letzten Februartagen, und noch hatte sie nichts vorbereitet. Sie machte
sich heftige Vorwürfe, daß sie sich durch diese dumme Diebstahlsgeschichte so stark hatte beeinflussen lassen, daß sie alle
anderen Pflichten vernachlässigte.

In der dritten Fassung jedoch ist die Diebstahl-Szene komplett
entfallen und Eva hat sich längst wieder mit Klaus vertragen,
wie die neu hinzugefügte Szene im Klassenzimmer beweist.

---

[22]Anschließend folgt die Diebstahlsszene.
[23]Anschließend folgt die Diebstahlsszene.

Dennoch hat sie auch hier nichts für den Kulturabend vorbereitet. Die ebenfalls neu hinzugefügte Erklärung dafür wirkt konstruiert und angesichts der Klassenzimmer-Szene eher unglaubwürdig:

[Dritte Fassung, 2. Kapitel, Seite 70–71]

Als Eva ins Klassenzimmer trat und sich bei Dr. Lange wegen ihrer Verspätung entschuldigen wollte, winkte er ab: er habe sie ja im Lehrerzimmer bei dem Herrn Studienrat sitzen sehen.

Eva ging an ihren Platz, empfangen von Klaus' erstauntem Blick. „Du warst bei Sehning?" flüsterte er.

„Weißt du doch", gab sie leise zurück, „wegen des Laienspiels".

„Na, und?" Der Ton seiner Frage verriet mehr als unendlich viele Worte. Sie lächelte und griff hastig nach ihrem Mathematikheft, weil sie Dr. Langes Blicke auf sich gerichtet fühlte. Aber gleich darauf reichte sie Klaus ihre Logarithmentafel hinüber, auf deren erstem Blatt in ihrer großen, wirren Handschrift die Worte standen: „Alles in Ordnung! Kommst du heute nachmittag?"

Statt einer Antwort griff Klaus unter dem Tisch nach ihrer Hand und drückte sie zärtlich. Dr. Lange, der die beiden immer noch argwöhnisch beobachtete, weil er merkte, daß sie eben nicht gerade mit sphärischer Trigonometrie beschäftigt waren, errötete, als er den Blick auffing, mit dem [die – K.S.] beiden sich ansahen.

[Dritte Fassung, 3. Kapitel, Seite 72]

Eva hatte ein schlechtes Gewissen. Der Kulturabend für die Kinder vom Grete-Walter-Heim rückte immer näher – Mitte März sollte er stattfinden, sie standen jetzt bereits in den letzten Februartagen, und noch hatte sie nichts vorbereitet. Sie machte sich heftige Vorwürfe, denn sie wußte, daß ihre Schwunglosigkeit, ihre gedrückte Stimmung, aus dem gespannten Verhältnis zu Klaus erwachsen waren. Gewiß, sie hatten sich wieder miteinander versöhnt, sie machten zusammen Schularbeiten und besuchten das Kino, und Außenstehende mußten glauben, es habe sich nichts zwischen ihnen geändert. Vielleicht glaubten sogar sie selbst es manchmal, in Wahrheit aber war das frühere Vertrauen verschwunden. Die gemeine Beschimpfung – jenes schreckliche Wort „Denunziantin", das er ihr damals in Gegenwart der anderen ins Gesicht geschleudert hatte –, stand wie eine Mauer zwischen ihnen, über die sie nicht mehr hinwegkamen.

Entfernte Szenen

Die später entfernten Szenen sind alle Bestandteil der im vorliegenden Buch abgedruckten Originalfassung, sodass es für den Fassungsvergleich ausreichend ist, sie aufzulisten.

Bereits in der zweiten überarbeiteten Fassung wurde die Streichung der Fußball-Szene und der Szenen um den Diebstahl des physikalischen Messinstruments vorbereitet; die Berlin-Szene blieb zunächst erhalten. Ab der dritten Fassung ersatzlos gestrichen wurden:

Berlin-Szene

In die dritte Fassung, deren Handlung ebenfalls am 19. Februar 1951 beginnt, wurden aus der Berlin-Szene lediglich einige Rückblicke übernommen (1. Kapitel): der Bezug auf den Jubiläumstag von Eva und Klaus, der Bezug auf Evas und Klaus' Hände, die gemeinsamen Hausaufgaben von Eva und Klaus zwecks Kaschierung heimlicher Küsse, die gemeinsame Erinnerung von Eva und Klaus an ihren ersten Kuss, auf den Tag genau vor einem Jahr am 19. Februar 1950, und beider Streit wegen der Schieberei-Geschäfte von Klaus' Vater. Sämtliche Szenen, die in Berlin, in Westberlin und im Zug auf der Rückfahrt in die kleine Stadt spielen, wurden entfernt.

Fußball-Szene

Auch die Freistunde mit dem verbotenen Fußballspiel und

der anschließenden Diskussion um die Bezahlung der kaputt-geschossenen Fensterscheibe wurde ersatzlos gestrichen.

Diebstahlsgeschichte

Ebenfalls dem Rotstift zum Opfer fiel der Diebstahl des physikalischen Messinstruments. Die Szene der Mathestunde bei Dr. Lange wurde in der dritten Fassung komplett geändert, weil jetzt der Diebstahl des Messinstruments, um den es in der ersten und zweiten Fassung während dieser Mathestunde geht, nicht mehr vorkommt.

Hinzugefügte Szenen

In der dritten Fassung fokussierte sich Brigitte Reimann darauf, den Negativhelden Klaus deutlicher zu zeichnen, die Verfehlungen und den zweifelhaften Charakter des Studienrats Sehning und dessen privaten Buchverleih sowie seinen unrühmlichen Abgang ausführlicher zu schildern und die Liebesgeschichte von Eva mit dem Positivhelden Georg Helmholtz sowie die vorbildliche Rolle von Evas Mutter auszubauen.

In der vierten Fassung standen die bereits beschriebenen DDR-kritischen Textpassagen im Vordergrund: beispielsweise die Verhaftung des unschuldigen Mitschülers Kurt Hansen und der anschließend auf die Oberschüler ausgeübte Zwang, der FDJ beizutreten, sowie die Entlassung und anschließende Flucht des Mathematiklehrers Munde. Die Geschichte von Walter Mandelblüt wurde ebenfalls hinzugefügt.

Der private Buchverleih des Studienrats Sehning

Studienrat Sehnings Verleih systemkritischer und verbotener Bücher aus seiner Privatbibliothek an ausgewählte, ihm besonders vertrauenswürdig erscheinende Schüler wurde in der dritten Fassung als neues zentrales Thema eingeführt. Zahlreiche Szenen bauen die gesamte Romanhandlung um diesen Buchverleih auf und verstärken damit die Darstellung der Gefahr der außerordentlich geschickten Beeinflussung der Abiturienten durch Sehning. Mit seiner reaktionären und republikfeindlichen Einstellung würde der Studienrat, so Evas und Wanjuschkas These, dem „jungen Staat" „die wertvollsten Kräfte an fortschrittlicher Intelligenz entziehen". Ein Beispiel:

[3. Fassung, 4. Kapitel, Seite 113–117]
Wortlos wies Sehning den Jungen ins Arbeitszimmer, schob ihm einen Sessel hin. Klaus setzte sich schwerfällig.

Sehning beobachtete ihn, sah seinen verkniffenen Mund, sah einen winzigen Schweißtropfen zwischen den hellen Brauen.

„Nun?" fragte der Lehrer.

Als sei ihm damit ein Stichwort gegeben, brach es aus dem Jungen heraus: er habe mit all dem nichts zu tun, er habe von Evas Entschluß nichts gewußt – „keine Ahnung hatte ich, Herr Studienrat!" – er habe Angst wegen der Bücher – „Herrgott, was soll ich jetzt nur tun?"

„Du?" fragte der Lehrer mit eigentümlicher Betonung.

Der Junge begriff, stammelte verwirrt: „Ich meine: Sie und ich. Wenn jetzt alles rauskommt –"

„Was befürchtest denn du?" fragte der Lehrer, und es kam Klaus nicht einmal zum Bewußtsein, daß der Lehrer ihn zum ersten Male nicht mit Sie ansprach. „Die Anzeige deiner Freundin richtet sich doch nur gegen mich, Klaus. Und ich –" Er lächelte und machte eine unbestimmte Handbewegung.

Klaus hatte nur das eine Wort „Freundin" erfaßt. Heftig unterbrach er den Mann: „Sie ist nicht mehr meine Freundin. Was denken Sie denn von mir? Ich habe mit ihr Schluß gemacht – natürlich –"

Der Lehrer hob die Brauen. „Oh", sagte er bedauernd, „das war sehr unklug von dir."

Dem Jungen verschlug es die Sprache. Mühsam fragte er nach einer Weile: „Was – wieso? Ich verstehe nicht … Sie sagen, gerade Sie, ich hätte mit ihr nicht Schluß machen sollen? Aber – Eva hat Sie doch angezeigt –" Er verstummte. Seine Finger zupften nervös an der Tischdecke. Er fuhr sich mit der Zunge über die Lippen, schrie plötzlich: „Verdammt nochmal, Eva

294

hat Sie denunziert – begreifen Sie denn nicht? Verstehen Sie nicht, daß ich jetzt in das ganze Schlamassel mit reingezogen werde? Ich will aber nicht Ihretwegen von der Schule fliegen, ich will und will nicht –", und er schlug unbeherrscht mit der Faust auf den Tisch.

Der Lehrer beobachtete den Jungen mit einem kühlen Interesse, das ihn jäh ernüchterte. So also lernt man Menschen kennen, dachte der Mann mit einem Anflug von Bitterkeit. Erstaunlich, daß ich mich noch so täuschen konnte. Ein Egoist – dieser Klaus, das wußte ich. Aber daß er auch so feige sein kann …

Er schüttelte den Kopf. „Bitte, Klaus", sagte er. „Bitte … Warum diese unbeherrschten Ausbrüche? Erstens änderst du damit nichts, und zweitens bist du keineswegs unmittelbar bedroht."

„Aber – die Bücher –" Die Stimme des Jungen flatterte. „Eva weiß alles – ich habe gequatscht, ich Idiot –" Er schlug sich vor die Stirn. „Wenn sie eine Untersuchung machen, kommt alles raus – wenn Eva nicht überhaupt schon längst alles dem Lorenz erzählt hat."

„So." Der Lehrer blickte zu Boden, scheinbar nachdenklich, in Wahrheit aber, um dem Jungen sein Erschrecken zu verbergen. Wenn sie diese Spur hatten – Mit der Anklage, die sie jetzt gegen ihn erhoben hatten, würde er schon fertig werden, dessen war er gewiß. Was lag denn schließlich Konkretes gegen ihn vor, das zu seiner Entlassung führen konnte? Aber die Bücher konnten ihm das Genick brechen, da gab es keinen Zweifel. Das heißt – wenn diese Eva Hennig Genaues darüber wußte … Jetzt galt es, diese Spur zu verwischen, zu retten, was noch zu retten war.

Entschlossen hob er den Kopf. „So steht es also", sagte er langsam. „Gut, Klaus, du hast es verschuldet – nun, dann mußt du es auch wieder in Ordnung bringen –"

Fragend sah der Junge ihn an.

„Du mußt", fuhr der Lehrer fort, „gleich zu Eva gehen –"

„Ich?" Abwehrend hob Klaus beide Hände. „Zu Eva? Niemals! Das können Sie nicht verlangen!"

Gleichmütig zuckte Sehning die Schultern. „Bitte sehr, wie du willst! Dann schreibe es aber deiner eigenen Unbesonnenheit zu, wenn du die Schule verlassen mußt. Wem nicht zu raten ist –" Er erhob sich, streckte dem Jungen die Hand hin. „Auf Wiedersehen, Klaus."

„Nein, bitte nicht –" Der Junge saß erstarrt. Er war blaß bis in die Lippen. „Was – was soll ich denn tun?" Und mit einem fast kindlichen Ausdruck von Hilflosigkeit: „Bitte, helfen Sie mir –"

Der Mann hatte nichts anderes erwartet.

Auf die Sessellehne gestützt, setzte er dem Jungen gelassen auseinander: „Wie gesagt, du gehst zu Eva, versuchst herauszukriegen, wieviel sie weiß und was sie davon dem Direktor mitgeteilt hat."

Wieder unterbrach ihn der Junge: „Aber ich kann doch jetzt nicht so einfach zu ihr gehen – nach dem, was ich ihr gestern abend gesagt habe!" Und mit einem schwachen Versuch, dieser schweren Aufgabe aus dem Wege zu gehen: „Ich denke, sie wird davon nichts erzählt haben, nicht wahr?"

„Nun, in diesem Falle mußt du sie dahingehend beeinflussen, daß sie auch in Zukunft schweigt."

„Aber wie?" rief der Junge ratlos.

Da glitt ein Lächeln über das Gesicht des Mannes, vor dem der Junge fast erschrak. „Das, mein lieber Klaus, ist deine Sache", sagte der Mann. Und mit einem Blick spöttischer Überlegenheit, der dem Jungen das Blut ins Gesicht trieb: „Muß ich noch deutlicher werden? Du hast dich gut verstanden mit Fräulein Hennig, nicht wahr?" Klaus nickte mechanisch. „Dann dürfte es dir doch, meine ich, nicht allzu schwer fallen, dich ihres Schweigens zu versichern. Sprechen wir es doch einmal ehrlich aus: Sie hat dich gern, ist ein Gefühlsmensch, stärker als du ihren seelischen Empfindungen unterworfen. Glaubst du im Ernst, sie würde dich zurückweisen, wenn du wieder zu ihr kämst?"

Der Junge atmete schwer. Das ist gemein, schrie es in ihm, das ist niederträchtig und schmutzig! Das ist ein Mißbrauch ihrer Zuneigung … Nein, nein, das tue ich niemals – das nicht!

„Dazu ist mir Eva zu schade", sagte er fest. Er erhob sich. Sehning hob leicht die Schultern. „Überlege es dir gut, Klaus, ich sehe darin den einzigen Ausweg." Und während er zur Tür ging, fügte er fast herzlich hinzu: „Du mußt entschuldigen, wenn ich so deutlich über euer Verhältnis sprach. Wahrscheinlich empfindest du es als Taktlosigkeit, mehr noch: als Brutalität –"

Allerdings, dachte der Junge.

Der Lehrer begleitete ihn in die Diele. „Du darfst nur eines nicht vergessen, Klaus: wir leben in einer Welt, die von den Dschungelgesetzen des ‚du oder ich' regiert wird." Er legte ihm leicht die Hand auf die Schulter. „Ich achte deine Haltung, lieber Klaus, aber leider wird innere Anständigkeit – oder wie du es sonst nennen willst – nicht immer gebührend belohnt. Es geht um dich, um dein Verbleiben in der Schule; es geht, wie du weißt, auch um mich – ist es bei diesen Perspektiven so schwer, Zuflucht zu einem Mittel nehmen zu müssen, daß ein Durchschnittsmensch als unmoralisch bezeichnen würde? Es kann in diesem Kampf nur Sieger und Besiegte geben – und derjenige wird der Stärkere sein, der sich bedingungslos über lächerliche Ressentiments hinwegsetzen kann."

Dr. Sehning in der vierten Fassung

Von der ersten bis zur dritten Fassung war Studienrat Sehning immer mehr in den Mittelpunkt der Handlung gerückt und zu Evas zentralem Gegenspieler aufgebaut worden. In der vierten Fassung kommt er zwar als „Lehrer Sehning" und als unsympathische Person noch vor, ist aber kaum mehr handlungsrelevant, obwohl dies im ersten Kapitel zunächst suggeriert wird.

Die folgenden Auszüge enthalten auch Beispiele für Textstellen, die vom Lektorat nicht aus politischen Gründen, sondern wegen ihrer unglücklichen Formulierungen angestrichen worden waren. Eva Hennig vergleicht Sehning mit dem Zauberer Cagliostro:

[Vierte Fassung, 1. Kapitel, Seite 140–141]
Und Zug um Zug findet sie den großen Magier in dem, der auf

fünf Monate ihr Lehrer sein wird: die mächtige gewölbte Stirn, die geierschnäbelig, doch ohne Schärfe gebogene Nase; unter dem langen, strichschmalen Mund der eisgraue Spitzbart … Legt ihm um den Hals die Spitzenkrause, um seine Schultern den schwarzsamtenen Radmantel, drückt das purpurgeschlitzte Barett auf sein Haupt – er ist's![24]

[Vierte Fassung, 1. Kapitel, Seite 142]
Das versperrte Gesicht der Fremden nimmt dem Mann die Lust zu den Fragen, zu denen ihn die großäugige Neugier der Zwölf drängt.[25]

[Vierte Fassung, 1. Kapitel, Seite 140]
Sein Da-sein ist so zwingend, daß eine Wellenbewegung durch die Klasse streicht im einmütigen Vorneigen aller gegen ihn, der mit einem guten Lächeln ihre Bereitschaft empfängt, seine Gedanken zu denken.

Die Liebesgeschichte von Eva Hennig und Georg Helmholtz

Im Verlauf der Romanhandlung verändert sich die Rolle des Georg Helmholtz, des „eminent klugen und ewig ironischen Burschen, in dessen mädchenhaft schönem Gesicht schwarze Augenbrauen seltsam zu dem blonden Haar kontrastierten". Aus Margrits „Galan", der Eva heimlich verehrt, wird Evas Geliebter, mit dem sie nach Berlin zum Studium gehen wird. Im Fragment der vierten Fassung kommt Georg Helmholtz nicht vor.

Um die Entwicklung dieser Liebesbeziehung zu verdeutlichen, fügte Brigitte Reimann in der dritten Fassung zahlreiche neue oder stark erweiterte Szenen ein; jedoch nicht in allen Fällen perfekt durchkomponiert, wodurch einige Anschlussfehler entstanden. Die erste intensivere Begegnung zwischen Eva und Georg beim Literaturnachmittag blieb nahezu unverändert. Den ursprünglich kurzen Tagebucheintrag zur geplanten

---

[24]Vom Lektorat des Verlags Neues Leben angestrichen.
[25]Vom Lektorat des Verlags Neues Leben angestrichen.

Absetzung Eva Hennigs als Gruppensekretärin der Klasse hingegen erweiterte Brigitte Reimann um ein Pausengespräch, mit dem sie gleichzeitig Georgs Trennung von Margrit vorbereitete.

[Erste Fassung, 7. Kapitel]
Meine Stellung als Gruppensekretärin in unserer Klasse wird nahezu unhaltbar. Ich mache mir da nichts mehr vor. Natürlich sagen sie nichts davon, daß sie mich absetzen wollen, weil sie ganz genau wissen, daß ihnen die Zentrale Schulgruppenleitung dann schwer auf den Kopf kommen würde – denn was können sie schon gegen mich vorbringen? Daß ich den Sehning angezeigt habe, wird mir bei den fortschrittlichen Sekretären sogar als Plus für meine Wachsamkeit angerechnet, und auf einem richtigen Fehler kann mich die Klasse nicht fassen, so gern sie es wohl auch alle möchten.

Mein Gott, wie soll das bloß weitergehen? Es ist erst ein paar Tage her, seit die Sache mit Sehning passiert ist, und schon jetzt habe ich manchmal das Gefühl, ich könnte es nicht länger aushalten. Ich bin oft so müde und verzweifelt …

[Dritte Fassung, 6. Kapitel, Seite 167–171]
Eva ging mit Hans über den Hof, als plötzlich Georg an ihrer Seite auftauchte, mit einem so freundschaftlichen und selbstverständlichen Gruß, als sei sie ein Mädchen wie jedes andere hier auf dem Hofe. Aber sie war heute, knappe fünf Tage nach dem Urteil der Kommission, nicht mehr ein Mädchen wie die anderen, und es war für einen einzelnen nicht ganz leicht, auf dem Hofe während der Pause zu ihr zu gehen und „Guten Morgen" zu sagen.

Sie lächelte Georg zu, weil sie mit einem schnellen Blick über die Schulter Margrit gesehen hatte, die wenige Schritte hinter ihnen stand, das niedliche Mündchen schmollend verzogen.

„Was gibt's?" fragte Eva, und mit einem spöttischen Seitenblick: „Margrit wartet, lieber Freund …"

„Soll sie", sagte Georg. Das Mädchen hob die Brauen. Schnell setzte der Junge hinzu: „Ich will dir nur etwas sagen, Eva. Ich weiß es von Margrit. Sie wollen dich als Gruppenleiterin absetzen.

„So", fragte sie, unbewegten Gesichts. Trotzdem sah er, daß es sie getroffen hatte. Meine Klasse … dachte das Mädchen. Habe ich mich nicht immer für sie eingesetzt? Ich bin immer für sie dagewesen, für jeden einzelnen. Das wissen sie doch …

Laut sagte sie: „Das wird ihnen schwer fallen. Ich habe meine Pflichten als Gruppenleiterin nicht vernachlässigt. Ich habe keine Fehler begangen –"

„Sie werden einen finden", sagte Georg. „Sie werden solange nach einem Fehler suchen, bis sie einen finden und dich absetzen."

„Danke für deinen Tipp", sagte sie obenhin. „Aber – nimm es mir nicht übel – es war nicht nötig, daß du mir so etwas sagst hinter dem Rücken der anderen, was du eben von Margrit gehört hast." Georg blickte verständnislos. „Ich habe es gut gemeint."

„Ich weiß", sagte sie leise. „Geh wieder zu deiner Freundin, sie macht schon böse Augen. Es gibt Ehekrach. Geh schon!" Und sie zog Hans weiter.

Georg blieb stehen, sah ihr nach. Werde einer klug aus dieser Eva! Man will ihr einen Gefallen tun, sie warnen – und sie reagiert sauer, ist fast gekränkt. Na, bitte … Er zuckte die Schultern, ging zu Margrit zurück, die ihn mit bösen Blicken empfing. Ihre Vergißmeinnicht-Augen waren gar nicht mehr sanft, und ihre Stimme klang durchaus nicht so süß wie sonst, als sie fragte, was er bei der „Denunziantin" zu tun gehabt hätte.

Trotz seiner Verstimmung fuhr er sie an, sie solle gefälligst in einem anderen Tone von Eva Hennig sprechen. „Sie ist ein wunderbares Mädchen, und mit euren dummen Klatschereien könnt ihr überhaupt nicht an sie heran."

Margrit erstarrte. Das war nicht der galante Freund von einst, das war in diesem Augenblick ein sehr unhöflicher und aufgebrachter Junge, der sie, seine Freundin, tief verletzte. „Ja, wie sprichst du denn mit mir?" fragte sie empfindlich, und sie wirkte in ihrer Betroffenheit niedlicher und kindischer als je zuvor.

„Entschuldige schon", sagte Georg, der für einen Moment Reue empfand. „Aber ich kann eben dieses gemeine Wort ‚Denunziantin' nicht hören, wenn von Eva die Rede ist. Man kann über ihre Tat denken wie man will, aber sie entsprang keinen unedlen Motiven. Das kannst du dir merken, Margrit."

Sie sah ihn mit einem langen Blick von oben bis unten an, warf die Lippen auf, rief: „Aha, so steht es also!" und wandte ihm den Rücken.

Georg stand verblüfft. So hatte er es nicht gemeint, wahrhaftig nicht. Die Eva war ein großartiges Mädchen, aber er hatte keine Lust, ihretwegen seine Freundin zu verlieren. Trotzdem ging er Margrit nicht nach. Sie würde schon wiederkommen, wenn sie sich beruhigt hatte. Er kannte das. Anhänglich war das Goldkind, weiß Gott … Als Georg sich bei diesem Gedanken ertappte, war er für Sekunden beunruhigt. Auch in Gedanken sprach ein Gentleman nicht so von seiner Freundin … Übrigens fiel ihm dabei ein, daß er seltsamerweise schon häufiger in den letzten Tagen dasselbe gedacht hatte: daß sein blondes Glück ein bißchen fad und beschränkt wirkte, wenn man sie mit einem Mädchen wie beispielsweise Eva Hennig verglich.

Junge, wohin verläufst du dich da? Die Eva ist kein Mädchen für dich, ist zu politisch, eine Suffragette, schwer zu behandeln. Schließlich war das auch bloß eine Geschmacksfrage: blond oder schwarz … Unsinn! Die hing bestimmt noch an Klaus, und überhaupt …!

Trotzdem sah Georg dem Mädchen nach, wie es mit Hans über den Hof ging, scheinbar unberührt von Blicken und Worten ringsum, und mit lebhaften Gesten ihm etwas klar zu machen schien, wozu er zweifelnd den Kopf schüttelte.

„Sie können mich nicht so ohne weiteres absetzen", sagte Eva eben. „Die FDJ-Gruppenleitung steht hinter mir."

„Wir werden sie schon rausschmeißen", sagte im selben Augenblick Ulrich zu den anderen, die am Schultor um ihn herumstanden. „Gruppenleiterin – so eine … Sie hat unser Vertrauen verloren, und damit basta!"

Albrecht drehte nachdenklich an einem Jackenknopf. „So einfach ist das wohl nicht, Ulli", widersprach er. „Ich bin nicht in der FDJ, und sie ist nicht meine Gruppenleiterin, und überhaupt können mir eure politischen Streitereien egal sein. Aber ich glaube, auf die Art kriegt ihr sie nicht aus ihrem Amt raus.

Natürlich ist es zu verwerfen, was sie angestellt hat – rein vom menschlichen Standpunkt aus gesehen –, aber was sie für die Klasse tut, muß man doch ohne weiteres anerkennen."

„Sieh mal an!" sagte Margrit, die eben hinzugetreten war. „Was tut die denn schon groß für uns?"

„Sie hat erst in der vorigen Woche die Wiederholung der Matheprüfung für dich bei Dr. Lange durchgesetzt. Du hättest doch nichts zu sagen gewagt!" Das Mädchen blinzelte bestürzt. Albrecht zählte an den Fingern her: „Dann hat sie damals die Stipendienzahlung für Gerhard erreicht – trotz aller Schwierigkeiten." Gerhard nickte nicht minder verblüfft als Margrit. „Und sie hat Arbeitsgemeinschaften gegründet, in denen sie selbst mitgeholfen hat, Schwächere zu fördern und – na, es würde zu weit führen, das alles aufzuzählen – jedenfalls bin ich der Meinung, daß wir überhaupt keine bessere und energischere Gruppenleiterin kriegen können.

Sie hat Herrn Sehning angezeigt – gut, oder vielmehr: nicht gut, und wenn sie die Folgen jetzt zu tragen hat, geschieht ihr Recht. Aber ihre bisherigen Verdienste kann das doch nicht auslöschen, nicht wahr?"

Die anderen hatten Albrecht nicht einmal unterbrochen, denn die ruhige, vernünftige Art, in der er zu sprechen pflegte, beeindruckte sie.

Nach einer Weile sagte Ulrich: „Und doch bin ich für ihre Absetzung!"

„Ich auch!" rief Margrit, und im Erinnern an die Szene mit Georg setzte sie scharf hinzu: „Sie ist eine Denunziantin – jawohl, das ist sie! Und ich persönlich möchte sie nicht mehr als Gruppenleiterin haben."

Die nächste Begegnung zwischen Eva und Georg ist ein in der dritten Fassung neu eingeführter Besuch von Georg Helmholtz bei Eva zu Hause. In der ersten Fassung wies ein kurzer Ausschnitt aus Evas Tagebucheintrag vom 03.03.1951 auf die Intensivierung der Beziehung von Eva und Georg hin. Dieser wurde jedoch in der dritten Fassung verschoben, weshalb der Besuch relativ überraschend scheint oder so, als habe Georg die Tatsache, dass Klaus sich am selben Tag in der Schule demonstrativ von Eva weggesetzt hatte, direkt genutzt, um bei Eva „einen Fuß in die Tür" zu bekommen.

[Erste Fassung, 7. Kapitel]
Übrigens freue ich mich sehr über Georg. Erst hat er mich immer mit Glacé-Handschuhen angefaßt, als wenn ich eine große Dame der haute volée wäre, aber allmählich gewöhnt er sich an unseren Kreis und unseren Ton und verspricht, ein guter Kamerad zu werden.

[Dritte Fassung, 7. Kapitel, Seite 180–183]
Georg wußte es am Nachmittag bereits. „Klaus ist ein Schuft", sagte er. „Diese Demonstration ist so niederträchtig – er hätte sich nichts Besseres ausdenken können, um dich zu kränken. Das schadenfrohe Gequatsche unter den Mädchen –"

Er saß auf der Couch in ihrem Zimmer, gepflegt und elegant, nur seine Sprache hatte alle Eleganz verloren. „Diese boshaften Frauenzimmer! Diese verfluchten Tratschen! Zerreißen sich die Mäuler über Klaus und dich – verdammt nochmal!"

Sein schönes, schmales Gesicht war gerötet, seine hellen Augen um einen Schein dunkler als sonst.

„Was geht es dich an?" fragte Eva kühl. Sie stand am Schreibtisch, hatte ihm den Rücken zugewandt.

Georg schluckte. Ja, zum Teufel, was ging ihn das eigentlich an? Er rückte unruhig an seinem tadellos gebundenen Schlips. „Ich weiß auch nicht", murmelte er verwirrt. „Es ärgert mich eben …"

„Warum?" fragte sie. „Du hast mich doch auch verurteilt –" Sie wartete. Ihre Finger fuhren sacht über die holzgeschnitzte Madonna auf dem Schreibtisch, tasteten die feinen Linien ihres Gesichtes ab, verfolgten den Faltenwurf des blauen Mantels. Es war still im Zimmer. Eine Fliege summte müde an der Fensterscheibe.

„Damals – ja", sagte Georg nachdenklich. „Aber jetzt – Seit ich euch kenne, ist alles so anders. Ich verstehe das auch nicht … Ich denke manchmal, du hättest gar nicht anders handeln können –"

„Psychologisch gesehen?" Leiser Spott.

„– und politisch", sagte er. Und einschränkend: „Das heißt: vielleicht. Vielleicht hätte es auch noch andere Wege gegeben –"

„Und welche?" Das ist doch alles nur Gerede, dachte sie, Verzögerung. Wir wollen über etwas ganz anderes sprechen, Georg.

„Das ist doch alles Gerede", sagte er heftig. „Ich will über etwas ganz anderes sprechen. Es ist mir ja so gleichgültig, was du getan hast. Ich verurteile dich nicht – ich kann dich überhaupt wegen nichts mehr verurteilen –" Er starrte auf seine gepflegten Fingernägel, rieb den Daumennagel nervös an der Handfläche.

„Das ist Unsinn", sagte sie schroff.

„Das ist kein Unsinn!" Er sprang auf, trat zu ihr. Sie wandte sich nicht um. „Ich weiß nicht, wie ich es dir sagen soll …" Und schnell und leise: „Ich habe dich schon immer gern gehabt, glaube mir. Das heißt: nicht direkt gern. Manchmal hätte ich dich hassen können – und dann wieder – du bist eben so anders, so souverän, verstehst du? Ich weiß, das ist dumm ausgedrückt. Es hat mich nicht einmal überrascht, daß du das mit Sehning getan hast. Du mußtest es einfach tun. Nicht, daß ich jetzt auch so politisch bin wie du und Hans und Peter – aber ich lerne jetzt verstehen, warum du es tun mußtest – und ich glaube, ihr habt recht – wegen Sehning – und überhaupt –"

Er verwirrte sich. Er wußte ja selber nicht, wie es in ihm aussah. Noch war alles so ungeordnet, Neues mit Altem verknäult, Erkenntnisse der letzten Wochen im Kampf mit den Anschauungen von früher. Wie hätte er ihr sagen können, was ihn bewegte, wie er zu ihr stand? Er bewunderte sie – und fühlte sich gleichzeitig abgestoßen, weil sie liebenswert war und unbequem, großartig, weiß Gott, aber doch so schwer zu verstehen … Und dabei wußte er doch, daß er ihr eines Tages sagen mußte: Ich liebe dich. Er wußte es und wehrte sich dagegen.

Das Mädchen spürte seinen Atem in ihrem Nacken. Sie wandte sich um.

„Du bist innerlich noch so unsicher", sagte sie. Aber es klang kein Unterton von Tadel in ihren Worten mit, sondern ein Mitgefühl, ein Verstehen, das den Jungen bewegte. „Du mußt dich erst selbst finden. Du kommst aus einer anderen Welt. Du mußt uns verstehen lernen." Lächelnd: „Du hast dich schon ein bißchen geändert, wenn du es selbst auch vielleicht gar nicht gemerkt hast. Ja, wirklich! Zuerst hast du mich mit Glacé-Handschuhen angefaßt, als wäre ich eine große Dame, jetzt aber findest du dich in unseren Ton, wirst natürlicher. Ich glaube, du wirst uns allmählich ein guter Kamerad …"

„Meinst du das ehrlich?" fragte er.

Sie nickte nachdrücklich. „Du paßt jetzt schon in unseren Kreis –"

Seine Augen leuchteten auf. „Ja", sagte er froh. Und fügte bestürzt hinzu: „Ich habe euch auch alle sehr gern. Es gefällt mir bei euch. Peter ist ein feiner Bursche – und Hans –"

„Ja, das sind sie", sagte das Mädchen.

„Und du –" Er stockte.

Und auf einmal lehnte er seine Stirn an ihre Schulter und murmelte: „Du weißt doch: Margrit … Ich habe bis jetzt gedacht, ich wäre in sie verliebt. Und nun –"

Sacht strich sie ihm über das helle Haar. „Sprich nicht davon, Georg", sagte sie leise. „Das mußt du mit dir selbst abmachen." Und fast unhörbar: „Was glaubst du, wie es in mir aussieht? Mit Klaus –" Ihre Stimme brach.

Jäh hob er den Kopf. Vor dem einen Namen zerrissen Stille und Wärme. Das Zimmer war kalt, und der Tag verdämmerte trübe vor den Fenstern.

Sein Blick streifte das Bild auf dem Schreibtisch. „Du hängst immer noch an ihm." Das war eine Feststellung. Und mit einem Ausdruck von Feindseligkeit: „Er hat dich verraten. Er ist es nicht wert. Ich habe ihn nie leiden mögen und jetzt erst recht nicht."

Sie schwieg. Er sagte: „Entschuldige, bitte. Ich wollte deinen Gefühlen nicht zu nahe treten."

„Schon gut", sagte sie. Und nach einer Weile: „Übrigens hast du recht." Sie zog die Fotografie aus dem Bildständer, öffnete die Schublade, schob das Bild unter Hefte und Bücher. „Wirklich, Georg, du hast recht." Sie betrachtete den Schreibtisch. „Es sieht so leer aus. Es fehlt etwas, findest du nicht auch?" Ihr Lächeln tat dem Jungen weh.

„Stellst du eben ein anderes Bild hin", sagte er mit erzwungener Forschheit. „Vielleicht meins, was?" Er lachte, mit unruhigen Augen.

„Vielleicht", sagte das Mädchen. „Vielleicht später mal." Sie streckte ihm unvermittelt die Hand hin. „Ich muß noch arbeiten. Ich danke dir für deinen Besuch. Morgen kommst du wieder, ja? Peter und Wanjuschka sind auch da."

Er ging, und er wußte nicht, ob er froh oder verstimmt war.

Direkt danach geht Georg zu seiner Noch-Freundin, der „niedlichen, blondzöpfigen" Margrit, die Eva „süß und leicht beschränkt findet", um sich von ihr zu trennen. Auch diese Szene wurde in der dritten Fassung neu eingeführt.

[Dritte Fassung, 7. Kapitel, Seite 183–186]
Er saß Margrit gegenüber. Sie legte die Hand über seine Finger. Er zog seine Hand zurück. Sie sah ihn an, verständnislos die blauen Augen. Da sagte er ihr alles.

Das Mädchen saß erstarrt, mit zitternden Knien. Er hatte Mitleid mit ihr, ein unverbindliches Mitleid. Er konnte ihre Hände fassen und tröstende, erklärende Worte sagen, wie er sie jedem anderen Mädchen hätte sagen können, das eben seinen Freund verloren hat.

Sie weinte, wollte ihn nicht gehen lassen. „Wir haben uns doch so gut verstanden", sagte sie schluchzend.

„Ja, das haben wir. Aber jetzt nicht mehr, Margrit. Es genügt nicht, daß man eingehakt durch die Straßen bummelt und über Nichtigkeiten spricht, daß man im Kino sitzt und sich bei den Händen hält, daß man zusammen Schularbeiten macht und zum Tanzen geht. Bei all dem fehlt etwas. Verzeih, Margrit, daß ich dir das sage: ich brauche eine Kameradin, mit der ich mich wirklich verstehe – ich weiß nicht, wie ich mich ausdrücken soll: die mich ausfüllt, die meine Gedanken denkt, verstehst du?, mit der ich über alles sprechen kann – nicht nur über ihre neuen Kleider oder ihre Zwei in Russisch."

Er quälte sich, suchte ihr klarzumachen, was er empfand, und wußte doch, daß dies alles umsonst war, weil dieses niedliche, verwöhnte Geschöpf es nie begreifen würde.

Sie war doch eines der hübschesten Mädchen an der Schule – war er nicht immer stolz gewesen, wenn sich auf der Straße andere Männer nach ihr umgesehen hatten?

Er legte Wert auf hübsche Kleider – hatte sie sich nicht immer nett für ihn angezogen?

Er ging gerne tanzen – war sie nicht eine gute, anpassungsfähige Tänzerin?

Hatte sie ihm nicht jeden Wunsch von den Augen abgelesen, hatte sie ihn nicht verwöhnt, „ja" zu allem gesagt, was er dachte und tat?

Mit einem Wort: war sie ihm nicht immer eine gute, willige, anschmiegsame, treue Freundin gewesen?

Er nickte schwach zu allem, was sie sagte – und zu dem, was sie nicht aussprach, sondern nur demütig durchklingen ließ. Natürlich, das war sie ihm gewesen: eine gute, willige, anschmiegsame, treue Freundin – nicht weniger, aber auch nicht mehr.

Er nickte und fragte sich verzweifelt, was denn um Gotteswillen nur hinter dieser niedlichen, runden Mädchenstirn vor sich ging.

Sie schrie hysterisch, sie wisse Bescheid – es sei alles nur wegen dieser Eva Hennig, dieser Denunziantin, zu der er jeden Tag hinliefe. „Denkst du, das weiß ich nicht? Dörte wohnt ja nebenan, die hat es so und so oft schon gesehen! Vor der ganzen Schule machst du dich lächerlich mit deinem Getue um die – die –" Sie suchte empört nach Worten, die ihre ganze Verachtung ausdrücken sollten.

Er blieb höflich, obgleich er das Bedürfnis hatte, sehr deutlich und grob zu werden. „Ich laufe ihr nicht nach", sagte er sehr beherrscht. „Übrigens wird sie den Klaus auch nicht so bald vergessen."

Margrit lachte schrill. Gekränkt und erbittert hatte sie alle Sanftheit abgestreift. „Klaus! Daß ich nicht kichere! Die ist doch froh, wenn sie sich bald wieder einem anderen an den Hals werfen kann!"

Schroff erhob er sich, sagte kalt: „Eva ist für mich eine gute Kameradin – nichts weiter. Ich dulde nicht, daß du sie beleidigst, oder sonst irgendjemand. Ich werde solchen Gerüchten jederzeit entschieden entgegentreten."

„Mach dich doch nicht lächerlich! Kameradin sagst du – und was meinst du in Wirklichkeit? Bitte, geh doch zu ihr – na, los, geh schon!" Ihre Stimme überschlug sich.

Stumm griff er nach seinem Mantel. Da hängte sie sich an ihn, weinend und stammelnd. Sanft befreite er sich aus ihren Armen. „Das hat jetzt alles keinen Zweck mehr, Margrit", sagte er. „Schau, du wirst bald einen anderen finden –" Er erschrak über seine Brutalität, suchte sie auszulöschen mit vielen guten Worten, die an ihr abprallten.

Ich spiele Theater, dachte er, vor ihr und vor mir.

Er sagte: „Wenn du es also wissen willst: ja, ich habe Eva gern, zu gern sogar, und es tut mir leid, daß ich bei ihr absolut keine Chancen habe."

Da ließ sie ihn gehen.

Nacht hatte sich über die Erde gesenkt. Georg lehnte am Gartenzaun bei Hennigs und starrte auf das erleuchtete Fenster von Evas Zimmer. Er empfand kein Bedauern über seinen Abschied von Margrit, nur Erleichterung, daß nun alles rein war zwischen ihm und ihr.

Er schlug den Mantelkragen empor. Eine große Klarheit erfüllte ihn. Er wußte, daß er den Weg zu Eva finden würde, daß seine Zuneigung stärker war als alles, was ihn bisher fesselte: Anschauungen seiner Gesellschaft, Angst vor dem Boykott durch seine Mitschüler, Gewöhnung an seine einstige Freundin Margrit. All das wurde überwunden in dieser Stunde, als er ungeachtet der empfindlichen Kälte still vor Evas Fenster stand – gleichsam auf dem Kreuzungspunkt zweier Wege, deren einen, den neuen, schweren, er einschlagen wollte.

Ein Schatten zeichnete sich auf der Gardine ab. Georg trat hinter den Steinpfosten zurück, um nicht gesehen zu werden. Rasselnd ging die Jalousie nieder. Jetzt geht Eva zu Bett, dachte er, und es war, als habe er gedacht: meine Eva …

Er warf einen letzten Blick auf das nun dunkle Fenster. Auf morgen, Eva!

Anschließend berichtet Eva in ihrem Tagebuch über Georgs Trennung von Margrit (in beiden Fassungen[26]). Danach kommt Georg erst wieder im achten Kapitel vor – mit einem erneuten, diesmal schon sehr vertrauten Besuch bei Eva zu Hause. Diese, in der dritten Fassung neu eingeführte, Szene fügte Brigitte Reimann in die Phase von Evas Wandlungsprozess ein, als sich die Protagonistin von ihrem Tief zu erholen beginnt und einige Veränderungen in ihrem Leben vornimmt.

[Dritte Fassung, 8. Kapitel, Seite 196–202]
Frau Hennig betrat das Zimmer ihrer Tochter.

Georg und das Mädchen saßen auf der Couch, über eine Mappe mit Radierungen von Rembrandt gebeugt.

Eva hielt ein Blatt in der Hand, die „Frau auf dem Erdhügel" darstellend. Ablehnend schüttelte der Junge den Kopf. „Das ist mir zu naturalistisch, Eva, sag, was du willst!"

„Gewiß, die Einzelheiten sind unerhört plastisch, erschreckend fast. Und schön kann man diese Frau nicht nennen, das ist wahr. Aber diese Radierung war für die damalige Zeit, die noch so eng der Klassik verbunden war, bestimmt ein ungeheures Wagnis, etwas ganz Neues."

„Mag sein, ich jedenfalls finde den Akt nahezu widerlich. Sieh dagegen dieses Männerporträt, das Bildnis des Jan Six. Wie fein ist schon der Raum bis in die letzten Winkel durchgearbeitet!" Der Junge hielt das Blatt mit ausgestreckter Hand vor sich hin. „Es liegt geradezu ein Hauch von Ritterlichkeit und Bildung über dem ganzen Raum, der das Wesen seines Bewohners widerzuspiegeln scheint."

„Sie haben die Stimmung des Bildes richtig erfaßt, Georg", sagte die Frau an der Tür. Unbefangen sahen die beiden auf. „Jan Six war – nicht von Beruf, sondern aus Neigung – Dichter und Gelehrter und zudem ein großer Verehrer Rembrandts."

Georg war aufgesprungen. Die Frau reichte ihm die Hand, die er mit leichter Verbeugung ergriff. Dann trat er einen Schritt zurück. „Ich bitte um Entschuldigung, daß ich zu so später

---

[26]Gemeint sind die erste und dritte Fassung. Die zweite Fassung bricht mit dem Ende des vierten Kapitels und damit bereits vor dieser Szene ab.

Stunde noch hier bin", sagte er. „Wir haben uns Ihre Kunstmappen angesehen –"

„Über Rembrandt kann man die Zeit schon vergessen." Frau
Hennig lächelte. „Haben Sie schon seinen ‚Mann mit dem
Goldhelm' gesehen?" fuhr sie lebhaft fort. „Ich habe in meinem
Arbeitszimmer eine wundervolle Kopie – die müssen Sie sich
unbedingt ansehen –"

Georg folgte ihr in das Arbeitszimmer. Sie schaltete die Stehlampe am Schreibtisch ein und deutete auf das große Bild an
der Wand. „Ich bin ganz stolz darauf", sagte sie, und der Junge
sah mit Erstaunen einen Ausdruck jugendlicher Lebhaftigkeit
in ihrem schönen, klaren Gesicht.

Sie machte ihn auf Einzelheiten aufmerksam, erzählte die
Geschichte des Bildes, und gefesselt lauschte der Junge. „Welch
eine Frau!", dachte er. „Sie kennen Rembrandt wirklich …",
sagte er bewundernd.

„Ich schätze und verehre ihn", entgegnete sie. „Und ich be-
schäftige mich viel mit Kunstgeschichte –"

„Haben Sie denn als Bürgermeisterin auch dazu noch Zeit?"

„Die Abendstunden gehören mir – oft jedenfalls", fügte sie
einschränkend hinzu. „Ich kenne für diese Stunden keine bessere Erholung als die Beschäftigung mit meinen Kunstmappen."
Sie schob ihm einen Sessel hin. „Bitte, Georg, setzen Sie sich –
Sie leisten uns doch noch ein wenig Gesellschaft, nicht wahr?"

Er wollte ablehnen: er könne doch jetzt nicht mehr stören.
„Sie sind bestimmt abgespannt, Frau Hennig –"

„Aber nein, Georg, ich freue mich, wenn ich abends noch
Besuch habe." Sie bot ihm eine Zigarette an. „Was glauben
Sie, wie oft wir abends das Haus voller Gäste haben – Eva und
ihre Freunde, Peter und Hans und der Walter, dieser junge
Musensohn, sitzen manchmal bis nachts um ein oder zwei Uhr
bei mir im Zimmer. Ihr seid doch der beste Jungbrunnen für
mich alte Frau!" Sie lachte hell auf, und Georg fand, daß sie,
trotz der weißen Strähne in ihrem tiefschwarzen Haar, fast wie
eine ältere Schwester Evas aussah.

„Eva, sei so gut und mach uns Abendbrot."

„Gerne!" Das Mädchen sprang auf.

„Sie wird in letzter Zeit erstaunlich hausfraulich", sagte die Mutter. Und mit einem lustigen Augenzwinkern: „Sogar Tee kann sie schon aufgießen –"

Das Mädchen lachte und ging in die Küche.

Die Mutter blickte ihr nach. Als sich die Tür hinter Eva geschlossen hatte, wandte sie sich wieder Georg zu. Sie war jetzt sehr ernst. „Ich mache mir manchmal Sorgen um sie. Sie hat sich sehr verändert. Sie ist so still geworden –"

„Ja, das finden wir auch", sagte Georg. „Peter vermißt ihre ‚wunderbare Verrücktheit', wie er sich ausdrückt."

„Nun, ‚wunderbar' war diese Verrücktheit ja nicht gerade. Sie war sehr unausgeglichen und häufig ihren Launen unterworfen –"

Der Junge nickte nachdrücklich. „Ja, das war sie! Aber jetzt ist sie ganz anders geworden, seit der Sache mit Sehning." Er beugte sich über den Tisch, der Frau zu, sagte leiser: „Aber glauben Sie mir, Frau Hennig: dieses Neue, Ungewohnte an ihr wird ihr auf die Dauer die Schulkameraden zurückgewinnen. Ich sehe das in meiner Klasse. Unsere Jungs haben bei aller Verständnislosigkeit eine gewisse Achtung vor ihr. Bei den Mädchen ist es schon schwieriger –" Er lachte. „Aber das ist ja kein Wunder –"

Die Frau sagte: „So schwer das alles für Eva ist, so denke ich doch, daß es eine positive Wandlung in ihr hervorgerufen hat. Wenn sie jetzt mit dem Laienspiel beginnt, wird sie alles Bedrückende überwinden, glaube ich." Und nachdenklich fügte sie hinzu: „Ich habe es kennen gelernt, Georg, wie heilsam eine Arbeit ist, die uns ausfüllt."

„Ich habe so etwas noch nie empfunden", sagte der Junge leise.

„Haben Sie schon Zukunftspläne, Georg?"

„Ich weiß nicht recht – vielleicht Ingenieur …", sagte er unbestimmt.

„Sie könnten sich doch, wenn Sie sich noch nichts Festes vorgenommen haben, den Wirtschaftswissenschaften zuwenden. Das ist ein Beruf, in dem wir noch viele junge Kräfte brauchen."

„Daran habe ich eigentlich noch gar nicht gedacht –"

„Vielleicht könnten Sie sich mit diesem Gedanken befreunden, Georg. Wenn es Sie interessiert, besorge ich Ihnen gern einige Schriften, aus denen Sie sich über dieses Studium und die Berufsaussichten informieren können."

„Ja, bitte, wenn Sie das tun könnten –"

Die Tür wurde aufgestoßen. Eva stand auf der Schwelle, eine Hand leicht auf die Hüfte gestützt, mit der anderen ein Tablett mit Geschirr auf dem Kopfe balancierend. Überrascht schaute Georg sie an. „Sie sieht wie eine Südländerin aus", dachte er.

„Kokett ist sie doch noch …", dachte die Mutter mit leiser Belustigung.

Das Mädchen schritt durch den Raum, wiegte sich leicht in den Hüften. Das dunkle Kleid umspannte fest und faltenlos ihre Glieder. Sie begegnete den bewundernden Blicken Georgs. „Wie schön sie ist …!" dachte der Junge.

„Darf eure Sklavin das Abendbrot servieren?" Sie hob das Tablett vom Kopfe, deckte rasch den Tisch, goß Tee ein. „Nimmst du einen Schuß Rum?"

„Danke." Georg bediente sich.

„Bitte, greif zu." Sie reichte ihm den Teller mit belegten Broten.

„Was meinst du", fragte er so nebenbei, „wenn ich nun Wirtschaftswissenschaften studieren würde?"

„Bestens", sagte sie kauend. Sie schluckte den Bissen hinunter, sagte eifrig: „Dann könntest du ja in Berlin studieren, du! Ich gehe auch nach Berlin –" Sie unterbrach sich. Sein Gesicht war ganz hell geworden vor Freude. Beide senkten den Kopf und aßen rasch und schweigend.

Die Mutter spürte die aufsteigende Verlegenheit der beiden und begann über Rembrandt zu sprechen, als hätten sie eben erst dieses Thema abgebrochen. Geschickt lenkte sie die Gedanken der beiden auf das Gebiet der Kunst, wo sie ihre augenblickliche Verlegenheit vergaßen.

Nachdem Eva den Tisch abgeräumt hatte, breitete die Mutter Mappen mit Radierungen und Kupferstichen aus, zeigte, erklärte, betonte diese und jene Feinheit und schlug die beiden so in den Bann ihrer fesselnden Darstellung, daß sie Raum und Zeit darüber vergaßen.

312

Es war schon sehr spät, als Georg sich verabschiedete. Seine Entschuldigungen wies die Frau freundlich zurück. „Kann ich mir Schöneres wünschen als solche Stunden mit euch? Wenn ihr wüßtet, wie viel ihr mir damit gebt –"

Auf der Schwelle wandte sich der Junge noch einmal um. Aus dem satten Dunkelbraun des Raumes tauchte wie eine Insel der Helligkeit und Freude der lichtüberflutete Kreis, in dem die Frau saß, leicht vorgeneigt, eine Hand auf den Büchern. Ihr jettschwarzes Haar verschwamm im Dunkel der Wand, gegen das sich klar und rein ihr Profil abzeichnete.

„Deine Mutter ist eine Zauberin", sagte der Junge draußen in der Diele. „Man könnte für sie durch's Feuer gehen –"

„Sie gibt einem so viel Kraft", sagte das Mädchen. „Wie oft haben wir in den letzten Wochen zusammengesessen – und immer hat sie das rechte Wort gefunden, um mich aufzurichten, wenn ich wieder einmal mutlos war."

„Sie fragte, ob ich nicht Wirtschaftswissenschaften studieren will. Ehrlich gesagt, ich hatte bisher noch nicht im entferntesten daran gedacht. Aber ich werde es mir überlegen –"

„Oh, ja", sagte das Mädchen lebhaft.

„Würdest du dich freuen, wenn ich auch in Berlin wäre?"

„Ich wäre sehr froh, einen guten Kameraden in der Nähe zu wissen", sagte sie zurückhaltend.

Georg senkte den Kopf. „Einen guten Kameraden? Das ist viel – und wenig, Eva."

Sie verstand. „Du mußt mir Zeit lassen", sagte sie fast heftig.

Er faßte ihre Hand. „Ja, Eva", sagte er. „Ja. Ich kann warten."

Er war gegangen. Das Mädchen stand minutenlang still in der Diele, und sie wünschte, er halte sie noch immer so bei der Hand wie eben, und sein Blick ruhe auf ihr, so gut und verstehend, so voll von verhaltener Zärtlichkeit …

Versonnen ging sie in ihr Zimmer. Sie nahm Klaus' Bild aus der Schublade und betrachtete es lange prüfend. Und plötzlich wurde ihr bewußt, daß der Gedanke an ihn nicht mehr so schmerzte wie sonst.

Diesem ersten Abend bei der Bürgermeisterin sollten noch viele folgen – und jeder trug dazu bei, die drei so verschiedenen Menschen fester zusammenzuschmieden.

In beiden Fassungen springt Georg beim Laienspiel für Gerhard Gräb ein, der kneift, weil er sich nicht traut, in dem von Studienrat Sehning abgelehnten Theaterstück mitzuspielen, und in beiden Fassungen entwickelt sich die Liebesbeziehung von Eva und Georg auf die gleiche Weise weiter. Die letzte Georg-Szene, die Brigitte Reimann in der dritten Fassung hinzufügte, spielt, nachdem Klaus aus dem Klassenbuch gestrichen worden und damit endgültig aus Evas Leben verschwunden ist: Georg geht mit Eva ins Theater.

[Dritte Fassung, 9. Kapitel, Seite 229–233]
Bald darauf wurde Klaus Hoffmann aus dem Klassenbuch gestrichen, und in der Spalte „Bemerkungen" stand hinter seinem Namen nur ein Wort, rot unterstrichen: „Republikflüchtig".

Ende März, wenige Tage vor dem Kulturabend, las Eva in der Zeitung einen Bericht über den Prozeß gegen einen gewissen Erich Hoffmann, der wegen Wirtschaftsverbrechens zu mehreren Jahren Zuchthaus verurteilt worden war.

Georg brachte ihr am Abend desselben Tages, als er sie zum Theater abholen wollte – es wurden die „Räuber" gespielt –, das gleiche Zeitungsblatt mit, in dem er den Bericht über den Prozeß Hoffmann rot umstrichelt hatte. „Es wurde Zeit", sagte er. „Eigentlich seltsam, daß er nicht schon viel eher gefaßt worden ist – wir in der Schule haben doch alle davon gewußt –"

„Ja, seltsam", sagte das Mädchen mit eigentümlicher Betonung, erhob sich und ging ins Badezimmer hinüber. „Entschuldige, ich muß mich noch umziehen." Sie ließ die Tür von ihrem Zimmer und zum Baderaum offen, so daß sie sich über den Korridor hinweg mit ihm unterhalten konnte.

Er hörte das Knistern des Taftkleides, das sie sich über den Kopf zog. Sie befestigte eine einzelne helle Blüte am Halsausschnitt. Nach minutenlangem Schweigen hörte er ihre Stimme aus dem Badezimmer. „Ja, natürlich haben wir es gewußt. Aber keiner hat jemals etwas darüber gesagt – an verantwortlichen Stellen, die dagegen hätten einschreiten können."

„Weil es jedem unanständig erschienen wäre, einen anderen der Polizei auszuliefern", sagte Georg.

„Ja …" Das Mädchen bürstete sein dunkles Haar, das stark rötlich schimmerte im Schein der Lampen über dem Frisierspiegel. Sie kämmte eine Locke hinter das Ohr. „Wenn er aber doch ein Verbrecher war –"

Sie hörte, wie er aufsprang und im Zimmer auf und ab ging.

Sie sagte in den Spiegel hinein: „Es ist eine tiefe Kluft zwischen unserem Gewissen, das uns das Rechte zu tun befiehlt, und der sogenannten Anständigkeit, die in Wahrheit nichts anderes ist als Feigheit, Angst vor den Leuten –"

Er antwortete nicht. „Was meinst du?" fragte sie. Da stand er in der Tür zum Badezimmer, überflog mit einem bewundernden Blick ihre Gestalt. „Schwarz steht dir fabelhaft –"

„Schwarz macht schlank."

„Das hast du doch nicht nötig."

„Keine Schmeicheleien, bitte! ‚Komplimente sind die Waffen des Teufels'."

„Ich bin kein Teufel. Ich bin nur ein armer, verliebter Troubadour."

Sie wandte den Kopf ab, um ihr Lächeln zu verbergen. „Ich erbitte von dir Ritterdienste, mein lieber Troubadour. Sei so gut und mach mir die Druckknöpfe am Kleid zu."

Rasch und geschickt schloß er ihr Kleid am Nacken. Mit den Fingerspitzen berührte er sacht ihre weiche Haut. Sie entzog sich ihm mit einer winzigen Bewegung, die nichts Kränkendes hatte. „Du bist mir noch eine Antwort schuldig", sagte sie ablenkend. „Du bist mir vorhin ausgewichen –"

„Du bist mir wichtiger als alle Erich Hoffmanns der Welt."

Sie verzog das Gesicht. „Mit dir ist heute aber überhaupt nichts anzufangen, Georg! Sei doch mal für einen Augenblick vernünftig."

„Das Vernünftigste ist, wenn wir jetzt endlich gehen. Das Theater fängt um acht Uhr an – und wir stehen jetzt, zehn Minuten vorher, noch vor dem Spiegel."

Er holte ihren Mantel, und gleich darauf verließen sie das Haus. Als sie Arm in Arm durch die schon dunklen Straßen schritten, sagte Georg unvermittelt: „Was du da vorhin von der Kluft zwischen Gewissen und Feigheit gesagt hast, das ist wahr. Ich bin dir ausgewichen, weil ich selbst noch diese Kluft in mir fühle. Aber warum sollte ich dir das verschweigen? Es gibt wenige Menschen, die sie schon zu überwinden vermögen – und zu denen gehörst du, Eva."

Nach einer langen Pause sagte das Mädchen: „Du bist ehrlich, Georg." Sie überquerten den Damm. Der Widerschein der Straßenlampen zitterte im feuchten Asphalt. „Aber daß du diese Kluft in dir schon erkannt hast, ist der erste Schritt zu ihrer Überbrückung."

Er nickte stumm.

Sie stiegen die wenigen Stufen zum Portal des Theaters hinauf. Sie grüßten einige Schüler, die in ihrer Nähe standen. Der Saal war schon dunkel, das zweite Klingelzeichen ertönte. Als sie ihre Plätze gefunden hatten, sagte Eva plötzlich leise: „Übrigens habe ich damals, als Klaus von mir wegging, geglaubt, meine Anzeige gegen Sehning hätte mit meiner Liebe zu Klaus nichts zu tun. Jetzt erst begreife ich, wie falsch das war." Sie tastete nach seiner Hand. „Darum macht es mich so glücklich, daß ich mich mit dir so gut verstehe – in allen Dingen –"

Er drückte ihre Hand, und beide waren froh, daß es dunkel war und sie ihre Gesichter nicht erkennen konnten. Es war das erste Mal, daß Eva so zu ihm sprach …

Das dritte Klingelzeichen. Die Nachbarn rechts und links neben den beiden Freunden blickten nach vorn. Da beugte Georg sich schnell hinab und preßte für einen winzigen Moment seine Lippen auf die Hand des Mädchens.

Der Vorhang rauschte zur Seite, und Franz Moor neigte sich besorgt über den Sessel seines alten Vaters.

In der Pause gingen Eva und Georg im Foyer auf und ab. Sie sprachen kein Wort miteinander, aber sie hatten sich bei den Händen gefaßt und sahen sich an, als seien sie allein auf der Welt.

Dr. Lange lehnte an einer Säule, händereibend, befangen und unsicher unter diesen vielen gutgekleideten Frauen und Mädchen, die im Gespräch mit ihren Männern oder Freunden in Gruppen beisammenstanden oder an ihm vorüberspazierten. Vor Frauen hatte der Gute eine uneingestandene Furcht, und der kokette Blick eines dieser beunruhigenden und so komplizierten Wesen brachte ihn immer wieder in Verlegenheit.

Da tauchten aus dem Gewühl die kleine Hennig und der Schüler Helmholtz auf. Der kleine, rundliche Mann an der Säule kniff die Augen zusammen. Dieses junge Geschöpf konnte wahrhaftig wie eine Frau aussehen! Daß ihm das noch nicht in der Schule aufgefallen war …

Die beiden grüßten, das Mädchen mit einem strahlenden Blick, der den Braven für Minuten in Angst und Aufregung versetzte. Verwirrt schaute er ihnen nach, stärker als sonst sich die Hände reibend, und er bemerkte, wie der Schüler Helmholtz mit vertraulicher Geste die Hand auf den Arm des Mädchens legte.

Da erst begriff Dr. Lange, daß der leuchtende Blick des Mädchens nicht ihm gegolten hatte, daß er nur der Widerschein eines strahlenden Glückes war, das einem anderen geschenkt wurde.

Und sehr versonnen und ein bißchen betrübt schlich der alte Junggeselle auf seinen Platz im Saal zurück.

Nach der erfolgreichen Aufführung des Laienspiels bringt Georg in beiden Fassungen Eva und ihre Mutter nach Hause. In der dritten Fassung – und das ist die letzte größere Abweichung – bleibt er noch gemeinsam mit Eva auf der Treppe sitzen, bevor sie ins Haus geht.

[Dritte Fassung, 10. Kapitel, Seite 255–256]

Vor der Haustür verabschiedete sich Frau Hennig mit einem herzlichen Händedruck von dem Jungen und stieg die Treppe hinauf, ohne sich nach Eva umzublicken, als sei es selbstverständlich, daß sie noch bei Georg bliebe.

Sie setzten sich auf die untere Stufe. Georg legte den Arm um die Schulter des Mädchens. Sie schwiegen, aber ihr Schweigen war beredter als tausend Worte.

Die Nacht war kühl und still und sternenklar. Eva schauerte zusammen unter einem frischen Windhauch. Der Junge zog sein Jackett aus und legte es ihr um die Schultern. „Du wirst frieren", sagte sie. „Nein, nein", wehrte er ab, „mir ist ganz warm." Und nach einer Pause: „Ich möchte dir heute abend so unendlich viel sagen, Eva –"

Das Mädchen dachte: „Wenn er jetzt anfängt, von seiner Liebe zu mir zu sprechen, dann stehe ich auf und gehe ins Haus und sehe ihn nie wieder …"

Der Junge sagte: „Ich bin so stolz, Eva. Ich bin so froh, verstehst du das? Ich glaube, wir haben gewonnen, und mir ist, als wäre das mein ganz persönlicher Sieg. Nie hätte ich gedacht, daß die Gemeinschaft etwas so Großes und Schönes sei und daß mich ein politischer Erfolg – denn das war unser Spiel! – so freuen könnte –"

Mit einem tiefen Atemzug antwortete das Mädchen: „Ich habe das Gefühl, als müßte sich morgen alles entscheiden – mit Sehning und mit mir. Sie können doch jetzt nicht so einfach nach Hause gehen und sich ins Bett legen und gähnen und schlafen und nicht nachdenken. Das kann doch kein Mensch, der Herz und Verstand hat. Sie müssen doch begriffen haben!"

„Sie haben begriffen!" sagte der Junge, ruhig und zuversichtlich.

Als sie auseinandergingen, empfanden sie beide das Gleiche: daß dieser Abend sie fester verbunden habe als alle Tage und alle Abende zuvor.

Die Geschichte des Walter Mandelblüt

In der vierten Fassung führte Brigitte Reimann die Episode um Eva Hennigs jüdischen Klassenkameraden Walter Mandelblüt ein. In einer durchaus als kitschig zu bezeichnenden Szene stehen sich Eva und Walter an Evas erstem Schultag in der Klasse gegenüber:

[Vierte Fassung, 1. Kapitel, Seite 138]
„Walter Mandelblüt", sagt er. Und vor dem Mädchen taucht auf, grobknochig über magerem Halse, das Gesicht des Jungen mit dem zarten Namen. Ein überaus häßliches Gesicht; unter dem brandroten Haarschopf glänzen uralte, gescheite Augen.

Auf einmal wird es still in der Klasse. Eine eigene Spannung ist in den Zügen der Umstehenden. Doch das Mädchen verrät keine der erwarteten Bewegungen: weder Neugierde noch Mitleid noch gar jene leise Verachtung, die mancher Fremde, der dem Juden begegnet, nicht verbergen kann.

Das Mädchen schiebt mit einer kleinen, raschen, ganz natürlichen Geste den linken Ärmel Walters zurück. Sie erkennt auf dem dünnen Unterarm die eingebrannte Kennnummer[27]. Die Haut ist sehr weiß. Die Nummer schattet blaßblau auf dem kränklichen Weiß. Das Mädchen will etwas Unverbindliches sagen. Sie will etwas Freundliches sagen. Sie schweigt, weil sie nach Sekunden des Alleinseins mit einem[28] Gefährten die anderen ringsum wiederfindet.

Eva legt ihre Hand in die Walters, flüchtig und ohne Wärme. Aber sie sehen sich, der junge Jude und das Mädchen, an wie Menschen, die einander zutiefst kennen, ohne je voneinander gewußt zu haben.

In der großen Pause unterhalten sich Eva und Walter und verabreden sich für einen Besuch am Nachmittag:

[Vierte Fassung, 1. Kapitel, Seite 147–148]
Der Jude gleitet schattengleich neben sie. Er sagt: „Du bist allein, Eva."

„Ich bin immer allein", sagt das Mädchen ohne Bedauern.

„Hast du keine Freunde gehabt, dort, wo du herkommst?"

„Ja. Nein. Ich weiß nicht. Ich hatte immer gute Kameraden, in der Schule, in der Pause; mein Zimmer zuhaus war fast zu eng für die, die nachmittags da herumgesessen haben. Aber das war auch bloß äußerlich, verstehst du?, ganz im Innern war ich doch immer allein."

Walter sagt: „Vielleicht hast du dein Inneres abgeriegelt gegen deine Kameraden. Sowas spürt man doch – ob einer sich für die anderen ganz aufschließen will." Er legt seine Hand auf ihren Arm: der Handrücken ist kreuz und quer zerschnitten von wulstigen Narben.

Das Mädchen schluckt. Sie sagt leise: „Die haben mich eben nicht verstanden …"

„Du hättest dich um ihr Verstehen bemühen sollen", beharrt Walter. „Hast du dich bemüht?"

---

[27]In der Buchausgabe „Kennummer" geändert in „Kennnummer".
[28]In der Buchausgabe „einem" geändert in „dem".

„Ja doch …", sagt das Mädchen gequält. Sie ruft heftig: „Aber sie wollten mich ja nicht verstehen – oder sie konnten nicht. Begreifst du: im Anfang habe ich sie alle gehaßt, weil sie Deutsche waren, Kinder von Deutschen, die uns gepeinigt haben und in den Dreck getreten. Und sie haben ja nichts durchgemacht von dem, was ich habe durchmachen müssen – und du –" Sie stockt. Unverwandt ruhen die tiefen, grauen, uralten Augen des Juden auf ihrem Gesicht.

Das Mädchen starrt auf die verstümmelte Hand. Langsam steigt ihr das Blut in die Wangen. Sie errötet, wie braunhäutige Menschen erröten: kaum sichtbar für einen oberflächlichen Blick.

Walter verschränkt die Arme im Rücken. Die Tür wird aufgerissen, eben als der Junge fragt, ob er Eva gelegentlich besuchen dürfe.

Danach folgt eine längere Szene, in der Walter Mandelblüt Eva zu Hause besucht und ihr seine Geschichte erzählt, während er im Stillen Eva mit seiner früheren Freundin vergleicht. In der berührenden Erzählung berichtet Walter von seiner glücklichen Kindheit, die mit der Judenverfolgung ein abruptes Ende fand, von seiner Mutter Ruth, die im Konzentrationslager Theresienstadt verhungerte, von Auschwitz, wohin sie ihn deportiert hatten – und Eva weint voller Ergriffenheit.

[Vierte Fassung, 2. Kapitel, Seite 153–154]
„Ich habe Jahre gebraucht", sagt der Junge, „ehe ich einem Deutschen ohne Haß gegenübertreten konnte. Ich glaube alles, was man erzählt von ihren Verbrechen in Frankreich und in Rußland und in all den Lagern –" Er hebt seine Hände und wendet sie dicht vor seinen Augen, als betrachte er sie zum erstenmal, fremd, wie ein nicht ihm Zugehöriges. „Wenn ich einen von denen träfe, würde ich ihn ins Zuchthaus bringen. Nur ins Zuchthaus … Man hätte Galgen und Rad nicht abschaffen sollen –"

Aus den Winkeln kriecht die Finsternis auf den Jungen zu, der hölzern steht – wie lange schon? Er ist nicht gewiß, was er ausgesprochen hat, was nur gedacht. Er hört den Atem Evas, er wartet. Nichts. Kein armseliges Wort, nur der gepreßte Atem.

Walter dreht das Licht an, das grell die Schatten zerreißt. Er hat Eva den Rücken zugekehrt. Er denkt verzweifelt, er hätte doch schweigen sollen – wenn sie jetzt etwas Falsches sagt, wenn sie etwas Tröstendes sagt, er wird diese neue, schwerere Enttäuschung nicht verwinden können.

Sie sagt nichts.

Mit Anstrengung, bleierne Angst im Herzen, wendet er sich um.

Das Mädchen weint, lautlos, mit erstarrtem Gesicht.

Anschließend wird Walter Mandelblüt noch einmal kurz im dritten Kapitel im Gespräch zwischen Dr. Rinck und Eva erwähnt.

Walters Schlägerei mit Werner Hagedorn im fünften Kapitel zeigt einen wesentlichen Konflikt auf, der aber im verbleibenden Rest des Fragments nicht ausgetragen wird:

[Vierte Fassung, 5. Kapitel, Seite 184–186]
Werner Hagedorn, besorgt, die Hennig werde nun eine uferlose Diskussion entfachen, schiebt sich in den Vordergrund, er mauschelt: „Nu, sein mer keine Juden, feilschen mer nich um ä Märkche, sagen mer sechs –"

Walter Mandelblüt wird weiß wie die Wand. Er ist über dem Hagedorn, ehe der zurückweichen kann; mit seinen schmächtigen, zerschnittenen Händen umklammert er den Hals des Jungen. Der ist kräftig genug, ihn mit einem Stoß umwerfen zu können, aber der tierhaft wilde Zorn, der die uralte, klare Ruhe des Juden zersprengt hat, macht ihn wehrlos.

„Sag das noch einmal, du Hund!" keucht der Mandelblüt. „Beschimpf uns noch einmal – ich schlage dir alle Knochen im Leib kaputt!" Und er schüttelt den Erschrockenen, feige Zitternden wie eine Strohpuppe.

Die Mädchen kreischen. Antje schlägt mit kindlicher Gebärde die Hände vors Gesicht. Die Jungen zaudern, die beiden zu trennen, sie stehen wie angenagelt. Hätte der Mandelblüt nicht zu ihnen gehört, sie hätten beifällig gelacht über Hagedorns Gemauschel.

Dem Hagedorn quellen die Augen aus dem Kopf. Gelähmt vor Entsetzen über das fahle, entstellte Gesicht des Juden, denkt er nicht an Gegenwehr.

Eva stößt einen Stuhl beiseite und tritt hinter Walter. Sie umfaßt seine Schulter, sanft und fest zugleich. „Komm, Walter", sagt sie. Der Junge löst die Hände von Hagedorns Hals; auf einmal sinkt er in sich zusammen, als habe der andere ihm alle Knochen im Leib zerschlagen, und wie ein Kind läßt er sich aus der Klasse führen.

Klaus beißt die Zähne übereinander. Niemals hat für ihn die Stimme des Mädchens so weich geklungen wie für den Mandelblüt … Ich bin blind gewesen wie ein Maulwurf, denkt er bitter. Er ist ja so oft bei ihr, und sie hat ihn mit einem Wort besänftigen können … Trotzdem sagt er zu dem Hagedorn, der blutrot und nach Atem ringend über einem Tisch hängt: „Dafür sollte man dir eins in die Fresse hauen, du Schwein!"

„Ich habe es doch nicht böse gemeint", stottert der Junge. „Ich habe doch bloß Spaß gemacht –" Er beteuert: „Ich wollte ihn nicht beleidigen, wirklich – kann ich wissen, daß er ein bißchen Ulk so übel nimmt?" Sein demütiger Blick bettelt um Verständnis, um Zustimmung – er prallt auf eine Mauer verbissenen Schweigens.

Walter hockt auf einer Treppenstufe und schluchzt. Eva umschlingt seine Schultern; kantig sticht das Schulterblatt unter der Jacke. Das Mädchen denkt, eigentlich habe sie niemals einen richtigen Freund gehabt – bis zu dem Augenblick, da das häßliche, gescheite Gesicht des Juden aus dem Dämmer eines Wintermorgens getaucht sei. Der Flur streckt sich jetzt, nach der sechsten Stunde, leer und leblos. Drunten im Vorsaal hallt ein Schritt, und das Schultor fällt dröhnend ins Schloß. Hinter der angelehnten Tür zum Lehrerzimmer schwirrt Getuschel, aus dem das Gelächter der Habekus platzt.

Eva streichelt die flatternden Hände des Jungen; sie hat ihn mit keinem Wort zu trösten versucht, doch ist ihr, als wüßte er auch ohne dies um jeden ihrer Gedanken. Es bedarf nicht der

Sprache zwischen ihnen: sie sind einander so nah, daß Eva den ihm zugefügten Schmerz spürt, als sei sie verwundet worden.

Sie kauert auf der schmutzigen Treppe und blickt nicht auf, als die aus der 12a vorbeischleichen, verlegen, sehr behutsam auftretend.

Erweiterte und stark veränderte Szenen

Die in der dritten Fassung gegenüber den zwei früheren Fassungen erweiterten und die stark veränderten Szenen dienen demselben Zweck wie die hinzugefügten: Klaus stärker als bisher zum Negativhelden aufzubauen, Evas Gegenspieler Sehning deutlich verschlagener darzustellen und demgegenüber die Liebenswürdigkeit und positive Entwicklung von Georg Helmholtz hervorzuheben.

Unabhängig davon ist am Beispiel dieser Szenen besonders gut zu erkennen, wie sich die Textwirkung sowohl bei kleineren als auch bei größeren Eingriffen stark veränderte.

Die Eltern von Klaus Hoffmann

In der ersten und zweiten Fassung werden die Eltern von Klaus Hoffmann eher indirekt in den Erinnerungen oder Gesprächen von Eva und Klaus vorgestellt. Frau Hoffmann versucht sich als „Anstandsdame", die Eva und Klaus bei ihren gemeinsamen Hausaufgaben vor unschicklichen Handlungen bewahren möchte; dies allerdings mit eher bescheidenem Erfolg. Herr Hoffmann ist ein Schieber, der seine Pension damit aufbessert, illegal aus dem Westen beschaffte Waren zu völlig überhöhten Preisen zu verkaufen.

In der dritten Fassung treten Frau und Herr Hoffmann selbst in Aktion. Das erste Romankapitel widmet sich ausführlich einer Szene im Hause Hoffmann, in der beide als extrem unsympathische Personen dargestellt werden; sowohl vom Äußeren als auch vom Verhalten her.

In der vierten Fassung ist Klaus' Vater kein Schieber mehr, sondern arbeitet in einem Maschinenbau-Betrieb. Aus Frust über die unhaltbaren Arbeitsbedingungen ist er zum Trinker geworden, und Klaus bleibt mehr oder weniger sich selbst überlassen. Seine Mutter ist kurz nach dem Krieg gestorben.

[Erste Fassung, 1. Kapitel]
Feine Tricks hatten sie sich ausgedacht, um der Aufsicht von Mutti Hoffmann zu entfliehen, wenn sie nachmittags bei Hoffmanns im Wohnzimmer saßen und Schularbeiten machten. Gerade wenn Eva dem Klaus „amare" und die schwache Konjugation abhörte, fiel ihm plötzlich ein, daß er ausgerechnet jetzt unbedingt wissen müßte, was „coniuratio" oder „mandare" oder sonstwas heiße. Eva war's im Augenblick auch entfallen, Mutti Hoffmann wußte es erst recht nicht – ja, da mußten sie eben im Wörterbuch nachgucken. Das lag aber leider in Klaus' Zimmer, so daß sie erstmal da hingehen und das Wort suchen mußten. Na, und so schnell findet man das ja auch nicht immer, nicht wahr? In sinnvollem Wechsel waren es auch manchmal das Radioprogramm oder irgendein ungeheuer wichtiges Buch, das sie zusammen unbedingt sofort suchen mußten.

Die beiden lachten sich vergnügt an, als sie jetzt an ihre Heimtücke dachten, und sie freuten sich in sehr unartiger Weise noch nachträglich darüber, daß die Mutti Hoffmann trotz ihrer moralischen Argusaugen immer wieder prompt auf ihren frechen Schwindel reingefallen war.

[Zweite Fassung, 1. Kapitel] [Zweite, überarbeitete Fassung, 1. Kapitel]
Raffinierte Tricks hatten sich die beiden ausgedacht, um der Aufsicht von Mutti Hoffmann zu entfliehen, wenn sie nachmittags bei Hoffmanns im Wohnzimmer saßen und Schularbeiten machten. Gerade wenn Eva dem Klaus „amare" oder die schwache Konjugation abhörte, fiel ihm plötzlich ein, daß er ausgerechnet jetzt unbedingt wissen müßte, was „coniuratio" oder „mandare" oder sonst etwas heiße. Eva war es im Augenblick auch entfallen, Frau Hoffmann wußte es erst recht nicht – ja, da mußten sie eben beide unbedingt im Wörterbuch

nachschlagen, das aber leider in Klaus' Zimmer lag. Na, und so schnell findet man eine Vokabel ja auch nicht immer, nicht wahr? In sinnvollem Wechsel waren es auch manchmal das Radioprogramm oder irgendein ungeheuer wichtiges Buch, das sie zusammen suchen mußten.

Die beiden lachten sich vergnügt an, als [sie – K.S.] sich jetzt an ihre Heimtücke erinnerten, und sie freuten sich noch nachträglich darüber, daß die Mutti Hoffmann trotz ihrer moralischen Argusaugen immer wieder prompt auf ihren Schwindel hereingefallen war.

[Dritte Fassung, 1. Kapitel, Seite 1–10]
Das Mädchen und der Junge sprangen die Treppe hinauf – immer gleich zwei, drei Stufen auf einmal nehmend –, schlidderten quer durch die glänzend blankgebohnerte Diele und standen, rasch atmend und lachend, vor der Wohnzimmertür. Sie sahen sich an, küßten sich schnell und verstohlen, öffneten dann sittsam die Tür und wandelten mit der ganzen Würde, die Siebzehnjährige aufzubringen vermögen, ins Wohnzimmer.

An ihrem Nähtischchen im Erker saß eine Frau, dicklich, im tiefausgeschnittenen schwarzen Spitzenkleid, eine pompöse Perlenkette um den fetten Nacken geschlungen. „Scheußlich", dachte das Mädchen mit einem Blick auf Ausschnitt und Perlen, reichte der Dicken die Hand und sagte knapp: „'n Tag, Frau Hoffmann".

Die Frau hob nur für einen Moment das Mopsgesicht mit den hervorquellenden Augen, murmelte einen unfreundlichen Gegengruß und beugte sich wieder über ihre Näharbeit, ohne ein weiteres Wort an die Freundin ihres Sohnes zu richten. Die zuckte unmerklich die Schultern – mit einem Ausdruck verächtlicher Resignation –, während der Junge eine wegwerfende Handbewegung in Richtung seiner Mutter machte.

„Pfeif drauf!" flüsterte er ihr zu, als sie sich in die Sessel am Rauchtisch setzten. „Daß sie mich so gar nicht leiden kann …", sagte das Mädchen leise, verstummte aber, als es einen scharfen Blick der Frau auffing. Seufzend griffen die beiden nach ihren Aktenmappen.

Eigentlich war dieser 19. Februar ein Fest- und Feiertag für die beiden, aber „Pflicht ist Pflicht, und Schnaps ist Schnaps", sagte das Mädchen und holte sein Lateinbuch aus der Mappe. Der Junge sah es an und stöhnte schmerzlich. „Bitte, Eva", sagte er, „kein Latein heute, gerade heute nicht, du …"

„Keinen Widerspruch, Klaus", antwortete das Mädchen streng. „Heute sind die Konjugationen fällig – also, bitte, die a-Konjugation!" Und mit einem listigen Blinzeln: „Beispielwort: amare …"

Klaus ergab sich in sein Schicksal und begann die Formen der a-Konjugation herunterzuleiern, bis Eva unterbrach: „Danke! Und jetzt mal außer der Reihe – ich liebe …?" „Amo", sagte der Junge. „Ich werde geliebt …?" „Amatur." Das Mädchen lächelte, als der Fuß des Jungen sacht ihren Fuß berührte, aber es ließ sich nicht aus der Fassung bringen und examinierte weiter: e-Konjugation, i-Konjugation – bis ihr plötzlich ein Zettel über den Tisch geschoben wurde. Sie nahm ihn auf, ohne sich zu unterbrechen, und während Klaus die Formen der schwachen Konjugation stockend zusammensuchte, las sie. Auf einem herausgerissenen Heftblatt stand in der kleinen, runden Handschrift des Freundes: „Ich möchte Dich jetzt schrecklich gern küssen, Eva!"

„Ich Dich auch!" schrieb sie lakonisch darunter, und nach einem langen Gedankenstrich: „Das Übliche!!!", dick unterstrichen und mit drei Ausrufungszeichen.

Klaus verstand sofort, holte seinen Sallust aus der Mappe und begann, einen Abschnitt – wahllos herausgegriffen – zu übersetzen, stockte nach wenigen Worten und fragte: „Du, Eva, was heißt ‚coniuratio'?" „Coniuratio'?", wiederholte das Mädchen. Und nach einer Pause: „Keine Ahnung, Klaus …", trotzdem sie es natürlich ganz genau wußte.

„Ich muß es aber wissen, sonst komme ich mit der Übersetzung nicht weiter", beharrte Klaus, sandte einen raschen Seitenblick zu seiner Mutter und fragte scheinheilig: „Mutti, weißt du nicht zufällig …?" Die Frau hatte, wie er wohl wußte, keinen blassen Schimmer von Latein.

„Schau doch mal in deinem Wörterbuch nach", schlug Eva vor, mit einer Miene, als habe sie damit einen großartigen Einfall gehabt.

„Richtig!" Klaus wühlte in seiner Mappe, spielte den ungeduldig Suchenden, den Aufgebrachten dann, als er es nicht fand. Übrigens hatte er das Wörterbuch noch nie in seiner Mappe gehabt.

Dann kam ihm die Erleuchtung. „Ach, es liegt ja in meinem Zimmer! Komm, Eva, laß uns schnell mal nach der Vokabel suchen", und geschäftig sprangen beide auf, gingen aus dem Zimmer und grinsten sich vergnügt an, sobald sich die Tür hinter ihnen geschlossen hatte. Sie waren wieder einmal den moralischen Argusaugen der Frau Hoffmann entwischt – mit Hilfe des „Üblichen", das aber beileibe nicht jedesmal die Suche nach einer Vokabel, sondern in sinnvollem Wechsel auch einmal die Jagd nach dem Radioprogramm oder einem außerordentlich wichtigen Buch war.

Kaum waren die beiden in Klaus' Zimmer, das, zierlich und hell möbliert, mehr einem Mädchenzimmer glich, da breitete der Junge die Arme aus, faßte die Freundin um die Hüften, hob sie hoch empor und stellte sie mit einem Ruck wieder auf die Füße.

Lachend lehnte sie sich an ihn, legte ihm die Arme um den Hals und sah zu ihm auf. Fast um einen Kopf kleiner war sie als er. Er sah zu ihr hinab, sah in ihre länglichen, dunklen Augen. Ihr schwarzes Haar schimmerte rötlich im Licht.

„Ach, du –", sagte der große Junge zärtlich, beugte den Kopf und küßte das Mädchen fest auf den Mund.

Erst als draußen Schritte die Treppe hinaufkamen, fuhren sie auseinander, hastig atmend. „Mein Vater", sagte Klaus leise und lauschte auf die Schritte, die sich zum Wohnzimmer hin entfernten. […]

Unvermittelt sprang Eva vom Schreibtisch. „Jetzt müßten wir die Vokabel eigentlich gefunden haben", sagte sie, spitzbübisch lächelnd. „Spielverderber", knurrte Klaus und preßte mit seinen beiden Fäusten ihre Hand, die, braunhäutig, breit, fast wie eine Jungenhand aussah, wären nicht die länglichen, gepflegten Fingernägel gewesen. „Au!" schrie das Mädchen übertrieben laut. Und gleich darauf wieder ernst, mahnte es: „Wirklich, wir müssen wieder reingehen, sonst wird deine Mutter mißtrauisch." Und leiser: „Sie kann mich doch sowieso nicht leiden ..."

Der Junge wandte den Kopf ab. „Sie mag dich eben nicht – du weißt –, weil du ihr zu politisch bist." Seine Stimme klang gepreßt.

Eva nickte, ohne Erstaunen zu zeigen. „Ich weiß." Und plötzlich grob: „Sie hat wohl Angst, daß ich deinen Vater mal wegen seiner Schiebereien anzeige, was?" Der Junge starrte sie an, weitgeöffnet die grauen Augen. „Eva?" Sie verstand die Frage, schüttelte den Kopf. „Nein", sagte sie. Nach einer Pause: „Schließlich ist das eure Sache."

Aber sie war – wohl zum ersten Male – nicht aufrichtig gegen den Freund, denn im Grunde war sie durchaus nicht der Meinung, daß die umfangreichen Schiebereien der Familie Hoffmann so ausschließlich deren Angelegenheit seien.

[...] „Komm", sagte Eva, ergriff Klaus bei der Hand und zog ihn aus dem Zimmer. Aus ihrem Gesicht war die letzte leise Spur von Verstimmung weggewischt, als er, ihr folgend, in der Tür verstohlen einen Kuß auf ihren Nacken drückte.

Als sie in das Wohnzimmer traten, erhob sich aus einem Sessel ein großer, schwerer Mann – er mochte Mitte der Fünfzig sein –, in dessen regelmäßig geschnittenem Gesicht sich deutlich Klaus' Züge spiegelten. „Guten Tag, Frl. Hennig", sagte er freundlich und reichte ihr die Hand. Er hatte eine uneingestandene Schwäche für das hübsche, feurige Mädel – sehr zum Mißvergnügen seiner Frau, die so manchen bewundernden Blick an die Adresse der Eva Hennig auffing.

Mit böse verkniffenem Munde beobachtete die Frau vom Fenster her Mann und Sohn, die um dieses kleine freche Ding herumscharwenzelten, das so unverschämt selbstsicher in seinem Sessel lehnte und hell lachte über einen Witz (wenn Erich doch nicht immer so zweideutige Witze erzählen wollte!). Alles war ihr zuwider an diesem Geschöpf: nur überspannte Weiber trugen ihre Haare kurzgeschnitten wie bei einem Jungen, und der Pullover des Mädchens war viel zu eng anliegend und viel zu hellrot.

Eva entgingen nicht die Blicke der Frau, und ihr wurde unbehaglich. Zwar erwiderte sie lebhaft die Antipathien, die ihr

328

Klaus' Mutter entgegenbrachte, aber jetzt regte sich doch etwas wie Mitleid in ihr mit dieser verbitterten Frau, die, mit sich und der Welt unzufrieden, seit Jahren unglücklich in ihrer Ehe, die nur noch das Gesetz zusammenhielt, Tag für Tag in dem überheizten Wohnzimmer saß und nichts kannte als ihre Hausarbeit und den Klatsch der Nachbarinnen. Eva spürte geradezu körperlich das Bedrückende, das von den schweren eleganten Möbeln dieses Raumes ausging, seine dumpfe Schwüle, die sich ihr immer beklemmender auf die Brust legte, je mehr das Zimmer versank im Dämmer des späten Winternachmittags.

Eben beugte sich Herr Hoffmann über den Rauchtisch den beiden Jungen zu, tuschelte: „Kennt ihr schon den Witz von dem Pastor und seinem Dienstmädchen …?" „Nein", sagte Eva kühler als beabsichtigt, sah zur Uhr und erhob sich unvermittelt. „Wir müssen jetzt fort, Herr Hoffmann", setzte sie in entschuldigendem Tone hinzu, und zu Klaus gewandt: „Wir wollten doch noch eine kleine Schitour machen, du –"

Klaus sprang sofort auf. „Natürlich, Eva, gleich!" Immerhin konnte er sich den Witz ja auch noch später erzählen lassen.

Den Mann verwirrte ihr plötzlicher Abschied. Trotzdem blickte er nicht ohne Neid den beiden nach, die, einander heimlich schubsend, aus dem Zimmer liefen. Mit einem tiefen Atemzug wandte er sich seiner Frau zu, schüttelte ein bißchen trüb den Kopf und sagte, nicht ohne Anerkennung: „Tja, der Klaus, der Bengel … Tolles Mädchen, was?"

Die Frau hatte den plumpen Oberkörper steil aufgerichtet und fixierte ihn aus ihren hervorstehenden Augen. „Also, Erich, wie kannst du dich bloß so mit diesem – diesem Mädchen abgeben", begann sie. Er lehnte sich im Sessel zurück und schlug die Beine übereinander, fest entschlossen, ruhig zu bleiben bei der nun unweigerlich folgenden unangenehmen Szene. Und schon überschüttete ihn die Frau, keifend, mit einer Sturzflut lächerlicher Beschuldigungen, während er, seiner teuren Gemahlin den Rücken zudrehend, ein Notizbuch aus der Tasche zog und zu rechnen begann. Drei- und vierstellige Zahlen liefen über das Papier – Gewinne aus seinen Westberliner Geschäftsreisen.

[Vierte Fassung, 6. Kapitel, Seite 201–202]
Klaus sagt: „Meinem alten Herrn ist es auch wurscht, wann ich

komme. Wenn der sein Bier hat und seine Skatbrüder, dann ist er zufrieden, dann braucht er mich nicht –"

„Hast du denn keine Mutter mehr?"

„Die ist 46 gestorben[29], in den Hungerjahren, weißt du? Mein Vater war damals noch in Kriegsgefangenschaft. Wir haben nicht gewußt, woher wir das Brot für den nächsten Tag nehmen sollten. Wir sind über die Äcker gekrochen und haben Kartoffeln gestoppelt und Ähren gelesen, und manchmal haben uns die Bauern mit Hunden vom Feld gejagt. Meine Mutter war immer so zart und oft krank, und die Zeit hat sie fertiggemacht. Dann ist mein Alter zurückgekommen und hat gleich Arbeit gekriegt: sie haben den Maschinenbau-Betrieb aufgebaut. Halbtot haben sie sich geschuftet –" Klaus lacht böse. „Damals haben sie ja wirklich noch das Gefühl gehabt, es wäre ihr Betrieb … Jetzt schlagen sie sich mit den Normen 'rum und haben den vierten Werkleiter. Zwei sind abgehauen in den Westen, und einer sitzt im Zuchthaus. Und der vierte hat keine Ahnung von Maschinenbau und macht bloß Bockmist."[30]

Klaus unterbricht sich. Wohin hat er sich da schon wieder verlaufen? Er sagt gegen Evas stummen Protest: „Mein Alter ist Meister, der weiß Bescheid, das kannst du glauben. Aber das gehört ja auch nicht hierher –"

Er hat sich diesen Abend nicht verderben wollen. Nun webt Mißstimmung ihre grauen Fäden um die beiden. Seine Schuld ist es nicht. Blind ist Eva, blind und taub … Klaus grübelt in sein Glas. Er sagt: „Ich habe dir das nur erzählt, damit du weißt, warum mein Vater so geworden ist. Der Neue hat ihn schon 'rausschmeißen wollen, weil er den Mund nicht halten kann. Nichts als Sorgen und Ärger hat er im Betrieb – ich kann's verstehen, daß er säuft. Kaum ein Abend, wo er nicht betrunken nach Hause kommt –"[31]

---

[29]Im Manuskript wurde „46" handschriftlich ergänzt. Dies wurde in der Buchausgabe übernommen.

[30]Vom Lektorat des Verlags Neues Leben angestrichen und mit der Bemerkung „gehört nicht hierher" versehen.

[31]Vom Lektorat des Verlags Neues Leben angestrichen.

Eva ist betroffen: als sei eine dünne Maske von seinem Gesicht geglitten, sieht sie jetzt das andere Gesicht des Jungen: hilflos und unjung und sehr müde.

Sie fragt: „Aber wer sorgt für dich?"

„Ich mache alles allein", sagt Klaus. „Das bißchen Haushalt … Am Zahltag muß ich aufpassen, daß ich dem Alten das Haushaltsgeld rechtzeitig abluchse …" Er grinst, verlegen und ein bißchen stolz. „Waschen kann ich auch – und Strümpfe stopfen."

Klaus setzt sich um

Für die Szene, in der sich Klaus von Eva wegsetzt, arbeitete Brigitte Reimann eine kurze Passage aus Eva Hennigs Tagebucheintrag vom 03.03.1951 der ersten Fassung in Fließtext um und erweiterte diese.

[Erste Fassung, 7. Kapitel]

Klaus hat sich von mir weggesetzt. Seit zwei Jahren schon sitzen wir an einem Tisch, und jetzt hat er sich weggesetzt, ganz in den Hintergrund, damit er mich ja nicht mehr zu sehen braucht. Er hat sich extra vom Hausmeister einen anderen Tisch in die Klasse bringen lassen. Das hat mich tief gekränkt. Und dann das schadenfrohe Grinsen von den anderen …

Wanjuschka wollte sich zu mir setzen, aber ich habe es ihm verboten. Erstens kann er Bello nicht verlassen, mit dem er seit fast 4 Jahren zusammen ist, und außerdem möchte ich nicht, daß sie über ihn auch noch herfallen. Es wird schon genug über ihn geredet.

[Dritte Fassung, 7. Kapitel, Seite 177–179]

Die Tür wurde aufgestoßen. Der Hausmeister kam in die Klasse, hinter ihm Klaus. Sie sahen sich um. Der Junge deutete auf den freien Platz an der Hinterwand des Raumes, gegenüber der Wandtafel. Der Hausmeister nickte und verschwand.

Eva hatte nur flüchtig aufgeschaut und vertiefte sich sofort wieder in das Buch, das vor ihr auf dem Tische lag. Wanjuschka kam zu ihr und sah ihr über die Schulter.

[…] Beide fuhren zusammen, als die Tür geöffnet wurde und der Hausmeister einen Tisch in die Klasse trug, den er im Hintergrund niedersetzte. Klaus folgte ihm mit einem Stuhl.

„Was ist denn nun kaputt?" murmelte Wanjuschka.

Eva hatte sofort begriffen. „Er setzt sich von mir weg", sagte sie leise. „Er mag wohl nicht mehr mit der – Denunziantin – an einem Tische sitzen."

Klaus warf seine Mappe auf den Tisch. In der Klasse war es sehr still geworden. Der Hausmeister ging. Die Blicke der Jungen und Mädchen flogen von Eva zu Klaus. Ulrich grinste. Margrit, lächelnd, flüsterte Dörte etwas zu. Hilde hob die Augenbrauen, wandte sich hastig zum Fenster um, mit angewidertem Gesicht.

Hans griff unter dem Tisch nach Evas Hand. Sie erhoben sich und gingen aus der Klasse. „Nicht weinen, Eva", sagte der Junge.

Sie lehnte an der Wand, erblaßt bis in die Lippen. „Das ist gemein!" stieß sie hervor, „das ist schändlich von ihm –"

Hans legte ihr den Arm auf die Schulter. „Ich setze mich zu dir", sagte er schnell. „Ich habe keine Angst vor den anderen, bestimmt nicht –"

„Das ist lieb von dir, Wanjuschka." Sie faßte seine Hand. „Aber ich will das nicht – du darfst nicht von Bello weg. Mit dem bist du nun seit vier Jahren befreundet, hast während der ganzen Oberschulzeit mit ihm an einem Tisch gesessen. Du kannst jetzt nicht so einfach von ihm weg –"

„Bello wird mir nicht böse sein …"

„Darum geht es nicht."

„Ich habe noch keinen besseren Freund gehabt als dich, Eva. Ich komme zu dir."

„Nein." Das war endgültig. „Sie reden schon genug über dich. Es genügt, wenn sie einen von uns beiden kaputt machen. Sie sollen nicht auch noch über dich herfallen."

„Ich fürchte mich nicht davor –"

„Das weiß ich, Wanjuschka", sagte sie weich. „Aber ich will es eben nicht – tu mir den Gefallen, bleib bei Bello."

Da fügte er sich.

Eva geht mit dem Laienspiel zu Studienrat Sehning

In allen drei Fassungen geht Eva Hennig widerwillig zu Studienrat Sehning, um ihn wegen des Laienspiels „Die Eysenhardts" von Peter Nell um Rat zu fragen.

[Erste Fassung, 3. Kapitel]

Sehning tat aber – Gott sei Dank! – auch gar nicht so, als ob er sich was darauf einbilde, daß die Laienspielgruppe ihn um Rat fragte. Mit ruhiger Selbstverständlichkeit nahm er das Heft entgegen, las aufmerksam den Titel und den Namen des Autors und auch („Typisch!" dachte sie) den Namen des Verlages, in dem das Büchlein erschienen war.

Es klingelte zur Stunde. Eva wollte schnell aufstehen, aber der Mann hielt sie zurück mit seiner Frage: „Was wollen Sie eigentlich mal werden, Eva?" Natürlich wußte er das ganz genau, und so knurrte sie nur kurz: „Regisseur". „Aha", nickte er. „Sie haben zweifellos gute Anlagen dafür – ich muß Ihnen meine Anerkennung aussprechen für die Inszenierung der Ausschnitte aus Schillerschen Dramen, die Sie neulich auf dem Schulelternabend mit Ihrer Gruppe brachten."

[Zweite Fassung, 3. Kapitel]

Sehning tat aber – Gott sei Dank! – auch gar nicht so, als ob er sich etwas darauf einbilde, daß die Laienspielgruppe ihn um Rat fragte. Mit ruhiger Selbstverständlichkeit nahm er das Heft entgegen, las aufmerksam den Titel und den Namen des Autors und auch („Typisch!" dachte sie) den Namen des Verlages, in dem das Büchlein erschienen war.

Es klingelte zur Stunde. Eva wollte schnell aufstehen, aber der Mann hielt sie zurück mit seiner Frage: „Was wollen Sie eigentlich einmal werden, Eva?" Natürlich wußte er das ganz genau, und so knurrte sie nur kurz: „Regisseur". „Aha", nickte er. „Sie haben zweifellos gute Anlagen dafür – ich muß Ihnen meine Anerkennung aussprechen für Ihre Inszenierung der Ausschnitte aus Schillerschen Dramen, die Sie neulich auf dem Schulelternabend mit Ihrer Gruppe brachten."

[Zweite, überarbeitete Fassung, 3. Kapitel]

Sehning tat aber – Gott sei Dank! – auch gar nicht so, als ob er sich etwas darauf einbilde, daß die Laienspielgruppe ihn um Rat fragte. Mit ruhiger Selbstverständlichkeit nahm er das Heft entgegen, las aufmerksam den Titel und den Namen des Autors und auch („Typisch!" dachte sie) den Namen des Verlages, in dem das Büchlein erschienen war. [Handschriftliche Ergänzung: Während er scheinbar nur mit dem Laienspiel beschäftigt war, arbeiteten seine Gedanken. War es nicht wie ein Wink des Schicksals, daß sie heute mit dieser Sache zu ihm kam, und ihm unbewußt damit den Hebel zeigte, wo er ansetzen mußte, um die Sympathien dieses jungen Menschen zu erobern? Er war fest entschlossen, die Situation für sich auszunutzen, und …] Es klingelte zur Stunde. [Handschriftliche Berichtigung: als es zur Stunde klingelte und Eva schnell aufstehen wollte, hielt er sie zurück mit seiner Frage:] Eva wollte schnell aufstehen, aber der Mann hielt sie zurück mit seiner Frage: „Was wollen Sie eigentlich einmal werden, Eva?" Natürlich wußte er das ganz genau, und so knurrte sie nur kurz: „Regisseur". „Aha", nickte er. „Sie haben zweifellos gute Anlagen dafür – ich muß Ihnen meine Anerkennung aussprechen für Ihre Inszenierung der Ausschnitte aus Schillerschen Dramen, die Sie neulich auf dem Schulelternabend mit Ihrer Gruppe brachten."

[Dritte Fassung, 2. Kapitel, Seite 66–67]
Sehning tat aber – Gott sei Dank! – auch gar nicht so, als ob er sich etwas darauf einbilde, daß ihn die Laienspielgruppe um Rat fragte. Mit ruhiger Selbstverständlichkeit nahm er das Heft entgegen, las aufmerksam den Titel, den Namen des Verfassers und auch des Verlages, in dem das Büchlein erschienen war.

Während er scheinbar mit dem Laienspiel beschäftigt war, arbeiteten seine Gedanken: War es nicht wie ein Wink des Schicksals, daß sie heute mit dieser Sache zu ihm kam und ihm damit unbewußt selbst den Hebel zeigte, wo er ansetzen mußte, um die Sympathien dieses jungen Menschen für sich zu gewinnen? Er war fest entschlossen, die Situation für sich auszunutzen, und als es zur Stunde klingelte und Eva rasch aufstehen wollte, hielt er sie zurück mit der Frage: „Was wollen Sie eigentlich einmal werden, Fräulein Hennig?"

„Natürlich weiß er das längst", dachte sie und knurrte kurz angebunden: „Regisseur".

„Aha", nickte er. „Sie haben zweifellos gute Anlagen dafür – ich muß Ihnen meine Anerkennung aussprechen für die Inszenierung der Ausschnitte aus Schillerschen Dramen, die Sie neulich auf dem Schulelternabend mit Ihrer Gruppe brachten."

In der ersten und zweiten Fassung endet die Szene damit, dass Eva frohen Mutes das Lehrerzimmer verlässt und zurück in ihre Klasse geht. In der dritten Fassung fügte Brigitte Reimann am Schluss der Szene einen inneren Monolog Sehnings ein, der sich in fast perfider Manier seines offenkundigen Sieges über Eva freut.

[Dritte Fassung, 2. Kapitel, Seite 70]
Sie war sehr glücklich.

Wahrscheinlich wäre sie weniger glücklich gewesen, hätte sie in diesem Augenblick das Gesicht des Lehrers sehen können.

Der Mann stand in der Tür zum Lehrerzimmer und sah ihr nach, einen Ausdruck von Triumph im Gesicht, der sie erschreckt hätte. Der Lehrer wußte, daß er gesiegt hatte in ihrer ersten Begegnung nach ihrer Kampfansage vom Tage zuvor. Deutlich sah er das Mädchen vor sich, wie sie gestern in der Diele seiner Wohnung gestanden und ihn angeschaut hatte: aus ihrem im Halbdunkel verschwimmenden Gesicht hatten nur die Augen geleuchtet, diese schönen, dunklen, leidenschaftlichen Augen, vor denen ihn fast ein Gefühl der Furcht beschlichen hatte.

Und jetzt? Ihr Gesicht hatte einen Ausdruck der Freude, des Erlöstseins getragen, der einen anderen als ihn ergriffen hätte. Und doch war dieser Sieg zu leicht gewesen, um ihm nicht zu beweisen, daß das Ringen um dieses Mädchen noch nicht zuende war. Gewiß hatte er an Boden gewonnen, hatte die Brücke zu ihr gefunden, aber jetzt galt es, das Gewonnene zu festigen, in systematischer Arbeit ihrem Mißtrauen den letzten Stoß zu versetzen.

Vielleicht wäre es im Interesse seiner Stellung besser, Klaus' Besuche bei ihm einzuschränken. Die Freundschaft der beiden war ohnehin im ganzen Kollegium bekannt – und wurde zum Teil stark gemißbilligt –, und Sehning wußte, daß der Junge bei aller Kraft und Klugheit zu sehr unter dem Einfluß von Eva stand, um nicht über kurz oder lang – trotz seiner bedingungslosen Anhänglichkeit an den Lehrer – ihrem Forschen zu erliegen und mehr zu verraten, als für ihn gut war.

Sehnings Abgang

Sehnings Abgang am Romanende kommt nur in der ersten und in der dritten Fassung vor. Die zweite Fassung bricht mit dem Ende des vierten Kapitels ab und die vierte Fassung endet mit der Überschrift zum siebten Kapitel; in beiden Fällen kommt es also gar nicht so weit.

[Erste Fassung, Kapitel „Ausklang"]
Der Herr Studienrat Sehning wartete die weitere Entwicklung der Dinge nicht ab. Wenige Tage später hielt der Direktor Dr. Lorenz einen Brief von ihm in der Hand, der in knappen Worten seine Ankunft in Hamburg und sofortige Anstellung an einem dortigen Gymnasium mitteilte.

[Dritte Fassung, 12. Kapitel, Seite 264]
Der Herr Studienrat wartete die weitere Entwicklung der Dinge nicht ab. Als am Abend desselben Tages, da die Klasse 12a sich gegen ihren Lehrer erhoben hatte, die Volkspolizei eine Haussuchung vornehmen wollte, fand sie die Wohnung verlassen.

Es war das persönliche Pech des Bekannten aus Hamburg, daß sein Geschäftsfreund – eben jener mit den schön gebundenen Klassikerausgaben – just in dem Moment, da der Kommissar die Haussuchung abschloß, an der Wohnungstür des Herrn Sehning klingelte und mitsamt seinen „Klassikern" in sicheren Gewahrsam gebracht wurde. […]

Wenige Tage später hielt der Direktor Dr. Lorenz einen Brief von seinem ehemaligen Kollegen Sehning in der Hand, der in knappen Worten seine Ankunft in Hamburg und sofortige Anstellung an einem dortigen Gymnasium meldete.

Quellenverzeichnis mit Inhaltsangaben

„Die Denunziantin" wurde nach dem Originalmanuskript der ersten Fassung gedruckt; mit freundlicher Genehmigung von Christine Schmidt.

Das Quellenverzeichnis weist alle Manuskriptversionen nach, die ermittelt werden konnten. Sie befinden sich im Brigitte-Reimann-Archiv des Literaturzentrums Neubrandenburg (Archiv BRA) und im Archiv des Aufbau-Verlags in der Handschriftensammlung der Staatsbibliothek zu Berlin (Archiv Aufbau SBB). Die vierte Fassung des Romans mit dem Titel „Wenn die Stunde ist, zu sprechen …" (Archiv BRA) wurde als einzige der Fassungen bereits veröffentlicht und erschien 2003 im Aufbau-Verlag in einer Sammlung mit dem Titel „Das Mädchen auf der Lotosblume".

Das Quellenverzeichnis enthält jeweils die bibliografische Beschreibung der Manuskripte und einen nachfolgenden Kommentar. Um auch die inhaltlichen Unterscheidungen der (teilweise stark voneinander abweichenden) Fassungen abbilden zu können, wurden außerdem Auflistungen der Protagonisten und Inhaltsangaben ergänzt. Die entsprechenden Originaldokumente Brigitte Reimanns für das Exposé des Laienspiels und die „Inhaltsangabe" lagen vor; die Zusammenfassungen der Romanversionen stammen von der Herausgeberin.

Exposé für das Laienspiel „Die Denunziantin"

Reimann, Brigitte: Die Denunziantin : Exposé zu einem Laienspiel in 3 Aufzügen / Brigitte Reimann. – maschinenschriftlich. – [ca. 1952]. – 3 Blatt, 3 Seiten. – Archiv BRA, Inventarisierungsnummer 00861 (Original)

Enthält die folgende Auflistung von Ort, Zeit und Personen des Laienspiels und die Inhaltszusammenfassungen von „1. Aufzug", „2. Aufzug" und „3. Aufzug" mit jeweils fortlaufendem Text. Ein Manuskript des kompletten Laienspiels konnte nicht ermittelt werden.

Ort: Eine Schulklasse
Zeit: Heute und morgen
Personen:
Schülerinnen: Eva; Ilse; Hilde; Dörte; Antje
Schüler: Klaus; Antönchen; Froschie; Manfred; Wolf
Studienrat Sehning, Lehrer für Deutsch und Englisch
Schulrat Kordell, Vorsitzender der Untersuchungskommission
Frl. Franz, seine Sekretärin
Herren der Untersuchungskommission: Stefan; Wolf; Rumpel

1. Aufzug
Vor der Unterrichtsstunde. Jungen und Mädchen, Mitglieder einer Laienspielgruppe der F.D.J., diskutieren angeregt über die Wahl eines neuen Stückes für eine Aufführung vor Kindern von im KZ gestorbenen Antifaschisten. Wortführerin ist Eva, bewußte F.D.J.lerin und geschickter Regisseur ihrer Laienspielgruppe. Sie schlägt vor, Peter Nells „Eysenhardts" zu spielen und macht kurz mit dem Inhalte bekannt.

Klaus fordert während des sich anschließenden Streites um die Rollenverteilung, man solle in der jetzt kommenden Deutschstunde mit dem betreffenden Lehrer, Studienrat Sehning, eine Besprechung der Charaktere und darüber hinaus des Kampfes und der allgemeinen Situation der Antifaschisten in der Zeit des Naziregimes durchführen. Eva jedoch lehnt ab – mit der Begründung, daß ihrer Meinung nach gerade dieser Lehrer nicht der geeignete Mann sei, ausgerechnet ein solches Thema mit fortschrittlichen jungen Menschen zu behandeln, da er, wenn auch nicht offen, so doch versteckt und innerlich reaktionär sei, einer jener Typen, die wir, da sie ausgezeichnete Lehrer sind, 1945 abzubauen vergaßen.

In diesem Augenblick spaltet sich die Klasse sichtbar in 3 Lager; die sich in ihrem Verhältnis zu dem betreffenden Lehrer unterscheiden: Erstens gibt es einen direkten scharfen Gegner, der voll die Gefahr erkannt hat, die der Mann für seine Klasse darstellt: Eva; zweitens diejenigen, die bedingungslos für ihn eintreten, weil er ausgezeichneten Unterricht in Englisch und Deutsch erteilt und bei ihnen wegen seiner – darf man es „Jovialität" nennen? – beliebt ist. Der Wortführer dieser Partei ist Klaus, der erbittertste Gegenspieler Evas. Das dritte Lager endlich besteht aus den „Indifferenten", also aus denen, die entweder dieser Frage völlig gleichgültig gegenüberstehen oder in ihrer Meinung – Gefahr oder nicht – noch schwankend sind.

Es ist bekannt, daß Eva in jeder Stunde bei Sehning gegen seine versteckt reaktionären Maximen anrennt, ohne mit ihrem ungeschulten Marxismus gegen seine geschickt und leise verbreiteten Theorien anzukommen, die der Klasse langsam, aber desto sicherer ihr Gift einimpfen.

In einem aber sind sich Lager 2 und 3 völlig einig – im Kampfe gegen Evas „überfortschrittliche" Ansicht, daß ein solcher Lehrer an einer neuen Schule unserer DDR nichts mehr zu suchen hat und daß es eine Gemeinheit wäre, das „Bewußtsein" so weit zu übertreiben, daß man jetzt etwa den Lehrer „denunziere".

Die erregte Diskussion hat ihren Höhepunkt erreicht, als der Lehrer die Klasse betritt. Gegen Evas Willen legt Klaus dem Studienrate Sehning das Stück vor und bittet um Besprechung. S. kennt die „Eysenhardts" und versucht, sie der Klasse auf seine Art „nahezubringen". Und am Ende wissen die Schüler, daß der Kampf der Antifaschisten sinnlos und ihr Sterben überflüssig war. Und schlimmer: Die Jungen und Mädchen sind ebenfalls davon überzeugt.

Nur eine flammt auf in gerechter Empörung: Eva. Zu tief haben sich ihr gräßliche Bilder und erschütternde Filmdokumente aus KZs, aufrüttelnde Erzählungen alter Antifaschisten und der Bericht vom Sterben ihres eigenen Vaters eingeprägt. Ihr erregter Widerspruch aber stößt auf das überlegene Lehrerlächeln, vor dem jeder Schüler den Nacken beugt.

Da steht sie impulsiv auf und verläßt den Raum.

2. Aufzug

Die Schüler diskutieren aufgeregt über die neusten Vorfälle an der Schule: Gegen den Studienrat Sehning läuft eine Untersuchung, die auf Initiative Evas eingeleitet ist. An demselben Tage, als sie damals in der Unterrichtsstunde protestierend den Raum verließ, war sie zum Schulrate gegangen und hatte Klage gegen ihren Lehrer erhoben – ihn „denunziert", wie die Klassenkameraden es tiefempört nennen.

Im allgemeinen herrscht eine feindselige Stimmung gegen das Mädchen, nur einer scheint schwankend geworden zu sein: ihr einst erbittertster Gegner Klaus. Trotz seiner Wut über die Denunziation des beliebten Lehrers hat ihm die konsequente Haltung der Kameradin irgendwie imponiert, denn er weiß, daß sie sich völlig klar darüber war, zumindest in der nächsten Zeit bei allen verfemt zu sein – weil das Bewußtsein ihrer Kameraden noch nicht reif genug ist zum Verständnis für ihre Handlungsweise.

Augenblicklich ist sie zu einer Besprechung mit der Untersuchungskommission im Direktorzimmer. Noch ist wenig gegen den betreffenden Lehrer vorgebracht worden – einige in der Klasse sind der Ansicht, man habe Angst vor dem angesehenen Studienrat, gehe auch wohl von der Überlegung aus, daß er ein fachlich hochqualifizierter Lehrer sei und daß man folglich nicht gar zu streng mit ihm sein solle.

Klaus ist unsicher. Er redet sich immer wieder in eine künstliche Empörung hinein und kann sich dennoch nicht den eigenen Argumenten verschließen, die Evas Verhalten gegen seinen Willen rechtfertigen.

Da betritt Eva mit der Kommission die Klasse. Schulrat Kordell stellt Fragen an die Schüler, sucht ihre Meinung über Sehning zu erfahren, aber wie überall stößt er auch hier auf stillschweigenden Widerstand und offene Ablehnung seines Verhörs – wenn man es so nennen darf. Allerdings wagt einer ein Wort gegen den Studienrat, aber er wird unter den Blicken und dem gefährlichen Tuscheln seiner Klassenkameraden unsicher und verlegen und schweigt schließlich. Auch Klaus schweigt verbissen.

Eva, die bisher regungslos im Hintergrund stand, wird vom Schulrat vorgerufen und in scharfen Worten auf die offensichtliche Haltlosigkeit ihrer Anklagen verwiesen. Vergebens sucht sie sich zu rechtfertigen, ruft ihre Klassenkameraden zu einem gerechten Urteil auf – die Kommission verläßt mit hartem Tadel für Eva die Klasse.

Zunächst herrscht drückendes Schweigen. Dann wagen sich einige Stimmen hervor, die Eva entweder verspotten oder bedauern; einer, Klaus, findet auf einmal Worte zögernden Urteils über die schlechte Arbeit der Kommission, anderen fallen plötzlich Äußerungen des Studienrates ein, die man eigentlich hätte vorbringen sollen – nur Eva steht scheinbar ruhig mitten in der Klasse und wirft lediglich einmal während der Diskussion ein hartes „Feiglinge" in den Raum. Sofort schlägt die Stimmung wieder gegen sie um. Eine Denunziantin ist sie – daran ändern alle Vernunftgründe nichts.

Da packt Klaus seine Mappe und geht an der stillen Eva vorüber. Unter seinem seltsamen Blick zuckt sie zusammen. Einen Augenblick sehen sie sich regungslos an, dann schlägt er dröhnend die Tür hinter sich zu.

3. Aufzug

Unterrichtsstunde. Es ist wenige Wochen nach dem Vorfall im 2. Aufzuge. Man behandelt Rudyard Kiplings Gedichte, jenes typischen Vertreters des englischen Imperialismus, u. a. die „Big Steamers", in denen in der letzten Strophe der Bau von Kriegsschiffen zum Schutze der Handelsflotte gefordert wird. Sehning versteht es, den Schülern zu veranschaulichen, daß eine solche Maßnahme notwendig sei, stößt aber auf eine gewisse Ablehnung. (Selbstverständlich kann man auch anderen Stoff zur Besprechung und entsprechenden Ablehnung bringen – mir fiel nur im Augenblick nichts ein!)

Dann kommt man auf die Remilitarisierung im Westen unseres Vaterlandes. Der Aufbau des Folgenden ist recht schwierig und muß mit feiner Hand behandelt werden, denn Sehning darf auf keinen Fall offen reaktionäre Äußerungen tun, sondern muß mit feinen, versteckten Wendungen seine Schüler davon zu überzeugen suchen, daß „der Krieg der Vater aller Dinge" sei, ja daß der Krieg ein Gesetz der Natur und daher unvermeidlich sei.

Und jetzt tritt eine Wandlung der Schüler ein. Diesmal ist es nicht Eva, sondern Klaus, der flammenden Protest gegen die Ansichten des Lehrers erhebt, der in aufrüttelnden Worten den Tod seines im 2. Weltkriege gefallenen Vaters schildert und tiefempört das verurteilt, was der Mann sagte, den er noch vor kurzem als ausgezeichneten Lehrer verehrte.

Der will sich wehren – und steht plötzlich vor der Mauer einer erwachten Jugend, die sich spontan gegen ihn erhebt und ihn im Namen der Opfer des letzten Krieges anklagt. Was sie noch vor kurzem bei der Kameradin als „Denunziation" verurteilten, das erkennen sie jetzt als ihre Aufgabe: den Lehrer von der Schule zu entfernen.

Sehning ist verwirrt, sucht einzulenken und als er dennoch spürt, daß seine Rolle in dieser Klasse ausgespielt ist, schimpft er plötzlich unbeherrscht auf die „Disziplinlosigkeit" der Schüler und verläßt schließlich erregt den Raum.

In höchster Aufregung bleiben die Schüler zurück. Sie wissen jetzt, daß alle persönlichen Sympathien zurückzutreten haben und beauftragen Eva und Klaus, sofort bei dem Schulrat Kordell um Entlassung des Studienrates nachzusuchen. Die Beiden gehen als gute Freunde – mit der festen Gewißheit, eine unabweisbare Pflicht zu erfüllen.

Arbeitstagebuch für „Die Denunziantin"

Reimann, Brigitte: Die Denunziantin : Überarbeitung ; [Arbeitstagebuch] / Brigitte Reimann-Domnik. – handschriftlich. – [ca. 1954]. – [16 Blatt], [35] Seiten und Umschlag. – Archiv BRA, Inventarisierungsnummer 00506 (Original)

Im Zusammenhang mit der Vorbereitung der dritten Fassung der „Denunziantin" legte Brigitte Reimann ein Arbeitstagebuch an. Der Text ist handschriftlich und schwer zu entziffern; jedoch geht aus den identifizierbaren Bestandteilen eindeutig hervor, dass es sich um Ideen und vorbereitende Textpassagen für die dritte Fassung handelt. Aufgeschrieben in einem gebundenen DIN A5-Heft (liniertes DDR-Schulheft). Das Notizbuch bricht auf der letzten Zeile der letzten Heftseite mitten im Satz ab, sodass davon auszugehen ist, dass es noch mindestens ein weiteres Heft gegeben hat. Dieses konnte bislang nicht aufgefunden werden.

Inhaltsangabe für „Die Denunziantin"

Reimann, Brigitte: Inhaltsangabe zur Erzählung „Die Denunziantin" : 1. Fassung Herbst 52 / Brigitte Reimann. – maschinenschriftlich. – 1952. – 3 Blatt, 3 Seiten. – Archiv BRA, Inventarisierungsnummer 00861 (Original)

Enthält den folgenden fortlaufenden Text ohne Kapitelunterteilung (die Auflistung der Protagonisten wurde von der Herausgeberin ergänzt). Handschriftliche Ergänzung von Brigitte Reimann: „1. Fassung Herbst 52" (mit blauem Füller). Mit Herbst ist vermutlich September gemeint, denn bereits am 8. Oktober waren die ersten beiden Romankapitel fertiggestellt.

Schülerinnen und Schüler: Eva Hennig; Klaus Hoffmann; Georg Helmholtz; Wanjuschka
Lehrer: Oberschuldirektor Dr. Lorenz; Studienrat Sehning (Deutsch, Englisch)
Untersuchungskommission des Amts für Unterricht und Erziehung

Hauptperson der Erzählung ist die 17jährige Oberschülerin Eva Hennig, Tochter eines von faschistischen Henkern ermordeten Kommunisten. Auf Grund ihrer Erziehung konsequent marxistisch eingestellt, gerät sie oft in Widerspruch zu ihren weniger fortschrittlichen Klassenkameraden. Nur ihrem Freunde Klaus Hoffmann gegenüber kennt sie keine politische Konsequenz, sondern übersieht bewußt seine Denkfaulheit, seine reaktionäre Einstellung und seine Gleichgültigkeit gegen die Probleme, die sie bewegen.
Eine ständige Ursache von Auseinandersetzungen mit den Kameraden ist ihr Kampf gegen den Studienrat Sehning, der, seinen großen Einfluß auf die Jugendlichen ausnützend, sie

geschickt in einem Sinne erzieht, der unserer demokratischen Ordnung widerspricht. Sie droht, ihn von der Schule entfernen zu lassen, sobald sie konkrete Beweise gegen ihn habe, aber sie erschrickt vor der Verachtung und dem Zorn, den diese Drohung bei den Kameraden hervorruft.

Die Schule plant einen Kulturabend für die Kinder ermordeter Antifaschisten. Eva bekommt als Kulturleiterin die Aufgabe, dafür ein Laienspiel einzuüben, und wählt Peter Nells „Eysenhardts". Unter dem Druck der Laienspielgruppe legt sie das Stück dem Studienrat zur Beurteilung vor, und sein verständnisvolles Eingehen auf ihre Laienspielarbeit täuscht sie für einige Zeit hinweg über seine wahre Haltung.

In einer Deutschstunde gibt er ihr das Laienspiel mit seiner Beurteilung zurück und versucht ihr und der Klasse klarzumachen, daß die ganze antifaschistische Bewegung weder Sinn noch Zweck gehabt habe. Während die Klasse ihm, wie immer, zustimmt, empört sich Eva offen gegen den Lehrer, verläßt nach einer heftigen Diskussion die Klasse und meldet das Geschehene dem Direktor der Oberschule, Dr. Lorenz.

Dieser fordert vom Amt für Unterricht und Erziehung eine Kommission an, die den Fall überprüft. Fast alle Schüler aber stehen auf der Seite des verehrten Lehrers und verhindern seine Entlassung. Eva Hennig, die „Denunziantin", wird aus der Schulgemeinschaft ausgestoßen, und nur wenige Freunde, Marxisten wie sie, halten zu ihr.

Klaus verläßt in der Stunde der Not die Freundin. Einsam und verzweifelt, geächtet von den Kameraden, verliert das Mädchen seine aufrechte Haltung, gerät auf einen falschen Weg, von dem einer ihrer Freunde, Wanjuschka, sie zurückreißt. Im Umgang mit den wenigen ihr verbliebenen Freunden gewinnt sie wieder Stolz und Selbstvertrauen, und Tapferkeit, mit der sie ihr Geschick trägt, führt manchen ihrer Gegner zu ihr zurück.

Unter ihnen ist auch Georg Helmholtz, ein Junge aus bürgerlichem Hause, der, anfangs nur aus Bewunderung für sie, den Weg in ihren Kreis findet. Im Zusammensein mit ihm überwindet sie den Schmerz um den Verlust ihres Freundes Klaus, sie erkennt, wie unwürdig ihre Liebe war, und daß ihre politischen Aufgaben höher stehen als ihre Privatgefühle.

Allen Schwierigkeiten zum Trotz studieren sie das Laienspiel ein, daß sie alle tief ergreift und zu Leistungen begeistert, die über das Maß des Gewöhnlichen hinausgehen. Immer stärken werden sich die Jugendlichen ihrer Kraft und der Wahrheit ihrer Idee bewußt, und im Glauben an ihren Sieg gestalten sie das Spiel zu einem mitreißenden Erfolg. Die Schulkameraden, die ihnen bisher feindselig gegenübergestanden haben, sind beeindruckt – vor allem auch durch die erschütternde Reaktion der Kinder ermordeter Antifaschisten, die ihre Gäste an diesem Abend sind.

Damit geht eine Wandlung in ihnen vor, und als am nächsten Tage in der Schule der Studienrat Sehning die Aufführung lächerlich zu machen sucht, steht er vor einer geschlossenen Front junger Menschen, die sich gegen ihn und seine reaktionären Tendenzen wehren. Unter dem Ansturm leidenschaftlicher Anklagen muß er die Klasse verlassen.

Er wartet die Folgen dieser Auseinandersetzung nicht ab, sondern wird republikflüchtig. Die „Denunziantin" hat gesiegt.

Erste Fassung

Diese Fassung – ohne Berücksichtigung der nachträglichen handschriftlichen Korrekturen – ist die Originalfassung (Urfassung) des Romans, die in der vorliegenden Publikation erstmals veröffentlicht wird. Das Manuskript besteht aus mehreren, im Folgenden detailliert beschriebenen Teilen.

Reimann, Brigitte: Die Denunziantin : [1. Fassung] / Brigitte Reimann. – maschinenschriftlich. – [1952]. – 38 Blatt, 38 Seiten (Seite 1–38). – Archiv Aufbau, Inventarisierungsnummer SBB IIIA Dep38 M0103a 0003/0040 (Original). Archiv BRA, Inventarisierungsnummer 00506 (Kopie).

Bei dem Original handelt es sich um jenes Exemplar, das Brigitte Reimann persönlich am 8. Oktober 1952 im Aufbau-Verlag – zu Händen Anna Seghers – abgab und nie zurückerhielt. Es enthält das erste und das zweite Kapitel. Im Brigitte-

Reimann-Archiv des Literaturzentrums Neubrandenburg befindet sich eine Kopie dieses Manuskripts. Das Original und die Kopie sind textidentisch und enthalten wenige handschriftliche Korrekturen. Diese umfassen vor allem Tippfehlerberichtigungen und die Ergänzung fehlender Wörter sowie von Buchstaben am Zeilenende und einige Wortstreichungen.

Reimann, Brigitte: Die Denunziantin : [1. Fassung] / Brigitte Reimann. – maschinenschriftlich. – [1953]. – 214 Blatt, 214 Seiten (Seite 1–207 und neun ungezählte Zusatzseiten). – Archiv BRA, Inventarisierungsnummer 00861 (Original: Durchschlag, Seite 1–38); Archiv BRA, Inventarisierungsnummer 00861 (Original, Seite 39–207).

Es handelt sich um das komplette Manuskript der ersten Fassung; bestehend aus dem Durchschlag des im Aufbau-Verlag abgegebenen Originals (1. und 2. Kapitel, Seiten 1 bis 38) und dem Original (3. Kapitel bis Romanende, Seiten 39 bis 207) sowie neun Zusatzseiten (Original).

Die neun ungezählten maschinenschriftlichen Zusatzseiten sind wie folgt positioniert: Zwei Seiten sind zwischen Seite 38 und 39 einzufügen (3. Kapitel, Anfang); vier Seiten sind inmitten von Seite 134 einzufügen; drei Seiten sind zwischen Seite 144 und 145 einzufügen (5. Kapitel, Ende).

Seite 57 fehlt, aber es gibt zwischen den Seiten 56 und 58 keine Lücke im Text. Seite 73 fehlt, aber es gibt zwischen den Seiten 72 und 74 keine Lücke im Text. Brigitte Reimann hat sich in beiden Fällen lediglich in der Nummerierung vertan. Ab Seite 169 (8. Kapitel bis Romanende) wurde die Seitenzählung von Brigitte Reimann handschriftlich ergänzt.

Auf der ersten Seite handschriftliche Bemerkung von Brigitte Reimann mit rotem Füller: „1. Fassung (noch nicht überarbeitet)". Das Exemplar enthält zahlreiche handschriftliche Korrekturen. Sie stammen von Brigitte Reimann (blauer Füller, schwarzer Füller, Bleistift), von Wolf Dieter Brennecke, dem damaligen Leiter der Arbeitsgemeinschaft Junger Autoren des Bezirks Magdeburg (Bleistift) und von Otto Bernhard Wendler, dem Brigitte Reimann den Romanbeginn als Erstem vorlegte (schwarzer Füller).

> Reimann, Brigitte: Die Denunziantin : [1. Fassung] / Brigitte Reimann. – maschinenschriftlich. – [1953]. – 104 Blatt, 104 Seiten (Seite 109–207 und sieben ungezählte Zusatzseiten). – Archiv BRA, Inventarisierungsnummer 00861 (Original: Durchschlag)

Es handelt sich um den Durchschlag für das fünfte Kapitel bis zum Romanende (Seite 109 ff.); bestehend aus 98 Seiten sowie sieben Zusatzseiten. Der Durchschlag für die Seiten 39 bis 108 (3. und 4. Kapitel) konnte nicht mehr aufgefunden werden.

Die sieben ungezählten maschinenschriftlichen Zusatzseiten sind wie folgt positioniert: Vier Seiten sind inmitten von Seite 134 einzufügen; drei Seiten sind zwischen Seite 144 und 145 einzufügen.

Ab Seite 169 (8. Kapitel bis Romanende) sind die Typoskriptseiten ungezählt.

Das Exemplar enthält wenige handschriftliche Korrekturen. Diese umfassen vor allem Tippfehlerberichtigungen und die Ergänzung fehlender Wörter sowie von Buchstaben am Zeilenende und einige Wortstreichungen sowie teilweise eine geänderte Kapiteleinteilung.

> Schülerinnen und Schüler: Eva Hennig; Klaus Hoffmann; Albrecht; Arno; Dörte; Erika Kiefner; Froschie; Georg Helmholtz; Gerhard Gräb; Gerhard Klepsch; Günter; Hans, genannt Wanjuschka; Heinz; Herbert; Hilde; Ilse; Inge; Irmgard Scholz; Jürgen; Lutz; Margrit; Peter Zimmerfeld; Petja; Ulrich; Walter; Wölfchen; Wolf, auch genannt Bello; Wolfgang
> Lehrer: Oberschuldirektor Dr. Lorenz; Studienrat Sehning (Deutsch, Englisch); Fräulein Habekus, genannt Küßchen

(Latein); Fräulein Häutling (Biologie); Dr. Lange (Mathe, Physik); Herr Übermut (Russisch)

Mitglieder der Revisionskommission des Amts für Unterricht und Erziehung: Schulrat Hahn; FDJ-Vertreter Fritz Feldmann; Stadtrat Gentz; Schulinspekteur Kordell; Schulinspekteur Weiler

Weitere Personen: Evas Mutter und (in Erinnerungen) Evas Vater; Klaus' Eltern; Peters Mutter Irene Zimmermann und andere

Die Romanhandlung spielt zwischen dem 19. Februar und dem 31. März 1951 (mit einer kurzen Abschluss-Szene im Juli 1951, als Eva Hennig gerade ihr Abiturzeugnis in den Händen hält[1]): sechs Jahre nach dem Ende des Zweiten Weltkriegs und kurz nach der Gründung zweier getrennter deutscher Staaten. Die Handlung basiert ziemlich genau auf der Inhaltsangabe im Exposé, wurde jedoch um einige zusätzliche Szenen ergänzt, die vor allem Evas Charakter und ihre Beziehung zu Klaus sowie Evas – sich mehrfach ändernde – Stellung innerhalb der Klassengemeinschaft und in der Oberschule verdeutlichen. Dies sind vor allem: Evas und Klaus' Wochenendtrip nach Berlin und Westberlin und die Streitigkeiten des Liebespaars wegen der illegalen Schiebereigeschäfte von Klaus' Vater; die abendlichen Gespräche Evas mit ihrer Mutter, einer Funktionärin im Demokratischen Frauenbund Deutschlands; die Auseinandersetzungen Evas mit ihren Klassenkameraden wegen einer von einem Mitschüler während einer Freistunde mit einem Fußball kaputtgeschossenen Fensterscheibe; der Diebstahl eines physikalischen Messgeräts. Als Eva erfährt, dass Klaus der Dieb ist, unternimmt sie einen Alleingang, um Klaus dazu zu bewegen, sich „freiwillig" zu stellen. Dies tut sie entgegen ihrer, gegenüber den Mitschülern immer wieder vehement bekundeten, Überzeugung, die Verfehlungen Einzelner stets aufs Schärfste zu ahnden und niemals zu tolerieren. Außerdem wurden ergänzt: die detaillierte Schilderung aller Gespräche der Revisionskommission des Amts für Unterricht und Erziehung;

---

[1] Brigitte Reimanns Reifezeugnis datiert vom 9. Juli 1951. – Archiv BRA, Inventarisierungsnummer 00395.

Passagen über die Arbeit des privaten Literaturzirkels um Eva
und Peter und die dabei beginnende Beziehung zwischen Eva
und Georg Helmholtz; eine ausführliche Schilderung von
Sehnings Unterricht, der Laienspiel-Szenen, des Kulturabends
und schließlich die Schluss-Szene mit einem Blick in die
Zukunft von Eva und Georg.

Erste Fassung, überarbeitet

Als überarbeitete erste Fassung ist die o. g. erste Fassung –
unter Einschluss der Korrekturen und Ergänzungen – zu betrachten. Ab Seite 110 ff. ist sie – einschließlich der Szenen aus
dem Arbeitstagebuch für „Die Denunziantin" – gleichzeitig
als Vorstufe der dritten Fassung zu betrachten.

Zweite Fassung

Reimann, Brigitte: Die Denunziantin : [2. Fassung] / Brigitte
Reimann. – maschinenschriftlich. – [1953]. – 109 Blatt, 109
Seiten (Seite 1–109). – Archiv BRA, Inventarisierungsnummer
00861 (Original)

Unter Beibehaltung der Konzeption der Originalfassung ihres
Romans „Die Denunziantin" erstellte Brigitte Reimann eine
zweite Fassung. Es handelt sich um ein unvollständiges Manuskript, das das erste bis vierte Kapitel umfasst (Original). Es
besteht aus den Seiten 1 bis 109. Nahezu alle handschriftlichen
Korrekturen aus der überarbeiteten ersten Fassung wurden ein-
gearbeitet.

Das Exemplar enthält wenige handschriftliche Korrekturen.
Diese umfassen vor allem Tippfehlerberichtigungen und die
Ergänzung fehlender Wörter sowie von Buchstaben am Zeilenende und einige Wortstreichungen. Auf den Seiten 91 bis
109 finden sich zusätzlich weitere umfangreiche Korrekturen,
weshalb diese Seiten gleichzeitig der zweiten, überarbeiteten

Fassung zuzurechnen sind (blauer Füller, roter Füller, Bleistift – vermutlich alle von Brigitte Reimann stammend). Warum Brigitte Reimann die umfangreichen handschriftlichen Korrekturen für die zweite, überarbeitete Fassung teilweise auf dem Durchschlag (Seite 1–90) und teilweise auf dem Original (Seite 91–109) vornahm, ist anhand der vorliegenden Quellen nicht zu ermitteln.

Auf Seite 91 handschriftliche Bemerkung von Brigitte Reimann mit blauem Füller: „Brigitte Reimann, Burg/M., Neuendorfer Str. 2. Auszug aus dem 4. Kapitel der ‚Denunziantin‘“. Hintergrund ist vermutlich, dass sie dieses Exemplar der Seiten 91 bis 109 für ein Jahrbuch einreichen wollte, zu dem die Mitglieder der Arbeitsgemeinschaft Junger Autoren des Bezirks Magdeburg Texte beisteuern sollten. Das Jahrbuch konnte nicht ermittelt werden.[2]

Zweite Fassung, überarbeitet

Reimann, Brigitte: Die Denunziantin : [2. Fassung, überarbeitet] / Brigitte Reimann. – maschinenschriftlich. – [1953]. – 98 Blatt, 98 Seiten (Seite 1–90 und acht ungezählte handschriftliche Zusatzseiten). – Archiv BRA, Inventarisierungsnummer 00861 (Original: Durchschlag)

Der Durchschlag umfasst die Seiten 1 bis 90 sowie acht handschriftliche Zusatzseiten und enthält das erste bis vierte Kapitel: das erste bis dritte Kapitel jeweils von Anfang bis Ende ohne fehlende Textstücke, das vierte Kapitel ist unvollständig. Der Durchschlag für die Seiten 91 bis 109 (4. Kapitel, Ende) konnte nicht mehr aufgefunden werden.

---

[2] „Nun gibt es da noch eine Angelegenheit, die mir auf der Seele liegt: unser Beitrag zum Jahrbuch, der bis Ende Oktober eingesandt werden soll. Ich muß gestehen, daß ich zur Zeit nur über mein 4. Kapitel verfüge […]“. – Brigitte Reimann an Wolf Dieter Brennecke, 25.10.1953. – Archiv BRA, Inventarisierungsnummer 00028.

Die acht ungezählten handschriftlichen Zusatzseiten sind wie folgt positioniert: Eine Seite ist inmitten von Seite 15 einzufügen; eine Seite ist inmitten von Seite 33 einzufügen; eine Seite ist inmitten von Seite 50 einzufügen; vier Seiten sind inmitten von Seite 53 einzufügen; eine Seite ist inmitten von Seite 86 einzufügen.

Das Exemplar enthält zahlreiche handschriftliche Korrekturen. Sie stammen von Brigitte Reimann (blauer Füller) und von einer weiteren Person (auch blauer Füller aber andere Schrift; gewöhnlicher Korrekturlesegang, keine Eingriffe in den Text). Bleistiftanstreichungen kennzeichnen vor allem Wortwiederholungen und unpassend erscheinende Wörter (z. B. „Extrakummer"). Von wem sie stammen, ist unbekannt; möglicherweise von Brigitte Reimanns damaligem Lektor beim Mitteldeutschen Verlag, Gerd Noglik. Auf der ersten Seite des Durchschlags befindet sich die folgende handschriftliche Notiz: „530/1-207"; vermutlich die Eingangsbestätigung des Mitteldeutschen Verlags (das 530. Manuskript mit den Seiten 1 bis 207). Da der Durchschlag nur die Seiten 1–90 umfasst, bleibt unklar, mit welchen Manuskriptseiten Brigitte Reimann den Durchschlag komplettierte.

Das Arbeitstagebuch für „Die Denunziantin" entstand vermutlich im Zusammenhang mit der zweiten überarbeiteten Fassung, denn es enthält Textpassagen, die hier eingefügt werden sollten. Es enthält auch Szenen, die ab dem fünften Kapitel bis zum Romanende eingefügt werden sollten; ist aber leider unvollständig (siehe den Quellennachweis zum Arbeitstagebuch).

Als zweite überarbeitete Fassung sind die o. g. zweite Fassung – unter Einschluss der Korrekturen und Ergänzungen – (Seite 1–90 des Durchschlags inklusive Zusatzseiten, Seite 91–109 des Originals) und die Szenen aus dem Arbeitstagebuch für die „Denunziantin" zu betrachten.

Dritte Fassung

Reimann, Brigitte: Die Denunziantin : Kennwort Frosch ;
[3. Fassung] / Brigitte Reimann. – maschinenschriftlich. –
[1955]. – 267 Blatt, 267 Seiten (Seite 1 bis 267; ohne die
Seiten 80 bis 98). – Archiv BRA, Inventarisierungsnummer
00861 (Original)

Reimann, Brigitte: Die Denunziantin : [2. Fassung, überarbei-
tet] / Brigitte Reimann. – maschinenschriftlich. – [1953]. – 19
Blatt, 19 Seiten (Seite 91–109). – Archiv BRA, Inventarisierungsnummer 00861 (Original)

Die dritte Fassung scheint unvollständig zu sein, weil die Seiten
80 bis 98 fehlen. Eine detaillierte Analyse aller vorhandenen
Manuskripte ergab jedoch, dass Brigitte Reimann vorsah, an
dieser Textstelle die Seiten 91 bis 109 der überarbeiteten zweiten Fassung, einschließlich der handschriftlichen Korrekturen,
einzufügen. Beide Manuskripte gemeinsam ergeben die vollständige dritte Fassung.

Das Exemplar enthält wenige handschriftliche Korrekturen,
die alle von ein und derselben Person stammen; vermutlich
von Brigitte Reimann (Bleistift). Die Korrekturen umfassen
vor allem Tippfehlerberichtigungen und die Ergänzung fehlender Wörter, den Austausch von Wörtern und die Streichung
einer einzigen kurzen Textpassage. Mehr Korrekturen gibt es
nicht. Von einer Überarbeitung kann nicht gesprochen werden; lediglich von einem gewöhnlichen Korrekturlesegang.

Schülerinnen und Schüler: Eva Hennig; Klaus Hoffmann; Al-
brecht; Arno; Dörte; Erika Kiefner; Georg Helmholtz; Gerhard
Gräb; Gerhard Klepsch; Günter; Hans, genannt Wanjuschka;
Heinz; Herbert; Hilde; Ilse; Inge; Irmgard Scholz; Jürgen;
Lutz; Margrit; Peter Elbacker; Petja; Ulrich Feldheim; Walter;
Wölfchen; Wolf, auch genannt Bello; Wolfgang; (aus der ersten
Fassung fehlt: Froschie)

Lehrer: Oberschuldirektor Dr. Lorenz; Irene Habekus, genannt Küßchen (Latein); Fräulein Häutling (Biologie); Dr. Lange (Mathe, Physik); Studienrat Sehning (Deutsch, Englisch); Heinz Übermut (Russisch)

Mitglieder der Revisionskommission des Amts für Unterricht und Erziehung: Schulrat Hahn; FDJ-Vertreter Fritz Feldmann; Elternbeiratsvorsitzender Gentz; Schulinspekteur Kordell; Schulinspekteur Weiler

Weitere Personen: Frau Hennig, Evas Mutter und Bürgermeisterin der Stadt und (in Erinnerungen) Evas Vater Hans Hennig; Klaus' Eltern: Frau Hoffmann und Erich Hoffmann; Peters Mutter Irene Elbacker und andere

Die Handlung beginnt auch hier am 19. Februar 1951, aber mit einem – neu eingeführten und sehr ausführlich geschilderten – gemeinsamen Nachmittag von Eva und Klaus: zuerst bei Hoffmanns zu Hause, dann auf dem Heimweg zu Eva und in Evas Haus. Beibehalten werden die Erinnerungen des Liebespaars an ihr Jubiläum vor genau einem Jahr und ihren ersten Kuss sowie die Schilderung der Hausaufgaben-Tricks, um heimlich Zärtlichkeiten austauschen zu können.

Brigitte Reimann strich ersatzlos die gemeinsame Berlinfahrt von Eva und Klaus sowie die Szenen mit der kaputtgeschossenen Fensterscheibe und der Diebstahlsaffäre um das gestohlene physikalische Messgerät. Stattdessen fügte sie mehrere neue Szenen hinzu, streckte die Romanhandlung auf insgesamt zwölf Kapitel und erweiterte den Romanumfang um fast einhundert Seiten. Die hinzugefügten Szenen verstärken die Wirkung des negativen Einflusses von Studienrat Sehning durch die – neu eingeführte – illegale Ausleihe „verbotener und schädlicher" Literatur aus seiner privaten Bibliothek an ausgewählte vertrauenswürdige Schüler. Weitere Zusatzszenen widmen sich breiter als bisher der Schilderung der verwerflichen Denk- und Verhaltensweisen sämtlicher Mitglieder der Familie Hoffmann sowie den – im Gegensatz dazu – deutlich ausgeweiteten positiven Darstellungen von Evas Mutter, die die Autorin hier zur Bürgermeisterin der Kleinstadt beförderte, und Evas neuem Freund Georg durch mehr gemeinsame Erlebnisse von Eva und Georg. Das Romanende unterscheidet sich nur unwesentlich von der ersten Fassung. Den Schluss bilden wie bisher die ausführliche Schilderung des Kulturabends, der – etwas erweiterte – unrühmliche Abgang des Studienrats Sehning und die sommerlichen Zukunftspläne des Liebespaars Eva Hennig und Georg Helmholtz.

Vierte Fassung

Reimann, Brigitte: Wenn die Stunde ist, zu sprechen … : Erzählung / Brigitte Reimann. – maschinenschriftlich. – [1956]. – 56 Blatt, 56 Seiten (Seite 1–56). – Archiv BRA, Inventarisierungsnummer 00420 (Original). Archiv BRA, Inventarisierungsnummer 00420 (Original: Durchschlag). Archiv BRA, Inventarisierungsnummer 00420 (Kopie)

Für die vierte Fassung, die in der zweiten Jahreshälfte 1956 entstand, wählte Brigitte Reimann den neuen Titel „Wenn die Stunde ist, zu sprechen …" und änderte grundlegend die Konzeption und den Handlungsablauf sowie auch den Großteil ihrer Protagonisten. Die Romanhandlung ist mit den bisherigen drei Fassungen nicht vergleichbar.

Es handelt sich um ein Fragment, das nach der Überschrift zum siebten Kapitel abbricht; alle Kapitelüberschriften tragen erstmals zusätzlich zur Zählung einen Titel:

1. Kapitel: Debut der Dreizehnten; 2. Kapitel: Geschichte des Juden Mandelblüt; 3. Kapitel: Dr. Rinck läßt bitten; 4. Kapitel: Heute nachmittag um drei …; 5. Kapitel: Vor und nach einer Lateinstunde; 6. Kapitel: Einer spricht zuviel – und was danach geschieht; 7. Kapitel: Fest im Salon der Ahnfrau [ohne Text].

Das Manuskript enthält wenige handschriftliche Korrekturen sowie Randbemerkungen; identisch bei allen drei Exemplaren. Angestrichen wurden vor allem Tippfehler, Wortwiederholungen und systemkritische Textpassagen.

Die Druckausgaben sind – bis auf geringfügige Abweichungen – identisch mit dem Manuskript.

Reimann, Brigitte: Wenn die Stunde ist, zu sprechen … – Seite 135–208. – In: Das Mädchen auf der Lotosblume : zwei unvollendete Romane / Brigitte Reimann. Mit einem Nachwort von Withold Bonner. – 1. Auflage. – Berlin : Aufbau-Verlag, 2003. – 237 Seiten ; 22 cm. – ISBN 3-351-02982-9 Gebunden (Pappe) : Euro 18.90

Reimann, Brigitte: Wenn die Stunde ist, zu sprechen … – Seite 135–208. – In: Das Mädchen auf der Lotosblume : zwei unvollendete Romane / Brigitte Reimann. Mit einem Nachwort von Withold Bonner. – 2. Auflage. – Berlin : Aufbau-Verlag, 2003. – 237 Seiten ; 22 cm. – ISBN 3-351-02982-9 Gebunden (Pappe) : Euro 18.90

Reimann, Brigitte: Wenn die Stunde ist, zu sprechen … – Seite 135–208. – In: Das Mädchen auf der Lotosblume : zwei unvollendete Romane / Brigitte Reimann. Mit einem Nachwort von Withold Bonner. – 1. Auflage. – Berlin : Aufbau-Taschenbuch-Verlag, 2005. – 237 Seiten ; 19 cm. – ISBN 3-7466-2139-9 Paperback (Karton) : Euro 7.95

Schülerinnen und Schüler: Eva Hennig; Klaus Hoffmann; Antje; Harry Mewes; Ingeborg von Plathen; Jonny Schröder; Karla; Kurt Hansen; Margit; Walter Mandelblüt; Werner Hagedorn; Bergfeld; Geue
Lehrer: Oberschuldirektor Dr. Rinck; Irene Habekus (Latein); Herr Munde (Mathematik; ein Jahr zuvor aus politischen Gründen entlassen); Studienrat Sehning (Deutsch, Englisch), Herr Stolze (Russisch)
Weitere Personen: Frau Hennig, Evas Mutter und Bürgermeisterin der Stadt und (in Erinnerungen) Evas Vater Hans Hennig; Klaus' Vater; Ruth Mandelblüt (Mutter von Walter Mandelblüt); Dr. Kurze (praktischer Arzt); der Herr vom Wohnungsamt; Hielscher (der vorige Bürgermeister); der Stadtkommandant; Evas ehemalige Schuldirektorin aus ihrer

früheren Schule; der Hausmeister; der Schulrat; die Bardame aus der „Stadtschänke"

Eva kommt im Dezember 1952, wenige Monate vor dem Abitur, neu in die Schule und in die Klasse, weil ihre Mutter mittels Parteiauftrag als Bürgermeisterin in die Kleinstadt versetzt worden ist. Eva gerät von Anfang an in heftige Auseinandersetzungen sowohl mit dem FDJ-Sekretär Klaus Hoffmann als auch mit den anderen Klassenkameraden und den Schülern aus der Parallelklasse 12b. Einzig mit dem jüdischen Jungen Walter Mandelblüt fühlt sich Eva freundschaftlich verbunden. Der Oberschuldirektor Dr. Rinck, der Evas Vater kannte, beauftragt sie, sich um die politische Arbeit der FDJ an der Oberschule zu kümmern, woraufhin Eva pflichtgemäß bei einer von ihr einberufenen Gruppenratssitzung die Führung übernimmt. Die dafür notwendige Zusammenarbeit mit dem FDJ-Sekretär Klaus Hoffmann gestaltet sich auf Grund ihrer zahlreichen Differenzen kompliziert; ebenso wie die zu allen anderen Gruppenratsmitgliedern. In verschiedenen Szenen wird die Vergangenheit von Walter Mandelblüt, Klaus Hoffmann und dem Oberschuldirektor Dr. Rinck aufgerollt. Außerdem erhält Eva Kenntnis von der drei Jahre zurückliegenden Verhaftung eines Mitschülers aus politischen Gründen und der Entlassung des Mathematiklehrers Munde. Munde war wegen des Besitzes westlicher Zeitschriften vom Russischlehrer Stolze denunziert worden, der sich über Werner Hagedorn interne Informationen aus Schülerkreisen beschafft. Eva findet die Verhaftung und die Entlassung vollkommen gerechtfertigt, reißt die Führung der FDJ-Gruppenleitung an sich und beschließt, hart durchzugreifen, denn „es ist ihre Pflicht, die Augen offen zu halten und rechtzeitig jenen Tendenzen zu begegnen, die Verrat sind an Staat und Gesellschaft". Nach der Sitzung der FDJ-Gruppenleitung versöhnen sich Eva und Klaus bei einem gemeinsamen Abend in der „Stadtschänke" miteinander und werden – damit endet das Fragment – ein Paar.

Theaterstück „Die Eysenhardts"

Nell, Peter: Die Eysenhardts : der Weg einer Frau ; [Textbuch] / von Peter Nell. Herausgegeben von der Zentralstelle für Volkskunst, Berlin. Umschlagentwurf: Fr. Stein. – Halle (Saale) : Mitteldeutscher Verlag, 1950. – 84 Seiten. – (Laienspiele). – Lizenznummer 111 SMAD 455/74/50

Das von Peter Nell verfasste Theaterstück „Die Eysenhardts" wurde von Brigitte Reimann als Vorlage für das in die Romanhandlung eingebettete Laienspiel verwendet.

Personen: Paul Eysenhardt (Heizer); Emilie (dessen Frau); Karl (beider Sohn); Dr. Leo Waldfrieden; Wilhelm Redslaff; der alte Siewert; Hein (dessen Sohn); 1. Polizist; 2. Polizist; Krantz (SS-Sturmführer); 1. SA-Mann; 2. SA-Mann; ein Postbote.

Der erste Akt spielt im Januar 1933, der zweite kurz nach der faschistischen Machtergreifung, der dritte ein Jahr später. Schauplatz: Eine beliebige deutsche Stadt

Editorische Anmerkungen

Diese Ausgabe des bisher unveröffentlichten Romans „Die Denunziantin" basiert auf dem Originalmanuskript der ersten Fassung (Originalfassung, Urfassung), das sich im Brigitte-Reimann-Archiv des Literaturzentrums Neubrandenburg befindet. Dabei handelt es sich um ein maschinenschriftliches Manuskript mit 207 durchgezählten Seiten[1] und neun ungezählten Zusatzseiten. Die Seiten 1 bis 38 liegen als Original, als Durchschlag und als Kopie vor, die Seiten 39 ff. einschließlich der Zusatzseiten als Original.

Die Rechtschreibung folgt dem Originalmanuskript, das Brigitte Reimann in der damals gültigen „alten Rechtschreibung" verfasste. Rechtschreib-, Grammatik- und Syntaxfehler wurden – gemäß der alten Rechtschreibung – stillschweigend korrigiert, ebenso uneinheitliche Zeichensetzung. Das betrifft vor allem die wörtliche Rede und der wörtlichen Rede entsprechende Gedanken der Protagonisten.

Folgende Anmerkung findet sich häufig in den Buchausgaben später entstandener Werke Brigitte Reimanns: „Die Interpunktion folgt da, wo sie von den Regeln abweicht, den Wünschen der Autorin." Damit sind nicht die oben erwähnten Uneinheitlichkeiten im Sinne von fehlerhafter Zeichensetzung gemeint, sondern eine bewusste, durchgängige und einheitliche Verwendung ansonsten unüblicher Interpunktion. Dies wurde auch in der hier vorliegenden Buchausgabe so gehandhabt. Es betrifft vor allem Gedankenstriche und drei aufeinanderfolgende Punkte, die sich an zahlreichen Textstellen, vor allem bei der wörtlichen Rede der Protagonisten, finden.

---

[1] Die Seiten 57 und 73 fehlen, es gibt aber keine Lücken im Text. Brigitte Reimann hatte sich hier lediglich in der Seitenzählung vertan.

Brigitte Reimann verwendete zur Bezeichnung der handelnden Personen ihres sehr umfangreichen Protagonistenensembles statt der Namen häufig „er", „sie", „der Junge", „das Mädchen" oder andere neutrale Formulierungen wie beispielsweise „der Mensch", „der Mann", „die Frau" usw. Im Sinne einer besseren Lesbarkeit des Texts wurden diese allgemeinen Personenbezeichnungen dort, wo es hilfreich erschien, durch die konkreten Namen bzw. Bezeichnungen der Protagonisten ersetzt. Diese Praxis folgt Brigitte Reimanns Vorgehen bei der Überarbeitung von Folgeauflagen ihrer literarischen Texte; beispielsweise der vierten Auflage der Erzählung „Die Frau am Pranger" (1956/1962).

Zum Ende der Arbeit an der Roman-Originalfassung bezeichnete Brigitte Reimann „die Jugendlichen" zumeist auch so; zu Beginn des Romans hingegen hatte sie dies nie getan, sondern sie hatte sie „junge Menschen" genannt, was zahlreiche Wortwiederholungen mit „Mensch" verursachte. Deshalb wurde in der vorliegenden Fassung entweder „junge Leute" oder „die Jugendlichen" verwendet (mit Ausnahme einiger weniger Textstellen, bei denen „junger Mensch" bzw. „junge Menschen" explizit gemeint war).

Für die – zur Unterscheidung zwischen verheirateten und unverheirateten Frauen damals sehr wichtige – Anrede „Frl." wurde durchgängig die ausgeschriebene Form „Fräulein" eingesetzt, da diese im Roman zumeist innerhalb der gesprochenen Rede benutzt wurde.

Handschriftliche Korrekturen Brigitte Reimanns innerhalb der Originalfassung, die eindeutig eine Berichtigung des Romantexts bewirkten, wurden übernommen; sie wurden gekennzeichnet [Korrektur: B.R.]. Eindeutige Formulierungsfehler Brigitte Reimanns wurden korrigiert; auch sie wurden gekennzeichnet [Korrektur: K.S.].

Außer dem siebten wurden alle Kapitel von Brigitte Reimann maschinenschriftlich durchnummeriert. Die Nummerierung des siebten Kapitels ergänzte sie handschriftlich an mehreren verschiedenen Textstellen; für den Beginn wurde die logisch stimmigste Position ausgewählt.

Unterkapitel trennte Brigitte Reimann durch einen großen Leerraum zwischen zwei aufeinanderfolgenden Absätzen des Typoskripts; dies wurde ebenfalls übernommen.

Zu den Illustrationen

Die Graphiken sind aus assoziativen Gedanken zu Brigitte Reimanns Roman „Die Denunziantin" entstanden. Die Gestaltung der Blätter folgt der inneren Sicht des Künstlers auf die Entstehungszeit und den Inhalt des Texts. Collagenhaft montierte Linolschnitte, von konkreten Romanszenen spontan inspiriert, bilden die Basis der speziell für diesen Band geschaffenen Illustrationen.

Die Zusammensetzung der Bildelemente erfolgte dabei in mehrfachen analogen und digitalen Arbeitsschritten. Auf jedem Blatt wurden unterschiedliche Raum- und Zeitebenen miteinander verknüpft. Die Bedeutungsebene ergibt sich aus Größenverhältnissen oder Helligkeitskontrasten; oft vom selben Druckstock stammend, aber mit Differenzierungen des Farbauftrags und des Formats gestaltet. Gegensätzliche Pole wie Verzweiflung und Glück oder Distanz und Nähe werden durch diese Gestaltungstechnik selbsterklärend in den Vordergrund gerückt.

Die Wahl der schemenhaften Gestaltung der Figuren und Gebäude im Spannungsfeld zwischen Verdichtung und Leere ruft Erinnerungen an bekannte Formen hervor, ohne ein Abbild zu sein. Perspektive ist lediglich angedeutet und entspricht der Vieldeutigkeit und der Zerrissenheit im Handeln der Protagonisten.

Die gewählte Technik inspiriert den Betrachter zum freien Gedankenspiel mit subjektiv empfundenen Berührungspunkten zum Romantext und ermöglicht ihm dadurch einen offenen Spielraum für ein individuelles Erleben von Text und Bild.

Jens Lay
Frankfurt am Main, 2021

Biografie Brigitte Reimann

Brigitte Reimann mit Peter Saalfeld, 1951[1]

Brigitte Reimann wurde am 21. Juli 1933 in Burg bei Magdeburg geboren. Sie lebte bis 1959 in ihrer Heimatstadt. 1960 zog sie gemeinsam mit Siegfried Pitschmann nach Hoyerswerda und 1968 nach Neubrandenburg. Von 1953 bis 1958 war Brigitte Reimann mit Günter Domnik verheiratet, von 1959

---

[1] Foto: Privat. Abdruck mit freundlicher Genehmigung von Peter Saalfeld.

bis 1964 mit Siegfried Pitschmann, von 1964 bis 1970 mit Hans Kerschek, von 1971 bis zu ihrem Tod mit Dr. Rudolf Burgartz. Ihre Ehen blieben alle kinderlos. Brigitte Reimann erlag am 20. Februar 1973 in einem Berliner Krankenhaus nach langer schwerer Krankheit ihrem Krebsleiden. Sie hinterließ ein schmales, aber vielbeachtetes Werk, als dessen Eckpunkte der postum erschienene unvollendete Roman „Franziska Linkerhand" (1974) sowie ihre Tagebuchbände „Ich bedaure nichts" (1997) und „Alles schmeckt nach Abschied" (1998) bezeichnet werden können.

Brigitte Reimann wurde als erstes von insgesamt vier Kindern des Journalisten, Schriftleiters und Bankkaufmanns Willi Reimann und seiner Frau Elisabeth, geb. Besch, geboren. Ihr Bruder Ludwig (Lutz) wurde am 25.12.1934 geboren, der Bruder Ulrich (Ulli) am 21.07.1941 und ihre Schwester Dorothea (Dorli) am 28.03.1943. Im selben Jahr wurde der Vater eingezogen, kam an die Ostfront und kehrte erst im Oktober 1947 aus der Kriegsgefangenschaft zurück.

Brigitte Reimann besuchte ab September 1947 die Geschwister-Scholl-Oberschule in Burg und leitete dort die Laienspielgruppe, für die sie kleine Theaterstücke verfasste. Ende November 1947 erkrankte Brigitte Reimann schwer an Kinderlähmung und behielt davon zeitlebens ein leichtes Hinken zurück. Erst ab Ostern 1948 konnte sie wieder zur Schule gehen. Im Dezember 1948 wurde bei der Schulweihnachtsfeier Brigitte Reimanns erstes Laienspiel uraufgeführt. In der „Volksstimme" erschien darüber ein Artikel. 1949 trat Brigitte Reimann in die Freie Deutsche Jugend (FDJ) ein. 1950 nahm sie an Lehrgängen für Agitationsleiter und für Laienspielleiter teil; in einem Ideenwettbewerb für Laienspiele der Volksbühne der DDR bekam sie den mit 300 Mark dotierten ersten Preis. Außerdem erhielt Brigitte Reimann die „Wilhelm-Pieck-Friedensmedaille" für hervorragende Arbeit im Friedensaufgebot der FDJ. Am 27. Dezember 1950 wurde sie für den besten Stalin-Aufsatz des Landes Sachsen-Anhalt ausgezeichnet.

Nach dem Abitur begann Brigitte Reimann 1951 ein Studium an der Theaterhochschule Weimar, das sie aber nach wenigen Tagen abbrach, um stattdessen im September 1951 einen kurzen pädagogischen Lehrgang für Neulehrer am Institut für Lehrerbildung in Staßfurt zu besuchen. Im Anschluss daran arbeitete sie als Grundschullehrerin und Pionierleiterin an der Grundschule IV in Burg. Sie wurde Mitglied des Kulturbunds und im Oktober zu einer Arbeitstagung junger Autoren des Mitteldeutschen Verlags Halle (Saale) eingeladen.

Im Juli 1952 nahm Brigitte Reimann im Zusammenhang mit dem „Wettbewerb um die schönste Liebesgeschichte" Kontakt zu Anna Seghers auf und reichte zunächst ihre kurze Erzählung „Claudia Serva" ein. Anna Seghers' brieflicher Rat hinterließ großen Eindruck bei der gerade neunzehnjährigen Autorin:

> Zum Schreiben gehört eine gewisse Kühnheit wie zu allen wichtigen Unternehmen. Schreiben Sie nur kein Sonntagsdeutsch, schreiben Sie nur, was Sie wirklich denken und erleben. Schreiben Sie nur keinen falschen Pathos und keine gedichteten Artikel.[2]

Im Wettbewerb allerdings ging Brigitte Reimann leer aus; stattdessen gewann ihr späterer zweiter Ehemann Siegfried Pitschmann mit seiner Liebesgeschichte „Sieben ist eine gute Zahl".

Im August 1952 lernte Brigitte Reimann in der „Betriebssportgemeinschaft Einheit Burg", dem Kanu-Klub ihres Bruders Lutz, Günter Domnik kennen und lieben. Sie gab ihm den Spitznamen „Frosch". Günter Domnik wollte für sechs

---

[2] Anna Seghers an Brigitte Reimann, 06.08.1952. – Neue deutsche Literatur 36 (1988) 6. – Seite 7.

Monate in Johanngeorgenstadt im Erzbergbau arbeiten, weil dort sehr hohe Löhne gezahlt wurden. Um in seiner Nähe sein zu können, bewarb sich Brigitte Reimann als Kulturinstrukteurin bei der Sowjetischen Aktiengesellschaft (SAG) Wismut, gab ihren Plan aber nach einem kurzen Aufenthalt in Johanngeorgenstadt aus gesundheitlichen Gründen wieder auf. Sie ging nach Burg zurück und arbeitete weiter als Lehrerin. Sie gab die Leitung der Laienspielgruppe der Geschwister-Scholl-Oberschule ab, um sich verstärkt dem Schreiben widmen zu können und begann ihren Roman „Die Denunziantin" (Untertitel der dritten Fassung: „Kennwort Frosch").

Im März 1953 trat Brigitte Reimann in die gerade gegründete Arbeitsgemeinschaft Junger Autoren (AJA) des Bezirks Magdeburg ein, deren Aufgabe die Förderung des literarischen Nachwuchses war. Sie lernte Otto Bernhard Wendler, Wolfgang Schreyer, Wolf Dieter Brennecke und Helmut Sakowski kennen.

Am 17. Oktober 1953 heirateten Günter Domnik und die schwangere Brigitte Reimann; Brigitte Reimann beendete ihre Tätigkeit als Grundschullehrerin. Am 10. Januar 1954 kam ihre Tochter drei Monate zu früh zur Welt und starb sofort nach der Geburt; im April unternahm Brigitte Reimann einen Selbstmordversuch. Nachdem sie sich erholt hatte, begann sie die Arbeit an der Erzählung „Die Frau am Pranger". Sie war Betriebschronistin im VEB Maschinenbau Burg und Ortsvorsitzende im Kulturbund. Kurzzeitig arbeitete sie in der Volksbuchhandlung „Bücherfreund" in Burg als Buchhändlerin.

Ab 1955 arbeitete Brigitte Reimann als freiberufliche Autorin. Sie übernahm die Leitung der Laienspielgruppe des VEB Maschinenbau Burg. Ihre Erzählung „Der Legionär : Marienlegende 1952" erschien 1955 als Heft 1 der Reihe „Magdeburger Lesebogen". Die Erzählung „Der Tod der schönen Helena" wurde im Verlag des Ministeriums des Innern publiziert. Brigitte Reimann lernte den Kunsthistoriker und Schriftsteller Georg Piltz kennen; die kurze Beziehung mit ihm sollte sie intensiv prägen. Im Oktober 1955 nahm sie auf Einladung des Kulturministeriums an einer Tagung für Abenteuerschriftsteller teil.

1956 erschienen Brigitte Reimanns Erzählungen „Die Frau am Pranger" (Verlag Neues Leben) und „Kinder von Hellas" (Verlag des Ministeriums für Nationale Verteidigung). Damit konnte Brigitte Reimann genügend Publikationen vorweisen, um am 9. November 1956 in den Deutschen Schriftstellerverband aufgenommen zu werden. Vom 15. Oktober bis zum 30. November nahm sie an einem DEFA-Lehrgang für Drehbuchautoren im Liselotte-Herrmann-Heim in Potsdam-Sacrow teil, wo sie Max Walter Schulz und Herbert Nachbar kennenlernte.

Am 26. September 1957 unterschrieb Brigitte Reimann unter dem Decknamen „Caterine" eine „Bereitschaftserklärung" als Inoffizielle Mitarbeiterin (IM) des Ministeriums für Staatssicherheit der DDR (MfS). Am 8. Dezember wurde ihr Ehemann Günter Domnik wegen „Widerstands gegen die Staatsgewalt" verhaftet; Domnik hatte versucht, eine Gruppe Jugendlicher vor der Festnahme durch die Volkspolizei zu schützen. In der Folgezeit erpresste das MfS Brigitte Reimann mit Aussicht auf eine Besuchserlaubnis, verbesserte Haftbedingungen und eine frühere Entlassung für ihren Ehemann. Erst nachdem Brigitte Reimann ihre Informantentätigkeit öffentlich gemacht hatte und Dank der mutigen Unterstützung ihrer Schriftstellerkollegen, hier besonders Wolfgang Schreyer, strich das MfS sie am 18. November 1958 aus ihrem IM-Kader, um sie von nun an selbst intensiv überwachen zu lassen.

Im März 1958 lernte Brigitte Reimann im Schriftstellerheim „Friedrich Wolf" in Petzow am Schwielowsee den Schriftsteller Siegfried Pitschmann kennen und lieben. Auch die von großer Ambivalenz geprägte langjährige Freundschaft zwischen

Brigitte Reimann und ihrer Schriftstellerkollegin Annemarie Auer begann in dieser Zeit. Am 7. Juni 1958 wurde Günter Domnik aus der Haft entlassen. Brigitte Reimann trennte sich kurze Zeit später von ihm, um mit Siegfried Pitschmann zusammenleben zu können. Am 27. November 1958 wurde ihre Ehe mit Günter Domnik geschieden. Siegfried Pitschmanns Ehe wurde am 20. Dezember 1958 geschieden.

Am 10. Februar 1959 heirateten während eines erneuten Aufenthalts im Schriftstellerheim „Friedrich Wolf" Brigitte Reimann und Siegfried Pitschmann in Werder bei Potsdam; einziger Hochzeitsgast war beider Lektor Günter Caspar. Eine eigene Wohnung hatte das Paar zunächst nicht; sie wohnten in Brigitte Reimanns Elternhaus in Burg. Kurz vor der Hochzeit hatte Siegfried Pitschmann Brigitte Reimann mit Bodo Uhse bekannt gemacht, der bei ihr einen tiefen Eindruck hinterließ. Sowohl Reimanns damaliges Romanprojekt „Zehn Jahre nach einem Tod" als auch Pitschmanns Roman „Erziehung eines Helden" steckten mittlerweile in einer tiefen Krise, da der Verlag mit beiden Manuskripten unzufrieden war und dies deutlich zum Ausdruck brachte. Am 31. Juli 1959 versuchte Siegfried Pitschmann, sich das Leben zu nehmen, nachdem „Erziehung eines Helden" vom Schriftstellerverband in der Öffentlichkeit diffamiert und als negatives Beispiel für den strikt abgelehnten sogenannten „harten Stil" bezeichnet worden war. Erwin Strittmatter, der bei der Vorverurteilung des Pitschmann-Romans eine unrühmliche Rolle gespielt hatte, versuchte daraufhin, seinen Fehler wiedergutzumachen. Er machte beiden Schriftstellern Mut und unterstützte sie bei den Planungen für einen Neubeginn in Hoyerswerda und im Kombinat Schwarze Pumpe. Im August 1959 begannen Brigitte Reimann und Siegfried Pitschmann mit der Arbeit an dem gemeinsamen Hörspiel „Ein Mann steht vor der Tür", das bereits im Kombinat Schwarze Pumpe spielen sollte. Am 11. November 1959 versuchte Brigitte Reimann, einen Schlussstrich unter ihr bisheriges Leben zu ziehen und verbrannte ihre Tagebücher aus den Jahren 1947 bis 1954 (ungefähr zwanzig Hefte); am Tag darauf außerdem große Mengen an Briefen, Manuskripten, Bildern und Zeitungsausschnitten.

Am 6. Januar 1960 zogen Brigitte Reimann und Siegfried Pitschmann nach Hoyerswerda in die Liselotte-Herrmann-Straße 20. Am 3. Februar schlossen sie einen Freundschaftsvertrag mit dem Kombinat Schwarze Pumpe. Brigitte Reimann arbeitete ab April einmal wöchentlich im Kombinat in einer Brigade von Rohrschlossern und Instandsetzungsmechanikern als Hilfsschlosser, Siegfried Pitschmann in der Brikettherstellung. Beide leiteten gemeinsam den „Zirkel schreibender Arbeiter", organisierten Lesungen in Brigaden, arbeiteten an der Betriebszeitung mit und unterstützten das Arbeitertheater.

Im April 1960 bekamen Brigitte Reimann und Siegfried Pitschmann für ihr Hörspiel „Ein Mann steht vor der Tür" den zweiten Preis in der nationalen Runde des Internationalen Hörspielwettbewerbs, im September 1960 den zweiten Preis des Internationalen Hörspielwettbewerbs. Als Auszeichnung hierfür erhielten sie eine Reise nach Prag, die sie im September 1961 antraten.

Ebenfalls 1960 erschien Brigitte Reimanns Erzählung „Das Geständnis" im Aufbau-Verlag. Reimann und Pitschmann schrieben ein weiteres Hörspiel mit dem Titel „Sieben Scheffel Salz". Gemeinsam erhielten sie am 2. Dezember 1960 die Ehrennadel in Gold „Erbauer des Kombinats Schwarze Pumpe". Am selben Tag fand die Uraufführung des Theaterstücks „Ein Mann steht vor der Tür" durch das Arbeitertheater des Kombinats Schwarze Pumpe statt.

Am 27. Januar 1961 begann Brigitte Reimann eine folgenschwere Affäre mit Hans Kerschek, Raupenfahrer im Kombinat Schwarze Pumpe und Mitglied im „Zirkel schreibender Arbeiter". Die Dreiecksbeziehung blieb Siegfried Pitschmann zunächst verborgen, wurde dann aber zu einer dauerhaften

Belastung für alle Beteiligten, was im Jahr 1964 mit der Scheidung Brigitte Reimanns von Siegfried Pitschmann und ihrer anschließenden Hochzeit mit Hans Kerschek endete.

Die Erzählung „Ankunft im Alltag", in der Brigitte Reimann ihre Erfahrungen in Schwarze Pumpe verarbeitet hatte, erschien 1961 im Verlag Neues Leben. Nach diesem Buch wurde in der DDR das Genre der „Ankunftsliteratur" benannt.

Am 16. Juni 1961 erhielten Brigitte Reimann und Siegfried Pitschmann für ihre gemeinsamen Hörspiele „Ein Mann steht vor der Tür" und „Sieben Scheffel Salz" den Literaturpreis des Freien Deutschen Gewerkschaftsbunds (FDGB).

Am 21. Januar 1962 wurde das Fernsehspiel „Die Frau am Pranger" nach Brigitte Reimanns gleichnamiger Erzählung mit großem Erfolg im Deutschen Fernsehfunk ausgestrahlt; das Drehbuch hatten Brigitte Reimann und Siegfried Pitschmann gemeinsam geschrieben. Am 10. Juni erhielt Brigitte Reimann den Literaturpreis des FDGB für „Ankunft im Alltag", am 2. Juli wurde ihr für das Buch ein Preis im Wettbewerb des Kulturministeriums zur Förderung der sozialistischen Kinder- und Jugendliteratur verliehen.

1963 erschien die Erzählung „Die Geschwister" im Aufbau-Verlag. Der Architekt Hermann Henselmann las das Buch und schrieb Brigitte Reimann einen begeisterten Brief. Damit begann die Freundschaft zwischen dem DDR-Stararchitekten und der Schriftstellerin, die Reimanns Interesse an Städtebau und Architektur weckte und großen Einfluss auf ihr literarisches Werk haben sollte. Brigitte Reimann wurde in den Vorstand des Deutschen Schriftstellerverbands gewählt. Im Oktober reiste sie als Delegierte des Deutschen Schriftstellerverbands auf Einladung des Sowjetischen Schriftstellerverbands mit Christa Wolf nach Moskau. Diese Reise legte den Grundstein für den Beginn der Freundschaft zwischen den sich ehemals eher weniger wohlgesonnenen Schriftstellerinnen. Ebenfalls im Oktober 1963 wurde Brigitte Reimann Mitglied der Jugendkommission beim Politbüro des Zentralkomitees der Sozialistischen Einheitspartei Deutschlands (ZK der SED), was ihr viele Türen öffnen sollte, die ihr bis dahin verschlossen geblieben waren. Vom 23. November an arbeitete sie an ihrem Roman „Franziska Linkerhand".

Im März 1964 nahm die Malerin Erika Stürmer-Alex Kontakt mit Brigitte Reimann auf, weil sie sie gern porträtieren wollte. Brigitte Reimann sagte zu, und zwischen den so gegensätzlichen Künstlerinnen entstand eine tiefe Freundschaft. Am 24. und 25. April nahm Brigitte Reimann an der Zweiten Bitterfelder Konferenz teil, im Juli reiste sie als Mitglied der Jugendkommission mit einer Delegation des Zentralrats der Freien Deutschen Jugend nach Sibirien. Während dieser Reise wurde ihr in Zelinograd die Auszeichnung „Aktivist der Kommunistischen Arbeit" verliehen. Nach der Scheidung von Siegfried Pitschmann am 13. Oktober heiratete Brigitte Reimann am 27. November 1964 Hans Kerschek (Jon). 1965 erschien die Reportage „Das grüne Licht der Steppen : Tagebuch einer Sibirienreise" im Verlag Neues Leben.

Am 28. März 1965 wurde Brigitte Reimann – gemeinsam mit Johannes Bobrowski – der Heinrich-Mann-Preis der Deutschen Akademie der Künste verliehen (Reimann für „Die Geschwister"). Vom 14. bis 22. Mai nahm Brigitte Reimann am Internationalen Schriftstellertreffen Berlin und Weimar teil. Am 6. Oktober erhielt sie den „Carl-Blechen-Preis für Kunst, Literatur und künstlerisches Volksschaffen" des Rats des Bezirks Cottbus.

Im Dezember 1965 fand das 11. Plenum des ZK der SED statt, auf dem kritische Künstler angegriffen wurden. Die Jugendkommission beim Politbüro des ZK der SED wurde – nach einem Skandal um Kurt Turba auf dem 11. Plenum (ausgelöst durch einen Zeitungsartikel im Neuen Deutschland vom 11. April 1965) und seiner anschließenden Entbindung von allen Funktionen – im Januar 1966 aufgelöst. Brigitte

Reimann verlor damit eine wichtige Position, die ihr bis dahin einen relativ großen Spielraum in Bezug auf eine freie Meinungsäußerung gestattet hatte.

Erste Pläne für einen Umzug nach Neubrandenburg entstanden 1966 während eines Besuchs bei ihrem Schriftstellerkollegen Helmut Sakowski in Neustrelitz. 1967 schrieb Brigitte Reimann mit Roland Oehme und Lothar Warneke ein Drehbuch zu Günter Kähnes Roman „Martin Jalitschka heiratet nicht". Der Film wurde nicht realisiert. Lothar Warneke sollte aber 1981 im DEFA-Film „Unser kurzes Leben" Regie führen: der Verfilmung von Reimanns postum erschienenem Roman „Franziska Linkerhand" (Hauptrolle: Simone Frost).

Am 1. Juni 1968 unterzeichnete Brigitte Reimann mit 52 anderen Mitgliedern des Kulturbunds Hoyerswerda eine an den Staatsrat der DDR gerichtete Beschwerde, in der ein Ausbau des Zentrums von Hoyerswerda-Neustadt gefordert wurde. Im Sommer wurde bei ihr Krebs diagnostiziert; Brigitte Reimann wurde operiert.

Am 20. August marschierten Truppen der Warschauer-Pakt-Staaten in die ČSSR ein; Brigitte Reimann unterschrieb nicht wie gefordert die zustimmende Erklärung des Schriftstellerverbands.

Am 18. November 1968 zog sie nach Neubrandenburg in die Gartenstraße 6. 1969 wurde Brigitte Reimann Mitglied im Kreisvorstand der „Nationalen Front des demokratischen Deutschland" in Neubrandenburg.

Am 11. September 1969 trennten sich Brigitte Reimann und Hans Kerschek. Die Dreharbeiten für Brigitte Reimanns Dokumentarfilm „Sonntag, den ..." begannen einen Tag nach der Trennung. Am 20. März 1970 wurde der Dokumentarfilm im II. Programm des DDR-Fernsehens ausgestrahlt. Am 1. Juni 1970 wurden Brigitte Reimann und Hans Kerschek geschieden. Im September lernte Brigitte Reimann ihren späteren Ehemann Rudolf Burgartz kennen.

1971 verschlechterte sich Brigitte Reimanns Gesundheitszustand zunehmend; sie wechselte ständig zwischen der Wohnung in Neubrandenburg und dem Krankenhaus in Berlin-Buch, wo sie mehrfach operiert wurde. Am 14. Mai 1971 heiratete sie den Arzt Dr. Rudolf Burgartz. Obwohl Brigitte Reimann gesundheitlich kaum noch dazu in der Lage war, versuchte sie mit aller Kraft, ihren Roman „Franziska Linkerhand" zu beenden. Es gelang ihr nicht mehr. Im Juli 1974 erschien postum im Verlag Neues Leben Brigitte Reimanns unvollendeter Roman „Franziska Linkerhand", von ihrem langjährigen Lektor Walter Lewerenz aus dem Nachlass ediert.

Vom 18. August 1972 an lag Brigitte Reimann – zeitweise kaum noch ansprechbar – nahezu durchgehend im Krankenhaus. Weihnachten 1972 verbrachte sie zum letzten Mal in Neubrandenburg. Am 20. Februar 1973 starb Brigitte Reimann im Klinikum Berlin-Buch. Die vom Deutschen Schriftstellerverband organisierte Trauerfeier fand am 2. März auf dem Friedhof Berlin-Baumschulenweg statt. Die Trauerrede hielt Helmut Sakowski. Am 3. April 1973 wurde Brigitte Reimann in ihrer Heimatstadt Burg beerdigt. Nach einer Zwischenstation auf dem Friedhof in Oranienbaum bei Dessau befinden sich Brigitte Reimanns Urne und ihr Grabstein seit dem 20. Juli 2019 wieder auf dem Ostfriedhof in Burg. Das Grab erhielt im Jahr 2020 zusätzlich eine Gedenkstele mit der Inschrift „Ich bedaure nichts".

Werke: Der Tod der schönen Helena (1955); Die Frau am Pranger (1956); Kinder von Hellas (1956); Das Geständnis (1960); Ein Mann steht vor der Tür (1960, Hörspiel, gemeinsam mit Siegfried Pitschmann); Sieben Scheffel Salz (1960, Hörspiel, gemeinsam mit Siegfried Pitschmann); Ankunft im Alltag (1961); Die Frau am Pranger (1962, Spielfilm, Drehbuch gemeinsam mit Siegfried Pitschmann); Die Geschwister (1963); Das grüne Licht der Steppen (1965); Sonntag, den ...

(1970, Dokumentarfilm, Drehbuch). Postum: Franziska Linkerhand (1974, 1998 ungekürzte Ausgabe); Katja (2003); Joe und das Mädchen auf der Lotosblume (2003); Wenn die Stunde ist, zu sprechen … (2003).

Tagebücher: Brigitte Reimann in ihren Briefen und Tagebüchern (1983); Die geliebte, die verfluchte Hoffnung (1984); Ich bedaure nichts (1997); Alles schmeckt nach Abschied (1998).

Briefe: Sei gegrüßt und lebe (Briefwechsel mit Christa Wolf, 1993); Mit Respekt und Vergnügen (Briefwechsel mit Hermann Henselmann, 1994); Aber wir schaffen es, verlaß dich drauf! (Briefe an Veralore Schwirtz, 1995); Eine winzige Chance (Briefwechsel mit Dieter Dreßler, 1999); Grüß Amsterdam (Briefwechsel mit Irmgard Weinhofen, 2003); Jede Sorte von Glück (Briefe an die Eltern Elisabeth und Willi Reimann, 2008); Wär schön gewesen! (Briefwechsel mit Siegfried Pitschmann, 2013); Post vom Schwarzen Schaf (Briefwechsel mit den Geschwistern, 2018); Ich möchte so gern ein Held sein (Briefwechsel mit Wolfgang Schreyer, 2018).

Brigitte Reimanns Werke wurden in zahlreiche Sprachen übersetzt.

Inhalt

„Wär schön gewesen!"

Der Briefwechsel
zwischen Brigitte Reimann und Siegfried Pitschmann

Hrsg. von Kristina Stella

2013, 2. Auflage
ISBN 978-3-89528-975-0
309 Seiten, geb. € 24.80

Die in diesem Band erstmals veröffentlichte Korrespondenz zwischen Brigitte Reimann und Siegfried Pitschmann schließt eine Lücke in den bereits erschienenen Briefwechseln der DDR-Schriftstellerin und ermöglicht Einblicke in das private und berufliche Zusammenleben Brigitte Reimanns mit ihrem Ehemann und Schriftstellerkollegen Siegfried Pitschmann.

Der Band gibt auch Auskunft über Ereignisse, die Brigitte Reimann in ihren Tagebüchern nicht thematisiert, und lässt bislang unbekannte Facetten der Autorin entdecken. Die zwischen 1958 und 1971 entstandenen Briefe zeugen darüber hinaus von der Euphorie der Künstler in der Frühzeit der DDR; sie geben ein authentisches Zeugnis aus der Zeit des „Bitterfelder Weges" und der „Ankunftsliteratur" und berichten vom Leben und Schreiben der Schriftsteller in der noch jungen Republik.

Der Band ist mit Zeichnungen illustriert, die Siegfried Pitschmann für Brigitte Reimann angefertigt hat. Sie werden hier zum ersten Mal veröffentlicht.

In kurzen Zwischentexten liefert die Herausgeberin Informationen, die zum besseren Verständnis der Briefe beitragen. Ein Register gibt Auskunft über die in den Briefen erwähnten Personen. Im Verzeichnis der Briefe werden alle Originalvorlagen nachgewiesen und ihre Aufbewahrungsorte angegeben.

„Die in Teilen sehr intimen, hoch emotionalen Bekenntnisse gehen unter die Haut. Sie lassen den Leser teilhaben an Ereignissen, die in Reimanns Tagebüchern nicht vorkommen. Und sie zeigen eine Brigitte Reimann, wie Siegfried Pitschmann sie sah." *Sabine Wagner in „Ostthüringer Zeitung"*

AISTHESIS VERLAG